이 편지는 제주도로 가는데,
저는 못 가는군요

이 편지는 제주도로 가는데, 저는 못 가는군요

문학과 삶에 대한 열두 번의 대화

장정일 · 한영인 지음

안온

차례

1

—

장정일 선생님께

오늘은 선생님이 머물던 집 방향으로 걸었습니다. 걸으면서 세어보니 제가 사는 집과 선생님이 살던 집 사이에는 횡단보도가 딱 하나 있더군요. 그 유일한 횡단보도를 건너면 맛있는 치아바타를 파는 빵집이 있고, 빵집을 오른편에 두고 좁은 길을 걸어 내려가면 나무를 잘라 붙여 만든 대문이 있는 집이 나옵니다. 그 나무 대문은 아귀가 잘 맞지 않아 열기 위해서는 약간의 요령이 필요하지요. 처음에는 어떻게 여는 줄 몰라 막무가내로 잡아당기다가 문이 뜯겨 나가는 줄 알았습니다.

나무 대문을 살짝 힘주어 툭 밀어 열면 마당에서 볕을 쬐던 고양이 '멜'의 놀란 눈빛과 곧이어 진한 경상도 사투리로 "형 오셨습니꺼. 오늘 참 날이 좋습니데이. 얼른 들어오이소" 하는 선생님의 목소리가 금방이라도 저를 맞아줄 듯하지만 나무 대문은 굳게 잠겨 있습니다. 작은 일로 사이가 틀어진 친구를 못 본 척 지나칠 때처럼 서운한 마음으로 계속 길을 걷습니다.

걷다가 뒤를 돌아보면 모든 것이 그대로입니다. 달라진 건 아무것도 없는데 왜 자꾸 무언가를 잃어버린 기분이 들까요. 생각해보면 이상한 일입니다. 선생님이 서울로 올라가신 지 아직 한 달도 채 되지 않았는데 우리가 보낸 시간이 아득한 먼일처럼 느껴지니까요. 아마 아직도 나무 대문 안쪽에는 선생님이 참 애지중지하던 고양이 멜이 적막한 오후를 살고 있을 것입니다. 과연 멜은 선생님과 보낸 1년 남짓한 시간을 어떻게 기억하고 있을까요.

엊그제 선생님이 메일을 주셨습니다. 그 메일은 "장정일입니다. 잘 있죠? 형이 바쁜 것 같았습니다. 제가 있었으면 한 형의 마감과 저의 마감을 (저도 오늘 아침에 한) 기념하며 술잔을 앞에 놓고 수다를 떨었을 건데……"로 시작하고 있었습니다. 이어지는 문장에서 《캣 바디, 캣 마인드》(이다희 옮김, 한국NVC출판사, 2020)라는 책을 쓴 마이클 W. 폭스라는 사람의 이름을 처음 보았어요. 그 사람이 (고양이 두 마리를 애지중지 기르는 저 같은 사람에게) 얼마나 호기심을 불러일으키는 연구를 했는지 덕분에 알게 되었습니다. 선생님은 이렇게 쓰셨군요.

"마이클 W. 폭스에 따르면, 오늘날 많은 인간이, 동물에게는 지능/감정, 영성/초자연적 능력이 없다고 당연히 생각하고 있지만, 인간이 그런 믿음을 가진 지는 그리 오래되지 않았다고 합니다. (이럴 때 보통 그 전환점으로 데카르트를 얘기하곤 합니다만……) 원시적 인간은 동물과 서로 소통했는데, 이는 동물을 인간과 똑같은 지능/감성, 영성/초자연 능력을 지닌 존재로 여겼기 때문. 그런데 인간이 자연과 분리되고, 자연을 지배하게 되면서 동물의 그런 능력을 무시하고 부정하게 되었다는 것. (바꾸어 말하면, 동물은 여전히 영성/초자연 능력을 가지고 있는데, 인간만 그 능력을 상실했다고 말할 수도 있군요.) 마이클 W. 폭스의 이 책은 고양이가 제목을 독차지하고 내용 중절반이 고양이로 채워져 있지만, 실은 고양이의 매력을 앞세워, 동물 일반에 대한 인간의 이해를 재고시키기 위해 쓴 것입니다."

그렇다면 멜은 우리와 함께 보낸 모든 시간을 기억하고 있을지 모릅니다.

우리는 왜 편지를 교환하기로 했으며 그걸 굳이 모르는 사람들과 기꺼이 나누려는 걸까요? 이 물음에 답하기 위해서는 우리의 첫 만남으로 돌아가야 합니다. 이 편지는 그 만남의 끝에서 시작하는 이야기니까요.

2020년 7월 31일 오후, 우리는 처음 만났습니다. 소설가 K에게서 장정일 선생과 애월에 있는 식당에 함께 있으니 혹시 시간이 되면 잠깐 나오라는 연락을 받았을 때 저는 낮잠을 자고 있었습니다. 제주에서의 제 생활이라는 게 그렇지요. 자고 싶을 때 자고 일어나고 싶을 때 일어납니다. 단조로운 일상이지만 이따금 생각지도 못한 일이 제게 깃든 무료함의 흔적을 싹 지우려는 듯 끼어들기도 합니다. 마치 그날처럼 말이죠. 그해 여름이 시작될 무렵 서울에서 소설가 K를 만났습니다. 그에게서 장정일이 제가 사는 집과 멀지 않은 곳에 잠시 내려와 머문다는 얘길 전해 들었습니다. 저는 당장 장정일을 소개해달라고 졸랐지만 K는 난처한 표정을 지으며 장정일은 낯을 많이 가려 낯선 사람을 만나는 걸 그리 반기지 않는다고 했죠. 완곡한 거절이라고 생각했습니다.

K로부터 연락을 받았을 때 기대하지 않은 선물을 받은 것처럼 들떴던 건 그래서였습니다. 곧바로 다락방에서 내려와 샤워를 하고 옷을 챙겨 입었지요. 현관에서 신발을 꿰어 신으려는 순간, 무언가 중요한 걸 빼먹었다는 사실이 퍼뜩 떠올라서 다시 다락방으로 올라갔습니다. 그러고는 책장을 뒤져 제주에 내려오기 전, 아직 대학원에 적을 두고 '연구'라는 걸 하며 살고 있던 때 썼던 소논문을 한 부 챙겼습니다. 논문의 제목은 '장정일 초기 소설의 문제성'. 선생님이 1990년대 초에 쓴 소설을 읽고 나름 궁리해본 졸고였습니다. 2015년에 그 논문을 집필할 때만 해도 선생님은 제게 박제된 '문학사'의 한 조각에 지나지 않았습니다. 당연히 살면서 만나게 될 거라는 생각도 하지 못했죠. 그날 선생님은 제 논문을 받고 제목을 물끄러미 보시더니 어깨에 메고 온 에코백에 그대로 집어넣으시고는 고맙긴 한데 자기는 이제 자기 소설에 대해 이러쿵저러쿵 이야기한 글을 읽지 않는다고 말씀하셨어요. 선생님은 이어지는 술자리에서 그 이유에 대해 충분히 설명하셨습니다. 물론 저는 그 이유에 동의하지 않았고 그러한 차이는 시작에 불과했죠. 알고 보니 우리는 참 많은 사안에 대

해 서로 다른 견해를 가지고 있었습니다. 그럼에도 선생님과의 만남이 늘 즐거웠던 이유는 무엇이었을까요.

가끔 오래전에 죽은 사람이 쓴, 이해하기 어려운 두꺼운 책을 읽곤 합니다. 최근에는 헤겔의 책을 읽었는데 이런 문장이 있더군요. "정신은 스스로 절대적인 분열 속에 몸담고 있을 때 비로소 그 자신의 진리를 획득한다. [……] 정신이 힘을 발휘하는 이유는 바로 부정적인 것을 직시하며 그 곁에 머물러 있기 때문이다." 저는 철학에 조예가 없어서 여기에 주석을 달기는 어렵습니다. 다만 진리가 기만적인 봉합이 아닌 절대적인 분열 속에서 탄생하며 그 분열은 합당한 대립자로서의 '부정적인 것'을 필요로 한다는 점에 깊이 동의했습니다. 어쩌면 선생님과 저는 상이한 입장과 관점으로 인해 서로를 부정해야 했고 그 대립 과정에서 저의 정신은 비슷한 입장을 지닌 사람들과의 느슨한 일치에서 맛볼 수 없던 어떤 힘에 종종 사로잡혔는지도 모르겠습니다.

첫 만남 이후 우리는 자주 만났습니다. 만날 날을 잡는 건 쉽지 않았습니다. 선생님은 스마트폰은커녕 낡은 2G폰도 없으니까요. 그래서 우리는 매번 이메일로 약속을 잡아야 했습니다. 이 낯선 '부킹' 문화를 접하면서 깨달은 점이 하나 있습니다. 이메일은 문자나 카카오톡과 비슷한 방식으로 소통할 수 없다는 것이었어요. 카카오톡이 인스턴트 메시지라면 이메일은 편지입니다. 내일 저녁에 술 한잔하자는 간단한 내용도 편지로 쓰려니 간단하지 않은 거죠. 초등학생 때 배운 것처럼 안부를 묻고 근황을 밝힌 뒤 용건을 적고 못다 한 말은 추신으로 달아야 합니다. 그런 편지를 몇 차례 거치다 보면 별것 아닌 약속도 은근히 깊어지게 됩니다.

귀덕리에는 갈 만한 술집이 거의 없기에 주로 선생님 댁에서 만났습니다. 한번은 직접 만든 닭똥집볶음과 과일을 챙겨 선생님 댁으로 향하며 영화 〈일 포스티노〉(1994)를 떠올렸습니다. 은유metaphor를 배우기 위해 파블로 네루다의 집을 찾던 우편 배달부 마리오처럼 저는 씩씩하게 언덕을 오르고 크게 숨을 들이마셨지요. (선생님은 제게 묻곤 하셨죠. "형, 상징이 뭐야?" 이어지는 선생님의 대답. "같은 단어가 두 번 나오면 그게 바로 상징이야!") 그렇게 우리는 친구가 되었습니다. 장모님보다 나이가 많은 친구라니! 그렇지만 그 단어 외에 우리 관계를 표현할 다른 말은 없습니다.

지붕이 낮고 허름했던 연세 170만 원짜리 집. 작은 거실 중앙에 값비싼 오디오가 주인처럼 들어앉아 있던 집. 그곳이 우리의 아지트였습니다.

우리가 본격적으로 만나기 시작했던 8월은 무더울 때라 선생님은 직접 바짝 자른 머리에 후줄근한 러닝셔츠 차림으로 저를 맞았습니다. 잘 열리지 않아 삐걱대는 나무 대문을 열고 들어가면 선생님은 항상 밖에 나와 무언가를 읽고 계셨어요. 저를 보며 늘 비슷한 인사를 건네셨고요. "형, 이 책 읽어보셨습니꺼? 진짜 재미납니데이." 그리고 줄줄이 이어지는 책, 책, 책 이야기. 고백하자면 알고 있는 책보다는 모르는 책이 훨씬 많았고 알고 있는 책 중에도 읽은 책보다 읽지 않은 책이 더 많았습니다. 그럼에도 제가 아는 척 고개를 끄덕인 건 순수한 아이처럼 신이 난 선생님의 책 이야기가 불성실한 청자 때문에 끊기는 걸 견딜 수 없었기 때문입니다.

우리의 계절은 여름을 지나 가을로 들어섰습니다. 제주의 가을은 길고 온화합니다. 가을날 우리는 종종 마당에 있는 나무 테이블에 앉아 술을 마시며 담소를 나눴지요. 소설가 J의 책을 잠시 빌리러 갔던 날이 떠오릅니다. 그날 만남은 보통처럼 긴 밤의 술자리로 이어지지 않았습니다. 나무 의자에 앉아 단팥빵과 캔맥주를 놓고 짧은 이야기를 나눈 것이 전부였습니다. 그런데도 돌아오는 길이 참 따뜻하고 아름답게 느껴졌던 건 제게도 이제 편히 마실 나갈 곳이 생겼다는 기쁨 때문이었을 것입니다. 그리고 겨울이 왔지요. 겨울이 시작될 때만 해도 우리가 이렇게 빨리 헤어지게 될 줄은 몰랐습니다.

'오본' 이야기를 해야겠지요. 우리는 제 아내 지민과 선생님의 동거인 짤렘므까지 넷이서 자주 함께했습니다. 그러다 지민의 제안으로 우리끼리 '귀덕리 독서 모임'을 결성하기로 했습니다. 모여서 술만 마시느니 좀더 생산적인 걸 하자는 의도였지만 실은 주기적으로 마실 생산적인 핑계를 찾았던 게 아니었을까요. 선생님이 정한 모임명은 '오본'. '오로지 본문만 읽는다'의 줄임말이었지요. 규칙은 간단했습니다. 읽기로 한 책 외에 다른 참고도서는 일체 읽어오지 않는다. 그리고 책에서 인상 깊게 읽은 구절 다섯 개를 선정해서 함께 나눈다. 다른 책을 참고하거나 발제를 따로 해오게 되면 부담이 생기고, 부담이 생기면 독서 모임이 잘 유지되지 않는다는 게 규칙의 근거였지요. 그럼에도 선생님은 늘 참고문헌을 넘어 참고 영상과 참고 지도, 참고 음악까지 준비해오시곤 했네요. 덕분에 저희는 아기 제비처럼 입을 벌리고 넙죽넙죽 받아먹었고요. 물론 저희 입에 들어간 게 맛깔나는 책 이야기만은 아니었습니다. 첫 회 때는 독서 모임을 마친 후에 술을 마셨지만 두 번째는 중간에 술을 마시기 시작했고 세 번째는 시작도 전에 술을 마시기 시작했으며 네 번째는 아예 술집에서 모임을 해버렸으니까요.

선생님이 서울로 떠나시게 되면서 오본도 자연스럽게 끝을 맺었습니다. 우리 모두가 아쉬움을 나누던 그때 지민이 온라인 화상회의 시스템을 통해 모임을 이어가면 어떠냐고 제안했지요. 모두 찬성하는 가운데 제가 조금 다른 이야기를 꺼냈습니다. 그동안 선생님과 메일을 주고받아서 참 좋았다고, 그 메일을 저 혼자 보는 게 아까울 정도였다고. 그러자 지민이 다시 말을 받았습니다. 메일링 서비스를 해보는 건 어때?
당시 지민은 직장 동료들과 함께 제주의 일상을 구독자에게
들려주는 메일링 서비스를 운영 중이었지요. 우리는 흔쾌히
찬성했습니다. 그날 모두 술을 많이 마셨거든요. 그런데 다음
날 술이 깨고 나니 또 다른 아이디어가 찾아들었습니다. 주고
받은 메일을 묶어 책으로 내보면 어떨까?

그렇게 된 것입니다.

선생님은 제주 생활을 끝내고 서울에 올라가기로 결정한
날, 제게 긴 메일을 보내셨습니다.

저는 사람을 잘 사귀지 않는 데다가,
나이 들어 사람을 새로 사귀는 건 더욱 어렵습니다.

한 형(그리고 지민)은 제가 가장 마지막으로 사귄 친구입
니다. (다시 새로운 친구를 사귈 수 있을지……. 제게는 그럴 생각이나
열정이 없습니다.)

선생님은 저와 지민이 가장 마지막으로 사귄 친구라고 말씀하셨는데 제게 선생님은 제주에서 사귄 첫 친구입니다. 하지만 저 역시 이후 여기에서 새로운 친구를 사귈 수 있을지 확신이 없어요. 그러니 이 편지는 어쩌면 서로의 마지막 친구에게 보내는 첫 편지가 될 테지요. 술자리를 마치고 집으로 돌아갈 때면 선생님은 늘 대문 밖에 나와 저희가 시야에서 사라질 때까지 손을 흔들어주었습니다. 그 살뜰한 마음이 어쩌면 우리의 새로운 이야기를 시작하게 만든 힘이었는지도 모르겠습니다.

서울에 올라가지 못한 지 오래되었습니다. 가끔은 뉴스 속 서울이 뉴욕이나 도쿄 같은 외국 도시처럼 낯설게 느껴집니다. 그곳에서 오래 사셨던 만큼 선생님은 재빨리 서울의 일상을 회복하시겠지요. 그 회복이 제주에서 보냈던 시간에 대한 어쩔 수 없는 망각을 포함한다면 이 편지는 그 회복을 조금은 더디게 만들지도 모르겠습니다. 오늘 설 연휴가 시작되었습니다. 하지만 어디서도 명절을 앞둔 달뜬 기분은 찾아볼 수 없습니다. 코로나 때문만은 아닙니다. 설 연휴가 끝나자마자 제주의 미래를 가늠할 중요한 여론조사가 실시되기 때문입니다. 제2공항 건설 찬반을 묻는 일 말입니다. 어제 제2공항 건설에 반대하는 글을 한 편 써서 기고했습니다. 그러고 보니 선생님도 작년에 같은 주제로 글을 쓴 적이 있으시죠. 벌써부터 찬반 양측이 치열하게 격돌 중이고 여론조사가 끝난 뒤에도 불거진 갈등이 쉽게 가라앉지 않으리라는 우울한 전망이 쏟아지고 있습니다. 선생님의 답신을 받을 때쯤엔 이미 결과가 나와 있을 텐데 부디 기쁜 마음으로 두 번째 편지를 시작할 수 있길 간절하게 바랄 뿐입니다.

새해 복 많이 받으세요.

—

1

한영인 형께

어제는 비가 하루 종일 내렸습니다. 3월입니다.

형의 편지를 읽으니 제가 한 달 전에 떠나온 귀덕리에서 어떻게 지냈는지 생생해지는군요. 제가 머릿속으로 홀로 떠올리는 영상보다, 누군가가 글로써 그려주는 걸 읽으니 더욱 구체적이 됩니다. 제가 그렇게 진한 사투리를 쓰는지도 형의 글을 통해 알게 되었습니다. 처음 듣는 '소리'는 아닌데도 말이죠. 이건 글을 읽고 쓰는 사람의 직업 벽(癖: ① 무엇을 치우치게 즐기는 성벽性癖. ② 고치기 어렵게 굳어버린 버릇)일까요? 누군가 그랬듯 글을 배운 인간은, 종이 위에 사과라고 써놓고 그걸 사과로 알고 씹어 먹고, 종이 위에 사자라고 써놓고 그걸 사자로 알고 사냥하려고 한답니다. 하지만 고양이는 아니겠죠? 형처럼 고양이를 키우는 사람들은 종이 위에 쓴 고양이라는 단어에 절대 속지 않습니다.

저는 제주도가 좋아서 매년 시간이 날 때마다 한 번씩 들러 짧게는 닷새, 길게는 열흘씩 묵고는 했어요. 늘 모슬포에 묵었고, 어쩌다 한번은 산방산 밑에서 지냈죠. 그러다가 재작년(2019년)에는 민박집을 애월로 옮겨서 한 달 반을 묵었습니다. 그해에 나온 시집 《눈 속의 구조대》의 교정을 거기서 봤죠. 그때부터 제주도에 살면 좋겠다고 생각했는데, 마침 귀덕리에 딱 제 사정에 맞는 집이 있었습니다. 커다란 방 하나와 작은 방 하나(이 방에는 문이 없죠), 큰 마루, 부엌, 세면장…… 마당과 텃밭. 집 앞에는 바다가 있었죠. 원래는 3년 동안 살기로 했는데, 갑작스러운 사정으로 그야말로 딱 1년 만에 서울로 다시 올라오게 되었습니다. 그 때문에 약 반년 동안 사귀었던 형과 서로 편지를 주고받게 된 것이고요.

작년(2020년)에 첫 소설집을 낸 K가 아니었다면, 형과 저는 아마 만나기 어려웠겠죠. 다행히도 여름휴가를 온 K가 개별적으로 형과 저를 알고 있었기에 망정이지 그게 아니었다면 만나기 어려웠을 거예요. 두 사람을 소개해준 사람이 큰 몫을 했지만, 결정적인 계기는 우리가 만난 곳이죠. 제주도가 아니라 서울의 어느 카페였거나 (저하고는 거리가 좀 멀지만) 무슨 세미나에서였다면 우리는 서로 이름만 교환하고 다시 만날 일은 없었을 테지요. 서울에는 각자의 지인이 있는 데다가 만나야 할 사람이 워낙 많죠. 선택지가 많은 만큼 시간도 없습니다. 게다가 형하고 저는 학연도, 지연도 없고 세대차마저 크군요. 어떻게 보면 초면의 우리에게는 한 가지 공통점만 있었죠. 종이 위에 뭔가를 써야만 자신의 존재를 확인할 수 있고, 그로부터 행복을 느낀다는 것. 그러다 보니 종이 위에 써놓은 단어를 실재라고 착각하기도 합니다. 이런 것을, 현실과 이상의 괴리라고 하죠. 그런데 글을 쓰는 이들에게 현실과 이상의 괴리는 나쁜 건가? 제게 그 괴리는 당연하게 느껴집니다. 우리가 발견하고 직시한 현실과 이상의 괴리, 딱 그만큼만, 우리는 옴짝달싹할 수 있습니다. 그러니 현실과 이상의 괴리가 클수록 무엇인가를 창조할 수 있는 가능성도 커지는거죠. (요즘은 '창조' 대신 '발명'이라고 하더군요.) 이 괴리를 놓치면 현실만을 전부로 알게 됩니다.

문학은 수다를 떨게 하는데, 그 수다 속에는 진지한 비평과 '뒷담화(남을 헐뜯는 행위)'가 반반이죠. 작가들의 수다가 순수하게 뒷담화일 리도 만무하고, 진지한 비평만으로 시종하지도 않죠. 이 대화는 그래서 재밌어요. 매우 전술적이고요.

누군가가 진지한 비평을 펼칠 때 다른 누군가는 그 작가나 작품에 대해 헐뜯기로 응대할 수 있고(완벽한 작품이 어디 있겠습니까?), 누군가가 헐뜯기에 나섰을 때 다른 누군가는 그 작가나 작품을 진지한 비평으로 감쌀 수 있죠. 비평은 확실히 속 좁은 헐뜯기보다 더 광활한 이해를 갖고 있습니다.

　　그날 저는 제가 좋아했던 시인들과 최근에 읽은 백무산의 신작 시집과 김혜진의 소설 《9번의 일》(한겨레출판, 2019)에 대한 소감을 얘기했죠. 특히 《9번의 일》 이야기를 오래 했던 것 같은데, 술이 점점 취해가며 한 말이라 세부를 모두 되살리기 힘들군요. 그래도 지금까지 남아 있는 인상은 이 작가가 굉장히 진지하게 노동의 의미를 묻고 있다는 것. 노동은 인간의 총체적인 인격 활동인데, 자본은 노동자의 노동이 '임금'으로 환원될 수 없는 그 이상의 것임을 냉정하게 거부합니다. 작가는 이 점을 끈질기게 파고들더군요. 경장편이라는 게 아쉬웠습니다.

　　언젠가 이름난 보수 언론인이 운영하는 유튜브 방송에 어느 사립대학교 경제학과 교수가 출연해 에리히 프롬의 《자유로부터의 도피》를 소개하면서, 이런 요지로 말하더군요,

"이 책의 주제는 자유로운 개인이 되라는 거다. 그런데 자기가 싫으면 회사를 떠나면 될 일이지, 해고하지 말아달라고, 노예 노릇을 더 하게 해달라고 떼를 쓰는 건 뭐냐? 직장을 그만두고 자유롭게 살아야 하는 거 아니냐? 노동이 싫다고 말해야 하는 게 아니냐? 자유란 '시장의 영역'을 말하는 거다. 그러니 복지에 매달리고 노동조합에 의존하는 이들은 시장, 곧 프롬이 말하는 자유로부터 도피하고 있는 거다."

저들에게 김혜진의 소설을 권하고 싶군요. 노동과 임금은 분리할 수 없지만, 노동이 가진 가치는 임금 이상이죠(우리가 쓰는 원고가 원고료 이상의 가치를 가졌다고 우리가 믿듯이!). 인간은 노동을 통해 자아실현을 하고, 이웃과 관계를 맺고, 사회에 봉사합니다. 노동과 좋은 삶은 뗄 수 없습니다. 그런데 저 교수는 좋은 삶의 조건은 노동이 아니라 시장이니, 노동자이기보다 시장에 자신을 팔 줄 아는 장사꾼이 되라고 말하는군요. 노동자는 신체와 기술을 가졌을 뿐, 시장에서 버틸 수 있는 판돈(자본)을 갖고 있지는 못한데 말이죠.

오본은 여러 출판사에서 나오는 세계문학전집 중 하나

를 선택해서 나라별로 중요한 작품을 모아 읽어보자는 취지
를 지녔죠. 그래서 1차로 미국 소설을 한 달에 한 권씩 읽기
로 하고, 제가 몇 개의 규칙을 만들었습니다. 그 가운데 하나
가 모임 참가자들이 돌아가면서 인상적인 장면(또는 문장)을
말하는 거였죠. 독서 모임을 이런 식으로 진행한 이유가 있
습니다. 우리가 만나기 직전에 독서 모임에 관한 책을 한 권
읽었습니다. 김민영 외 세 사람이 한 장씩 나누어 쓴《질문하
는 독서의 힘》(북바이북, 2020)이라는 책인데요. 거기에 서울의
한 도서관에서 있었던 재미난 사례가 나옵니다. 그곳 독서 모
임 참여자 중 작품에 대한 평가와 해석이 탁월하여 그의 발
언이라면 매회 받아 적고 싶을 정도인 중년 신사가 있었다고
합니다. 알고 보니 그는 대학에서 외국 문학을 가르치고 있
는 교수였다고 하네요. 전문가니 아는 게 얼마나 많았겠습니
까? 하지만 독서 토론을 할 때마다 너무 길게 말하는 터라 결
국 다른 참여자들에게서 토론을 하러 온 건지, 강의를 들으러
온 건지 모르겠다는 불평이 나왔다고 합니다. 문학작품 읽기
에서는 특히 개개인의 느낌이 중요한데 말이죠. 저만 해도 오
랫동안 독후감을 써온 데다가, 형은 무려 문학평론이 직업인

사람 아닙니까? 저런 규칙을 만들어놓지 않으면 문학을 업으로 해온 우리만 떠들 우려가 있었습니다. 그러니까, 형과 저의 입을 봉쇄하기 위해 만든 특별법이 저 규칙이었던 것입니다. (하하)

'오로지 본문'만 읽자고 제안한 것은 모두를 위한 규칙이었습니다. 문학작품은 학습하거나 연구할 대상이기보다 일단 즐김의 대상입니다. 문학의 공간은 나의 느낌이 존중받아야 할 자리고요. 그런데 문자의 화禍는 모든 걸 학습으로 만들어버리죠. 그래서 본문 외에 '과외 공부'를 하지 못하게 했습니다. 그런데 이 규칙조차 이미 선행 학습이 축적되어 있는 사람이, 그렇지 않은 사람에게 '사다리 걷어차기'를 하는 것일 수 있습니다. 하지만 어느 출판사의 세계문학전집이든 말미에 충실한 역자 해설을 마련해두고 있으니, 그것만으로도 작품 읽기에 필수적인 역사적 맥락이나 숨은 의도를 엿볼 수 있죠.

1차로 창비 세계문학전집에 수록된 미국 소설 네 권을 읽기로 하고, 첫 번째로 에드거 앨런 포의 《아서 고든 핌의 이야기》(전승희 옮김, 창비, 2017)를 골랐습니다. 이 책은 제가

20대 때 문고본으로 읽은 이후, 지금까지 다시 읽고 싶은 1순 위를 차지하는 책입니다. 헌책방에서 김성곤이 번역한 같은 책 《아서 고든 핌의 모험》(황금가지, 1998)을 오래전에 사놓고 오늘내일했는데 드디어 제주도에서 읽게 되었던 것입니다.

40여 년 전에 읽은 이 소설을 어쩌다 제주도까지 짊어 지고 와서 다시 읽게 된 걸까. 세상 모든 일에는 때가 있다는 말을 실감했다는 건 다른 얘기가 아닙니다. 제가 뽑은 소설 속 다섯 장면 가운데 첫 번째는 이 작품의 첫 문단 첫 구절에 나오는 '낸터켓'이었죠. "내 이름은 아서 고든 핌이다. 우리 아버지는 내가 태어난 낸터켓의 존경받는 상인이었다."(11쪽) 실은 두 출판사가 이 책의 원제 'The Narrative of Arthur Gordon Pym of Nantucket'을 고스란히 살렸다면 독자들은 낸터켓을 이 소설의 첫 문단 첫 구절이 아니라 제목에서부 터 만날 수 있었을 겁니다. 황금가지 판 번역자는 낸터켓 뒤 에 괄호를 치고 이런 역주를 달았습니다. "미국 북동부에 있 는 포경선들의 정박지 및 출발지로 유명한 항구. 허먼 멜빌의 《모비 딕》에도 나옴."

그러고 보니 낸터켓은 개척자가 되어 친구를 맺거나(국

제주의) 적을 만들어야 하는(제국주의) 운명을 짊어진 미국인의 심상 지리 속에서 중요한 자리를 차지한 항구로군요. 위의 인용에 이어지는 대목을 보면, 변호사였던 핌의 외할아버지는 증권 투자로 번 꽤 많은 돈을 외손자에게 물려줄 작정이었다죠. 그런데도 안전과 부가 보장된 고향을 떠나 배를 타고 먼바다로 나가고 싶다는 핌의 열망은 베버가 말하는 청교도적인 소명 의식이라고밖에는 설명할 수 없군요. 낸터켓은 이런 뜻에서 미국인의 심상 지리 속에서 중요한 자리를 차지하지만, 다른 한편 미국 문학이 출범한 곳이기도 합니다. 포의 유일무이한 장편소설인 《아서 고든 핌의 이야기》는 1838년에, 《모비 딕》은 1851년에 나왔는데요. 이참에 낸터켓의 위치를 지도에서 찾아보았습니다.

포의 소설을 재독하면서 드디어 저는 미국의 헤비 록밴드 마운틴Mountain이 1971년에 발표한 노래 〈낸터켓 썰매타기Nantucket Sleighride – To Owen Coffin〉의 가사를 알고 싶어졌습니다. 이 노래는 제가 스무 살 무렵부터 좋아하며 들었음에도, 그동안 통 가사를 파볼 생각은 하지 않았습니다. 유튜브에서 이 노래를 들어보면 우아한 멜로디가 거친 질감의 연주에 감싸여 있고, 그 위에 억제되고 침울한 보컬이 얹혀 있어요. 그간 가사를 찾아보지 않았던 이유는 귀찮아서이기도 했지만, 기우 때문이기도 했습니다. 록 명곡 중에 가사가 '꽝'이어서 뒤늦게 실망하는 경우가 자주 있었거든요.

　예감했던 대로, 〈낸터켓 썰매타기〉는 낸터켓이 포경업의 근거지였던 만큼 포경선원의 이야기를 담고 있군요. 가사 가운데 《모비 딕》의 작살꾼인 스타벅도 카메오로 나옵니다. "안녕, 로빈 마리/ 날 따라오려 하지 마/ 울면 안 돼, 로빈 마리/ 난 곧 돌아온다는 걸/ 알잖아?"라고 시작하는 이 노래의 가사를 여기에 전부 적을 필요는 없겠지요. 이 노래는 3년 동안 포경선을 타게 된 청년이 고향에 두고 온 애인 로빈 마리에게 사랑을 고백하는 내용인데요. 이 청년이 승선한 포경선은 아직 향유고래 떼를 발견하지 못했군요. 이 노래의 제목 '낸터켓 썰매타기'는 포경선원들의 은어隱語라고 합니다. 작살을 맞은 고래는 바로 죽지 않고 작살을 맞은 채 수십 킬로미터나 힘껏 달아나게 되는데, 이때 선원들은 고래에게서 힘이 빠질 때까지 배가 눈 위의 썰매처럼 끌려가게 놔둔다고 하는군요. 그걸 '낸터켓 썰매타기'라고 한다는데, 작살에 살이 꿰인

고래가 배를 끌고 달아나는 광경을 상상하면 고통스럽네요.

흥미로운 것은 이 노래의 부제 '오웬 코핀에게'입니다. 1820년 11월 20일, 에콰도르 서쪽 약 3,700킬로미터 해상에서 거대한 향유고래가 공격해 미국 포경선 에섹스Essex호가 침몰했는데, 이때 보트를 타고 생존한 스무 명의 선원은 표류하는 중에 제비뽑기로 서로를 잡아먹었다고 하는군요. 오웬 코핀은 그때 희생된 가장 나이 어린 선원이라고 합니다.

에섹스호는 향유고래 수역에서 고래 포획을 준비하던 중, 약 26미터짜리 향유고래 한 마리가 작심한 듯 배를 들이받는 바람에 기울었고, 잠시 휴식을 취한 향유고래가 다시 들이받는 바람에 뱃머리가 가라앉습니다. 약 3년 동안 포경선을 탔던 멜빌은 에섹스호의 비극을 잘 알고 있었고, 《모비 딕》에서 에이합이 탄 배의 이름으로 에섹스호를 호출합니다. 그런데 《아서 고든 핌의 이야기》에도 그램퍼스호의 생존자 세 사람이 굶주림을 견디다 못해 제비뽑기로 인육이 될 희생자를 뽑는 일화가 나오죠. 에섹스호의 식인 일화를 알고 있었던 포가 자신의 소설에 써먹은 것입니다. 그런데 실은 꼭 에섹스호가 아니더라도, 바다에서 조난당한 사람들이 식인하는

이야기는 흔하죠. 가령 오랫동안 배를 탔던 유진 오닐의 희곡
에도 나오고요.

　　그러니까 저의 이번 편지의 주제는, 세상의 모든 일에 때
가 있다는 건가요? 앞으로 어떤 서신이 오가게 될지 기대됩
니다. 두 사람이 미리 정해놓은 테두리는 있지만, 계획대로
되는 일은 잘 없으니까요.

　　형이 '창비주간논평'에 기고한 〈제주에 두 개의 공항이
필요할까?〉를 읽었습니다. 신공항 건설 찬반 여론조사가 건
설 반대쪽의 바람대로 끝났다는 보도도 들었고요. 그런데 제
주도의 도정 책임자들이 여론조사의 결과를 존중하고 따르려
고 찬반의 판을 벌였을까요? 찬성표가 많으면 '도민의 뜻'이
라 밀어붙일 테고, 반대표가 많으면 '도민의 뜻'만으로는 국
책 사업을 막기에 역부족이라고 나올 테죠. 형이 우려한 것
처럼 국토교통부는 대통령이 지휘하는 행정부서 중 하나인
데, 제주 신공항 건설에 대해 대통령은 이미 판단을 내린 것
같습니다. 게다가 가덕도 신공항 건설을 밀어붙이는 대통령
이 무슨 논리로 제주 신공항 건설에 목매단 일부 제주도민을

설득할 수 있을까요? 어쨌거나 이번 여론조사에서 공항 건설 반대표가 많았으니 망정이지만, 이런 일을 여론조사로 결정 짓는 것도 민주주의의 허점이구나 싶습니다. 여론이 민주주의는 아닐진데 말입니다. 게다가 그 어디든, 공항 건설은 환경 문제와도 밀접히 연관이 있는데, 숲과 공기와 물과 새와 곤충은 여론조사에 참여할 수가 없네요.

건강하세요.

2

장정일 선생님께

　두 번째 편지를 쓰는 지금, 3월도 절반이 지났습니다. 제주는 완연한 봄이라서 길가에 아무렇게나 피어 있는 유채꽃이 산책에 나선 제 발을 자꾸 멈추게 만듭니다. 쨍한 노란빛을 아름답게 바라보기 위해서는 아닙니다. 저는 산책할 때 꽃이나 풀, 나뭇가지 등을 꺾어서 부러뜨리며 걷는 버릇이 있습니다. 요새는 유채꽃을 따서 엄지와 검지로 짓이기며 걷습니다. 이내 꽃한테 몹쓸 짓을 했다는 후회가 찾아들지만 잘 고쳐지지가 않습니다. 산책을 마치고 집에 돌아오면 바깥의 사정이란 까맣게 잊히게 마련이니까요. 그 벌을 받기라도 하는 건지 봄이 오면 몸이 먼저 알아챕니다. 엊그제는 아무것도 하지 못하고 하루 종일 누워만 있었습니다. 비염은 수많은 사람이 앓고 있는 자가면역질환 중 하나인데 저는 몸이 약한 탓인지 계절이 바뀌면 며칠을 앓습니다. 잘 듣지 않는 약은 정신만 멍하게 만들어 책도 눈에 들어오지 않더군요. 밝게 내리쬐는 햇살이 야속하기만 합니다.

말씀대로 김혜진의 《9번의 일》은 노동의 의미를 진지하게 파고든 작품인 건 분명합니다. 《9번의 일》을 읽으면서 제가 주목했던 부분은 이 소설이 전통적인 노동소설의 플롯에서 훌쩍 벗어나 있다는 점이었어요. 우리에게 익숙한 노동소설은 주로 작업장 내부를 배경으로 노동자들이 투쟁을 벌이는 과정에서 계급의식을 각성한다는 식의 정형화된 내러티브를 지니고 있잖아요? 문제는 1980년대식 노동소설의 세계관과 내러티브로는 적실하게 드러낼 수 없는 다양한 쟁점이 오늘날 우리 눈앞에 펼쳐지고 있다는 데 있습니다. 그렇기 때문에 이제까지 해왔던 방식으로는 그 새로운 면모를 날카롭게 포착하기 어려운 측면이 있습니다. 노동에 관한 이야기는 더 많아지고 더 깊어지고 때로는 더 비뚤어질 필요가 있는 거지요. 김혜진의 이 작품은 익숙한 노동소설의 문법을 탈피하고자 시도했다는 점에서 분명 눈길을 끄는 작품입니다.

그런데 작품을 다 읽고 난 뒤에 이상하게도 개운치 않은 뒷맛이 남았어요. 책장을 덮고 나서 왜 그럴까 곰곰이 생각해 봤습니다. 한참 지난 후에야 이 작품을 강하게 지배하고 있는 숙명적이고 패배주의적인 세계관이 제게 씁쓸한 뒷맛을 남긴 결정적인 이유가 아닐까 하는 생각이 들었어요. 자본주의 사회에서 노동하기를 좋아하는 사람은 거의 없습니다. 매일 정해진 자리에 자신의 몸과 마음을 억지로 보내 원하지 않는 일을 하며 평생을 바쳐야 하는 삶은 누구도 원하지 않습니다. 하지만 그와 같은 숙명적인 부정성이 노동의 본질을 모두 껴안을 수 있을 만큼 충분히 두터운 것일까요? 이런 결정론적인 생각은 오늘날 일과 삶을 둘러싸고 발생하는 다양한 욕망과 감정의 생태를 생생하게 들여다보는 걸 의도치 않게 가로막는 것 같습니다.

자본주의 사회에서 노동이 한 개인의 몸과 마음을 파괴한다는 것은 일반적으로 발견되는 경향입니다. 하지만 좋은 소설은 지배적인 경향으로 환원되지 않는 개성적인 현실을 창조하지요. 그 창조를 가능하게 하는 것 중 하나가 디테일일 텐데 저는 《9번의 일》을 읽고 일편 아쉽다는 생각을 했어요. 경장편이라는 분량의 한계와도 관련이 없지는 않겠지만 그보다는 노동을 둘러싼 현실적인 힘의 관계가 이미 고정된 형태로 전제되어 있기에 구체적인 세목이 나름의 자율성을 주장하기 힘든 형국이 아니었나 싶습니다. 제가 여기서 기대한 디테일은 테이블 위에 놓인 컵의 모양을 자세하게 묘사하는 것과 거리가 멉니다. 그건 30년 이상 한 회사에서 일하며 살아온 노동자가 가질 법한 삶과 사유의 핍진성에 가깝죠. 아쉽게도 저는 이 작품에서 그런 생생하고 구체적인 실감을 잘 느끼지 못했어요. '노동은 인간성을 파괴한다'는 작가의 결론을 선명하게 드러내기 위해 인물과 상황이 동원됐다고 느껴졌달까요.

이런 아쉬움은 김혜진의 탁월한 작품인 《딸에 대하여》(민음사, 2017)와 비교해보면 더욱 도드라집니다. 《딸에 대하여》의 화자인 어머니는 《9번의 일》의 주인공과 많은 면에서 비슷한 처지에 놓여 있습니다. 《딸에 대하여》의 주인공은 레즈비언 딸을 둔 어머니입니다. 은퇴한 교사인 그녀는 지금 간병인 파견업체 소속으로 한 요양병원에서 일하고 있습니다. 그녀는 "끝없는 노동. 아무도 날 이런 고된 노동에서 구해줄 수 없구나 하는 깨달음. 일을 하지 못하게 되는 순간이 오면 어쩌나 하는 걱정"(22쪽)에 시달립니다. 하지만 이 작품에서 그녀의 진짜 근심은 노동이 아니라 돌봄입니다. 멀쩡히 대학원까지 보내 놓은 딸이 돈이 없다며 자신의 동성 연인을 데리고 자신의 집으로 들어와버리거든요.

　그녀가 딸의 동성 연인을 받아들이지 못하는 건 종교적인 이유도 아니고 동성애를 추하고 더러운 것으로 혐오해서도 아닙니다. '노년에의 공포'라고 해야 할 미래에 대한 두려움이 핵심입니다. "나는 이 애들이 자신들의 노년을, 젊은 날에는 어떻게 해도 상상할 수 없는 그때를, 그렇지만 반드시 찾아오고야 마는 그 순간을, 단 한 번이라도 생각하게 하고 싶다. 그래서 지금이라도 책임과 믿음을 나눌 수 있는 제대로된 짝을 찾았으면 좋겠다."(184쪽) 그녀가 염려하는 것은 "어떻게 해도 상상할 수 없는" 노년의 시기에 딸을 보살펴줄 존재입니다. 이는 그녀가 현재 피붙이 하나 없이 요양원에서 짐짝 취급을 받으며 비참하게 죽어가는 젠을 돌보는 과정을 통해 더욱 증폭됩니다. 젠은 1980년대부터 입양아와 이주민 관련 인권운동에 투신한 활동가지만 현재 혈육 없이 쓸쓸하게 요양병원에서 죽음을 기다리는 치매 환자입니다. 그런데 딸은 동성애자라는 이유로 해고된 동료 강사를 위해 자신의 생계조차 버려둔 채 대학을 상대로 시위를 벌이는 탓에 집 보증금마저 다 까먹은 신세입니다. "젊은 날을 타인과 사회,

그런 거창한 것들에 낭비하고 이젠 모든 걸 소진한 다음 삶이 저물어 가는 것을 혼자 바라봐야 하는 딱하고 가련한 사람."(104쪽) 그녀 생각엔 그게 바로 현재의 젠이고 미래의 딸인 거죠.

이 작품은 '정상가족' 이데올로기에서 자유롭지 못한 주인공의 내면을 가감 없이 보여줌으로써 독자로 하여금 주어진 정답을 손쉽게 선택하는 것을 방해합니다. 어찌 보면 주인공의 낡고 고루한 생각에도 충분히 마음을 열어놓게 만드는 힘이 있죠. 그런데 주인공이 겪는 이런 핍진한 내면의 운동이 《9번의 일》에서는 잘 찾아지지 않습니다. 《딸에 대하여》가 주인공 자신이 보고 느낀 것들을 신랄할 정도로 솔직하게 들려주는 반면 《9번의 일》은 3인칭 서술자라는 매개를 채택하고 있다는 점에서 그런 차이가 비롯됐다고도 볼 수 있지만 그보다는 애초에 작가가 《9번의 일》의 주인공에게는 동요할 진폭 자체를 굉장히 제한적으로 부여했다는 생각이 듭니다.

작품을 공들여 쓴 사람의 노고에는 아랑곳없이 이런저런 군소리를 많이 늘어놓았습니다. 이런 일을 직업으로 삼은 이상 나쓰메 소세키가 친구 다카하마 교시에게 보낸 편지에서 자신의 소설을 비판한 평론가를 두고 했던 다음과 같은 말—"게이게쓰가 《나는 고양이로소이다》를 평가하며 치기를 벗어나지 못했다고 했는데, 마치 자신이 소세키 선생보다 경험 많은 어르신인 듯한 말투로 썼더군. 아하하하. 게이게쓰만큼 치기 어린 싸구려를 쓰는 작자는 이 세상에 없지 않을까?"(65쪽)—을 저 역시 피할 도리가 없겠지요. 그렇습니다. 저 문장은 선생님이 발문을 쓰신 《작가의 마감》(정은문고, 2021)에서 방금 빌려온 것입니다.

　선생님이 이 책의 발문을 쓰고 계시다는 말을 들은 건 제주에서 마지막으로 함께 밥을 먹고 애월 해안에 있는 카페로 자리를 옮긴 직후였습니다. 그 카페 안에는 강아지가 많았고 카페 밖에는 고양이가 많았죠. 카페 주인이 해안 기슭을 어슬렁거리며 돌아다니는 고양이들을 돌봐주는 모양이었습니다. 선생님이 우리 멜도 여기에 데려다 두면 아주머니의 돌봄을 받을 수 있지 않을까 물으시기에 저는 고개를 저으며 그건 불가능할 거라고 대답했지요. 고양이는 영역 동물이라 자신이 머물던 곳을 좀처럼 떠나지 않으며 설사 억지로 다른 곳에 데려다 둔다 해도 텃세를 부리는 기존 고양이들에게 미움받고 쫓겨날 거라고 덧붙였고요. 그 말에 못내 안타까운 표정을 지으시던 선생님의 얼굴이 떠오릅니다.

이 책의 발문에 선생님은 이렇게 쓰셨네요.

> 직업 작가가 자기 마음대로 글을 쓰고 자기 마음대로 제 글을 발표할 수 있는 지경이 되면 오히려 자유를 누리는 것이 아니라, 일종의 퇴출을 맞이한 상황이라고 보아야 한다. 예를 들어, 직장인들은 출근과 업무로부터 해방되는 것이 소원이지만, 그 두 가지로부터 자유로운 사람들을 보통 '실업자'라고 한다.(291~292쪽).

작가에게(평론가도 당연히 포함입니다) 청탁과 마감은 '아름다운 구속'입니다. 하지만 누구나 번듯한 노동자가 되어 자본가에 착취당할 수 없는 것처럼(요새는 '스펙'이 어마어마해야 그나마 착취받을 기회라도 얻게 되죠) 모든 작가가 그와 같은 구속의 고통에 처할 수 있는 건 아닙니다. 실제로 많은 작가가 마감의 고통보다 청탁받지 못하는 고통에 시달리고 있습니다. 그 고통을 가까이서 지켜보고 있기에 저는 마감이 어렵다, 힘들다, 고통스럽다 등의 '징징거림'을 하지 않으려 애씁니다.

물론 작가라는 사람은, 저를 포함해서, 누구나 자기 자신만 생각하는 경향이 있습니다. 특히 마감의 고통은 전적으로 사적이라고 여기기 쉽지요. 자신에게 주어진 지면도 능력의 결과라고 생각해버립니다. 그런데 정말 그럴까요? 저는 작가가 자신의 자리를 위임받은 것으로 여기지 않으면 위태로워진다고 봅니다. 그런 생각이 없는 작가는 쉽게 나태해지고 편협해집니다. 자신의 보잘것없는 자아를 거리낌 없이 전시하면서도 무언가 대단한 걸 쓰고 있다고 착각하거나 이건 어디까지나 나에게 주어진 지면이니까 내 마음대로 써도 그만이라는 식의 유아적인 생각으로 퇴행하고 말죠. 저 자신도 별로 좋은 글을 쓰지 못하는 주제에 이런 말을 하는 건 무엇보다도 제 자신에게 경고를 해두기 위함입니다.

문학평론가라고 스스로를 소개하고 나면 어렸을 때부터 이 일을 하는 게 꿈이었냐고 묻는 사람이 있습니다. 글쎄요. 시인과 소설가를 꿈꾸는 어린이는 있겠지만 문학평론가를 소망하는 어린이도 있을까요? 저는 대학에 들어가기 전까지 문학평론가라는 존재를 몰랐습니다. 그런 일을 하는 사람이 있다는 것을 알게 된 이후에도 제가 하게 될 거라는 생각은 하지 못했습니다. 그 생각은 전공을 바꿔 국문과 대학원에 진학한 뒤에도 변하지 않았습니다. 만약 평론가가 되고 싶었다면 열심히 평론을 써서 신춘문예나 문예지 신인상 공모에 지원했겠지요. 부끄러운 말이지만 저는 문학평론가가 될 때까지 단 한 편의 평론도 써본 적이 없습니다. 예기치 않게 시작된 문학평론가 노릇도 언젠가는 끝나게 될 겁니다. 그날이 왔을 때 깨끗하게 펜을 놓기 위해서라도 어떤 지면이든 허투루 대할 수가 없습니다. 훗날 그 작은 지면조차 그리워하게 될 테니까요.

그렇게 마음을 다잡아도 마감의 고통은 사라지지 않습니다. 어찌된 일인지 쓰면 쓸수록 마감의 고통은 점점 심해집니다. 이번에는 온몸에 두드러기까지 났어요. 신기하게 마감을 쳐내자 거짓말처럼 사라지더군요. 억압된 스트레스가 몸을 통해 발현된 모양입니다. 그러고 보면 태연하게 마감의 고통을 감내할 깜냥이 안 된다면 그릇에 맞게 그냥 엄살을 부리는 게 맞다는 생각도 듭니다.

　며칠 전에 읽은 《논어》(오세진 옮김, 홍익, 2020)에는 이런 구절이 나오더군요. 공자의 제자인 자공이 공자에게 이렇게 말했습니다. "저는 다른 사람이 저에게 하지 않았으면 하는 일을 저 또한 다른 사람에게 하지 않으려고 합니다." 칸트의 '황금률'이 떠오르는 대목인데 제자의 말을 들은 공자는 이렇게 대꾸합니다. "그것은 네가 쉽게 도달할 수 있는 경지가 아니다."(124쪽) 제자의 훌륭한 태도를 격려하기는커녕 이렇게 초장부터 김을 확 빼놔도 되는 걸까요? 그래도 저는 칸트의 정언명령보다 공자의 '김 빼기'가 더해진 논어의 이 대목이 더 좋습니다. 하다하다 힘들 땐 스스로에게 이렇게 얘기하는 것도 나쁘지 않은 것 같네요. "영인, 그것은 네가 쉽게 도달할 수 있는 경지가 아니다." 이 말은 단순히 너 따위에게는 불가능에 가까운 일이니 주제 파악을 하고 포기하라는 의미가 아니지요. 자신이 목표로 삼은 일에 도달하기가 쉽지 않음을 제대로 아는 사람만이 거기에 닿을 수 있다는 말이라고 생각합니다. 세상 무서운 줄 모르는 사람은 결코 세상을 이길 수 없다는 걸 공자는 알았던 모양입니다. 다른 구절에서 "맨

손으로 호랑이를 잡으려 하고, 맨몸으로 황하를 건너면서 죽어도 후회하지 않을 사람과는 나는 함께하지 않을 것이다. 반드시 일에 임해서 두려워하고 계획을 세우기를 좋아하여 성공시키는 사람과 함께할 것이다"(168쪽)라고 말한 걸 보면 말입니다.

귀덕리의 봄은 사납고 거칩니다. 음력 2월 초하루가 되면 영등할망이 바람을 싣고 복덕개 포구로 들어오기 때문입니다. 제주 사람들은 영등할망이 몰고 온 바람이 바다에 씨앗을 뿌려 준다고 믿었답니다. 선생님이 계시던 모슬포만큼은 아니지만 봄철 귀덕리의 바람도 꽤 거세기로 유명합니다. 신화에 따르면 영등할망의 딸은 제주 구경을 좋아해 자꾸 이 산 저 산으로 꽃구경을 가자고 조른다고 하네요. 그래서 영등할망이 딸과 함께 들어오면 바람도 일찍 그치고 따뜻한 봄이 보다 빨리 시작된다고 합니다. 부디 올해는 영등할망이 딸을 데리고 들어오셨길 빌고 있습니다.

제2공항 여론조사에서 전체 도민 의견은 반대가 조금 높게 나왔는데 원희룡 도지사는 수긍하지 않을 태세입니다. 정확히 말하면 손에 피 묻히는 일을 제주도에 떠넘기지 말고 대통령이 직접 결단하라고 날뛰고 있죠. 그 마음도 이해가 갑니다. 하지만 LH 사태로 장관이 날아가기 직전인데 국토교통부가 이 문제에 신경 쓸 여력이 있을까요? 1년 남짓 남은 정권도 별반 다르지 않다고 생각합니다. 애초에 이 문제를 전향적으로 풀어갈 의지도 능력도 없었다는 사실만이 적나라해지고 있습니다. 그 실망감에도 아랑곳없이 이곳은 꽃이 피고 풀숲은 무성하게 번질 준비를 마쳤군요. 제주에 계실 때 함께 가까운 숲에 한 번 나가보지 못한 게 아쉽습니다. 등산을 엄청나게 싫어하는 선생님 같은 분도 가볍게 즐길 수 있는 아담한 트래킹 코스가 근처에 꽤 많거든요. 그곳을 함께 걸을 날이 오길 바라며, 늘 건강하시길 빌겠습니다. 햇볕 자주 쬐시고요.

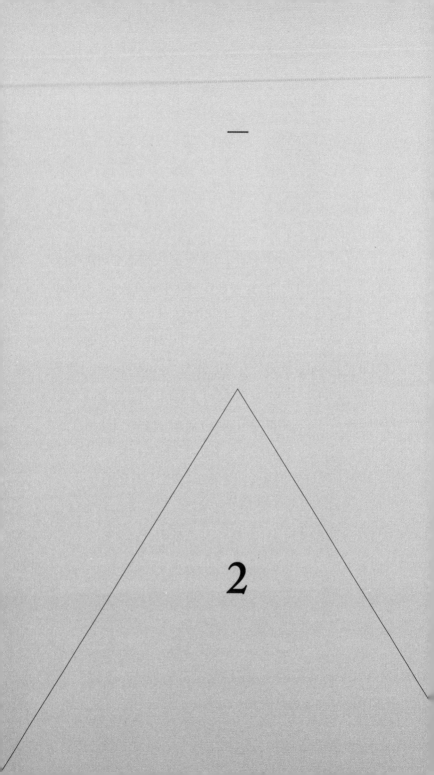

2

한영인 형께

자정에 맞추어 쏟아지기 시작한 빗소리를 들으며 책상 앞에 앉았습니다. 그러기 전에 슈퍼에 갔다 왔고요. 비를 맞으며 집 앞의 슈퍼에서 막걸리 두 병을 사오는 것만큼 행복한 일은 없습니다.

모두 잘 있죠?

제주도는 지금이 사계 중 제일 좋을 때겠군요.

형이 두 번째 편지를 보낸 날이 3월 22일이었는데, 제가 한 달을 넘겨 답신을 쓰네요. 그간 무슨 일이 있었던 것도 아닌데 말입니다.

굳이 별고를 찾자면, 제가 아니라 더불어민주당에게 있었겠지요. 4·7 보궐선거 이야기입니다. 알다시피 이 선거에서 야권이 서울과 부산에서 대승을 거두며 두 개의 시장직을 거저 가져갔죠. 저는 투표를 하지 않았습니다. 이미 어느 지면에 밝혔지만, 저는 2016년 4월에 실시된 제20대 국회의원 선거 때 처음으로 투표에 불참했고, 앞으로 평생 어떤 투표도

하지 않겠다고 결심했습니다. 당연히 이듬해 5월에 치러진
제19대 대통령 선거에도 불참했습니다.

　문재인 후보가 대통령에 당선된 후부터 더불어민주당 내
부나 외부의 오피니언 그룹에서 '한국이 민주주의 국가가 되
려면 더불어민주당이 최대한 50년, 아니면 최소한 20년은 집
권해야 한다'는 발언이 언죽번죽 흘러나오더군요. 정치인이
정권을 오래 차지하고 싶다고 말하는 거야 당연한 거죠. 그런
데 실명은 생략합니다만, 어느 유명 베스트셀러 작가도 똑같
은 말을 하더군요. 납득이 가지 않습니다. 한 정권이 장기 집
권을 하면 할수록 손해나는 것은 국민인데 말이죠. 정치인들
은 '이러다가 우리 밥줄이 통째 날아가겠다'라는 조바심이 들
기 전까지는 대개 아무것도 하지 않는 경우가 흔합니다.

　동서고금의 독재자들은 언제나 '책임 정치를 하기 위해
서는 정권이 안정되어야 한다'고 말해왔습니다. 자기들이 오
래 집권하면 할수록 더 좋은 나라가 된다는 논리죠. 여기에
속으면 안 됩니다. 한국과 같은 양당제 아래서 국민이 조금이
라도 이득을 얻으려면 시계추처럼 그야말로 아무 의식 없이
양쪽으로 흔들려야 합니다. 꼭 해먹으려거든 혼자 먹지 말고

번갈아 먹으라고 있는 게 양당제인데, 한 정당이 20~50년씩 정권을 차지하면 그게 일당제 체제에서만 가능한 수권정당이 아니면 뭐겠습니까? 방법은 하나밖에 없습니다. 이번에는 이 당, 다음번에는 저 당……. 이런 식으로 계속 정권이 바뀌어야만 국민은 야차 같은 정치인으로부터 조금이라도 '개평'을 뜯을 수 있습니다. 처량하죠. 민주주의 국가의 주권자는 국민인데, 막상 정치라는 게임(노름판)에서는 주인이 아닌 겁니다. 촛불시민이건 태극기시민이건 야차들로부터 '집토끼'라는 모멸스러운 말은 이제 그만 들어야죠. 투표소에서는 시계추처럼 아무 의식 없이 흔들려야 합니다. 의식은 기어이 우리를 고정시키고 마니까요.

투표를 독려하는 말 가운데, 선거는 '최악이 아니라 차악을 뽑는 것'이라는 말도 있더군요. 최악과 차악은 '아 다르고 어 다른' 만큼 큰 차이가 있다는 의미죠. 그런데 한병철의 《피로사회》(김태환 옮김, 문학과지성사, 2012)를 다시 읽으며 참 재미난 구절을 발견했습니다. "차이란 같은 것das Gleiche이나 마찬가지다."(13쪽) 이런 명제가 나오게 된 책의 전체 맥락을 깊이 살펴야겠지만, 저 명제는 어디서든 써먹는 게 가능한

'스위스 칼' 같은 명구군요. '차이'가 중요한 정치적 동기이자 자원이 되어버린 이 시대를 생각하면 반시대적이기까지 합니다. 이를테면 LGBTAIQ……n식으로 차이를 무한 증식할 게 아니라, '우리는 인간'이라고 말하는 게 더 중요하죠.

    양당제를 부수는 것은 혁명인데 혁명은 드라큘라죠. 피를 좋아하니까요. 피를 보지 않고서도 혁명하는 방법이 있는데, 양당제 속에 '제3'을 기입하는 게 그것입니다. 제3이라면 반드시 사회주의여야 할 테죠. 그런데 정몽준·문국현·안철수의 예가 차례로 보여주었듯이 최근 한국 정치에서 제3은 항상 중도 우파였어요. 한국의 진보는 제3지대에서조차 있을 자리가 없습니다. 이런 상황은 양당제를 운용하고 있는 어느 국가에서나 공통이더군요. 그나마 한국의 제3은 중도 우파이지만, 서구 유럽에서 제3은 항상 포퓰리즘을 동반한 극우였어요. 어떻게 보면 도널드 트럼프와 그 지지자들도 양당제 속에 '제3'을 기입한 위대한 혁명을 이룬 건데요(트럼프 혁명!). 실제로 공화당의 대통령이었던 트럼프는 재임 기간 공화당 속의 다른 당원인 것처럼 행동했고, 재선에서 패배한 이후에는 제3당 창당을 모색하고 있다는 뉴스가 꾸준히 들립니다.

　형의 두 번째 편지를 읽고 《창작과비평》(2021년 봄호)에 형이 쓴 〈우리 시대의 노동 이야기〉를 읽었습니다. 그리고 이 기회에 한 번 더 읽으려고 벼르고 있었던 김혜진의 《9번의 일》도 재독했어요. 형은 〈우리 시대의 노동 이야기〉에서 《9번의 일》을 노동자가 노동현장에서 겪는 노동문제를 다룬 소설로 읽었죠. 저도 처음에는 형처럼 이 소설을 노동소설로 읽었는데, 그것으로만 온전히 포획되지 않는 이질적인 주제가 있었습니다.

　이 작품의 주인공은 통신회사에 입사해 26년 동안 수리와 설치, 보수 업무를 했던 기술직 노동자였다가, 현재는 저성과자로 분류되어 교육 대상자로 여러 차례 교육을 받습니다. 회사는 기술직 노동자인 그를 내쫓기 위해 영업사원으로 전출시켰지만 그는 온갖 모멸을 받으면서도 기를 쓰고 회사에 붙어 있으려고 하죠. 현재 그의 가족 관계, 경제 상황 그리고 건강 상태와 스펙을 보면, 권고사직(명예퇴직)을 강요받고 있는 대한민국의 평균적인 회사원과 달리, 지금 당장 퇴사하더라도 앞이 캄캄해지지는 않을 것 같습니다. 그런데도 퇴사를 선선히 받아들일 수 없는 것은 형의 말처럼 그에게 일터는

'신앙의 거처'이기 때문이겠죠. 주인공의 말을 빌리면 사람들이 회사를 그만두지 못하는 이유가 "얄팍한 월급 통장 하나"(33쪽) 때문은 아닌 거예요. 어디에 소속되었을 때만 인간은 안정감과 자긍심을 느낄 수 있습니다. 그런데 주인공에게는 이상한 게 있어요. 권고사직을 받은 직장인이 속없이 헤실거릴 일은 없겠지만, 그는 권고사직을 받기 이전에도 행복했다는 흔적이 없어요.

통신회사는 끝내 사직을 거부하는 주인공을 통신탑 건설로 마을 주민과 갈등을 빚고 있는 지방으로 내려보낸 후, 통신탑을 세우는 막일을 맡깁니다. 회사의 애물덩이들만 모인 그곳에서 주인공은 '79구역 1조 9번'이라는 소속과 번호를 부여받죠. 그곳에서 근무하는 사람들은 아무도 서로의 이름을 부르지 않을뿐더러 알려고도 하지 않습니다. 3번이니, 7번이니 하는 기호만으로 족하죠. 탈인격이 이루어진 겁니다. 그런데 이게 작가의 고단수 트릭이에요. 이 작품의 주인공은 지방에 내려가 막일꾼이 되면서부터 인격이 없어지고 이름이 사라진 게 아니라, 원래부터 없었다는 거예요. 다른 등장인물은 모두 이름이 있는데, 그는 원래부터 없었어요. 그에게 왜 이름이 필요 없었는지 볼까요.

> 그가 아는 삶의 방식이란 특별할 것 없는 가정에서 태어나고 자라서 어른이 되고, 자신이 자라온 것과 비슷한 가정을 꾸리고, 매일 같은 시간에 출근하고 퇴근하면서 자신이 선택한 것들에 책임을 다하는 것이었다.
> 만족스러운 삶. 행복한 일상. 완벽한 하루. 그런 것들을 욕심내어본 적은 없었다. 만족과 행복, 완벽한 충만함 같은 것들은 언제나 눈을 깜빡이는 것처럼 짧은 순간 속에서 머무는 것이었고, 지나고 나면 손에 잡히지 않는 어떤 것에 불과했다. 삶의 대부분은 만족과 행복 같은 단어와는 무관하게 흘러가고 그런 아무것도 아닌 것들이 쌓여 비로소 삶이라고 할 만한 모습을 갖추게 된다고 그는 믿었다.(113~114쪽)

니체는 차라투스트라의 입을 빌려 말인末人의 특성을 규정했습니다. 저는 말인의 참모습을 더 잘 보여주고 있는 게 저 주인공인 것 같아요. 행복을 발견하고 느낄 줄 모르는 사람, 행복을 추구하는 데 게으른 사람, 행복에 무관심한 사람.

그렇습니다. 말인, 말인 하는데, 말인은 행복 없이도 꾸역꾸역 살아갈 수 있는 사람이죠. 어떤 부모를 만나 어떤 유년시절을 보냈느냐의 문제가 아니라, 행복을 경험하지도, 상상하지도 못하는 사람이 범죄자가 됩니다. 안타깝죠. 실제로 9번은 마을사람들이 통신탑 건설을 막기 위해 그들의 몸을 밧줄로 트럭에 연결한 것을 알고서도, 트럭에 시동을 걸고 가속페달을 밟아 마을사람 한 명을 죽게 만들었죠. 행복하기 위해서가 아니라 그저 꾸역꾸역 살기 위해서 말입니다. 말하자면 그는 원래의 이름을 박탈당하고 기호로 강등된 게 아니라, 꾸역꾸역 산 끝에 무미건조한 기호를 획득하게 된 것입니다.

게다가 가까스로 이름을 가진 주인공 주위의 사람들도 전혀 행복하지 않습니다. 웃기는 건, 9번에게서 권고사직을 받아내야만 하는 그의 직속 관리자들마다 "저도 죽겠습니다. 죽겠다고요."(108쪽), "저도 좀 살아야죠. 정말 좀 살려주세요, 진짜 저도 죽겠습니다"(174쪽)라고 비명을 지르며 그에게 매달린다는 점입니다. 그러니까 이 작품에서 진짜 살고 있는 사람, 행복한 사람은 하나도 없습니다. 오로지 일로부터 물러나

"고요한 안정"(180쪽)을 얻은 장인 내외 말고는요. 주인공은 그걸 끝까지 모릅니다. 회사와 일은 "또 다른 자신", "자신의 일부이자 전부였던 것"(229쪽)이기 때문이죠. 형의 표현대로 '신앙의 거처'였던 거예요.

9번은 자신이 맡은 통신탑이 다 건설되면 더는 정리해고를 피할 수 없다는 것을 압니다. 그래서 그는 자신이 세운 통신탑을 무너뜨리기 위해 방한복을 껴입고 추운 산길을 올라갑니다. 이 말인은 산길을 오르며 뒤늦게 "이런 무모한 싸움이 아니고 다른 어떤 것에 이처럼 긴 시간과 노력을 쏟았어야 했다"(251~252쪽)는 것을 깨닫습니다. 그러면서 그의 아들 준오 역시 자신과 똑같은 괴물이 될 거라는 예감에 전율합니다. "몇 년 뒤면 준오도 자신의 일을 갖게 될 거였다. 그러니까 자신도 모르게 이끌리는 어떤 일을 발견하게 될 거였다. 그리고 그것이 진짜 일이 되는 순간, 얼마나 많은 것들이 달라지는지 알게 될 거였다. 그 일을 지속하기 위해 바라지도 않고 원하지도 않는 일을 계속하면서, 자신이 어떤 사람으로 바뀌어버리는지 깨닫게 될 거였다."(252쪽)

통신탑을 무너뜨리기 위해 랜턴을 밝히고 산에 오르는

9번은 형의 말처럼 "맹목적인 힘에 이끌려가는 수동적인 존재"입니다. 그리고 통신탑에 올라가 스패너로 너트를 하나씩 풀어 통신탑을 무너뜨리는 그의 행동은 불합리할뿐더러 형의 표현 그대로 "원한 감정" 이상의 것이 아니죠. 그런데 제가 10여 년 만에 《피로사회》를 다시 읽게 된 이유가 이 장면에 있습니다. 9번은 왜 김진숙 지도위원처럼 크레인 위에 올라가 농성을 하는 것이 아니고, 통신탑과 함께 자폭하는 것일까? 9번은 문자 그대로 자살을 한 것은 아니지만 상징적인 자살을 감행한 거죠. 답은 형도 알고 저도 압니다. 9번과 노동, 또는 9번과 회사 사이에는 거리가 없습니다. 통신탑을 마주 보면서 호기롭게 "그래, 너로구나. 너였구나"(252쪽)라고 말해보지만, 그는 통신탑과 분리될 수 없는 존재죠.

　나이가 들면서 제가 지금보다 젊었을 때 저지른 온갖 단견과 악담을 거두어들이고 있습니다. 《피로사회》가 나왔을 때 곧바로 이 책을 비난했지만, 현실은 시간이 흐를수록 점점 이 책의 본질에 가까워지고 있음을 봅니다. 제가 이 책을 미워했던 가장 큰 이유는 지은이가 자기착취의 구조적 강제성을 전혀 계산에 넣지 않았기 때문이었습니다. 그런데 9번의 경우 그야말로 자발적으로 자기착취의 대열에 섭니다. 이를테면 9번은 번번이 '내가 지금 돈 때문에 이러는 게 아니다'라고 항변하거든요. 맞습니다. "경제적 어려움 하나뿐"(33쪽)으로 그토록 회사에 붙어 있고 싶어 했다면 그건 강제적으로 이루어지는 자기착취가 맞죠. 그런데 9번은 절대 그렇지 않다고 합니다. 그는 직장 말고는 어느 곳에서도 안정감이나 자긍심을 느끼지 못하고, 행복을 구할 수도 없는 사람입니다. 그의 실존은 회사에 합체되어버렸습니다. 9번에게는 면역학적 타자, 곧 어떤 외부도 없어요. 한병철 말마따나 그의 "자아는 타자의 부정성을 부정함으로써 타자 속에서 자기 자신을 확인"(16쪽)하는 꼴인 거죠. 그러니까 이 소설의 주인공 9번은 회사가 갖고 있는 부정성을 부정함으로써 회사 속에서 자기 자신을 확인하는 삶을 산 겁니다. 이런 전도 속에서 퇴치해야 할 적은 타자가 아니라 자기 자신입니다. 우리 사회의 멘토, 셀럽, 챔피언은 말하죠. '삶은 자기 자신과의 싸움이다.' 에덴동산 시절에도 있었을 이 격언이 만인의 규제적 이념이 된 것은 그야말로 최근의 일입니다. 9번이 회사에 붙어 있기

위해 벌였던 그 지난한 고투는 모두 자기 자신과의 싸움이었
고, 끝내 그 싸움에서 승리할 수 없다는 것을 깨닫자 자신을
처단하고 맙니다.

　죽음을 무릅쓰고 정의를 위해 법정 투쟁을 중단하지 않
았던 미하엘 콜하스, 309일간 크레인 농성을 벌였던 김진숙
지도위원, 성폭행에 가담한 외손자를 고발하는 영화 〈시〉의
주인공 양미자는 모두 안티고네죠. 이들은 우리가 손가락질
받거나 두려워서 하지 못하는 일을 죽음충동에 이끌려 해냅
니다. 한마디로 미친 것인데, 미치지 않으면 주체가 될 수 없
고, 윤리적이 될 수 없죠. 9번도 미치기는 했어요. 마을 주민
들의 격렬한 저항을 받고 파견 직원이 하나둘씩 통신탑 건
설장을 떠날 때, 끄덕도 하지 않는 9번을 향해 3번이 "미친
놈"(236쪽)이라고 하죠. 그런데 똑같이 미치고도 9번은 주체
가 되지 못했고, 더더욱 윤리적이 되지도 못했습니다. 그냥
소진되었죠. 콜하스와 김진숙 그리고 양미자와 안티고네는
각자 추구하는 행복이 있었는데, 9번은 당최 무슨 행복을 간
직하거나 바랐는지 알 수 없군요.

이 편지는 제주도로 가는데, 저는 못 가는군요.

건강하세요.

3

장정일 선생님께

선생님의 답신보다 보내주신 책 꾸러미가 먼저 도착했습니다. 자필 메모도 동봉해주셔서 선생님의 필체도 알게 되었습니다. (저는 심각한 악필인데 선생님도 저 못지않아서 좋았습니다.)

그사이 나누고 싶은 이야기가 많이 쌓였습니다. 그렇지만 지난 3월 선생님 댁을 방문했던 이야기부터 해야 할 것 같습니다. 정확한 날짜를 찾아보니 3월 20일 토요일이었군요. 서울에 올라간 김에 회기동에 있는 선생님 댁에 들러 오랜만에 얼굴을 보기로 했죠. 비가 내리다 그친 하늘은 잿빛으로 낮게 내리깔렸고 봄이라고 하기엔 머쓱할 정도로 쌀쌀했던 날이었습니다. 제주에서 헤어진 뒤 처음 뵙는 날이라 반가운 마음이 무척 컸습니다. 서울에 올라가신 후 어떻게 지내시는지 많이 궁금하기도 했고요.

제주에 있을 때 선생님 댁에 대해 종종 듣기는 했습니다. 회기역 부근 경희대학교 앞에 자리한 방 세 개짜리 빌라에서 꽤 오래 사셨다고 했죠. 집에 책이 많아서 원하는 책을 찾지 못해 낭패를 본 적이 많다는 얘길 들었을 때만 해도 그러려니 했습니다. 책이 그리 많지 않은 저도 그런 경험을 자주 하니까요. 하지만 막상 선생님 댁에 들어섰을 때 저는 굉장히 큰 충격에 빠졌습니다. 거실과 방은 물론이고 복도까지 꽉 찬 책 때문에 집 안은 정말 문자 그대로 발 디딜 곳이 없었기 때문이지요. 제가 책 더미를 헤치고 거실 가운데 서자 짤렘므는 깜짝 놀라 이렇게 외쳤습니다. "거기 어떻게 들어갔어요? 저도 몇 년 동안 못 들어간 곳인데!" 놀러 간 친구의 집 거실에 서 있다는 이유로 이런 감탄 섞인 외침을 들어본 사람은 저밖에 없을 겁니다.

집 근처에 있는 양꼬치 가게로 자리를 옮긴 뒤 우리는 그 집의 미래에 대해 토론했습니다. 짤렘므는 선생님이 저장 강박을 앓고 있는 '호더hoarder'라고 주장했지요. 선생님은 완강히 부인하셨고요. 그리 심각하지는 않았던, 일견 유쾌해 보이는 입씨름이었지만 웬일인지 저는 혼자 여전히 심각합니다. 그날 찍었던 사진을 꺼내 책이 점유하지 않은, 사람이 밟을 수 있는 순수한 면적이 얼마쯤 되나 셈해볼까요? 아무리 크게 잡아도 3평이 되지 않아 보입니다. 인클로저 시대에 양이 인간을 몰아내듯 선생님 댁에서는 책이 선생님과 짤렘므를 극한의 면적으로 내몰고 있는 거지요! 선생님은 앞으로 정말 꼭 필요한 책만 사겠다고, 올해 들어서도 사르트르의 《구토》 말고는 새로 구입한 책이 없다고 볼멘소리를 하셨지만 며칠 뒤에 제게 보낸 메일에서 곧 신촌에 있는 헌책방 '숨어있는 책'에 갈 예정이라 그러셨죠. 설마 거기까지 가서 빈손으로 돌아오진 않으실 테니 이대로라면 책의 무한증식은 피할 수 없을 겁니다. 이 맬서스적 파국을 어떻게 막을 수 있을까요? 그날 이후 선생님을 떠올리면 가장 먼저 그 걱정이 저를 덮칩니다.

선생님은 투표에 대한 거부, 정확히 말하면 '투표=민주주의'라는 공식에 대한 거친 이의를 이미 여러 차례 제기하신 바 있습니다. 장정일의 글을 따라 읽어온 독자라면 낯설지 않은 이야기겠으나 제가 흔쾌히 동의할 수 있는 의견은 아니었습니다. 언젠가 이 문제로 막걸리를 앞에 놓고 논쟁을 벌이기도 했지요. 저는 대학에 입학하자마자 민주노동당에 당원으로 가입했습니다. 정치외교학과에서 공부하던 시절 얘기지요. 그런 저에게 선거는 정치적 비전을 현실에서 구현함으로써 더 나은 세계를 만들기 위한 가장 유력하고 현실적인 기회라는 생각이, 상식 이상의 강력한 믿음으로 자리했습니다. 하지만 전에 선생님에게 드렸던 반론을 이 자리에서 되풀이하고 싶은 생각은 없습니다. 선생님도 저를 비롯해 저와 비슷한 생각을 하는 이들의 논리를 모르지 않으실 겁니다. 이 사안에 대해 우리는 서로 다른 생각을 가지고 있죠. 그렇다면 우리는 서로 다름을 인정하고 각자의 길을 가면 되는 걸까요? '다원주의적이고 합리적인 시민사회'에서는 그런 상호 인정이 성숙한 미덕으로 칭송받겠으나 서로 다른 두 사람의 마주침을 심상히 넘겨버리지 않으려는 우리의 대화에 그런 다원주의적 인정은 어울리지 않습니다. 우리는 서로의 다름을 승인하고 각자의 길을 가기 위해 긴 만남의 여정을 시작한 게 아니니까요.

누군가의 편지가 자신에게 닿는다는 것은 무얼 의미할까요. 적어도 아, 이 사람은 나와 다른 생각을 가졌다는, 그 차이를 인정하는 데 그쳐서는 안 된다고 봅니다. 하지만 요즘엔 그 평면적인 차이의 존재를 드러내기 위해 너무 많은 공력을 허비하곤 하죠. 그 점에서 차이에 대한 기만적인 인정으로 무언가를 봉합해버리려는 편의적인 행태에 대해, 저 역시 선생님과 똑같이 못마땅해하고 있습니다. 그보다는 차라리 서로의 생각 안으로 들어가 그 다름 속에서 한껏 부대껴야 하지 않을까요. 그런 계기를 촉발하지 않는 타자는, 아무리 '차이'라는 명분으로 세련되게 포장하더라도 결국 동일성의 반복에 불과할 따름입니다. 전에도 말씀드렸듯 선생님과의 대화 혹은 열띤 논쟁이 즐거웠던 이유도 거기에 있습니다. 우리의 대화에서는 서로의 차이를 인정하고 부드럽게 넘어가는 '합의와 존중의 정신'이 없었기 때문입니다. (물론 한 번 보고 말 사이나 굳이 깊은 관계를 맺고 싶지 않은 사람에게는 얼마든지 부드럽고 관대할 수 있겠지요.)

그 부대낌의 방식은 여러 가지겠으나 선생님의 견해를 '논리적'이거나 '실천적'으로 반박하는 대신 그 견해 안에 머물러 제가 지닌 믿음과 신념의 체계를 근본적으로 돌아보는 것도 하나의 방법이라 생각합니다. 저는 이제껏 어떤 선거든 한 번도 빠짐없이 투표해왔습니다. 당적이 있을 때는 소속된 당의 승리를 위해서, 당적이 사라진 뒤에도 '진보정치의 대의'를 고민하며 당선 가능성과 상관없이 진보적인 정당에 표를 던졌습니다. 그런 저와 영구적으로 선거를 보이콧 한 선생님의 차이는 무엇일까요? 어쩌면 선생님은 다시 한번 한병철의 '스위스 칼'을 꺼내 들고 이렇게 말씀하실지 모르겠습니다. "차이란 같은 것이나 마찬가지다." 선생님의 편지에서는 이 구절이 조금 냉소적으로 읽혔는데 지금은 전혀 그렇지 않습니다. 투표를 열심히 하는 저와 영원히 투표를 포기한 선생님 모두 평등한 주권을 향유하는 시민이라는 점은 분명하니까요.

이 편지를 쓰기 전까지 저는 '투표하지 않은 사람은 현실 정치에 이러쿵저러쿵할 자격이 없다'는 익숙한 비판에 동의하는 편이었습니다. 하지만 대개의 선거에서 투표율은 70퍼센트 남짓입니다. 그렇다면 저 말은 투표하지 않은 30퍼센트에 가까운 사람들은 정치에 대해 발언할 자격이 없다는 의미가 되어버립니다. 주권과 투표 여부는 무관한 것입니다만—주권자는 투표할 수 있지만 투표를 해야만 주권자인 것은 아니죠—그럼에도 저는 이제껏 은연중에 투표를 주권적 실천의 전부라고 생각해왔습니다. 그러고 보면 선생님이 '투표 불참자의 정치적 시민권'을 주장하셨던 이유를 알 것 같습니다.

2021년 '창비 부산'이 문을 열면서 저도 부산에 갈 일이 부쩍 늘었습니다. '창비 부산'은 부산 지역 독자를 위해 만들어진 비영리 문화공간입니다. 지난주에는 부산의 독자들과 소설을 읽고 함께 감상을 나누는 시간을 가졌는데요. (선생님과 '오본'을 함께하며 배운 방식을 차용해서 진행했는데 몹시 유용했습니다.) 저는 제주에, 그것도 작은 제 다락방에 주로 침잠해 있는지라 독자들과 직접 만날 기회가 적은 편입니다. 대학에서 강의하는 동료들처럼 학생들을 꾸준히 만날 기회도 없고요. 게다가 최근에는 팬데믹 때문에 더욱 대면의 기회가 줄어들어 아쉬웠던 차에 단비처럼 신선하고 기분 좋은 시간을 보냈습니다.

준비한 소설에 대한 이야기를 모두 마친 뒤 자유롭게 질문하고 토론하는 시간을 잠시 갖기로 했습니다. 그때 한 분께서 제가 예전에 썼던 글의 일부를 읽으신 뒤 그 뜻에 대해 질문하셨습니다. 그 문장은 "그렇다면 우리 시대 비평을 비평답게 추동하는 충분조건은 무엇일까. 그건 아마도 '스캔들'로서의 문학을 넘어 삶과 접속하는 문학의 가치에 대한 믿음과 존중이 아닐까"였는데요. 제가 친애하는 김대성 평론가의 평론집 《대피소의 문학》(갈무리, 2019)의 서평 중 일부였습니다. 한동안 문학은, 특히 비평은 스캔들의 형식으로 제 모습을 사람들 앞에 크게 드러내왔습니다. 표절, 사적 대화 무단 인용, 부당한 계약서 등으로 문학이 시대의 '트러블 메이커'가 된 상황에서 비평은 무엇을 할 수 있을까요? 문학을 둘러싼 물리적인 제도에 대한 점검과 비판을 수행하는 건 몹시 중요한 일이지만 그 작업이 스캔들에 대한 반작용의 궤적에 갇혀 있다면 그것만으로는 결코 충분할 수 없겠죠. 그래서 저는 그런 제도 비판과 더불어 문학의 가치에 대한 믿음과 존중에 기반한 비평 작업의 중요성을 강조했고, 그 사례로 김대성 평론가의 작업을 읽으려 했던 것입니다.

선생님이 쓰신 《9번의 일》에 대한 해석을 읽으며 제가 놓친 부분을 확인할 수 있었습니다. 좋은 작가는 좋은 비평가지만 그 반대는 성립하지 않는다는 격언을 새삼 떠올렸습니다. 선생님 말씀을 듣고 보니 《9번의 일》에서 '삶'은 니힐리즘적 허무와 부정의 대상으로 나타나는데 이 니힐리즘적 허무와 부정성의 감각은 김혜진의 고유한 인장이라고도 할 수 있겠습니다. 니힐리즘적 허무에는 확실히 현실을 다른 눈으로 보게 만드는 고유한 힘이 있습니다. 하지만 그 힘은 삶에 대한 긍정과 기쁨의 역량 또한 바로 볼 수 있는 입체적인 시야와 결합할 때 비로소 살아날 수 있겠죠.

요즘 사람들은 (작가들을 비롯해서) 좀처럼 긍정과 기쁨의 역량을 이야기하지 않는다고 여겨집니다. 누군가가 표출하는 긍정과 기쁨은 섣불리 계급적 위상으로 치환되기도 하고요. "네가 그런 기쁨을 누릴 수 있는 건 네가 그럴 수 있는 형편이기 때문이야" 혹은 "지금 어렵고 힘든 사람이 많은데 그런 기쁨과 긍정을 이야기할 때야? 넌 타인의 고통에 무감각한 사람이구나" 같은 질타와 함께 말이죠. 저는 그런 말들이 '비판의식'의 외양을 쓰고 돌아다니는 걸 볼 때마다 우리가 점점 소중한 것을 잃어가고 있다는 생각이 듭니다. 왜냐하면 기쁨과 긍정, 웃음과 해학은 전통적으로 피억압자의 것, 민중의 것이었기 때문입니다. 나아지지 않는 삶을 한탄하며 눈물

71

을 쏙 빼다가도 이내 신명 나게 웃어 재낄 수 있는 역량 말입니다. 그렇다면 기쁨과 긍정의 역량을 갖춘, 그러면서도 그게 삶에 대한 기만으로 추락하지 않고 삶을 추동하는 진실한 힘으로 기능하는 문학은 어떻게 가능할까요. 요즘 저는 그걸 고민합니다.

선생님의 편지에서 "강제적으로 이루어지는 자기착취"라는 표현을 보고 퍼뜩 생각난 한 장면이 있었습니다. 사실 지민이 최근 이직을 준비 중인데요, 그 업체가 내건 '구인광고'의 〈자격요건〉란에는 이렇게 쓰여 있더군요.

1. 굉장히 적극적이고, 목표 지향적이며 자기주도적 업무 스타일을 가지신 분.

2. 스스로 높은 목표 설정을 하고, 이를 달성하기 위한 구체적 액션 플랜을 도출 및 실행하실 수 있는 분.

3. 뛰어난 의사소통 및 대인 관계 기술을 바탕으로 어려운 협상, 커뮤니케이션을 잘 리드하실 수 있는 분.

4. 업무의 경계가 모호한 상황에서 스스로 전략 및 우선순위

를 설정하여 임팩트 있는 성과를 내보신 경험이 있는 분.

5. 업무가 어려움에 직면했을 때, "왜 안 될까?"보다 "어떻게 하면 될까?"를 고민하시는 분.

6. 문제 해결에 있어 누군가 답을 정해주길 기다리기보다 스스로 답을 찾아낼 수 있는 분.

저도 모르게 나지막이 '와우'를 외쳤습니다. 한국문학에서는 결코 발견할 수 없는, 찬란한 긍정성과 능동성의 세계가 아름다워서요. 문학은 그런 아름다움에 좀처럼 다가가려 하지 않죠. 저 여섯 조건의 구인공고는 그 자체로 반反문학입니다. 하지만 삶은 언제나 문학보다 넓고 깊죠. 문학을 삶의 동의어로 여기는 철없는 댄디가 아니라면 누구나 수긍할 말입니다. 저 구인공고에서 '스스로'가 여러 차례 반복되는 바람에 어쩔 수 없이 유년기의 악몽이 떠오르고 말았습니다. 학습지를 풀지 않아 혼이 나던 그 시절 말입니다. 당시 텔레비전에 나오던 재능교육 CM송의 노랫말은 이렇습니다. "자기의 일은 스스로 하자/ 우리는 척척척 스스로 어린이/ 라라라라라라 라라라라라라/ 재능교육." 학습지를 스스로 알아서 풀어야 칭찬받았던 어린이들은 무럭무럭 자라나 이제 회사에 들어가 일도 스스로 척척척 해내야 합니다.

　세상에는 저렇게 능동적이고 자발적으로 자신을 경영할 줄 아는 사람을 요구하는 회사가 있고 그런 회사의 요구에 부응하려 불철주야 애쓰는 사람들이 있는 반면 그런 반문학의 세계 따위는 모른 척하며 살고 싶은 사람들도 있습니다. 임솔아의 〈내가 아는 가장 밝은 세계〉(《현대문학》 2020년 10월호)의 주인공처럼 말이죠. 하지만 타조가 모래에 얼굴을 묻는다고 적이 사라지지 않듯 문학의 좁은 가림막으로 실재하는 세계의 전부를 덮어버릴 수는 없습니다. 그 작은 가림막으로 미처 덮지 못해 적나라하게 드러난 실재의 영역 앞에서 문학의 사도들이 취하는 태도는 크게 두 가지입니다. 모른 척하거나 정말 모르거나. '모른 척' 살아가는 사람이 잠든 척하는 사람이라면 '모르고' 살아가는 사람은 정말 곯아떨어진 사람이죠. 잠든 사람을 깨울 수는 있어도 잠든 척하는 사람을 깨울 수는 없다고 하잖아요? 임솔아가 쓴 그 소설의 주인공은 어떨까요. 그녀는 '모른 척' 살아가는 사람일까요 정말 '모르고'

살아가는 사람일까요.

대학에서 예술을 전공한 그녀는 "또래 직장인의 연봉만큼은 아니지만 꾸준히 원고료와 인세가 들어"오는 작가입니다. 그녀의 일상은 어쩐지 저와 비슷하네요. "나는 알람을 맞춰놓고 잠을 자지 않았다. 화장을 하거나 셔츠를 다리지 않았다. 금요일 저녁을 손꼽아 기다리지 않았다. 휴식이 필요한 그날이 나에게는 주말이었다."(이상 73쪽) 퍽 부러운 삶이지요? 그녀의 친구들도 그녀를 부러워합니다. 하지만 요즘 세상에서 부러움으로 끝나는 건 패배를 인정하는 일이어서 친구들은 그녀에게 결국 "너라면 어차피 버텨내지도 못했을 거라며"(74쪽) '직장인 부심'을 드러내고 마네요.

하지만 긍지와 자부심은 그녀에게도 있습니다. "나도 나에게 자긍심이 있었다. 내 자신에게 가장 만족스러워한 것은 그것들을 버텨내지 않기로 선택했다는 점이었다. 나는 내가 선택한 무표정을 지켜줄 수 있는 사람이었다."(74쪽) 그렇지만 그렇게 유유자적 독야청청 사는 게 어디 쉽나요. 그녀는 자신의 무표정을 지키기 위해서는, 그러니까 자신의 감정과 표정을 타인의 비위를 맞추는 데 사용하지 않으려면 치러야 할 비용이 있습니다. 대표적인 게 가난과 불안이죠. 당장 그녀의 눈앞에 닥친 문제는 살 집을 구하는 일이네요. 보증금을 올려달라는 말에 세 들어 살던 집에서 나온 그녀는 지하철 노선도를 켜서 가격이 저렴할 것 같은 변두리 지역을 골라 부동산을 방문합니다. 거기까지는 '합리적인' 선택이었는데 우연히 만난 부동산 중개인에게 홀라당 낚여 날림으로 지은 빌라를 덜컥 사버리고 말았군요. 대충 지은 집이 그렇듯 태풍에 외벽이 뜯겨 나가 물이 새는데 보수공사를 해줘야 할 시공사는 온데간데없이 사라진 뒤입니다. 빌라를 짓기 위해 회사를 설립하고 분양이 종료되자마자 부도 내는 방식으로 책임을 회피하는 악질 장사꾼에게 당한 거지요.

여기서 그녀는 양심을 저버리는 선택을 합니다. 보증보험 제도를 이용해 보험금을 부풀려 외벽공사를 하고 남은 돈을 나눠 갖자는 입주민 대표의 제안을 받아들인 건데요. 그러면서 그녀는 자신이 입주민 대표 앞에서 무표정을 거두고 웃음을 지었다는 사실을 깨닫습니다. 이 소설에서는 그녀가 웃는 장면이 한 번 더 나옵니다. 빌라를 시세보다 싼값에 내놓은 후 아주 깔끔하게 정돈해서 집을 보러 온 사람에게 판 직후입니다. 그럼 그녀는 이제 어디로 가야 할까요? 부동산 가격이 폭등한 서울엔 그녀가 갈 곳이 없네요. 그래서 그녀는 아예 지하철 노선도 바깥으로 나가기로 결심합니다.

"서울에서 멀어질수록 주거 공간에 대한 희망이 생겼다. 미분양 아파트가 넘쳐났다. 나는 직장인이 아니었으므로 역세권도 필요 없었고, 학부모가 아니었으므로 학군도 필요 없었다. 쇼핑 인프라 같은 것도 나에겐 무의미했다."(87~88쪽) 그래서 그녀는 서산에 있는 "원래 살던 빌라와 전용면적은 같았으나 단지 내에 피트니스 센터와 실내 수영장이 갖춰져 있었고 가격은 훨씬 저렴"(88쪽)한 22층 아파트에 입주하게 됩니다. 결국 그녀는 자신이 원하던 전망 좋고 깨끗하고 밝은 집을 구했으니 해피엔딩인가요? 누구라도 고개를 끄덕일 수밖에 없는 결말이지만 어쩐지 마음 한편이 개운치가 않습니다. 그녀가 단지 남을 속여 이득을 챙긴 사람이기 때문만은 아닙니다. 그녀가 챙긴 이득이라고 해봤자 아주 미미한 것에 불과하죠. 핵심은 그녀가 '몰랐던'

사람에서 이제는 '모른 척'하는 사람이 되어버렸다는 데 있습니다.

글쓰기를 직업으로 삼고 싶다고 처음으로 생각했을 때, 한 달을 살아가려면 나에게 얼마만큼의 금액이 필요한지 계산해보았다. 나는 괜스레 쇼핑센터를 돌아다니며 아이쇼핑 하는 것을 좋아하지 않았고, 집에 액세서리나 옷, 생필품이 쌓이는 것도 좋아하지 않았다. 볼펜도 한 자루를 다 써야만 새로운 볼펜을 구입했다. 볼펜 한 자루와 수첩 한 권, 책 한 권을 가방에 넣어 다니는 것이 가볍고 좋았다. 내게는 필요한 것을 갖추는 것보다 불필요한 것을 덜어내는 것이 더 편했다. 글쓰기를 생업으로 삼는다면 벌이가 시원찮을 것이라는 자명한 사실을 나는 잘 알고 있었고, 그 사실이 나를 불편하게 하지 못한다는 것 정도는 자신이 있었다. 내 꿈은 나답고 소박했으므로 나는 그 꿈을 쉽게 이뤘다.(80쪽)

그 꿈을 이뤘다고 생각했을 때 그녀는 분명 현실을 모르는 사람이었습니다. 자신이 구축한 현실을 세계의 객관적 현실과 동일시해도 문제가 없었던 시절이었죠. 하지만 그 소박한 꿈의 세계는 서울 아파트 청약이라는 현실의 세계에 부딪혔고 곧바로 자신의 허약함을 드러내고 맙니다.

　서울에 있는 신축 아파트 같은, 무슨 수를 써도 성취할 수 없는 현실의 대상 앞에서 글쓰기를 직업으로 삼아 살아가는 그녀는 어떤 태도를 취할 수 있을까요. 줄곧 욕망을 삭제함으로써만 겨우 자기 세계를 구축하는 데 성공했던 것처럼 이번에도 그녀는 서울을 벗어나버립니다. 이 소설의 결말에는 새로 구입한 서산 아파트의 장점이 나열되는 가운데 "서울의 지인들과 맺은 관계를 포기하기만 하면 되었다"(88쪽)라는 문장 하나가 아무렇지 않은 듯 끼어듭니다. 그녀에게 인간관계란 위기 상황에서 자기 꼬리를 끊고 도망가는 도마뱀처럼 '모른 척'해버릴 수 있는 것입니다. 이 소설이 내보이는 행복한 결말은 고독과 고립이라는 큰 대가를 치르고 얻어낸 것이로군요. 결말에서 그녀는 분명 원하는 것을 얻었고 그래서 만족하는 듯 보입니다. 그럼에도 그녀는 다가오는 시간 안에서 많은 것을 '모른 척'하며 살 수밖에 없을 것 같습니다. 그렇다면 진짜 모르고 살아가는 사람은 어떤 사람일까요? 그 정도로 완강한 비타협성을 유지해 나가는 사람은 세상물정에 포섭되지 않은 백치일 수밖에 없습니다. 톨스토이가 말년에 《바보 이반》을 썼던 이유도 거기 있겠지요.

어제 오늘 제주엔 태풍 같은 바람이 불고 있습니다. 그래서 평소처럼 해안도로를 달리거나 산책하는 일도 포기한 채 집 안에만 머무르고 있네요. 제주에 5년째 살고 있지만 가끔씩 영문도 모른 채 닥치는 거센 바람은 좀처럼 익숙해지지가 않습니다. 아무리 달래도 그치지 않는 아기의 울음소리를 듣는 기분이랄까요. 이런 날 밖에 나가면 말 그대로 바람에 '뚜드려 맞게' 됩니다. 골에서 윙윙 소리가 울리고 두 다리는 12라운드를 치른 권투선수처럼 흐늘거리죠. 하지만 이 바람은 누구라도 달랠 수 있는 것이 아니니 그저 잠잠해지기를 기다리는 수밖에 없습니다.

처음 편지를 드릴 때만 해도 막 찬 겨울을 빠져나갈 즈음이었는데 다음 편지를 보낼 때는 여름의 입구로 들어가는 길목이겠네요. 얼마 남지 않은 짧은 봄날, 즐겁게 보내시길 바랍니다.

—

3

한영인 형께

초여름이 되어서 답신을 쓰는군요.

먼저 지민 씨가 다른 일을 준비한다니, 잘되었군요.

잡지사 기자 노릇이 글과 가까이 있어서, 글을 쓰고 책을 내는 저자에게 좋은 환경인 것처럼 보이지만, 회사 일에 혹사 당하다 보면 정작 자기 글을 쓰기 힘들죠.

사랑과 결혼, 페미니즘에 대한 성찰적이고 에리한 이야기를 담고 있는 《우리는 서로를 구할 수 있을까》(낮은산, 2019)의 저자가 어서 더 재미있는 남녀 이야기를 써주기를 기대합니다.

저희 집에 쌓인 책……. 아예 말을, 말고 싶습니다. 아침에 깨어나 책무더기를 보고 한숨을 쉬고, 한밤에 잠을 자기 위해 불을 끄며 저를 둘러싼 책무더기 때문에 또 한숨을 쉽니다. 읽은 책은 버리는 게 원칙인데도, 읽는 속도보다 쌓이는 속도가 더 빠릅니다. 제 꿈은 책 없는 곳에서 음악을 듣는 것입니다. 그런데 책이 있으니 음악을 들으며 책을 뒤적이게 됩니다. 화장실에 갈 때 책을 들고 가는 사람이 있지요. 저는 다섯 권 정도를 갖고 갑니다. 저는 변비를 앓아본 적이 없습니다. 고작 5분 동안인데, 다섯 권을 가져간다는 겁니다. 살아생전에는 어쩔 수 없다고 체념하고 있습니다. 이게 제 팔자려니 합니다. 방금 생각났는데, 세상을 하직할 때 "드디어 ○○과 영영 헤어지게 되어 기쁘다"라고 환호작약할 무엇이 각자에게 있다면 죽음이 얼마나 홀가분하고 행복할까요. 저에게는 있습니다. 책과 헤어지는 것. (그러고 보니 이건 방금 생각한 게 아니라, 늘 생각해온 것이군요.) 너무너무 행복할 것 같습니다. "이제 해방이다!"

저는 책이 싫습니다. 그런데도 꾸역꾸역 책을 사게 되고, 빌리게 되고, 읽게 되는 것은 직업 때문입니다. 그러니 제가 책을 저주하는 것이 하나도 이상하지 않습니다. 문학평론가는 어떤지 모르겠네요. 집에 책이 무더기로 쌓인 게 문제가 아닙니다. 꼭 필요할 때에 읽어야 하는 책을 찾을 수 없다는 게 괴로워서 한숨짓는 것입니다. 이게 요점입니다.

형이 지난 편지에서 언급한 김대성 평론가의 평론집 《대피소의 문학》을 읽고, 형이 보내준 장류진 씨의 첫 소설집

《일의 기쁨과 슬픔》(창비, 2019)과 첫 장편 《달까지 가자》(창비, 2021)를 차례로 읽었습니다. 소설집의 첫 작품 〈잘 살겠습니다〉의 첫 문단은 이렇게 시작하더군요.

> 회사 사람들에게 청첩장을 돌리기 전에 예상했던 어려움은 이런 거였다. '이걸 왜 나한테 줘?' 하는 눈빛을 받는 것에 대한 두려움. 그래서 최대한 보수적으로 돌리기로 마음먹었다. 정말 가까운 사람에게만 청첩장을 주기로 했고, 줄까 말까 싶으면 안 주는 쪽으로 하객 명단을 만들었다. (8쪽)

작중의 여주인공이 청첩장을 남발하지 않겠다는 결심을 "최대한 보수적으로 돌리기로 마음먹었다"라고 쓴 부분이 좀 어색하네요. 어떤 보수주의자든 청첩장을 '보수적'으로 돌릴 방법은 없기 때문입니다. 저는 소설집을 펴자마자 대면한 '낯선 국어'를 보고 약간 흥분했습니다. 작가는 뻔한 국어를 의심하고 그것에 구역질하면서 국어를 낯설게 하는 일을 시도해야 한다고 생각하기 때문이죠. 작가가 글을 쓰면서 중고등학교 국어 수업시간에 배운 표준 문법을 계속 의식한다면

의식마저 표준화되죠. 여태껏 파괴적인 주제와 엽기적인 이
야기로 무장한 소설은 꽤 보았지만 문법이나 표현 면에서는
옥시크린으로 변기를 닦은 것처럼 미백된 경우를 더 많이 봤
습니다. 어느 문학평론가가 해설의 말문을 열며 "이것은 혁
명이다. 그리고 반란이다"라고 흥분했던 어느 소설도 그랬죠.
국어를 깨끗하게 쓰고, 보존하는 일. 그래서 한국 작가들이
쓰는 소설은 '순수문학'인 걸까? 사회가 약속한 언어 규약을
비틀고 뒤엎는 데서 틈과 새로운 세계에 대한 가능성이 생겨
납니다. 그런데 '보수적으로 청첩장을 돌린다'는 문장은 비문
이 되고 말았습니다. 작가가 소설집 전체에서 이런 비문을 한
번밖에 시도하지 않았기 때문이죠.

　　《일의 기쁨과 슬픔》 표4에 정이현 작가가 추천사를 썼는
데, 묘하게도 제가 처음으로 읽은 장류진의 소설은 정이현의
2002년 작 〈낭만적 사랑과 사회〉의 자매편 같이 느껴졌습니
다. 두 작품 모두 여성의 생애주기에서 비교적 비중이 큰 결
혼을 중심에 놓는다는 공통점이 있지만, 정작 두 소설을 하나
로 만들어주는 것은 혼사를 앞둔 여주인공의 영악한 계산과
도구적 합리성이죠. 장류진의 여주인공은 보수적이라기보다

'합리적'으로 청첩장을 돌리려고 했던 것입니다.

작가의 첫 장편 《달까지 가자》의 앞부분에도 "나는 말 없이 팀장에게서 시선을 거두고 고개를 창가 쪽으로 돌렸다. 동시에 광대의 힘을 뺐다. 억지로 올려뒀던 입꼬리가 중력에 의해 원래 있어야 할 위치로 되돌아가는 게 그대로 느껴졌다"(14쪽)라는 문장이 있는데요. 여기서 "광대의 힘"이란 하급자가 직장 상사에게 잘 보이기 위해 꾸민 표정을 뜻하겠지요. 이런 재미난 표현이 더 나왔으면 좋으련만, 《달까지 가자》를 통틀어 한 번에 그치고 말았군요. 형이 권해준 《대피소의 문학》에 나오는 두 구절을 떠올려봅니다. "체제의 길을 어긋내면서 새로운 길을 조형해가는 이를 비평가이자 작가라 부를 수 있을 것이다."(146쪽) "상식을 관성적으로 받아들이지 않고 의문시함으로써 기꺼이 위험한 것으로 변주할 수 있는 자리야말로 '비평'이 시작되는 지점이라 하겠다."(170쪽) "보수적으로 청첩장을 돌린다"느니 "광대의 힘"이라느니 하는 낯선 표현이 더 많아져야 하는 이유이지요.

《일의 기쁨과 슬픔》과 《달까지 가자》는 모두 입사入社를 목전에 두거나 입사를 마친 사람들의 이야기입니다. 그런데

이 글을 쓰면서 인터넷 국어사전에 '입사'를 검색해보니, 제가 알고 있는 것과 전혀 다른 뜻풀이가 나오더군요. "취직해서 들어가다." 저의 무식이 저를 기절시켰어요. 저는 여태까지 저 단어를 "수학기 혹은 청년기를 마친 사람이 성인이자 시민으로 사회에 자리 잡다"로 알고 있었는데, 사전에 따르면 고작 '회사의 사원'이 되는 게 입사군요. 이제부터 편의상 사전적 입사를 '첫 번째 입사', 제가 잘못 알고 있었던 입사를 '두 번째 입사'라고 칭해보려 합니다.

《일의 기쁨과 슬픔》, 《달까지 가자》의 주인공들은 간신히 회사에 들어가는 것으로 첫 번째 입사는 마쳤으되, 두 번째 입사에는 미달하거나, 영영 두 번째 입사가 요원한 사람들입니다. 한국의 기성세대는 수학기와 청년기가 끝난 이들에게 호락호락 두 번째 입사를 허락하지 않아요. 학교를 졸업한 젊은이들에게 비정규직, 저임금, 자긍심을 느끼지 못하게 만드는 업무, 엉터리 주거 등이 주어지는데요. 이래서는 첫 번째 입사는 간신히 통과했다고 할 수 있겠지만, 두 번째 입사를 치른 것은 아니죠. 공동체의 일원, 그리고 시민이 된다는 것은 경제 이외의 것을 돌본다는 뜻이니까요. 정다해가 "타인을 주거지와 부모의 직업으로, 재력으로 평가하지 않을 것이다. 만약 그런 사람이 있다면 교양 있는 시민이 아니라고 생각할 것이다. 천박하다고 생각할 것이다. 사람을 사람 자체로만 볼 것이다. 그런데 나는, 그러지 못했다"(104쪽)라고 말할 때, '경제적 인간'이 '시민'이 되지 못하는 것에 대한 열패와 동경이 희미하게 비칩니다. 하지만 이들은 회사 이외의 것을 생각할 여력이 없습니다. 같은 인물은 이렇게 말하죠. "우리는 잠자는 시간을 제외한 하루 대부분을 회사에서 보내고 있었고 그래서 내게 벌어지는 일들은 직접적이든 간접적이든 '회사 일'이었다. 기쁜 일도, 슬픈 일도, 웃기는 일도, 화나는 일도, 통쾌한 일도, 기가 막힌 일도."(30쪽) 회사에 취직해서 자신의 위장을 스스로 책임진다는 것은 중요하지만 이런 입사는 사회를 경제 논리 속에 파묻죠. 그런데 장류진 소설 속에 나오는 젊은이들은 사전적 의미에서의 입사(첫 번째 입사)조차 막혀 있는 경우가 많군요.

장류진 소설 중에 가장 놀랍고도 끔찍한 대목은 〈탐페레공항〉에 있습니다. 여주인공은 방송국의 다큐멘터리 피디가 되고 싶다는 꿈을 포기하고 식품회사 회계팀에 들어가요. 어느 날, 그녀는 지하철 열차 안에서 구걸을 하는 백발 할머니

가 자신의 무릎 위에 툭 던져 놓은, 핀란드산 자일리톨이 함
유된 껌을 보고서야, 6년 전 핀란드 탐페레 공항에서 만났던
노인과 그 노인이 자신에게 보냈던 편지를 떠올립니다. 집에
돌아온 그녀는 노인이 보낸 편지를 다시 찾아 읽으며, 잊어버
려 답신을 하지 않았던 자신을 책망하죠. 그러면서 이렇게 무
마합니다. "그래, 사실 내가 답장을 해주겠다고 한 적은 없었
잖아."(205쪽) 답장을 해주기로 약속한 바 없었으니 안 한 것
이 뭐 어떻느냐고 말하는 합리적인 그녀에게 답장을 하지 않
은 것은 '실수'가 아닌 명료한 '자기의식'이었던 것입니다.

　《달까지 가자》의 해설에서 형은 평론가들이 세태소설을
낮춰 보는 이유를 '세태는 누구나 쉽게 지각할 수 있는 자명
한 것'이라고 여기기 때문이라면서, 그런 오해는 작가가 범속
한 세태 가운데 핵심을 건져 우리 앞에 드러내 보여준 다음
에 이루어지는 전도이자 사후 승인에 가깝다고 말했죠. 맞아
요. 나쁜 작가는 '세태'를 베끼지만, 좋은 작가는 세태의 '핵
심'을 보여주죠. '내가 답장해주겠다고 약속하지 않았으니,
답장 안 해줘도 된다.' 이게 세태의 핵심이군요. 합리성으로
포장된 저런 계산이 청년 세대의 공정 담론을 잠식하는 것

같습니다. 장류진 소설에서는 시민사회가 획득해야 할 인륜성 같은 게 없죠. 앞서 인용했던 《달까지 가자》 104쪽에 나왔던 그것에 대한 희미한 열패와 동경마저 장류진의 소설 어느 곳에서도 다시는 찾아지지 않습니다. 그 텅 빈 자리를 채우는 것은 형이 제게 귀띔한 르상티망ressentiment(원한 감정), 혹은 제가 〈나의 후쿠오카 가이드〉와 〈도움의 손길〉에서 느꼈던 가학성일 뿐이에요.

《달까지 가자》에서 '돈독 오른' 두 언니에게 "너무 돈, 돈, 그러지 좀 마. 있잖아, 언니. 세상엔 돈보다 더 중요한 게 훨씬 많아. 저기 저 아름다운 에메랄드빛 바다한테 미안하지도 않아?"(213쪽)라고 저항했던 김지송은 제주도 여행에서 일종의 통과의례에 해당하는 고난(부상)을 당하고, 자신도 이더리움을 하기로 합니다. 그러면서 김지송은 이렇게 말하더군요. "이제부터 내 생일은 오늘이야. 8월 30일."(240쪽) 이들은 그들에게 설움만 안겨준 첫 번째 입사를 걷어차고, 한 번도 실체를 경험한 적 없는 두 번째 입사는 건너뛰고, 세 번째 입사 속으로 뛰어듭니다. 그것을 돈독毒이라고 하든 '돈독(항아리)'이라고 하든 아무 상관없죠.

저는 제주도에 머물던 2020년에 노트북으로 두 편의 영화를 보았습니다. 봉준호 감독의 〈기생충〉(2019)과 라스 폰 트리에 감독의 〈살인마 잭의 집〉(2018). 이 두 편은 제가 작년에 본 영화의 전부이기도 합니다. 올해는 한 편도 보지 않고 넘어가나 했는데, 며칠 전에 〈매드맥스: 분노의 도로〉(2015)를 보고 말았습니다. 짤렘므가 재미있다고 강권을 해서……

뜬금없이 이런 이야기를 꺼낸 이유는, 제가 몇 년째 생각해 온 것인 데다,《대피소의 문학》을 쓴 지은이가 문학작품을 해설하면서 자주 영화를 거론해서입니다. 저는 문학평론가가 문학작품이 텍스트인 자리에 영화를 끼워 놓는 것을 싫어해요. 문학이 주인인 자리에 영화 이야기를 섞으면 일순 문학이 영화의 시종이 되어버려요. (문학작품을 분석하다가 영화와 비교한다거나 주제를 확장한답시고 영화를 소개하고 나면, 그다음에 이어지는 문학작품 분석이 지겨워져요. 활자로나마 화려한 영화의 세계를 맛보아버렸으니 말이죠).

문학평론가에게 매정한 말이지만, 그런 일은 게을러서 생겨난 버릇이라고 생각해요. 영화를 끌어오지 않더라도, 문학작품을 설명할 수 있는 또 다른 문학작품이 많잖아요. 글쟁이들은 대개 자기가 본 것, 들은 것, 읽은 것을 언젠가는 반드시 써먹습니다. 영화를 보는 데 두 시간을 바쳤으니 본전 뽑아야죠. 영화를 본 후에 의식적으로 거부하지 않으면, 문학을 이야기하는 자리에 반드시 영화를 모시게 되죠. 이건 제가 문학주의자여서 하는 말이 아닙니다. 저는 시작부터 문학을 의심했어요.

체제의 포로니, 자본의 노예니…… 하고 말들을 하면서 거기에 대한 항체로 문화를 이야기하지만, 우리를 체제와 자본에 접속시키고 동화시키는 게 바로 문화죠. 문화 없이 어떻게 체제가 유지되고 자본이 굴러가겠어요. 제가 이렇게 생각한 지는 얼마 되지 않았지만, 이런 문제의식은 사실 프랑크푸르트학파의 이의제기보다 훨씬 더 오래전에 생겨났습니다. 김대성 씨가 새삼 강조하듯, '문학＝제도'죠. ["'문학적'이라는 것이 '제도적'인 것과 다르지 않다는 것."(132쪽)] 여느 문화와 같이 문학도 체제와 자본의 일부로 체제와 자본을 구동하는 당사자이자 체제와 자본을 효과적으로 매개하는 밈meme입니다. 이번에 읽은 두 권의 소설은 자기계발서에 서사를 입힌 듯했어요. 독자들은 소설을 읽으면서 자기계발의 중요한 원칙을 밑줄 치며 학습할 수 있을 거예요. 어쩌면 이것이 소설의 미래일 수도 있겠네요.(아니, 원래 그랬어요. 예컨대, 이광수 시대의 독자들에게 이광수는 당대의 자기계발서였지 않겠습니까?)

"이것은 혁명이다"라는 서두로 시작한 어느 평론가의
작품해설 제목은 '이어폰을 낀 혁명가'이고, 《일의 기쁨과 슬
픔》 권말에 달려 있는 어느 평론가의 작품해설 제목도 '센스
의 혁명'이군요. 찾아보면 더 많겠죠. 현실에서는 혁명을 찾
아볼 수 없는데, 한국의 문학평론가들은 매번 혁명을 하고 있
군요. 그 말이 '이불킥'으로 되돌아오게 될지도 모르면서. 문
학이 흔전만전 혁명을 하는데도 혁명이 되지 않는 것은, 문학
이 자본과 체제의 제도이기 때문이에요. 문화도 문학도 혁명
을 하는 것처럼 하면서 자신을 팔아먹습니다.

저는 우리 역사에서 처음으로 문화가 유물론이나 정치혁
명을 대신하고자 했던 1990년대를 지나왔습니다. 1995년에
나온 삐삐밴드의 1집 앨범 제목은 무려 '문화혁명'이었죠. 그
러나 가장 체제 저항적이라는 록과 힙합만큼 자본주의적인
음악 장르도 없습니다. BTS가 '전 지구적인 대변환'을 가져
왔다고 말하는 연구자는 자신이 체제와 자본의 밑인 줄 모르
는 것 같아요. 문화가 있고, 거기에 저항하는 반문화가 있다
지만, 문화든 반문화든 문화를 조심하라고 저는 말하고 싶군

요. 특히 문학을요.

제주에서 《우리는 서로를 구할 수 있을까》를 읽다가 한참 웃었던 적이 있습니다. 아래 대목에서요.

함께 산다는 것은 매일매일 나오는 다른 '차이'와 마주해야 한다는 것을 의미한다. 우린 정말 다양한 이유로 싸웠다. 연애할 때도 싸웠지만, 같이 살면서는 더 사소한 문제로 더 격렬하게 싸웠다. 청소를 하다가는 걸레를 얼마나 꽉 짜야 하는가 하는 문제를 놓고 싸웠다.(47쪽)

이 문제를 어떻게 해결했는지 궁금합니다. 제가 이런 말을 한 적이 있죠. "걸레는 겨울에는 꽉 짜야 하고, 여름에는 물기를 좀 남겨둬야 한다." 여름에는 물기가 금방 증발하니까요.

제주 바다가 그립습니다.
좋은 여름 보내세요.

4

—

장정일 선생님께

　선생님의 답신을 열어본 건 곽지해수욕장으로 올해 첫 조개잡이를 다녀온 직후였습니다. 곽지 바다의 아름다움에 대해서라면 선생님이 누구보다 잘 알고 계시겠죠. 그 아름다운 여름 바다에서 사람들은 여러 가지 일을 합니다. 누군가는 수영을 하고, 누군가는 서핑을 하고, 또 다른 누군가는 그저 바다를 바라보며 햇볕에 제 몸을 느긋하게 그을리기도 하죠. 몇 해 전 우연히 발에 챈 조개를 건져 올린 이후, 저는 오직 조개를 잡기 위해 바다에 갑니다.

　곽지는 예로부터 조개가 많았다고 합니다. 여기서 말하는 옛날이란 2천 년 전이니까 철기시대쯤 되겠네요. 집에서 나와 곽지해수욕장 쪽으로 가다 보면 '곽지 패총' 유적지를 알리는 표지판을 볼 수 있습니다. 2천 년 전 사람들이 잡아먹고 버린 껍질 무덤을 지나쳐 조개를 잡으러 가는 기분은 묘합니다. 참, 어느 과학 다큐멘터리에서 본 건데 원래 조개에는 껍데기가 없었다고 합니다. 그냥 바다에 알맹이인 채로 둥둥 떠다녔다고 해요. 포식자 입장에서 조개는 헤엄치는 사료나 다를 바 없었다는 얘긴데, 날로 먹는다는 말이 거기서 유래했다고 해도 이상하지 않을 광경입니다. 그렇게 무방비 상태로 넙죽넙죽 잡아먹히다 보니 조개 입장에서도 살아남으려면 뭔가 수를 써야겠다는 생각이 안 들 수 없었나 봐요.

조개를 잡으려면 바닷물이 빠지기를 기다려야 합니다. 아무 때나 덤비면 곤란합니다. 새벽 3시에 조개를 잡겠다고 캄캄한 바다로 나갈 수는 없으니까요. 그날은 때마침 해가 쨍쨍한 오후에 물이 빠졌습니다. 조개를 잡는 방법은 사람마다 다릅니다. 누군가는 허리쯤 오는 물에 직립해 서서 발가락을 사용해 조개를 집어 올립니다. 저도 몇 번 해봤는데 무릎에 무리가 오더라고요. 그래서 저는 저만의 방법을 개발했습니다. 무릎 높이 정도에서 찰랑거리는 바다에 엎드려 양손을 쫙 펴고 열 손가락을 쇠스랑처럼 사용해 모랫바닥을 긁으며 돌아다니는 겁니다. 그러다 무언가 매끈하고 단단한 것이 손가락 끝에 톡, 하고 닿으면 아주 짧은 순간이지만 저릿한 쾌감이 솟구칩니다.

그날 잡은 조개는 깨끗하게 해감한 뒤 말린 황태와 함께 넣어 조개탕으로 끓여 먹었습니다. 시원한 국물을 맛보는 순간 여름이 제 곁에 도착했음을 실감했습니다.

장류진은 대중적인 인기를 듬뿍 누리고 있는 축복받은 작가지만 비슷한 이유로 평가절하받는 작가이기도 합니다. 제가 해설을 쓴 첫 장편소설 《달까지 가자》는 그 양가적인 반응을 더욱 증폭시킨 계기가 된 작품 같아요. 저는 장류진 소설의 매력을 비교적 일찍 발견할 수 있었지만 그에 반대하는 사람들의 의견에도 귀 기울일 점은 있다고 봅니다. 먼저 선생님으로 하여금 흥분과 실망을 차례로 느끼게 만든 '낯선 국어'에서부터 출발해볼까요.

저는 〈잘 살겠습니다〉의 화자가 청첩장을 '보수적'으로 돌리기로 마음먹었다고 말하는 부분에서 별다른 특별함을 느끼지 못했어요. 비문이라고도 생각지 않았고요. 그건 우리의 일상에서 '보수적'이라는 말을 정치적으로 진보와 보수를 구획하는 맥락과 무관하게 사용한 지 오래되었기 때문입니다. 국립국어원에서 운영하는 '우리말샘'("국민이 참여하여 함께 만들고 누구나 자유롭게 정보를 이용할 수 있는 신개념 국어사전")에서는 '보수적'을 "안정을 추구하여 금액, 수량, 범위 따위의 차이를 작

게 예측하는, 또는 그런 것"이라고 정의하고 있군요. 정식으로
등재된 용례는 아니지만 앞서 살핀 우리말샘의 성격을 보건대
많은 언중이 실제로 그런 의미로 사용하고 있다는 뜻이겠지요.

　이 보수적인 태도의 기저에 깔린 것을 선생님은 '은폐된
합리성'으로 보셨네요. 그렇지만 저는 그 이면에 도사린 '방
어적 태도'가 먼저 눈에 들어옵니다. 합리성이 차갑고 냉철한
이성의 작용을 떠올리게 한다면, 방어적 태도는 어딘가 불안
정한 눈동자의 떨림을 떠올리게 하죠. 여기서 주인공은 단지
자기가 맛볼 손해를 미연에 방지하겠다는 계산을 하면서 청
첩장을 '보수적으로' 나누어주는 것이 아닙니다. 그보다는 그
렇게 소극적이고 수동적인 태도를 취하는 것이 자신의 마음
을 다치지 않게끔 보호하는 데 더 유리하다 싶은 거죠. 생각
해보면 이상한 일입니다. 그냥 자기 결혼 소식을 주변에 알리
는 행위가 어떻게 한 개인의 마음을 위협하는 일이 될 수 있
을까요? 이 점을 해명하기 위해서는 장류진의 인물들이 주위
사람들의 평판을 몹시 예민하게 의식하며 살아간다는 점을
기억할 필요가 있습니다. 상대가 자신의 청첩장을 받고 흔쾌
히 축하해줄 마음도 없는데 거기에 자신의 청첩장을 들이미

　　　　　　　　　　　　　네 번째 편지

는 '눈치 없는' 행위를 했다? 장류진의 인물들이라면 그때 일을 떠올릴 때마다 이불킥을 할 겁니다.

　타인의 평판과 인정을 예민하게 의식하는 사람이 상상할 수 있는 가장 끔찍한 일은 자신이 속한 집단에서 '넌씨눈'으로 찍혀 배척당하고 뒤에서 조롱받는데 눈치가 없기 때문에 스스로는 그걸 알지 못하는 상황에 처하는 것입니다. 화자가 시종일관 답답하게 바라보는 빛나 언니처럼 말입니다. 그런데 화자는 단순히 빛나 언니를 경멸하거나 한심해하는 것이 아닙니다. 자기도 언제든 빛나 언니처럼 될 수 있다는 걸 은연중에 두려워한다는 것이 더 맞지요. 저는 이 두려움이 예상치 못한 곳에서 표출되는 가학성과도 연결된다고 생각합니다.

　두려움은 주체를 소극적이고 방어적으로 만듭니다. 장류진의 인물들은 "사람들 눈치 보지 말고 너 하고 싶은 대로 해!"라고 속삭이며 욕망의 포식자가 되길 부추기는 쾌락의 명령과는 거리가 멉니다. 한때, 그러니까 선생님도 그 한복판을 통과해온 1990년대는 흔히 이전 시대의 경직된 이념과 억압된 욕망이 분출된 시대로 간주됩니다. 선생님이 예로 드신 삐삐밴드의 앨범 제목대로 '문화혁명'의 시대였다고 할 수 있겠죠. 하지만 그 화려한 혁명으로부터 30년이 흐른 지금, 장류진의 인물이 보여주듯 오늘날 젊은 세대는 '신세대'처럼 자신의 욕망과 쾌락을 향유하며 반문화적 일탈을 만끽하는 주체가 아닙니다. 선생님이 말씀하셨듯 그들은 "간신히 회사에 들어가는 것으로 첫 번째 입사는 마쳤으되, 두 번째 입사에는 미달하거나, 영영 두 번째 입사가 요원한 사람들"이기 때문이죠. 그러니 당연히 단단하고 결속된 공동체의 일원으로 스스로 자리매김하기 어렵지요. 장류진의 소설에서 이렇게 억압되고 폐색된 욕망은 이따금 예상치 못한 가학성으로 귀환하는 듯합니다.

선생님이 언급하신 〈탐페레 공항〉이 그 좋은 예가 될 수 있을까요? 저는 그렇게 생각하지는 않습니다. 왜냐하면 이 작품의 화자가 "그래, 사실 내가 답장을 해주겠다고 한 적은 없었잖아"(205쪽)라고 말할 때 그건 자신의 마음에 남은 죄의식을 억누르고 회피하려는 몸짓에 가깝기 때문입니다. 그러나 그 죄의식은 끝내 억압되지 않고 결말에 이르러 "참았던 눈물"(211쪽)로 귀환하고 말지요. 제 생각에 억압된 것의 귀환으로서 가학성이 표출된 장류진의 대표 작품은 〈나의 후쿠오카 가이드〉 같아요. 마치 이 작품은 남자 주인공인 지훈이

"이 씨발년이. 열었으면 닫아놔야 할 거 아냐"(97쪽)라는 독백 하나를 위해 내달려온 것처럼 보이거든요. 처음 이 작품을 읽었을 때 이 독백은 남성 인물의 캐릭터를 급작스럽게 붕괴시켜 작품의 완성도에도 흠결을 가져온다고 생각했습니다. 이후 떠오른 의문은 이런 것이었습니다. 왜 작품의 완성도를 희생하면서까지 남자 인물로 하여금 저런 욕설을 내뱉게 했을까? 하지만 이런 의문은 부질없었습니다. 왜냐하면 이 작품의 목적 자체가 남자로 하여금 그 말을 뱉고 모두로 하여금 그런 말을 뱉는 남자를 지켜보며 조롱하고 야유하게 하는 데 있었으니까요. 물론 자기기만에 갇혀 있는 남성 주체를 거꾸러뜨리는 가학성은 장류진만의 것은 아닙니다. 오히려 최근 페미니즘 소설이 공유하고 있는 유쾌한 전복에 가깝죠. 그 유쾌함의 이면에는 가부장제만큼이나 오랜 역사적 뿌리를 가진 '원한 감정'이 숨어 있습니다.

　　동서양을 막론하고 사적인 원한 감정은 인간이 극복하고 넘어서야 할 악惡처럼 여겨져 왔습니다. 공자는 《논어》를 시작하며 이렇게 말합니다. "남이 나를 알아주지 않아도 화내지 않는다면 군자가 아니겠는가?"(42쪽) 남이 자신을 알아주지 않을 때 사람들이 얼마나 적개심과 원한 감정에 빠지기 쉬우면 이 말을 가르침의 첫머리에 두었을까요? 그러고 보면 니체가 말한 '초인' 또한 원한 감정을 초극한 존재로 묘사되죠. [《니체의 인간학》(이지수 옮김, 다산북스, 2016)을 쓴 나카지마 요시미치는 니체야말로 그 자신이 그토록 비난했던 원한 감정에 사로잡힌 얼간이일 뿐이라고 신랄하게 비난합니다. 요즘 유행하는 식으로 말하자면 '내로남불'이라는 거죠.] 그런데 마음 수양의 차원에서 원한 감정이 터부시되었던 것과 별개로 역사에서 원한 감정은 강력한 정치적 운동을 이끌었던 동력이기도 합니다. 종교개혁이나 공산주의 운동 모두 도래하는 근대적 부르주아에 대한 증폭된 원한 감정 없이는 가능하지 않았을 테니까요. 마찬가지로 '올바른 페미니즘'을 상정하고, 거기서 구조적 가부장제와 그 구조의 수혜자이면서도 그것을 공기처럼 자연스럽게 향유하는 남성에 대한 원한 감정을 따로 떼어내려는 시도도, 적어도 분석의 차원에서는 부질없어 보입니다.

　　저는 작년에 발표한 평론에서 〈나의 후쿠오카 가이드〉를 다루며(《우리 이웃의 문학》, 문장웹진 2020년 2월) 이렇게 쓴 적이 있습니다.

많은 (여성) 독자들이 그의 실패에 통쾌한 공감을 보내는 건 '남자의 진심' 같은 것을 부인하기 때문이 아니라 이제까지 남성들이 여성과의 상호작용 과정에서 자신의 진심을 구성하고 드러내는 과정에 얽혀 있는 젠더적 위계의 양상을 반성적으로 돌아본 경험이 거의 없음을 누구보다 잘 알고 있기 때문일 것이다.

그렇다면 장류진이 〈나의 후쿠오카 가이드〉에서 보여준 원한 감정은 젠더적으로 위계화된 현실의 질서에 가하는 신랄한 복수의 동력은 아닐까요. 물론 그 복수의 대상으로 '지훈'이 적절한가에 대해 의견이 갈릴 수는 있을 겁니다. 하지만 이조차 '나 정도면, 혹은 이만하면 괜찮은 남자지' 하는 남자들의 '자백'에 올려붙이는 시원한 따귀는 아닐는지요. 장류진의 소설뿐만 아니라 최근 각광받고 있는 페미니즘 소설들 역시, 아니 '신경향파'를 위시한 우리 근대 문학 또한 그와 같은 가학성과 원한 감정에 기초를 둔다고까지 말할 수 있을 것입니다. 선생님은 장류진의 소설이 자기계발서에 서사를 입힌 것 같다면서 이광수 소설까지 언급하셨는데, 분명 그렇게 읽힐 소지가 있습니다. 어떤 독자는 《달까지 가자》를 읽고 가상화폐

든 주식이든 돈을 벌기 위해서는 열심히 찾아다니는 노력이 필요하다는 깨달음을 얻었다고 밝히기도 했으니까요. 하지만 자기계발에 관해서라면, 장류진의 인물들이 자기계발의 문법을 충실히 따르고 있다고 보기보다, 그 인물들이 그와 같은 자기계발을 강요당할 때 발생하는 모종의 원한 감정에 더 주목해야 한다고 생각합니다. 저는 오늘날 그 원한 감정을 장류진만큼 정확하게 포착해서 그려내는 작가도 드물다고 생각합니다.

'이광수'라는 이름을 보고 떠오른 책이 있습니다. 서영채의 《죄의식과 부끄러움》(나무나무, 2017)입니다. (이 책은 제가 아주 인상 깊게 읽은 문학비평서입니다.) 공교롭게도 이 책에서 서영채는 이광수 소설을 원한 감정이라는 키워드로 읽어냅니다. 이광수 소설에는 장류진 소설과는 비교도 되지 않는 '가학성'이 넘실거립니다. 그런데 이 가학성은 타인이 아닌 자기 내부를 향해 있다는 점에서 독특합니다. 외려 숭고해 보일 정도지요. 서영채는 이광수의 숭고한 가학성이 전도된 원한 감정인 죄의식에 의해 추동된다고 말하며 "내향화된 원한이야말로 죄의식의 원천"(75쪽)이라고 설파했던 니체를 인용합니다. 그런데 바로 그 점에 있어 《달까지 가자》는 독특한 소설입니다. 여기서 원한 감정은 주체 내부로 정향되어 있지 않으며 따라서 모종의 죄의식도 구성하지 않기 때문입니다.

《달까지 가자》의 세 여성 인물은 가상화폐 투자로 큰돈을 법니다. 성실하게 노동하지 않고 헛된 한방을 추구하는 이와 같은 인물들은 죄의식에 시달리거나 '권선징악'의 플롯을 따라 사회에 의해 벌을 받는 것이 서사의 '순리'였습니다. 하지만 장류진은 그와 같은 죄의식과 징벌을 정면으로 거부합니다. "내심 그런 걱정도 했다. 이런 이야기, 그러니까⋯⋯ 분수에 맞지 않는 걸 욕망하고 바라는 사람들의 이야기. 이런 종류의 이야기는 대개 욕심부리다가 큰코다치고 괘씸죄로 천벌을 받으면서 끝나버리고 마니까. 이욕을 추종한 죄, 주제넘게 재물을 탐한 죄, 분별없이 반짝거리고 빛나는 것들을 좇은 죄."(239쪽) 장류진은 "이런 종류의 이야기"에 내장된 플롯을 가볍게 비틀어버립니다. 그래서 작품 속 인물들은 자신의 투기 행위에서 '불안감'을 느낄지언정 '죄책감'을 느끼지는 않습니다. 보란 듯이 그런 우려를 비웃으며 가뿐하게 성공을 거두죠. 많은 사람이 이런 결말을 '비현실적'이라고 비판했지만 여기서 결말이 얼마나 현실적인지 여부는 그리 중요한 게 아닙니다. 이 결말에서 드러나는 독특한 원한 감정의 모험을 읽어내는 일이 훨씬 더 중요합니다. 《달까지 가자》는 자신의 욕망의 성취를 억압하는 세계에 품은 원한을 상상적으로 복수하는 이야기니까요.

이런 상상적 복수야말로 이제까지 수많은 사람으로 하여금 소설을 쓰게 만들었던 숨은 동력이 아닐까요? 이청준은 〈지배와 해방〉에서 화자인 이정훈의 입을 빌려 소설은 자기 욕망이 현실에서 충족되지 못할 때 그 세계를 굴복시키기 위한 복수심 때문에 쓰는 거라고 말한 적이 있습니다. 하지만 소설가가 세계에 복수하려고 쓴 그 글이 소설가 자신에게 되돌아가 복수를 가할 수도 있다는 사실을 우리는 종종 망각합니다. 카타르시스는 배설시킴으로써 정화한다는 뜻이라고 하죠. 하지만 카타르시스를 느끼고 등 돌려 제 갈 길을 가면 될 독자들과 다르게 소설가는 자신이 배설한 것을 거듭해 먹어야 합니다. 그 배설물만이 자신의 역사이자 양식이니까요.

그래서 저는 장류진의 소설에는 "시민사회가 획득해야 할 인륜성 같은 게 없"다는 선생님의 진단을 무겁게 받아들입니다. 세계와 주체의 관계는 결코 일방적이지 않고 상상적 차원에서 이루어지는 소설가의 복수 역시 단발적인 서술로 종결되는 것이 아니기 때문입니다. 장류진의 경우 형해화된 인륜성의 세계가 작가와 작품, 혹은 그 인물들에게 어떤 식으로든 영향을 끼치고 복수를 가하려고 할 테죠. 저는 《달까지 가자》의 작품해설을 마무리하면서 "'해피엔드' 뒤에 남아 있는 삶의 시간 속에서 필연적으로 제기될 수밖에 없는" 여러 현실적인 질곡들이 존재한다고 썼는데요. 제가 한 사람의 독자로서 장류진이 앞으로 써나갈 이야기에 큰 관심을 갖고 지켜보는 이유도 거기에 있습니다. 장류진이라면 상상적 복수의 모험과 사회의 '인륜성'이 복잡하게 뒤얽히는 질곡을 자신만의 방식으로 돌파해가리라는 기대가 있거든요.

열흘 전쯤 서울에 올라갔을 때 선생님이 한 이야기가 떠오릅니다. 제주도가 좋은 이유를 생각해보니 거기엔 '문화'가 없기 때문이라고. 무슨 영문인가 싶었습니다. 왜냐면 요즘 사람들은 정반대로 말하니까요. 제주를 비롯한 지방 도시에 거주하기 싫은 이유로 사람들이 첫손가락에 꼽는 것이 '문화지

설의 부족'입니다. 대전이나 대구 같은 큰 도시에서도 보고 싶은 뮤지컬이나 음악회를 보기 위해서는 서울로 올라가야 한다죠. 지방에 살면 인디 영화를 볼 만한 곳이 마땅찮다는 볼멘소리도 자주 듣습니다. 그러니 그런 문화시설쯤 없어도 상관없다는 걸 넘어 아예 없기 때문에 제주가 좋다는 선생님의 말씀이 의아하게 들렸던 것입니다.

"우리를 체제와 자본에 접속시키고 동화시키는 게 바로 문화"이기 때문이라는 구절을 읽고 보니 어떤 맥락이었는지 이해가 갑니다. 저는 극장에 가서 영화를 보는 일이 극히 드뭅니다. 뮤지컬이나 연주회에 다녀본 적도 거의 없고 유명한 화가의 전시회에 가본 적도 없습니다. 음반을 구입하기는커녕 음원 사이트조차 이용하지 않네요. (제주도에 연살이를 하러 와서도 굳이 오디오를 새로 구입한 선생님과 달리 말이죠!) 그렇다면 저야말로 체제와 자본에 가장 덜 접속돼 있는 사람일 텐데 세상 사람들이 다 저와 같다면⋯⋯. 체제는 모르겠지만 예술계는 분명 붕괴하고 말 것입니다. 그럼 그 문화의 힘으로 굴러가는 체제도, 자본도 삐걱거릴 수밖에 없을 텐데 그건 과연 어떤 모습의 세계일까요?

네 번째 편지

참, 지민과 5년 넘게 살면서 걸레의 물기는 아무래도 좋다는 정도로 합의를 봤습니다. 그런데 걸레 문제가 해결되자 이제는 행주 문제가 튀어나왔네요. 지민은 제가 김칫국물 닦은 행주를 바로 비누 묻혀 빨지 않는다고 혼을 냅니다만 행주는 원래 그런 용도 아닌가요? 지민은 개수대에 걸린 행주가 하얗고 뽀얗게 빛나길 바라지만 저는 행주에 물든 붉은색이 보기엔 덜 좋을 수 있지만 그것이 행주의 청결도와는 무관하다고 생각합니다. 붉은 물이 들어도 잘 빨아만 쓰면 어쨌든 깨끗하다는 거죠!

장마가 올 때가 됐는데 어찌된 일인지 쨍한 햇살만 쏟아집니다. 덕분에 붉은 물이 들어버린 행주도 바싹 잘 말라서 기분이 좋습니다. 비가 오면 오는 대로 또 좋겠죠. 그럴 것입니다.

4

한영인 형께

　오늘 서울은 31도라는데, 저는 조금 더운 정도입니다. 아직 선풍기도 켜지 않았으니까요.

　잘 있죠? 지난해에 지민 씨가 수영을 배우러 다녔다고 기억하는데 형은 수영을 잘하는지요? 곽지해수욕장을 자기 집 풀장처럼 사용한다니…… . 세상은 공평하지 않습니다.

　저는 2019년 7월 1일부터 8월 16일까지, 애월의 민박집에 묵으면서 곽지해수욕장을 처음 만났습니다. 그곳에서 28년 만에 나오는 시집의 종이 교정을 보았고, 7월 26일에 출판사에서 보내온 증정본 시집을 받았습니다. 그날 밤 9시 무렵, 산책을 좋아하는 민박집 여사장님과 곽지해수욕장까지 걸어가, 휴가 중 세 번째로 캄캄한 바다에서 혼자 수영을 했습니다. 해수욕장은 오후 6시에 폐장을 하면 방학 중인 운동장처럼 적막해지지요. 9시쯤이면 해안의 가게들도 모두 문을 닫습니다. 파도는 높았고, 물은 깊고 시원했습니다. 이마에 살짝 밀어둔 수경은 파도가 빼앗아가버렸네요. 전방의 먼바다에 고깃배가 떠 있으면 그 불빛을 보고 방향을 잡을 수 있는데, 그날은 고깃배가 없어서 방향을 잡기 힘들었습니다. 한 100미터쯤 나아가 수영을 했습니다. 제가 오랫동안 보이지 않고 나오지도 않길래, 함께 갔던 민박집 여사장님은 자살을 한 줄 알았다고 합니다. 저는 속으로 '오늘은 아닌데' 했습니다. 시집이 나왔는데, 하필이면 그날 자살을 하겠습니까? 그런 드라마틱한 상황은 마지막까지 삶을 능욕합니다. 촬영 대본으로 짠 듯한 그런 자살을 하면 결국 영화 속 주인공으로 죽는 게 됩니다. 평생을 그렇게 살았으면서 말이죠.

인간은 잘났든 못났든, 다들 조금씩 배우로 살아갑니다. 그러니 마지막엔 인간 본연으로 돌아가야죠. 내가 특별하다거나 다른 사람과 다르다고 말하려는 게 아닙니다. 오히려 작가를 비롯해 예술가일수록 극적인 자살을 피해야 한다고 말하고 싶은 것이죠. 평범하게, 자연사하듯이.

제가 지난 편지에 "문화를 조심하라고 저는 말하고 싶군요. 특히 문학을요"라고 썼는데, 형이 저의 오디오 취미를 책잡으시는군요. 제가 제주에서 형을 일찍 만나지 못하고 뒤늦게 만나 가장 아쉬운 점이 형을 음악으로 세뇌시키지 못한 것인데 말입니다. 저의 음악과 오디오에 대한 취미는 역사가 무척 깁니다. 저는 아침에 깨어나서 잠을 자기 직전까지, 하루 종일 음악을 켜놓고 일상생활을 합니다. 음반도 원 없이 사봤고, 오디오는 사 모으다 보니 여덟 조組나 되었습니다. 한 조란 앰프 + CDP(혹은 턴테이블) + 스피커를 말합니다.

2020년 1월 31일, 제주도로 살러 가면서 서울에 있는 오디오를 가져가기 힘들어 저는 제주도에서 두 조를 완성해야 했습니다. 잠자는 시간 빼고, 하루에 16시간 정도 음악을 켜놓으니, 두 조가 있어야 기계가 열화되는 것을 막을 수 있거든요. 이것도 결벽증이지요. 누가 하루 종일 컴퓨터를 쓴다고 두 대를 마련하나요? 제주도에 도착하는 즉시, 몇 번이나 바꿈질을 거쳐 최종적으로 두 조를 완성했습니다.

A조 Marantz PM-10(앰프) + Marantz HD-CD1(CDP) + JBL 4312G(스피커)

B조 Rega Elex-R(앰프) + Marantz HD-CD1(CDP) + Wharfedale Linton 85th(스피커)

저는 제 귀가 무던한 줄 알았습니다. 어떤 오디오든 제
귀는 그 소리를 최상의 것으로 바꾸어 들을 수 있는 자세를
갖춘 줄 알았습니다. 그런데 오디오질을 하는 수십 년 사이
에 제 귀가 저도 몰래 까탈스러워진 거예요. 제 귀는 소리에
대해 겸손하지 못하게 되었습니다. 임시지만 신품으로 구입
한 두 조의 오디오로 만족해야 했는데, 200와트 출력이 저
의 심리적 안정선이라서 Elex-R 앰프가 불만스러웠습니다.
급하게 짐을 싸서 서울로 되돌아오지 않았다면, 서울에 있
는 Krell-KAV 400Xi를 가져왔거나, Elex-R의 상위 기종인
Rega Elicit-R을 사려고 했을 테죠. 모르기는 해도 박스를 개
봉하는 재미를 누리고자 Elicit-R을 새로 샀을 게 뻔합니다.

저는 음란문서 제조로 잠시 서울구치소에 갇혔던 적이
있습니다. 거기서 막 퇴역한 사관학교 출신 육군 중령과 같은
방에 있었어요. 간통죄로 고발당하기 직전에 전역을 했더군
요. 자칫하면 육군교도소에 가야 하니까. 그분이 방에 돌아다
니는 김정현의 《아버지》(문이당, 1996)를 읽고 펑펑 울었다기
에 저도 읽어보았습니다. 《엄마를 부탁해》(창비, 2008)를 읽고

우는 독자나 《아버지》를 읽고 우는 독자는 같습니다. 눈물의
염분도 같죠. 그런데 전자는 본격문학으로 대접받고, 후자는
대중소설로 불려요. 김대성 씨는 '문학＝제도'가 그런 기준을
만들어낸다고 했죠.

클래식이나 재즈는 그 본래의 정치·사회적 의미를 다 잃
어버렸어요. 예를 들어, 요즘의 클래식 음악 애호가들 가운
데 베토벤의 실내악을 융기하는 부르주아계층의 귀족사회에
대한 저항이라고 생각하며 감상하는 경우는 없어요. 또 재즈
를 억압받았던 흑인의 자유로 해석하며 듣는 팬도 없죠. 클래
식이나 재즈에 있었던 본래의 정치·사회적 의미는 백골이 진
토되듯 썩어 사라졌어요. 제가 좋아하는 클래식과 재즈는 정
치·사회적으로 아무 짝에도 의미 없는 무해한 거예요. 거기엔
헤세의 작품에 나오는 '유리알 유희'와 같은 순수한 즐거움만
남아 있죠. 문학은 아직도 현재의 정치·사회에 연루되어 있
는데, 그 방식이 고약합니다. 《아버지》는 한국의 가부장제를
강화하고 《엄마를 부탁해》는 모성이라는 신화를 미화합니다.
그래서 문학을 의심해야 한다고 되뇌는 거예요.

한때는 문화적이고 문학적이 된다는 것이 진보와 해방

을 의미했지만 점점 자본과 체제를 구성하는 중요한 행위자가 되어가는 것 같아요. 안타까운 것은 '문화의 덫'에 걸린 인간은 분노나 슬픔에 둔감해진다는 거예요. 분노하고 슬퍼할라치면, 문화라는 바셀린 연고가 자본과 기술 문명에 얻어맞고 찢긴 상처에 살포시 내려옵니다. 많은 작가와 예술가가 그 과정에서 '멘토'가 되고 '셀럽'이 되기도 하죠. 이를테면 연쇄살인마가 출현하거나 엽기적인 사건이 벌어지면 그걸 소재로 삼은 시와 소설이 등장할뿐더러, 연극이나 영화로도 만들어지죠. 조지프 S. 나이는 그를 유명하게 해준 《소프트 파워》(홍수원 옮김, 세종연구원, 2004)에서 빌 헤일리·엘비스 프레슬리·비틀즈 등이 소비에트를 무너뜨리는 데 기여했다고 말하지만, 지금 러시아는 어떤 모습이죠? 소비에트를 옹호하는 것이 아닙니다. 자본주의 체제의 많은 작가가 그렇듯이 빌 헤일리·엘비스 프레슬리·비틀즈가 '먹튀'였다고 저는 의심하고 있는 거예요. 이들은 어디든 침투해서 꿀을 빨죠. 그러나 무너진 세계에 대해선 아무런 책임도 지지 않아요.

　　형이 페이스북에 조국 사태를 거론하면서 조국은 '사라

지는 매개자'가 되었어야 했다고 썼더군요. 당사자는 결코 받아들이지 못하겠지만, 저는 그럴듯하다고 생각했습니다.

슬라보예 지젝이 애용해서 유명해진 저 용어는 대립물 간에 일치를 이루고 사라지거나, 대립을 좀더 고차적으로 지양시키고 나서 사라지는 무엇(매개)을 가리키죠. 사라진 매개자로 설명 가능한 많은 사례와 현상이 있는데, 제가 떠올린 것은 창조신학(진화신학, 혹은 지적 설계론)입니다. 미국의 개신교에서 더욱 극성인 창조신학은 기독교 신자인 과학자들이 진화론에 대응하기 위해 내놓은 (유사) 과학이죠. 미국에서는 저들의 활약으로 학교에서 진화론과 창조과학을 함께 학습시키라는 요구가 거세졌고, 실제로 몇몇 주에서는 법률로 두 가지를 함께 가르치도록 명시했다고 합니다. 과학계와 상식적인 시민들은 이런 사태를 꽤 걱정합니다. 그런데 저는 창조신학이 더 융성해졌으면 좋겠다는 입장이에요.

기독교를 포함한 대개의 종교는 '믿는 것이냐', '아는 것이냐'로 각축을 해왔는데, 항상 '아는 것'보다 '믿는 것'이 더 우위에 섰어요. 기독교를 포함한 많은 거대 종교들은 믿는 것이 우선인 구조에 바탕을 둡니다. 목사나 신부가 존경받는 이유는 평신도보다 신에 대해 아는 것이 많아서이기도 하지만 실은 그들의 권위 자체가 평신도보다 믿음이 더 깊다고 가정되기 때문일 거예요. 하므로 신도들이 목사에게 진화론에 대해 물으면 목사는 "창조의 비밀은 인간이 다 알 수 없어요"라고 대답해야죠. 진화론에 대응한답시고 과학적으로 설명하기 시작하면 성직자의 권위가 실추될 뿐 아니라 종교의 바탕조차 해체되니까요.

베버는 프로테스탄트가 주술(가톨릭)을 풀고 세계를 세속화시켰다고 말했죠. 또 니체는 '신은 죽었다'고 했고요. 그러나 면죄부만 팔지 않을 뿐, 귀신을 믿는 프로테스탄트도 주술이긴 마찬가지죠. 세속사회라지만 신은 아직 죽지 않았어요. 그런데 창조신학이 융성해지면 사람들은 더 이상 믿지 않는 대신 알려고 할 거예요. 믿는 것에서 아는 것으로! 신도들은 이제 목사보다 과학자에게 달려가게 됩니다. 그야말로 주술이 풀리고, 신이 죽게 되는 사태가 도래하죠. 창조신학은 전혀 예상치 않게 신앙의 근거를 해체하고 기독교를 완전히 세속에 넘겨주게 돼요. 이럴 때, 창조신학은 신의 숨통을 끊고 사라지는 매개자가 됩니다. 창조신학은 원래 그 자체로 과학이 되지 못하는 유사 과학이었으니까요.

그런데 형이 조국에 적용한 '사라지는 매개자'에는 이제껏 볼 수 없었던 '희생물/희생양'이라는 고귀한 뜻이 담겼더군요. 한국사회를 정의롭고 공명하게 향상시키고 사라지는 매개자, "나를 밟고 전진하시길 바란다"라고 했다던 조국은 진정 그 뜻을 깨달았을까요?

장마가 온다던데, 바깥은 쾌청하군요.

즐거운 계절 보내세요.

5

—

장정일 선생님께

앞으로 두어 차례 비가 더 올 거라곤 하지만 아무래도 올 장마는 이렇게 흐지부지 끝날 모양입니다. 이제 여름의 복판을 통과하게 되겠지요. 가느다란 비가 오락가락하던 어느 날 이른 저녁부터 함께 술을 마신 적이 있지요. 아시다시피 곽지해수욕장 근처엔 술집이 거의 없죠. 그래서 선생님은 튀긴 닭을 질색하시면서도 어쩔 수 없이 저를 따라 곽지마트 옆에 있는 치킨집에 자리를 잡았습니다. (그런데 그 치킨집, 이젠 문을 닫았습니다. 붙여놓은 글을 보니 가게를 정리하고 육지로 갈 모양이던데요). 갓 튀긴 닭이 미지근하게 식을 때까지 우리는 술을 마셨습니다. 그날 밤 우리는 완전히 취했지요. 그럼에도 한 잔 더 하자며 선생님 댁까지 걸었습니다. 집에 들어서자마자 선생님은 취한 저를 소파에 앉히고선 단단히 벼르고 있었다는 듯 오디오를 틀었습니다. 선생님은 잔뜩 흥분한 채 오디오의 재생 버튼을 누르면서 이렇게 외치셨죠. "형, 이거 들어봐. 이거 진짜 죽여. 형은 이제 큰일 난 거야!"

어느 재즈 밴드의 음반이었습니다. 지붕 위로 떨어지는

빗방울처럼 부드럽게 귓가를 두드리는 드럼 소리와 어딘지
모르게 기분을 나른하게 만드는 기타 선율이 벌겋게 취한 제
얼굴로 육박해왔지만 안타깝게도 별다른 큰일은 발생하지
않았습니다. "제가 제주에서 형을 일찍 만나지 못하고 뒤늦
게 만나 가장 아쉬운 점이 형을 음악으로 세뇌시키지 못한
것인데 말입니다"라고 적으신 걸 보고 그 밤이 떠올랐습니
다. 진작 선생님을 만나 음악에 '세뇌'되었다면 어땠을까요.
선생님이 오디오 두 조를 장만하기 위해 들였던 금액을 생각
하니 다른 건 몰라도 제 통장 잔고는 '큰일' 났을 게 분명합
니다.

　　말씀대로 저는 곽지해수욕장을 전용 풀장처럼 이용합니
다. 어디 곽지뿐인가요. 요새처럼 피서객들로 해수욕장이 붐
비는 시즌에는 현지인만 알 수 있는 비밀 스폿을 찾아 은밀
한 망중한을 즐깁니다. 요새는 선인장마을로 유명한 월령리
에 위치한 한적한 해변을 자주 찾습니다. 지정된 해수욕장에
는 안전요원들이 상주해 있어 자유로운 물놀이가 어렵지요.
안전요원은 피서객들의 안전을 위해 맡은 일을 열심히 할 뿐

이니 그들을 탓할 일은 아니지만 그렇다고 넓고 아름다운 바다를 지척에 두고 작은 가두리 안에 머물러야 하는 일이 유쾌할 리 없습니다. 그래서 현지인들은 해가 진 이후나 아예 달을 넘겨 폐장된 다음에야 맘 편히 바다를 즐기곤 하죠. 다행히 제주의 가을 바다는 수온이 높아 해수욕장이 폐장되고 난 후에도 물놀이를 즐기기 좋습니다. 바다에서 신나게 놀고 나와 투명하고 서늘한 가을 햇살에 몸을 말리는 기분이란……. 여기에 중독되어도 '큰일' 나기 딱 좋습니다. 바둑판처럼 갑갑한 파티션 따위는 당장 쳐부숴버리고 제주 바다에 풍덩 몸을 빠뜨리고 싶은 마음을 참기 어려워질 테니까요.

저는 곽지에서 밤 수영에 나서본 일은 거의 없습니다. 게다가 파도가 높이 치는 날엔 더더욱요. 머리에 찬 물안경까지 쓸어갈 정도면 파도가 심상치 않았을 텐데 모르는 사람이 보면 정말 죽으려고 저러나 싶기도 했을 겁니다. 그 상황에서 특유의 골똘한 표정으로 고개를 갸웃거리며 '오늘은 아닌데'라고 생각하셨을 얼굴이 떠오르니 웃음이 납니다. 동시에 선생님이 쓴 이 시가 생각났어요.

약 좀 주소

약 좀 주소

신약 좀 만들어 주소

제니스 조플린, 짐 모리슨, 지미 헨드릭스가

먹었던 그런 시시한 약은 말고

죽었던 사람도 다시 살아나는 약

날아갈 준비 다 된 내 인생

활주로에서 뒤로 달리게 하지 말고

약 좀 줘, 씨발놈들아

먹고 죽게 약 좀 줘

아무도 괴롭히지 않고

물이 되어 하수구로 흘러갈게

눈물 한 방울 남기지 않을게

달에도 가고

복제 양도 만들고

가죽공예 장인도 만드는데

한 알만 먹으면 헬륨 먹은 목소리로

자지러지게 웃다가 잠드는 약

그 좋은 약 왜 못 만드나

보건복지부와

청와대는

출산율만 걱정하지

어서 죽고 싶은 사람들의 복지는 너무 몰라

그만 살고 싶은 내 마음은 너무 몰라

그래서 우리는 메스꺼운 구공탄 피워 놓고 애쓴다고

면도날로 동맥을 끊고 피칠갑이 된다고

고소공포증을 참고 옥상까지 기어올라가 떨어진다고

씨발놈들아 그 좋은 기술로

신약 좀 만들어!

자판기로 콘돔을 팔 듯이

신약 좀 먹어 보자 개새끼들아!

같이 먹자고 안 할게

Mnet은 보건복지부의 청탁을 받고 쇼미더머니를 만들었지

우리가 미치는 것을 막아 보려고

Mnet은 국가정보원의 청탁을 받고 고등래퍼를 만들었지

화염병 던지는 것을 막아 보려고

청와대는 나쁜 약 대신 가짜 약을 만들었지

방시혁과 함께 방탄소년단을 만들었지

힙합은 필요 없어

방탄소년단도 꺼져 버려

더 나쁜 약을 줘

진짜 약을 줘

내 청춘 박멸한다

〈힙합〉 전문

선생님이 곽지 밤바다를 헤엄치기 전 받으셨다는 "28년
만에 나오는 시집", 《눈 속의 구조대》를 저는 나오자마자 사
서 읽었습니다. 그때 이 시를 읽으며 "같이 먹자고 안 할게"
에서 터졌던 웃음이 "내 청춘 박멸한다"라는 마지막 구절에

서 쏙 들어가더군요. 청춘을 박멸하다니요. 청춘이 무슨 바퀴벌레인가요? 그렇지만 제가 통과했던 청춘의 시간을 돌아보니…… 바퀴벌레처럼 징그러웠습니다. 박멸해야 할 시간이 맞았습니다.

지난 편지에서 "클래식이나 재즈는 그 본래의 정치·사회적 의미를 다 잃어버렸어요"라고 쓰셨는데 힙합 역시 사정은 다르지 않죠. 쇼미더머니나 고등래퍼에 나온 참여자들이 조마조마한 표정을 애써 숨기며 선배들의 간택을 기다리는 장면을 지켜보는 일은 민망할뿐더러 자신은 그런 한심한 치들과 다르다는 듯 작정하며 위악을 부리는 래퍼들은 제게 별 감흥을 주지 않습니다. 그러고 보면 지난 편지에서 나눴던 문화가 자본과 체제의 중요한 행위자가 되어간다는 씁쓸한 진단은 이 시에도 짙게 깔려 있는 셈입니다. 매트릭스의 세계관을 빌려 말하자면 '빨간 약'은 간데없고 "가짜 약"만 나부끼는 세상이겠군요. 그런데 선생님은 문학(=제도) 역시 "가짜 약"이기는 마찬가지 아니냐고 말씀하십니다. 문학을 의심해야 한다고요. 저로서는 수많은 작품 가운데 무엇이 '가짜 약'

이고 무엇이 '진짜 약'인지를 구별하여 제시하는 게 평론가의 임무 아니겠냐고 변명 삼아 말씀드리고 싶지만 그 이야기를 본격적으로 하기 전에, 조금 뜬금없지만 제가 겪고 있는 일종의 분열증에 대해 먼저 고백하고 싶습니다. 이 분열은 '가짜 약'과 '진짜 약'을 구별하는 평론가의 '선구안'을 끊임없이 동요시키는 요인입니다. 그 분열을 프로이트가 제시한 '에로스'와 '타나토스'의 대립에 빗대면 어떨까요. 에로스가 생물학적 생명과 사회적 삶 모두를 존속시키는 힘이라면 타나토스는 그와 반대되는 죽음 충동을 의미하죠. 그런데 '삶의 충동'과 '죽음 충동' 사이의 대립이 당최 문학과 무슨 상관이 있다는 것일까요. 저는 깊은 관련이 있다고 생각합니다.

문학은 우리의 삶을 더 살 만한 곳으로 만들기 위한 가능성의 처소여야 한다고 주장하는 목소리가 있습니다. 더 나은 세계에서 펼쳐질 더 나은 삶을 욕망한다는 점에서 이는 에로스의 욕망과 합치합니다. 하지만 무턱대고 세계를 긍정한다고 해서 더 나은 세계가 찾아올 리 만무합니다. 더 나은 세계를 만들어나가기 위해서는 오늘날 현실에 대한 냉철하고도 면밀한 분석과 그 분석에 근거하여 도출된 실천적 임무가

요구되기 마련입니다. 그런데 여기엔 위험한 함정이 도사리고 있습니다. 현실을 냉철하고 면밀하게 분석하려는 정신은 자칫 눈앞에 떡하니 버티고 선 현실의 압도적인 힘 앞에 짓눌릴 위험이 있기 때문입니다. 현실에 대한 더 많은 앎이 더 나은 세계를 위한 실천 방안의 수립이 아니라 환멸과 체념에 빠지는 것으로 이어지면서 현 상태를 정당화하는 근거로 활용되는 경우를 선생님도 적잖이 보셨을 것입니다. 그렇기에 나아질 가망이 없어 보이는 오늘날 현실에서 새로운 희망의 계기를 발견하고 북돋으려는 의지는 소중하며, 제가 이해하는 한 진정한 혹은 성숙한 리얼리즘은 그런 의지를 중요한 동력으로 포함합니다. 리얼리즘은 현실의 표면을 세밀하게 재현하는 걸 뛰어넘어 현실에 아직 들어와 있지 않거나 그렇기에 우리가 만들어가야 할 현실의 기미를 스스로 생성하고 포착하려는 노력까지 포함하는 정신적 태도인 것이지요. 저는 이런 문학적 입장을 인간의 삶을 긍정한다는 점에서 에로스 계열의 문학관이라고 부르고 싶습니다.

하지만 모든 문학이 인간과 사회의 보존과 영속을 추구하는 삶의 충동 위에 서 있는 건 아닙니다. 그 반대편엔 선생님의 시 〈힙합〉처럼 죽음 충동에 젖줄을 댄 문학도 있죠. '어서 죽고 싶고 그만 살고 싶은' 인간들, 문명과 도덕의 건설보다 그것의 몰락에서 자신의 참 모습을 발견하는 사람들이 분명 존재합니다. 인간은 살아가기 위해 문명을 만들고 제도를 만들고 규칙을 만듭니다. 도덕과 법은 물론이고 편견과 혐오마저도 생존을 영위하기 위해 요구되는 사회적 기능의 일부겠지요. 그런데 그 문명이 마련해놓은 사회는 '어떤' 인간을 필연적으로 소외시킵니다. 프로이트에 따르면 문명을 형성하는 핵심적인 두 요소는 노동과 에로스인데 얼마 전 발표된 연구 결과를 보니 한국 성인 세 명 중 한 명은 지난 1년 동안 한 번도 섹스를 하지 않았다더군요. 문명이 섹스를 억압하는 건 일견 상식적인 이야기지만 한국 사람들은 훨씬 더 과잉된 억압 속에서 살아가는 셈입니다. 노동은 또 어떤가요? 한국은 세계적으로도 노동 시간이 길기로 악명 높은 나라입니다. 어쩌면 이 긴 노동 시간이 빈곤한 섹스의 원인일지도 모르겠습니다.

프로이트는 문명은 공동체의 모든 구성원을 에로스적으로 한데 묶기 위해 모든 수단을 동원한다고 말합니다. 그런데 이 서술만 놓고 보면 내이션의 탄생과 내셔널리즘의 분출을 설명하는 언설들과 유사한 점이 있지 않나요? 내셔널리즘이 영토와 언어를 공유하는 사람들을 민족으로 묶기 위해 내세운 것도 다름 아닌 '사랑'이었죠. (민족과 동포에 대한 사랑!) 그렇다면 '민족문학'은 처음부터 '에로스의 문학'이었던 셈입니다. 반면 타나토스는 에로스를 파괴하려 합니다. 에로스적 결합을 해체하기 위한 타나토스의 작용은 분별없는 성행위에서 가장 극대화되어 나타난다고 프로이트는 말합니다. 내 이웃을 내 몸처럼 사랑하지 않고 내 이웃의 아내를 내 아내처럼 사랑하려는 사람이 득시글거리는 곳에서는 에로스적 통합은 불가능합니다. 장정일의 문학은 왜 민족문학이 아닐까요? 혹은 민족문학은 왜 장정일의 문학을 포용할 수 없었을까요? 장정일이 손가락질받았던 진짜 이유는 단지 성을 극도로 저속하게 다루었기 때문이 아니라 에로스적 통합에 기초한 내셔널리즘의 문법과 적대적 짝패를 이루는 타나토스의 문학을 추구했기 때문은 아니었을까요?

문명은 에로스적 결합에 의해 성립하지만 모든 사람에게 평등하게 사랑을 분배하지는 않습니다. 그 과정에서 소외가 발생하고 소외받은 자는 원한 감정을 품게 되며 그것은 복수의 심리로 나타납니다. 소설가가 자신만의 세계를 구축함으로써 현실에 대한 상상적 복수를 실행한다면 혁명가는 바로 그 소외의 질서 자체의 물리적 토대를 전복하려 하죠. 하지만 프로이트에 따르면 가장 일반적으로 나타나는 방식은, 자기 자신을 공격하는 일이라고 합니다. 개인의 공격 본능이 초자아와 결합하여 내면화됨으로써 자아를 감시하는 역할을 하게 되기 때문이라고요. 그에 따르면 도덕적인 죄책감은 전도된 공격 본능입니다. 우리는 흔히 도덕적인 죄책감을 많이 느끼는 사람을 더 윤리적이고 좋은 사람이라고 생각하지만 실은 그럴수록 더 많은 공격 본능을 은폐하고 있는 셈이지요. 도덕적인 죄책감이 많은 사람일수록 자기 기준에 못 미치는 타인을 더 강하게 비난하는 경우가 많은 것도 그 때문이겠습니다. 그런 측면에서 본다면 죄책감의 사회적 기능은 분명합니다. 그건 타나토스를 억압해서 외부로 향해야 할 공격 본능을 자기 내부로 향하게끔 만드는 것입니다. 그렇다면 타나토스를 있는 그대로 드러낼 수 있는 사람은 자기 내부에 자리 잡은 그 막대한 죄책감을 넘어선 사람이라는 뜻이겠지요. 사드처럼 말입니다. 저는 작년쯤 사드의 《밀실에서나 하는 철학》('규방철학'이라고도 옮기더군요)을 읽으며 다음과 같은 대목을 따로 필사해둔 적이 있습니다.

> 자연으로부터 받은 우리 감성의 일부를 분리해서 생각하지 말자. 감성을 타인에게 확장한다는 것은 결국 우리의 고유한 감성을 망친다는 것을 말하기 때문이다. 타인의 불행이 도대체 나와 무슨 상관이란 말이냐! 나와 상관없는 사람들을 위로하러 가서 확인하지 않더라도 그만한 불행 정도야 나에게도 있지 않겠느냔 말이다! 감성의 심지가 오로지 우리 인간의 쾌락을 자극해 주기를! 쾌락을 만족시키는 것에는 민감하고 나머지 모든 것에 대해서는 매몰차야 한다. 이런 감정의 결과로 일종의 잔인함이 만들어지지만 그 잔인함은 가끔 뭐라 형언할 수 없는 쾌감을 가져다주기도 한다. 사람이 항상 악행만 할 수는 없는 노릇이지. 악행이 주는 기쁨을 누리지 못한다면 적어도 선행을 전혀 하지 않음으로써 생기는 약간의 짜릿한 고약함을 대신 느껴야 하느니라. (56쪽)

선생님이 사람들의 눈앞에 대고 흔들어댄 타나토스를 보며 법과 도덕은 이것이 자신들이 구축한 문명에 대한 중대한 도전임을 간파했습니다. 그래서 선량한 풍속의 수호를 자임한 검찰은 음란문서 제조 혐의로 선생님을 구치소에 가두었고 선생님은 거기서 간통죄로 붙잡혀 온 그 군인을 만나게 되었던 것입니다. '포르노 제조업자'와 '간통범'의 만남은 결코 우연이 아니죠.

저는 그런 타나토스의 문학을 읽으며 내밀한 짜릿함을 느낍니다. 하지만 공공연하게 그 세계를 지지하거나 투신하지는 못합니다. 저는 에로스와 타나토스 사이의 분열, 순수한 즐김과 거기에 따라붙는 내밀한 죄책감 사이의 분열을 매일 느낍니다. 이런 분열을 매일 마주하면서 일관되고 통합적인 관점을 갖는다는 게 가능할까요? 편지의 말미에 조국 이야기를 잠깐 하셨는데 실은 그런 의미에서 조국은 제가 가장 부러워하는 사람 중 한 명입니다. 조국은 아주 오래전에 그와 같은 분열을 극복한 듯 보이거든요. 하지만 문학은 통합된 자아를 남근처럼 내세우는 조국보다 기꺼이 좁힐 수 없는 분열 안에서 괴로워하는 사람의 편에 서 있는 것 아닐까요.

문학은 제도이며 제도로서의 문학을 의심해야 한다는 선생님의 말씀에 제 의견을 밝힌다는 게 정작 본론은 건드리지도 못한 채 너무 길어지고 말았습니다. 하는 수 없이 그 이야기는 다음 편지에서 드려야 할 것 같습니다. '사라지는 매개자'에 대한 선생님의 예시는 몹시 흥미로웠습니다. 왜냐하면 '믿는 것'과 '아는 것' 사이의 각축은 종교뿐만 아니라 문학에도 적용되는 것처럼 보이거든요. 한때 한국문학을 휩쓸었던 '진정성'이라는 개념이 달리 무얼 뜻하는 것이겠습니까. 그런데 종교와 달리 문학 하는 사람들 사이에서는 '아는 것'에 대한 '믿는 것'의 우위가 지속되는 것 같습니다. 이유는 간단합니다. 문학을 믿지 않는 사람들은 더 이상 문학을 알려고 하지도 않기 때문입니다. 그들은 문학 대신 옛 신문과 잡지, 영화, 드라마 등을 들여다봅니다. 그쪽으로 가지 않고 아직 문학의 영토에 남아 문학을 파고드는 사람은 겉으로 대놓고 말하지 못해도 자신만의 견결한 문학적 신앙을 간직하고 있음을, 저는 여러 차례 확인한 적이 있습니다. 선생님 말씀대로라면 문학에 대한 '앎'이 문학에 대한 '믿음'을 초과하게 되는 순간 문학의 죽음은 시작되는 것이겠습니다. 그렇게 본다면 문학은 이미 죽음의 길에 들어선 것이 맞습니다. 소수의 사람만이 거기서 '문학주의'라는 오명을 오물처럼 뒤집어쓰고 자신의 '믿음'을 지속시키고 있지요. 저는 선생님과 마찬가지로 그런 종류의 믿음을 늘 의심하는 편이지만 이따금 사심 없는 믿음을 마주할 때면 매사를 의심의 눈초리로 바라보는 제 자신이 못마땅하게 느껴지기도 합니다.

엊그제 부산에서 김유담 소설가를 만나 북토크를 했습니다. 김유담은 우리의 첫 편지에 등장했던, 선생님과 저를 연결시켜 준 소설가 K죠. 코로나가 갑자기 심해져 행사가 취소될 뻔했지만 현장 참여 인원을 절반으로 줄이고 마스크를 쓴 채 행사를 진행하는 조건으로 겨우 성사가 되었답니다. 선생님과 함께 애월읍에 있는 중국집에서 본 게 1년 전의 일이었으니 꽤 오랜만의 만남이었어요. 선생님의 안부를 묻기에 잘지내고 계시다고 전해드렸습니다.

선생님은 귀덕리에서 에어컨도 없이 지내셨죠. 이제야 하는 말이지만 거기서 밤늦도록 술을 마실 때마다 더위를 물리치느라 여간 고생이 아니었습니다. 집에 오면 얇은 반팔이 땀에 흠뻑 젖어 있곤 했죠. 문득 더위를 물리치기 위해 차가운 물을 몸에 끼얹고 나와 하루 종일 나체로 지낸다고 하셨던 게 기억납니다. 그 말을 듣고 저도 한번 해볼까 했지만……. 저희 집에는 과분하게도 에어컨이 두 대나 있네요. 그리고 벗은 몸뚱이로 집 안을 휘젓고 다닐 저를 결코 좌시하지 않을 사람도 한 명 있군요.

무탈한 여름 보내시길 빌겠습니다.

5

한영인 형께

모두, 잘 지내시죠.

오늘은 아침부터 비가 시원하게 내립니다. 독한 술을 마시며 빗소리를 듣고 싶은데, 월요일에 코로나 백신을 맞으러 가기 전까지는 금주라는군요. 제가 술을 너무 마시고 싶어 하니까, 짤렘므가 접종을 연기하면 된다는데, 글쎄요······. 비는 또 내립니다. 이게 자연의 이치인데, 도시인은 그걸 깜박깜박 잊습니다. 제가 최소한 2년은 살기로 한 제주도에서 1년 만에 짐을 싼 것은, 집안에 생긴 피치 못할 이유도 있었지만, 그해 겨울이 너무 추워서였습니다. 그런데 서울에 올라오고 나서 뒤늦게 알았습니다. 겨울이 지나면 곧 봄이 되는데······. 도시인은 자연을 피상적으로만 알고 있지, 체득하고 있지는 못합니다. 바보죠.

입맛을 다시며 기상 뉴스를 보니, "전국에 많은 비, 호우 위기경보"라는군요. 이걸 고스란히 믿어야 하는데 반신반의하는 것은 왜일까요. 기상청은 언론 기관이 아님에도 불구하고, 뉴스가 반反뉴스가 되어버린 탓에 언론을 통해 보도되는 기상청 예보까지 불신의 대상이 되었습니다. (실제로 기상청 예보가 잘 맞지 않은 이유도 있고.) 언론이 저지르는 악의적인 오보는 늘 문제인데, 검찰 개혁 문제를 검찰이 반성하지 않듯이, 언론의 문제를 언론이 자정하는 경우는 잘 없습니다. 오보를 어떻게 시정하고, 오보를 낸 데스크가 어떤 책임을 져야 하는지 등에 대해 언론은 아무런 대책이 없죠. 이러는 한에서, 손해를 보는 것은 언제나 약자지요. 문제는 약자도 아닌 정부가 약자 코스프레를 한다는 것. 정부는 그 자체로 거대한 선전 권력인데도 말입니다.

그리고 그 자체로 권력이기는 마찬가지인 언론이 국가 권력의 하수인 노릇을 충실하게 하는 경우도 많습니다. 2013년 8월 29일, 《한국일보》가 터뜨린 이석기 내란 음모사건이 대표적인 사례죠. 《한국일보》는 국정원으로부터 A4용지 62쪽 분량의 내란음모 RORevolution Organization 회합 녹취록을 넘겨받아 이튿날 2~3면에 요약본을 게재했습니다. 그러나 11월부터 이어진 재판에서 녹취록에 나오는 말의 상당 부분이 원본에 없거나 잘못 적힌 것으로 확인됐습니다.

갑작스럽게 이석기 전 의원과 통합진보당 내란 음모사건이 이 답신의 화제가 되어버렸는데 그 이유가 없지 않습니다.

*

지난 7월 27일에서 8월 10일까지 제주도의 옛집으로 피서를 가면서, 형이 "인상 깊게 읽은 문학비평서"라고 한 서영채의 《죄의식과 부끄러움》과 후속작 《풍경이 온다》(나무나무, 2019)를 집 앞의 도서관에서 빌렸습니다. 제주도에서 다 읽고, 서울로 돌아가 이틀 뒤에 반납을 하면 되었지요. 그런데 〈서장〉은 서울에서 읽었고, 정작 제주도에서는 1장의 앞부분 몇 페이지밖에 읽지 못했습니다.

저는 제주도로 내려가기 전날까지 바이마르 시대에 대한 책을 읽었습니다. 조금 오래된 A. J. 니콜스의 《바이마르 공화국과 히틀러》(오민석 옮김, 과학과인간사, 1980)로 시작해 제바스티안 하프너의 《비스마르크에서 히틀러까지》(안인희 옮김, 돌베개, 2016)를 이어서 읽었죠. (이번에 보니 니콜스의 책이 두 권이나 되더군요. 띠지에 비닐 커버까지 고스란히 보존된 새 책을 형에게 보내드리죠. 지금으로부터 무려 40년 전에 나온 책입니다.)

제주의 옛집 근처에 있는 애월도서관에서 파시즘에 관한 근작이 있으면 아무것이나 빌려와서 읽은 다음, 서울로 돌아와 로버트 O. 팩스턴의 《파시즘》(손명희·최희영 옮김, 교양인, 2005)을 읽겠다는 계획이었습니다. 이 책이 저희 집 앞에 있는 동대문정보화도서관에는 없고, 신설동에 있는 동대문도서관에 있다는 것까지 알아두었죠. 그런데 막상 애월도서관에는 '파시즘'의 '파'자도 붙은 책이 없더군요. 단 한 권, 캐스린 J. 애트우드의 《파시즘과 싸운 여성들》(곽명단 옮김, 돌베개, 2020)이 있었는데, 그건 내키지 않았어요. 그래서 형에게 파시즘에 관한 책이 있느냐고 물어보았더니 팩스턴의 《파시즘》을 갖고 있다고 해서 그걸 빌렸죠. (형이 갖고 있을 것 같기도 했고.) 그런데 그게 사단이었던 것 같아요. 그 책을 읽으며 발췌를 하는 데 일주일을 써버렸으니까요. 물론 사이사이에 가지고 간 시집과 몇 권의 문고를 읽고 나서 버렸지만, 서영채의 책은 읽을 엄두가 나지 않았습니다.

팩스턴의 책에서 두드러지는 파시즘의 특징은 세 가

지입니다. ①"파시즘은 민주주의의 실패에서 나타나는 현상"(482쪽)이며, "따라서 민주주의 성립 이전의 독재에는 '파시즘'이라는 용어를 사용하면 안 된다."(483쪽) ②"파시즘의 권력 장악 과정은 언제나 보수 엘리트층과 공조를 통해 이루어졌기 때문에 결정적인 순간에 도움을 주었던 동조자들을 반드시 살펴볼 필요가 있다. 파시즘 지도자를 연구하는 만큼 그들이 구축한 필수불가결한 동맹 세력과 협력자들도 연구해야 하며, 파시즘 운동 자체를 연구하는 만큼 파시스트들이 권력에 다가설 수 있었던 당시 상황이 어떠했는지도 연구해야 한다."(229쪽) ③"파시즘 정당들이 써먹었던 고안물 하나는 동형 기구Parallel Structures였다"(200쪽), "동형 기구는 파시즘을 규정하는 특성의 하나다."(201쪽)

이 세 가지는 팩스턴의 책에만 나오는 것이 아니라, 거의 모든 파시즘 관련서에 나오는 사항입니다. 다른 게 있다면 팩스턴은 저 세 가지를 강조하지만, 다른 저자들은 팩스턴이 강조한 것이 아닌 또 다른 사항을 강조하죠. 예를 들자면 케빈 패스모어는 《파시즘》(강유원 옮김, 뿌리와이파리, 2007)에서, 파시즘 연구자들은 각기 강조점이 다르다며 그 자신은 "초민족주의가 파시스트 세계관의 중심"(45쪽)이고, "정당은 파시스트라는 명칭을 쓰지 않아도 파시스트적일 수 있으나 초민족주의라는 명칭이 없으면 더는 파시스트일 수 없었다"(153쪽)라고 거듭 강조하고 있습니다. 현재 유럽에서 활개를 치고 있는 극우정당이 파시스트와 동격으로 불리는 이유가 여기 있죠. 프랑스의 국민전선FN과 독일을 위한 대안AfD은 민족주의/인종주의를 핵심 가치로 삼고 있기 때문에 파시스트라고 불립니다.

　팩스턴이 증명하려고 했던 강조점 ①이 무척 재미있습니다. 그에 따르면, 파시즘은 제1차 세계대전 이후 대중이 정치에 참여할 수 있게 되면서 생겨난 현상입니다. 대중이 정치에 참여하는 정치 체제가 곧 민주주의이므로 파시즘은 민주주의 이후에 등장했다는 것이죠. 9·11 이후 서구에서 '이슬람 파시즘' 논쟁이 벌어졌을 때 팩스턴은 이슬람 파시즘이 일어날 가능성 자체를 난센스로 간주합니다. 이슬람 세계에는 정치체로서의 자유체제가 존재하지 않기 때문에 민주주의 이후의 현상인 파시즘이 도래할 리 없다고 본 거예요. 이 사례를 김일성−김정일−김정은으로 이어지는 북한 정권에 대입해도 괜찮겠죠. 북한은 한 번도 민주주의를 경험해본 적이 없기에 그곳에서 일어나고 있는 전체주의는 파시즘이라고 말할 수 없습니다.

파시즘이 민주주의 현상 혹은 민주주의 이후의 현상이라는 팩스턴의 논리는 일개 독재자의 카리스마와 폭력의 결합이 곧 파시즘이라는 그동안의 파시즘론을 폐기하고, 파시즘을 '아래로부터의 혁명'이라고 보는 수정주의 해석과 연계됩니다. 특출 난 독재자의 카리스마와 그가 휘두른 탄압이나 강제에 의해서가 아니라 파시즘에 동의하고 협조하는 대중이 있었기에 가능했다는 것이죠. 이런 주장을 압축한 속설이 "히틀러도 선거라는 합법적인 과정을 통해 수상이 되었다"입니다. '조국 사태' 이후, 서초동에 모인 시민을 파시스트라고 조롱하고, 문재인을 독재자라고 말하는 이들이 은연중에 수용한 것도 이러한 수정주의입니다. 그런데 이런 수정주의 해석이 파시즘의 절대 상수인 테러/무력을 하찮게 취급하는 것 같지만, 그것은 착시입니다. 많은 연구자가 너나없이 강조하고 있는 데다가, 보이는 증거가 너무 많아서 수정주의자들이 따로 강조하지 않고 있을 뿐, 팩스턴 역시 무솔리니와 히틀러의 "두 정권 모두 테러 없이는 생각하기 힘들다"(307쪽)라고 번번이 말하고 있습니다. 수권법 통과(1933년 3월 24일), '긴 칼의 밤'(1934년 6월 30일), '수정의 밤'(1938년 11월 9일) 등 히틀러가 권력을 굳히거나 나치즘을 강화하는 중요한 고비마다 결정적인 역할을 한 것이 테러였음을 잊어버린 수정주의자는 없습니다. 문재인 정권을 가리켜 파시즘 정권이라고 말하는 어느 변호사만 저 사실을 잊어버린 것이죠.

팩스턴이 강조했던 ②는 "히틀러도 선거라는 합법적인 과정을 통해 수상이 되었다"라는 속설을 정면으로 반박하고 있군요. 우리는 나치가 독일 국민의 절대적인 지지를 받았다고 알고 있지만, 나치가 선거에서 최고 득표를 얻었던 1932년 7월 선거의 득표율은 37퍼센트였습니다. 팩스턴은 이 정도는 나치가 의회를 지배할 만한 의석을 얻지 못한 것이라면서 "11월의 새로운 선거에서 나치는 200만 표를 잃었다. 그러면 히틀러는 어떻게 권력을 잡았는가?"라고 묻습니다. 답은 이렇습니다. "이탈리아에서도 그런 일이 일어났듯이 히틀러는 보수주의자들과의 연합과 거리에서 결집된 압력을 결합해 권력을 잡았다."(이상 115쪽) '거리에서 결집된 압력'이란 돌격대의 테러를 뜻하고, '보수주의자들'이란 좌파의 집권은 무조건 안 된다는 군부·지주·대기업·기독교 세력을 가리킵니다. '아래로부터의 혁명'이라는 수정주의 해석에 매몰되면, 파시스트의 집권을 도우며 그들과 공생했던 군부·지주·대기업·기독교 세력의 부역 책임이 사라지고 맙니다.

　드디어 ③을 이야기할 차례입니다. 형도 책에 밑줄을 쳐 놓았듯이, 팩스턴은 '동형 기구'야말로 파시즘을 규정하는 특성 중 하나라고 말합니다. 동형 기구란 당의 직속 기구로, 행정부와 별도이면서, 행정부와 경합하는 국가 외 조직을 가리킵니다. 히틀러 하면 떠올리게 되는 친위대SS와 게슈타포는 행정부와 아무런 관련 없이 나치당 안에서 자라난 나치당의 직속/외곽 조직입니다. 친위대는 국방부 소속이 아닌 나치의 무장 조직이고, 게슈타포는 내무부 소속이 아닌 나치가 운영하는 독립 경찰입니다. 이런 동형 조직이 비대해지고 이들의 의사 결정이 중요해지면서 히틀러의 제3제국을 설명하는 '이중 국가dual state'라는 특별한 용어가 등장했습니다. 제3제국은 합법적으로 구성된 정부 당국과 기존의 관료 조직으로 구성된 '표준 국가normative state'와 당의 동형 조직으로 만들어진

'특권 국가prerogative state'로 이루어졌다는 것이 이중 국가의
요지입니다.

　　무솔리니의 이탈리아에는 왕이 버젓이 있었고 가톨릭과
같은 보수 세력이 건재했기 때문에 국가파시스트당이 전횡을
부릴 수 있는 이중 국가 성립에 실패했지만, 히틀러의 독일은
그가 집권한 뒤 보수 세력이 평정되었기 때문에 나치가 전횡
을 부릴 수 있는 이중 국가가 성립되었습니다. 문재인 정권을
가리켜 '파시즘이 왔다!'라고 말하는 사람들은 문 정권이 만
든 고위공직자범죄수사처(공수처)를 게슈타포라고 말하더군
요. 그러나 공수처는 게슈타포가 나치의 직속/외곽 조직이었
던 것처럼, 더불어민주당의 직속/외곽 조직이 아닙니다.

　　2021년 광복절 특사를 앞두고 이석기 전 의원과 통진당
연루자에 대한 사면 논의가 잠시 화제로 떠올랐습니다. 결과
는 아시는 대로입니다. 사면이 무산되면서 저는 2020년에 나
온 이석기의 옥중수상록 《새로운 백년의 문턱에 서서》(민중
의소리, 2020) 가운데 한 대목을 떠올리며 마음이 아팠습니다.
"다들 2016년 겨울 광화문을 촛불의 바다로 만든 민중의 힘

을 기억할 것입니다. 나는 수원구치소의 텔레비전을 통해, 또 면회를 온 이들의 설레는 눈빛을 통해 촛불혁명을 보았습니다. 그곳에 함께하지 못하는 것이 아쉬워 꿈속에서 다녀오기도 했지요."(41쪽) 그가 꿈속에서까지 광화문을 다녀와야 했던 이유는 뭘까요? 당연 박근혜 정권에 대한 심판이라는 거국적인 열망 때문이고, 다음으로는 박근혜 탄핵이 이석기 자신의 신원(억울함을 밝힘)으로 이어질 것을 기대했기 때문일 것입니다. 그것이 저는 한 번도 나가지 않았던 광화문 광장에 그는 꿈속에서라도 다녀갔던 이유죠.

두 번째 답신에서 썼듯이, 양당제 아래서 가장 어리석은 유권자는 자신이 지지하는 당이 ①"50년 혹은 최소한 20년은 집권해야 한다"고 말하는 사람입니다. 이런 사람들은 자진해서 가축이 되는 거죠. (실제로 '집토끼'라고 하잖아요?) 하므로 양당제 아래서는 ②선거 때마다 당을 바꿔 표를 주는 게 나름 현명한 사람일 테죠. 그러기 위해서는 '생각하지 않는 시계추'가 되어야 합니다. 어리석기로는 ①이나 ② 모두 같지만 2021년 현재, 제일 안타깝기로는 '윤석열은 이러저러해서 훌륭한 대통령감이다'라고 추켜세우는 치들일 겁니다. 이 바보들은 아직 '생각하지 않는 시계추', '기계인 길로틴'이 되지 못했군요. 나무 막대기면 왜 안 되고, 허수아비면 왜 안 된다는 말이죠? 양당제 아래서의 주권자란 이쪽과 저쪽을 번갈아 오가며 '뼁'을 뜯는 비루한 존재, 고작해야 복수하는 기계인데 말입니다.

이석기 의원 체포와 통합진보당 해산 과정에서 민주당도 새누리당에 적극 협력했으니 공동정범입니다. ③(제3)의 싹을 자르는 일에 있어서는 양당 사이에 아무런 이견이 없었던 것입니다. 이석기는 《새로운 백년의 문턱에 서서》에서 이렇게 말합니다. "거대 양당 체제란 서로 결사적으로 싸우는 것처럼 보이는 두 정당이 실제로는 타협을 통해 사회의 기득권을 보호하는 체제를 말하는 것입니다."(198쪽)

2020년 12월에 출간된 《새로운 백년의 문턱에 서서》에 '조국 사태'에 대한 언급이 없다면 허전하겠죠. 이 책은 151~176쪽에서 조국 사태를 집중적으로 다룹니다. 많고 많은 왕년의 좌파, 혹은 자칭 좌파라는 이들이 조국에 대해 분노를 쏟아낸 것과 달리, 이석기는 조국을 도덕적으로 탄핵하지도, '내로남불'하는 조국의 인격에 대해 털끝만치도 문제

삼지 않습니다. 그에게서는 조국에 대한 적개심이나 분노를 찾아볼 수 없습니다. 복수를 해결책으로 내놓지도 않습니다.

형과 몇 차례 이야기했지만, 저 역시 조국에 대해 분노한 적이 없어요. 사람들은 말하죠. 왜 우리와 함께 분노하지 않느냐고요. 혹시 '조빠'냐고요. 저는 언제인가, 조금 거창하게 말해서 '지옥론地獄論/고문론拷問論'이라고 할 만한 이야기를 짧게 쓴 적이 있어요. 지옥의 가짓수는 무한량이고 고문의 가짓수도 그 정도는 될 거예요. 그런데 누구는 용광로 같이 뜨거운 쇳물이 견딜 만한 지옥이라고 생각하고, 또 누구는 얼음장에 갇히는 것이 그보다는 더 견딜 만한 지옥이라고 느껴요. 그리고 또 누구는 열 개의 손톱 밑에 대나무못이 하나하나씩 박히는 고문은 견디겠지만 굶주린 쥐 떼가 득시글거리는 구덩이에 던져지는 고문은 상상만으로도 견딜 수 없다고 말해요. 마찬가지로 개인에 따라 '이것만은 용서할 수 없어'라고 치를 떠는 범죄가 모두 다릅니다. 누구는 보이스피싱을 용서할 수 없다지만, 누구에게는 소아성애범죄야말로 가장 악독한 범죄예요. 범죄는 다 나쁘지만, 분노의 강도는 개인마다 달라요. 모두 똑같은 강도로 분노해야 하는 범죄가 무엇인

지 우리는 합의할 수도 없고, 분노의 정도가 균질할 수도 없
어요.

저에게는 반사회적 성향이 있습니다. 이상심리학이 규정
하는 '반사회적 성향'이란 아직 소시오패스까지는 도달하지
못한 단계를 말해요. 간단히 말해, 반사회적 성향은 고의적으
로 법을 어기려고 해요. 저는 쓰레기통이 바로 눈앞에 보이는
데도, 길에서 받은 광고물이나 음료수 깡통을 보란 듯이 길
바닥에 버리죠. (이유가 있어서 하는 의식적인 행동인데, 설명은 생
략.) 이것 말고도 더 있습니다. 그런데 형이 몇 번이나 관찰했
을 테지만, 저는 음주운전을 질색하고 싫어합니다. 저의 반사
회적 성향에 걸맞으려면, "음주운전? 괜찮아, 마셔!"라고 해
야 하는데 말이죠. 제가 30대 때, 친했던 선배의 친형이 음주
운전자가 몰던 차에 치여 돌아가셨습니다. 자식과 처를 남겨
놓고 말이죠. 음주운전자는 한 가정의 가장을 죽이고, 집안을
풍비박산 냈죠. 그 자가 감옥살이를 얼마나 했을 것 같습니
까? 지금은 좀 누그러졌지만, 저는 꽤 오랫동안 차를 몰고 온
사람과는 술을 마시려고 하지 않았고, 어쩌다 함께 마신 후에
는 그 사람의 차에 타지도 않았습니다.

이 글을 쓰면서 경찰청 통계를 찾아보니 우리나라에서는 지난 5년 동안 음주운전 교통사고로 총 1,848명이 사망했군요. 매해 적게는 278명(2020년)에서 많게는 481명(2016년)이 목숨을 잃었습니다. 그러니까 2016~2020년 5년 동안 매해 음주운전자에게 애꿎게 죽은 사람이 평균 369.6명이었고 (물론 여기에는 음주운전 당사자도 포함되지요), 그 때문에 박살이 난 집안도 그만한 수가 됩니다. 사정이 이런데도 사람들은 반사회적 성향을 가진 저보다도 더 음주운전에 대해 관대하더군요. 제가 분노하는 범죄에 대해서는 똑같이 분노하지 않으면서, 왜 자신들의 분노에는 동참해야 한다는 건지요. '조국, 조국' 하지만, 조국 집안의 입시부정으로 부산대 의전원에 합격하지 못한 사람은 고작 한 명뿐입니다. 이 말이 논란을 부를 수 있다는 것을 모르지 않지만, 조민 때문에 부산대 의전원에 들어가지 못한 그 한 명은 결코 '사망'한 것이 아닙니다. 9수를 해서 사시에 합격했던 누구처럼, 그/그녀에게는 여덟 번 넘는 기회가 더 남아 있습니다. '조국 사태'에 대한 분노의 100분의 1만 음주운전 문제에 돌려도 매해 300명 넘게 억울하게 죽는 사람과 풍비박산 나는 가정을 구할 수 있습니다.

돈과 지위가 있는 상류층은 아무런 불법을 저지르지 않고도 자녀에게 입시에 필요한 스펙을 안겨줄 수 있을 뿐 아니라 노른자 인턴과 신의 직장까지 마련해줄 수 있습니다. 그것이 입시든 병역이든, 지위와 돈은 합법적으로 무엇인가를 얻거나 싫은 것을 피할 수 있는 수단을 갖게 해줍니다. 하므로 조국 사태의 핵심은 조국이라는 고유명일 수 없죠. 그런데도 계급 사이의 불공정은 물론, 교육이 계급을 재생산한다는 문제를 함축하고 있는 '조국 사태'는 조국 부부의 인격과 그들이 법정에서 받게 될 '유죄냐, 무죄냐'의 문제로 축소되었습니다. 이석기도 쓰고 있듯이, '조국' 사태가 아니라 조국 '사태'는 너무 명백한 거잖아요. "조국 전 법무장관 논란에서 우리는 모두 알게 되었지요. 우리가 말하는 '능력'이란 건 어떤 부모를 만나느냐는 데 달렸다는 걸 말이지요. 수년간을 들여 시험을 준비할 수 있는 이와 당장 생활을 위해 비정규직 일자리를 받아들여야 하는 사람의 출발선은 다릅니다. 부모가 누구냐에 따라 학창시절 준비할 수 있는 '스펙'이 차이가 나고, 사교육을 동원해 높은 점수를 받는 것이 지금의 현실입니다. 그렇다면 그저 시험을 통해 우열을 가르는 것이 과연 정당한 것일까요?"(173쪽) 저는 이석기가 반문하고 있는 문제를 조국 개인에게 쏟아진 분노로는 해결하지 못한다고 생각합니다. 귀한 분노를 거기에 쏟아야 할 필요가 없습니다. 조국은 끝났는지 몰라도 그가 드러낸 사태의 본질은 현재진행형으로 남아 있습니다.

인간이 태어나서 난생처음 받는 공포스러운 질문이 있습니다. "엄마가 좋아? 아빠가 좋아?" 그 어느 쪽을 선택해도 뒤끝이 좋지 않으리란 것을 아이는 직감적으로 압니다. 그런데도 기어코 한쪽을 택하게 되는 것이 아이가 처한 조건 또는 우둔함이죠. 그러나 어떤 경우라도 둘 중에 하나를 선택하지 말아야 합니다. 아이는 이렇게 대답해야 해요. "나는 피자가 좋아!" 우물가에서 당장 숭늉을 마실 수 없듯이, 피자를 먹으려면 화덕부터 만들어야죠. 화덕을 만드는 게 진보죠, 그게 ③입니다. ①은 물론이고 ②에도 혹할 이유가 없습니다.

이 답신을 두 문단까지 썼을 때, 비가 그치길래 청량리에 있는 경동시장으로 수박을 사러 갔습니다. 앞에 아스테리스크(*)를 해놓은 부분이 바로 그 시점입니다. 우선 단골인 K식당에서 100번은 족히 넘게 먹었을 청국장을 사 먹고, 과일 상가로 가서 1만 원에 수박을 샀습니다. 2019년 여름 한철 동안 짤렘므와 먹은 수박이 여덟 통이었습니다. 그런데 제주도에서 살았던 2020년에는 두 통밖에 먹지 못했습니다. 제가 버스를 타고 애월하나로마트까지 가서 한 번은 버스를 타고, 또 한 번은 택시를 타고 집으로 수박을 모셔 왔는데, 여간 힘들지 않았습니다. 무거워서가 아닙니다. 제주도는 버스가 자주 없잖아요. 수박 한 통을 사려면 반나절이 듭니다.

그런데 올해는 제주도에 피서를 가기 전에 서울에서 다섯 통의 수박을 먹었습니다. 그리고 제주도에 있는 14일 동안은 수박을 못 먹을 거라고 각오를 했는데, 작년에 살던 집의 방 한 칸을 내어준 황용운 형이 그야말로 '수박 도락가'였습니다. 커다란 수박을 반으로 자른 다음, 반쪽을 다시 반으로 갈라 한쪽은 황 형이 숟가락으로 파먹고 다른 반쪽은 짤렘므와 제가 칼로 썰어 먹었습니다(황 형은 원래 그렇게 반 통씩 먹는다는군요). 아침식사와 저녁식사 후에는 후식으로 거의 매일 이렇게 수박을 먹었습니다. 그 큰 수박이 하루에 한 통씩 사라졌는데, 어떤 날은 냉장고에 수박이 세 통씩 들어 있기도 했습니다. (먹기 전날 넣어 두어야 다음 날, 시원하거든요.) 황 형과 저는 수박 껍질의 흰 속이 드러나도록, 껍질이 그야말로 오리온 웨하스의 두께가 되도록 갉아먹습니다.

귀경 이후, 세 통째 수박을 사왔습니다. 제일 좋기로는 수박을 먹는 것이지만, 그다음으로 제가 좋아하는 것은 수박을 사와서 수박을 '멀커' 씻기는 일입니다. 수박을 사오면 덥잖아요? 그래서 옷을 모두 벗은 채 수박을 안고 욕실로 가서 함께 샤워를 하는 겁니다. 수박은 밭에서 수확한 지 최소 24시간 동안은 목마르게 좌판에 놓여 있었을 텐데, 목말랐을 수박을 생각하면 저는 늘 애가 탑니다. 샤워기에서 쏟아지는 물로 둥글둥글한 수박을 씻어주면 수박이 좋아서 웃는 것 같습니다. 내가 죽기 전에도, 죽음이 다정하게 다가와 나를 멀커 씻겨주었으면……. 나도 그때는 수박처럼 크게 웃을 텐데. 이런 기대에서 생겨나는 기쁨에는 아무런 원한도 죄책감도 없습니다. 타나토스는 불길하지 않습니다.

제가 정말 좋아하는 시인 중 한 명인 고형렬 시인은 1981년 《현대문학》에 〈대청봉 수박밭〉 외 네 편의 시를 발표

하면서 등단했고, 등단작을 제목으로 삼은 첫 시집 《대청봉
수박밭》(청사, 1985)을 냈습니다. 늘 제 곁에 있는 이 시집은
'분단시대의 상상력'으로 남북국 시대를 돌파한 유일무이한
시집입니다. 이 편지를 쓰면서 〈대청봉 수박밭〉과 〈백두산 안
간다〉, 〈백거이 선생님께〉 같은 명편을 다시 읽고 든 확신입
니다. 하루에 열 통을 먹고, 한여름 동안 천 통이나 되는 수박
을 먹을 수 있더라도, 저런 시는 흉내 내기조차 힘듭니다.

　　지난 휴가 때, 형하고 두 번 갔던 해변의 중국집을 떠올
립니다. 형은 맥주, 저는 막걸리.

　　작년부터 갔던 그 집에서 우리는 짬뽕국물을 시켜놓고,
늘 공기밥 한 공기를 말아서 안주로 삼았죠.

　　또 어느 날은 코로나로 인한 영업시간 제한으로 마땅히
갈 데가 없어서 술을 사 들고 밤늦게 형 집에 가기도 했죠.
그날 형과 지민 씨가 랜턴을 켜들고 저희를 숙소가 있는 큰
길까지 바래다준 것이 기억납니다.

　　그리고 이번 휴가 때 저는 낮에 한 번, 밤에 두 번 수영을
했습니다.

이 모든 기억으로 이번 겨울 내내 행복할 것 같습니다.

모두 늦여름을 즐기시길.

6
—

장정일 선생님께

　지난달 제주에서 재회한 것이 엊그제 같은데 어느덧 아침저녁으로 선선한 바람이 부는 가을입니다. 텃밭에 심은 토마토는 올해 제 할 일을 마쳤다는 듯 더는 맺히기를 거부하고, 대신 옆 고랑에 앉은 고추가 붉어지기 시작했네요. 그래도 미리 따서 말린 후 올리브오일에 절여둔 썬드라이 토마토와 바질을 갈아 만든 페스토 몇 병이 냉장고에 남아 있어 다행입니다. 지나간 여름의 열기가 그 말린 토마토와 곱게 갈린 바질 안에 차곡차곡 쌓여 있다고 생각하면 욕조 안을 뒹구는 수박처럼 기분이 좋아집니다. 남쪽 제주에서는 샐러드에 따서 넣을 풀들이 겨울까지도 잘 자랍니다. 샐러드라고 해봤자 간단하지요. 텃밭에서 풀들을 따 씻어 자르고 집에서 우유를 끓여 만든 리코타치즈를 곁들인 뒤, 그 위에 썬드라이 토마토 몇 조각을 얹는 겁니다. 거기엔 어떤 술이든 잘 어울리지만 선생님이 언젠가 "빈자들의 포도주"라고 표현하신 G7 와인이 특히 좋겠습니다.

　생각나서 찾아보니 선생님이 제게 그 메일을 보내신 건

2020년 8월 17일 저녁 즈음이군요. "내일 저녁이나 모레 저녁, 아무 날이나 수박하고 맥주를 마시죠. 엄청 좋은 수박을 한 통 사놓았습니다. 맥주도 많이 있고. 그리고 서울에서 피서왔던 친구가 빈자들의 포도주인 G7을 두 병이나 주고 갔네요." 저는 그 표현을 읽고 단박에 반해버렸습니다. 가격이 저렴한데 품질이 괜찮은 걸 요새는 가성비가 좋다고 하지요. 하지만 '가성비 좋은 와인'과 '빈자들의 포도주' 사이에는 결코 좁힐 수 없는 아득한 거리가 있습니다. 그날 이후 저와 지민은 습관처럼 서로에게 "오늘은 '빈자들의 포도주'를 마실까?"라고 묻곤 합니다. 그러면 그 값싼 와인에 따뜻한 신의 은총이 내려앉는 것처럼 마음 한구석이 환해집니다. 그나저나 여기서도 선생님의 수박 사랑은 여실하게 드러나는군요. 그날 먹었던 수박의 시원하고 달큰한 맛이 떠오릅니다.

수박 하나 사려면 반나절이 걸린다는 말, 도시 사람들은 이해 못 하겠지요. 하지만 운전을 하지 않고 대중교통을 이용해야 한다면 정말 그렇습니다. 시골에 살면 도시에 사는 것보다 훨씬 많은 삶의 비용을 지불해야 합니다. 그 이유는 뭘 하나 해도 도시와는 비교할 수 없을 만큼 많은 시간이 소모되기 때문이죠. 서울에 가서 버스나 지하철을 탈 때마다 저는 놀랍니다. 따로 시간표를 확인하지 않아도 10분 내에 제가 탈 차가 오니까요. '시간이 곧 돈'인 사람은 시골에 살 수 없습니다.

"도시인은 자연을 피상적으로만 알고 있지 체득하지는 못합니다. 바보죠"라는 구절을 보고 일본의 소설가 마루야마 겐지가 떠올랐습니다. 1966년 〈여름의 흐름〉으로 데뷔한 겐지는 그 데뷔작으로 이듬해 제56회 아쿠타가와상을 수상합니다. 하지만 곧 문학계에 큰 환멸을 느끼고 '진짜 소설가'가 되기 위해, 그러니까 오직 소설로만 먹고살기 위해 고향 근처 시골마을로 들어가버리죠. 조용하고 한적한 시골에서 오로지 창작에만 몰두하겠다는 근사한 결의 때문만은 아니었고, 가장 큰 이유는 생활비가 적게 들 것 같아서였다고 하네요.

시골에 살면 확실히 도시에 사는 것보다 생활비가 적게 듭니다. 하지만 그건 물가가 저렴해서가 아니에요. 오히려 염가판매 경쟁을 하지 않다 보니 개별 물건의 가격은 도시보다 훨씬 비쌀 때가 많습니다. 그런데도 생활비가 적게 드는 이유

는 간단합니다. 도시에 살 때보다 물건을 덜 구매하기 때문이
죠. 도시는 물욕을 자극합니다. 서울에서 학교 다닐 때 신촌
역에서 내려 학교까지 올라가려면 맥도날드, 버거킹, 크리스
피도넛, 공차, 스타벅스 등을 지나쳐야 했어요. 그보다 열 배
는 긴 거리를 걸어도 시골에선 찾기 어려운 곳들입니다. 저는
파파존스 피자에 시원한 맥주를 곁들여 먹는 걸 좋아하는데
제주도엔 파파존스가 없어요. 그래서 피자 값이 고스란히 굳
고 있습니다.

다시 겐지 이야기로 돌아올까요. 그가 여러 글에서 보여
준 가차 없는 성정으로 보건대 도시인들의 감상적인 '전원 예
찬'을 곱게 넘길 리 없습니다. 《시골은 그런 것이 아니다》(고
재운 옮김, 바다출판사, 2014)에서 겐지는 공기가 맑거나 자연이
아름답다는 이유로 혹은 농사를 짓고 싶어서, 인정 많은 사람
들과 어울리고 싶어서 등의 이유로 시골의 삶을 동경하는 도
시인들에게 그런 건 희망이 아니라 환상이나 망상에 불과하
다는 독설을 쏟아냅니다. 비슷한 질책은 《아직 오지 않은 소
설가에게》(김난주 옮김, 바다출판사, 2019)에도 반복해 등장하는
군요. 많이 답답했던 모양입니다.

예술가인 척하는 무리들, 자연 옹호론자인 척하는 도시인들이 시골로 이사하는 것이 유행인 모양인데, 장소가 바뀌어도 그들의 시선은 여전히 유치한 환상을 쫓을 뿐입니다. 그들은 이구동성으로 자연의 아름다움을 찬미하고, 시골 사람들의 소박함에 감격하고, 도시에 살 때는 그렇게 의심이 많았으면서 갑자기 모든 것을 믿고 수용하고, 이런 생활이야말로 인간다운 생활이라고 자화자찬합니다. 그러나 그들의 가치관은 언제나 그 수준을 넘어서지 못합니다.

도시가 현실의 집합체라면 시골 또한 싸구려 환상이 비집고 들어올 수 없는 혹독한 현실의 집합체입니다. 그들이 시골을 끊임없이 필요 이상 예찬한다면, 사기꾼이든지 현실을 볼 줄 모르는 얼간이입니다.

[……]

지방으로 내려와 사는 가짜 문화인들은 보통, 시간이 어느 정도 흐르면 그렇게 감동하던 첫눈에도, 들새들의 지저귐에도, 아름다운 낙조에도, 사투리와 토속주에도, 민화에도 밤의 짙은 어둠에도 싫증을 내고 맙니다. 그러고는 자연이 품고 있는 다른 면, 예를 들어 산불이나 산사태, 토사 붕괴, 독사, 진드기 같은 것에 압도되고, 심지어 시골 사람들의 음험함과 토속적인 것의 답답함, 자극 없고 따분한 날들에 짓눌려 견디기 어려운 고독을 느끼게 됩니다.

그러다 끝내는 자신이 이런 곳에서 대체 뭘 하고 있는가, 이런 외딴 시골에서 인생을 다 보내도 좋은 것인가, 하는 의문에 시달리다 더는 버티지 못하고 다시 도시로, 어디로든 도피할 수 있고 꿈과 현실의 경계가 불분명한 도시로 돌아갑니다.

대자연에서 인간이 배워야 하는 것은 도피가 아니라 자립입니다. 약함이 아니라 강함입니다. 여러 예술가들이 아름다운 자연 속에 모여 창작의 터를 만들고 이상적인 환경을 조성해 서로를 자극하고 절차탁마한다는, 만인이 수긍할 만한 삶의 방식도 정작 시도해보면 무참한 결과로 끝나는 경우가 많습니다. 이는 그들이 자연 속에서 배워야 할 것을 끝까지 깨우치지 못했기 때문입니다. 자연이 품고 있는 아름다움과 자애로움만 보았지 그 혹독함에서는 아무것도 배우지 못했기 때문일 겁니다. (159~161쪽)

그다운 위악적인 독설이지만 빼놓을 구석이 없는 말입니

다. 책을 읽다 보면 이따금 "이거 지금 나한테 하는 말인가?" 싶은 구절을 발견할 때가 있는데 이 신랄한 문장을 읽으면서도 그런 생각이 들었어요. 물론 저는 스스로를 예술가라고 생각하지도 않고 자연을 벗 삼아 제 삶의 풍요로움을 확장하려 드는 쪽도 아닙니다. 저는 늘 집에 있으려 하고 익숙한 제 다락방을 벗어나는 일도 드물죠. 그럼에도 이 구절이 가슴에 와닿았던 것은 저의 제주행이 일종의 도피는 아니었을까 하는 자문으로부터 쉽게 놓여날 수 없었기 때문입니다. 도피가 아니라 자립이 중요하다는데, 대학원을 그만두고 '전업 평론가'로 살기 시작한 지 몇 해가 지난 지금, 과연 저는 얼마나 자립해 있을까요.

선생님은 제가 아는 사람 중 자립에 대한 관념을 간직하고 있는 극소수의 사람입니다. 선생님은 국가에서 예술인에게 지원하는 지원금도 일체 신청해본 적이 없다고 하셨죠. 당연히 그 자립의 삶이 안락하거나 유복할 리 없습니다. 어쩌면 자립 역시 일종의 환상일 수 있겠고요. 맹목적인 자립을 추구하는 일의 어리석음을 지적하며 인간의 타고난 취약성과 사회성을 강조하고, 연대와 네트워크의 중요성을 설파하는 것이 훨씬 넓은 설득력을 지닐 수도 있겠습니다. 하지만 인간의 태생적인 한계에도 불구하고, 아니 그렇기 때문에 자립의 환상은 더욱 붙잡아볼 만한 것이라고 생각합니다. 이를 통해 인간의 존재론적 한계를 극복할 수 있기 때문이 아니라, 그 한계를 극복하기 위한 시도를 거치고도 무너지지 않은 존재론적 한계와 처음부터 부딪혀볼 생각도 않고 체념적으로 수용된 한계는 결코 같을 수 없기 때문입니다.

선생님은 자조적으로 말씀하실지도 모르겠습니다. 학교도 제대로 못 나온 놈이 할 수 있는 거라곤 이것뿐이었다고요. 하지만 그게 전부일까요. 어쩌면 선생님이 자신 안에 내재해 있다고 말씀하신 '반사회적 성향'이 열쇠일지도 모르겠습니다. 겐지도 이 책에서 "만약 내게 사회성이 있었다면 나는 소설가가 되지 않았을 겁니다"(160쪽)라고 썼네요. 저 역시 그렇게 사회적인 사람은 아닙니다. 나이를 먹다 보니 그런 '척'하는 몇 가지 정형화된 형식들을 모방해 습득했을 뿐이죠. (그런데 '사회화'라는 게 원래 그런 거 아닐까요?) 만약 제가 스스로를 사회적인 인간이라고 생각했다면, 애초에 대학원에 가는 대신 기자가 되었을 것입니다. 그렇다면 선생님은 뒷골

목 건달이 되었을까요?

　위악 얘기가 나온 김에 조금만 덧붙일까 합니다. 일전에 어떤 분이 쓴 칼럼을 읽었는데 거기서 그분은 위선이 선을 닮고 싶은 우리의 또 다른 본성을 증거하기에 위선은 역겹지만 위선마저 사라진 세상은 야만이라고 썼습니다. 저는 명백하게 위선보다는 위악 편입니다. 위선은 선을 닮고 싶은 우리의 본성을 증거하는 것이 아니라 오히려 우리가 얼마나 편의적으로 스스로를 기만하기 쉬운 존재인지를 보여주는 증거가 아닐까요? 거기에는 뻔뻔함과 허영, 속물적인 과대망상이 가득 들어차 있습니다. 그에 비해 위악을 지탱하고 있는 건 강박적인 두려움과 가학성입니다. 자신을 먼저 징벌함으로써 비로소 타인을 응징하겠다는 가학과 피학이 뒤얽힌 정념입니다.

　저는 그런 뒤틀린 정념을 가진 사람은 친구로 맞이할 수 있지만 속물적인 과대망상에 부풀어 있는 선한 이웃들과는 조금도 자리를 함께할 수 없습니다. 그들의 허영과 뻔뻔함이 제 뒤틀린 영혼을 바로잡기는커녕 더욱 더럽히기 때문입니다. 그러고 보면 이건 사회학과 문학의 차이처럼 보이기도 합니다. 그 글을 쓰신 분은 사회학자인데 사회학적 시각으로 보면 위선은 사람들 사이의 사회적 협력을 가능케 하고 공동의 문화를 조직해나가는 긍정적인 동력일 수 있겠죠. 하지만 문학은 그 이면을 투시하는 시선 아닌가요. 위악적인 사람은 거짓의 휘장을 벗고 가장 취약한 자신의 속살을 드러내는 순간을 스스로 마련할 수 있지만 위선적인 사람은 오직 남에 의해 까발려질 때만 자신의 본 모습을 세상에 드러내게 됩니다. 이처럼 위선적인 사람은 자기 자신과 자립적으로 관계할 수 없기에 도덕적 능력 또한 심각하게 제한되어 있습니다.

이번 편지는 조금 늦어졌습니다. 말씀드렸듯 급하게 아르바이트를 하나 해야 했기 때문입니다. 창비에서 작년에 작고하신 천승세 소설가의 선집을 준비 중인데 저는 그 원고를 입력하는 일을 맡았습니다. 아시다시피 천승세는 박화성의 둘째 아들이지요. 우리는 언젠가 박화성에 대한 이야기를, 더 정확하게는 선생님이 목포문학관에 들렀던 이야기를 주제로 꿈같은 공상을 나눈 적이 있습니다. 더운 열기가 한풀 꺾인 후였으니 아마 작년 이맘때가 아니었을까 싶네요. 그때 저는 정지돈 소설가의 《농담을 싫어하는 사람들》(마음산책, 2020)을 빌리러 선생님 댁을 방문했었습니다. 애월도서관에 한 권 있던 그 책을 짤렘므가 대여해 읽고 있었지요.

　작은 마당에 놓인 야외 테이블에 앉아 우리는 가을볕을 쬐며 맥주를 마셨습니다. 안주로는 근처 빵집에서 사온 단팥빵을 곁들였고요. 그러다 갑자기 목포로 여행을 떠나자는 결의에 도달했습니다. 제주에서 함께 배를 타고 목포에 가서 목포문학관을 구경하고 세발낙지에 술 한 잔 걸치고 돌아오는 근사한 계획을 세웠습니다. 저는 바로 배편을 물색했고 당장이라도 떠날 것처럼 설렜지만 안타깝게도 아직 우리는 함께 목포에 가지 못했습니다. 코로나가 잠잠해지면, 우리는 함께 목포에서 만날 것입니다. 하지만 선생님은 서울에서 내려오실 테니 목포로 향하는 커다란 배를 함께 타지는 못 하겠네요.

　그 작업을 하면서 천승세의 신춘문예 당선작 〈점례와 소〉(1958)를 처음 읽었는데 무척 재미있었습니다. 소설의 주인공 점례는 한동네 사는 만복이와 비밀스러운 연정을 키워갑니다. 언젠가 추운 겨울밤 외갓집에 갔다 집으로 돌아오는 길에 수로에 빠진 점례를 만복이 구해준 이후 둘 사이가 무척 가까워지게 된 것이죠. 점례의 집에는 커다란 암소 한 마리가 있습니다. 점례는 이 암소를 둘도 없는 친구처럼 살뜰하게 풀을 뜯기며 돌보는데 점례의 아버지는 이 소를 잡아 점례의 오빠가 병에 걸렸을 때 진 빚을 갚으려 하는군요. 당연히 점례는 울고불고 난리를 치지만 아버지는 들은 척도 하지 않습니다. 그러고 보면 자신의 의사를 관철할 수 없다는 점에서 점례와 소의 운명은 비슷하게 보이기도 하네요.

문제는 만복입니다. 만복이는 점례에게 벽돌공장에 다닌다고 했지만 실은 도살장에서 일하고 있습니다. 만복이 점례에게 그 사실을 숨긴 것은 점례가 살생을 극히 싫어하는 사람이기 때문입니다. 하지만 결국 점례의 아버지는 그 소를 도살장에 데려가고 만복이는 그 소가 점례의 소인지도 모른 채 이마에 도끼를 박아 넣습니다. 그런데 그 광경을 몰래 따라온 점례가 모두 보고 말았네요. 광분한 점례는 만복이를 잔인한 백정놈이라며 잡아먹을 듯 닦아세우고 만복이가 그런 점례의 뺨을 때리면서 둘 사이는 파국을 맞게 됩니다.

겉보기엔 농촌을 배경으로 한 해학적인 연애담처럼 보이

지만 동물권 이슈가 첨예해진 오늘날에는 달리 읽히는 면이 있습니다. 여기서 충돌하는 것은 인간의 삶을 위해서는 부득이 축생의 도살이 필요하다는 '세상의 이치'("점례 그라지 말고 내 말도 좀 들어봐. 사람이 살아갈라멍")와 어떤 경우라도 살생의 잔인함을 용납할 수 없다는 점례의 신념입니다("그놈은 나도 잘못하멍 죽일 놈이여"). 점례는 단지 만복이 자신이 키우던 소를 죽였기 때문에 분노하는 것이 아닙니다. 점례는 "개구리 하나만 죽여도 무섭다고 하며 그날은 만나기도 싫어하는 이상한 성미를 가진 계집애"로 그려질 만큼 다른 생명의 무게를 무겁게 느끼는 인물입니다.

이 작품에서 육식–도살을 둘러싼 인물들의 배치는 철저하게 젠더적 양상을 띠고 나타납니다. 점례와 그녀의 친구 은순, 그리고 점례의 어머니는 도살의 외부에, 그리고 만복과 점례의 아버지, 그리고 도살장의 털보 영감은 모두 살생의 내부에 위치하죠. 《육식의 성정치》(류현 옮김, 이매진, 2018)의 저자 캐럴 J. 아담스는 "우리가 먹는 어떤 것, 더 정확히 말해 어떤 존재가 우리의 가부장제 문화에 따라 결정된다고, 또한 육식에 부여된 의미가 사나이다움의 의미를 함축한다"(33쪽)

고 말합니다. 이 작품에서 만복은 처음으로 도살장에 나간 날은 도망쳤고 그다음 날부턴 열닷새간을 변소에서 구역질을 하는 등 육식 세계에 진입하는 데 커다란 어려움을 겪습니다. 그러는 동안 적어도 만복은 제대로 된 '사나이'는 못 된 셈입니다. 하지만 이내 도축 세계에 익숙해지게 되는 만복에게 그것은 성인 남성으로의 입사 의례인 셈이네요. 그렇다면 이후 만복이 꽃고무신을 점례에게 건네며 구혼하는 장면은 정해진 수순에 가깝습니다. 그것이 가부장적 세계에서 성인 남성이 으레 기대할 법한 삶의 단계니까요. 하지만 만복의 행로는 느닷없는 점례의 분노에 가로막힙니다. 점례는 '성인 남성'에게 당연하게 여겨지는 세상의 이치를 이해할 수 없습니다. 아니, 그것을 이해하거나 받아들일 생각이 없다는 표현이 옳겠습니다. 이 소설은 이렇게 끝이 납니다.

만복이는 비명과 함께 뒤쫓아 가다가 그만 돌멩이에 걸려 앞으로 고꾸라져 버렸다. 점례는 어느새 저만치서 도망쳐 버렸다. 그래도 만복이는 손에 쥐어진 꽃고무신을 가슴에 꼭 껴안으며 "점례여으—니는 소가 더 중하냐?"

하고 외친다. 산골 속은 괴괴하나 산울림은 분명 이렇게 받는 듯하였다(나는 소가 중하다아—).

점례의 목소리가 뚜렷한 육성이 아니라 상상된 메아리로 처리되는 것도 주목을 끌지만(신화 속 '에코'는 스스로 말을 할 수 없는 존재죠) 점례의 '달아남'과 만복의 '고꾸라짐'을 무엇보다 눈여겨보아야 합니다. 육식-도살의 세계를 남성적 입사와 겹쳐놓고, 그 가부장적 세계의 구축이 축생의 생명에 비타협적인 여성 인물에 의해 좌절되는 이야기가 이미 반세기 전에 나왔다는 게 저로서는 자못 흥미로웠습니다.

파시즘에 대한 모 변호사의 아전인수적 해석이 우리의 편지에도 영향을 끼치는군요. 사실 그 변호사의 주장은 그렇게 진지하게 취급할 만한 것이 아니죠. 보수 언론으로서는 제 손에 피 안 묻히고 남의 칼로 현 정권을 찌를 수 있으니 반기는 것뿐이겠고요. 저는 지식인들이 '대중들의 공포'에 당혹감을 느낄 때 전가의 보도처럼 파시즘을 꺼내드는 것은 그 자신의 게으름과 유약함을 드러내는 것에 불과하다고 보지만 그렇게 치부하고 넘어가려는 것도 또 다른 게으름일 수 있겠습니다.

이석기 의원 구속과 통합진보당 해산 사태는, 지금 생각해도 어처구니가 없습니다. 저 역시 당시 헌법을 빌려 자행된 반헌정적 폭거를 비판하는 글을 페이스북에 자주 올렸었는데 그 때문인지 한동안 소위 NL 계열 인사들의 친구 신청이 폭주했습니다. 좀 난감했습니다. 왜냐면 저는 오늘날 진보를 요지경으로 전락시킨 데 대해 그들이 커다란 책임을 져야 한다고 생각하기 때문입니다. 이석기가 여전히 구속 중이라는 사실은 한국사회가 여전히 분단체제의 커다란 규정력으로부터 자유롭지 못함을, 분단체제를 극복하려는 노력이 부재하는 한 한국의 민주주의는 반쪽짜리에 머물 수밖에 없음을 보여주는 단적인 예입니다. 하지만 저는 그것과 별개로 그들의 노선이 한국사회에서 진보의 혁신을 어떻게 가로막고 지체했는지, 그 역사적 죄상을 기억하는 일도 그 못지않게 중요하다고 생각합니다. 분단체제의 피해자라는 것만으로 그런 단죄를 면제하는 것 또한 분단체제의 한계에 매몰되는 일일 테니까요.

물론 오늘날 진보의 침체를 NL 계열의 패권주의와 시대 착오적 노선에만 돌릴 수는 없습니다. 그에 맞서 새로운 비전과 역량을 보여주어야 할 다른 의견 그룹의 한계 또한 분명했고, 특히 '진보'를 참칭한 민주당 세력의 후안무치함도 무시할 수 없겠지요. 조국이라는 이름을 크게 알린 책의 제목이 《진보집권플랜》(오마이북, 2010)이었던가요? 그렇게 진보를 침탈해갔으면 잘 지키기라도 했어야지요. 진보의 새로운 희망이 있다면, 그것은 선생님 말씀처럼 조국 한 사람에 매몰되어 그 사람을 어떻게 단죄할 것이냐에 쏟을 힘을, 그 사태가 보여준 사회적 현실을 어떻게 개선할 것인가로 옮길 때 가능할 것입니다. 이것은 제가 여러 글을 통해서 강조해왔는데 그와 같은 '사회적 전환'이 2022년 대선 국면에서 어떻게 일어날지 지켜볼 일입니다.

　　지난달 여름 선생님과의 약속 장소는 애월빵공장 2층이었습니다. 거기 텐트 안에 계시다길래 무슨 카페 안에 텐트가 다 있나 싶었는데 가보니 정말 아늑한 인디언 텐트가 두어 동 서 있고 그 안엔 푹신한 빈백이 놓여 있더군요. 선생님은 그 시원하고 아늑한 카페 안 텐트에서 비스듬히 누워 책을 읽고 계셨고요. 칭따오 생맥주를 4천 원에 파는 그 중국집으로 가는 길에, 선생님은 며칠 전 해변에서 드럼을 치는 버스커를 보았다고 말씀하시며 제게도 본 적이 있는지 물으셨습니다. 기타를 치며 노래하는 버스커라면 모를까 드럼을 치는 버스커라니. 그때는 잘 상상도 되지 않았고 실제 본 적도 없어서 고개를 젓고 말았는데 선생님이 서울로 올라가신 후 어느 저녁, 곽지 해변으로 산책을 나갔다가 그 버스커를 보았습니다. 바다와 가까이 붙어 앉은 그는 앰프를 통해 흘러나오는 음악에 맞춰 경쾌하게 드럼을 쳤고 사람들은 조금씩 그 앞으로 모여 앉아 노을이 지는 바다를 보며 연주를 즐겼습니다.

저 역시 선생님이 말씀하신 게 바로 이거였구나, 생각하며 연주를 듣다가 다시 익숙한 산책길로 발걸음을 옮기려는데 문득 이런 생각이 들었습니다. 요즘 사람들은 지갑에 현금을 잘 넣고 다니지 않는데 저 버스커에게 어떻게 마음을 표현하지? 저 역시 가벼운 산책길이라 지갑도, 휴대전화도 모두 놓고 나온 길이었습니다. 그게 마음의 빚처럼 남아 생각이 날 때면 지폐 몇 장이라도 주머니에 넣고 산책을 나서는

데 아직 그 연주를 다시 듣지는 못했습니다. 그래도 언제 다시 만날지 모르니 바다 고양이들에게 나눠줄 츄르와 함께 지폐 몇 장도 챙겨야겠지요.

선생님이 와 계시던 때에 청탁받은 가을호 원고를 급하게 마무리하느라 함께 물놀이를 즐기지 못한 것이 아쉽습니다. 그렇지만 계절은 다시 오고 다시 만날 날도 거기 깃들어 있겠지요. 좋은 가을 보내시길 빕니다.

—

6

한영인 형께

추석 연휴 잘 보냈는지요?

추석 전에 형이 보낸 다섯 번째 편지를 받았는데 이제야 답신을 합니다.

지난해에는 추석(10월 1일)이 되기 전에 커다란 태풍이 두 번이나 왔는데, 올해는 찬투Chanthu 하나만 왔군요. 그때 써 놓은 일기를 보니, 제9호 태풍 마이삭(Maysak, 크레르어로 티크나무를 뜻함)의 중심이 제주도에 도착한 9월 2일 저녁 9시부터 저는 형이 빌려준 미셸 우엘벡의 《세로토닌》(장소미 옮김, 문학동네, 2020)을 밤새 읽었습니다. 마당에 있는 하수구의 거름망이 나뭇잎 등으로 막히면, 금세 마당에 물이 차오르기 때문에 밤새 깨어 있었고요. 그게 아니더라도 어떤 비상사태가 일어날지 몰라 잠을 잘 수 없었죠. 그런데 최근에 저는 아쿠타가와상 수상자이자 정신과 의사이기도 한 기타 모리오의 책을 읽고서, 잠을 안 자는 게 다름 아닌 조증 증세라는 것을 알게 되었습니다.

　　형도 알다시피 제가 머물던 집과 바다 사이는 구릉 같은
게 없이 평평한데다가 20미터 거리밖에 되지 않죠. 제가 면
한 바다의 만조滿潮 시간과 태풍 상륙이 겹치면 바닷물이 집
의 담장을 넘어오지 않을까 조바심이 일었습니다. 그런 걱정
과 함께, 저는 사실 너무 짜릿했습니다. 늘 흥미로운 논란거
리를 던져주는 우엘벡을 읽으며, 집 안을 집어삼키려는 비바
람 소리와 똑같은 크기로 오디오의 볼륨을 올려놓았어요. 지
붕과 창문이 부르르 떠는 가운데 브루크너의 교향곡과 베토
벤의 현악사중주 등을 들었는데, 제 평생에 이런 경험은 다시
하지 못할 것 같군요. 두 시간에 한 번씩 벌거벗은 채로 마당
에 나가 하수구의 거름망에 끼인 나뭇잎을 제거해가며……
안타깝게도 집에 독주가 없었네요. 태풍으로 농작물과 양어
장을 망친 농부와 어부께는 미안하지만, 제게는 환상적인 밤
이었습니다.
　　《세로토닌》을 읽다가 주인공 플로랑클로드 라브루스트
(46세)가 그의 농업대학 동기인 에메릭 다르쿠르올롱드의 농
장에서 1960~1970년대의 록 음악을 듣는 장면을 읽고는 책
을 잠시 덮었습니다.

이곳에서도 음반들이 벽 한 면을 빼곡하게 채우고 있었고, 그
광경은 인상적이었다. 에메릭이 말했다. "작년 겨울에 죄다 다
시 세어봤거든. 오천 장이 조금 넘더라……." 그는 당시의 테
크닉스 MK2 턴테이블을 아직도 갖고 있었으나, 스피커는 처음
보는 것들이었다. 1미터가 넘는 거대한 호두나무 원목으로 된
평행육면체 두 개가 우뚝 서 있었다. 에메릭이 설명했다. "클
립시혼이야. 클립시사에서 설립 초기에 제작한 스피커지. 아마
음향은 최고일걸. 할아버지가 1949년에 구입하셨어. 오페라광
이셨거든. 할아버지가 돌아가시고 아버지가 내게 물려주셨지.
아버진 음악엔 아무 관심이 없으셨으니까."(169쪽)

아무개가 쓴 소설 가운데 "내 나이 열아홉 살, 그때 내
가 가장 가지고 싶었던 것은 타자기와 뭉크화집과 카세트 라
디오에 연결해 레코드를 들을 수 있게 해주는 턴테이블이었
다"로 시작하는 게 있죠. 이 주인공은 남색 취향이 있는 오
디오숍의 사장에게 자신의 몸을 판 대가로 그토록 갖고 싶었
던 턴테이블(오디오숍 사장의 참된 표현으로는 "레코드 플레이어")
을 갖게 되죠. 사장은 약속한 턴테이블 하나를 주며 열아홉

살 난 주인공에게 이렇게 말해요. "일제 테크닉슨데 가격으로 치면 한 팔십만 원 정도 할 거야." 주인공은 그 턴테이블을 안고 집으로 와서 바닐라 퍼지, 스틸리 댄, Charo, 레드 제플린, 에머슨 레이크 & 팔머를 듣습니다. 주인공의 취향이 종잡을 수 없는 잡탕이군요. 아니면 그가 다 '음'인격이거나.

테크닉스가 만든 무수한 텐테이블 모델 가운데 오디오숍의 사장이 주인공에게 준 모델이 《세로토닌》에 나오는 MK2일까요? 아무개가 쓴 저 소설이 1992년 일본 신초사에서 출간되었을 때, 신초사의 북디자이너는 빨간색 바탕의 표지에 검은색 펜으로 세심하게 그린 테크닉스 MK2 하나만 얌전하게 올려놓았습니다. 저는 1999년에 대구의 중고 오디오숍에서 대당 30만 원에 MK2 두 대를 샀습니다. 그러자 재즈 음악으로 친해진 지인 한 명이 이렇게 말하더군요. "재미삼아 한 대는 이베이에 내보자. 미국에서는 60만 원도 받을 수 있다." 이 제품은 클럽에서 디제잉을 하는 디제이들이 가장 선호하는 턴테이블이죠. 힙합 문화가 발달한 미국에서 인기가 높은 이유입니다. 변덕이 생겨서 다른 턴테이블로 바꾸기까지 두 대의 MK2를 3년 정도 사용했습니다. 작년 제주도에서 형을 알기 전에, 국세청에서 환급금이 나왔길래 짤렘므, 현성미 씨와 택시를 타고 제주시 이도 2동에 있는 올드 레코드라는 LP바에 갔습니다. 2층에 있는 그 가게의 1층 입구에 있는 간판에 MK2의 사진이 커다랗게 인쇄되어 있어서 옛 생각이 절로 났습니다. 그리고 아직 읽어보지 못했지만, 김영욱의 《그림책, 음악을 만나다》(교보문고, 2007)의 표지에도 이 턴테이블이 전면을 장식했던 것을 기억하고 있습니다.

태풍이 오기 전, 제가 애월도서관에서 윤이형의 《붕대 감기》(작가정신, 2020)를 빌려 읽은 이야기를 한 적이 있었죠. 프리랜서 출판 기획자인 작중의 세연은 클래식 CD 컬렉션을 갖춘 고전음악 애호가로 "제법 괜찮은 브랜드의 오디오가 있"(77쪽)다고 합니다. 저는 이 대목이 나온 순간부터 주인공이 어떤 오디오를 갖고 있을지, 또 이 작가가 생각하는 괜찮은 오디오는 어떤 것일지, 그리고 그런 오디오로는 어떤 음악을 들을지 너무 궁금했죠. 작가가 끝내 브랜드를 밝히지 않아 허전했지만, 실은 안 밝히는 게 안전하죠. 먼저 브랜드 이름을 구체적으로 명시하려면 그만큼 공력이 있어야 할 뿐 아니라, 용기마저 필요합니다. 일반 독자에게는 문제가 되지 않지

만, 오디오 파일은 작가가 "제법 괜찮"다고 자신 있게 내놓은
오디오 브랜드에 선뜻 동의하지 않을 것입니다. 전문가와 일
반인 사이의 이런 차이는 어느 분야에서나 똑같이 벌어지죠.

좀 전에 아무개가 썼다는 소설은 초판(1990)과 선집판
(2005)이 있어요. 그런데 다른 데는 고친 데가 없는데, 오디오
브랜드가 나오는 장면에서는 세 대목이나 고쳤더군요.

① "나는 말로만 듣던, 잡지에서 화보로만 보았던 네임
이며, 수모, 사이러스 등의 앰프를 가게 안의 진열장에서 보
았다"라는 초판 문장 속의 '네임·수모·사이러스'는 선집판에
서 '오디오 리서치·마크 레빈슨·쿼드'로 바뀌었습니다. 말로
만 듣고, 잡지의 화보로만 알현할 수 있을 정도면 초일류여
야 하는데, 초판에 나오는 네임·수모·사이러스는 그 정도 급
이 아니라는 것. 수입차에 비유하면 폭스바겐·피아트·도요타
정도나 될까요? 그것을 뒤늦게 알고 선집판에서 롤스로이스
급으로 상향을 했는데, 문제는 쿼드도 네임과 같은 급이라는
것. 수정한다고 애를 썼는데 아쉽군요.

② "레코드 플레이어라면 가라드라든가 토렌스가 괜찮
지. 린도 무난하고 말이지"라는 초판 문장 속의 '가라드·토렌

스·린'은 선집판에서 '데논·토렌스·듀얼'로 바뀌었습니다. 초판의 문제는 감히 린더러 "무난하고"라는 망발을 했다는 거죠. 린 턴테이블은 롤스로이스나 벤츠 중에서도 최상급 차종과 같은데 말이죠. 그런데 선집판은 개악改惡이라는 말이 생각날 만큼 문제가 더욱 심각하네요. 피아트 정도인 데논 턴테이블을 벤츠급인 토렌스와 함께 묶어 "괜찮지"라고 말하다니! 이런 죄를 지은 사람은 징역 20년형을 살아야 합니다. 그리고 듀얼……. 저런 허드레는 오디오 파일용이 아닙니다.

③ "[테크닉스 턴테이블은] 그의 맨션 응접실에 놓인 미제 프로톤 앰프에 맞물려 놓았던 턴테이블이었다"라는 초판 문장 속의 '프로톤'은 선집판에서 '피셔 진공관 앰프'로 교체되었습니다. 오디오숍 사장이 자신의 집 거실에 고작 프로톤을 갖다 놓았다? 테크닉스 MK2도 새로운 구동 방식과 뛰어난 기능으로 턴테이블의 새 역사를 쓰며 세계적인 베스트셀러가 되긴 했지만 대중용이지 오디오 파일용은 아닙니다. 벤틀리와 람보르기니를 수입하는 수입사 사장이 미니를 타고 다니는 격이죠. (그런데 이런 식으로 따지기 시작하면, 우엘벡은 사형밖에 답이 없어요. 클립시혼 스피커와 MK2 턴테이블을 조합하는 사람은 세

상에 없죠. 저런 조합을 상상하는 것만으로도 오디오 파일들은 전부 기절해버려요. 추가 설명 생략합니다).

뒤늦게 허진호 감독의 〈봄날은 간다〉(2001)를 비디오로 보고 크게 놀란 적이 있습니다. 작중의 유지태는 음향 녹음 전문가로 등장하죠. 저는 그의 직업이 음향 녹음 전문가라는 것을 알고부터 어떤 녹음 장비가 나오는가에만 신경을 쓰고 보았습니다. 그런데 입이 벌어지는 광경이 나왔습니다. 그가 들고 다니는 기계가 무려 나그라일 줄이야. 나그라는 스위스에 본사가 있는 초일류 오디오 브랜드죠. 그러니까 한국은 촌놈 티를 벗었네요. 세계 3대 영화제에서 음향 녹음 전문가라는 주인공이 소니나 리복스 제품을 들고서 얼쩡거리면 바로 테크니컬 감점이니까요.

영화에 소품 담당이 따로 있듯이, 소설가에게도 주인공의 재력과 취향, 그리고 소설의 내적 구조까지 강화해줄 수 있는 소품 조언자가 반드시 있어야 해요. 그래야 아무개가 저지른 것과 같은 실수를 막을 수 있습니다. 국가가 실업자 수를 줄이는 게 여간 힘들지 않은 지금, 직업의 가짓수는 많으면 많을수록 좋습니다. 소설가를 위한 소품 조언자가 소설가에게 제대로 된 오디오는 물론이고 작품의 설정과 주인공에게 어울리는 자동차·패션·요리·음악·커피·여행 코스 등을 조언해줄 수 있다면 한국소설은 얼마나 눈부시게 발전할는지요? 아무 쓸모없는 예술원보다 백배 소중하군요. 국가자격증 발급이 필요합니다.

제가 갖고 있는 진공관 앰프 중 하나가 일본에서 나온 레벤Leben인데, 어느 소설의 주인공이 자살 시도에서 실패하고 레벤으로 슈베르트의 어느 사중주를 듣는다고 가정해봅시다. 저 독일어 단어는 '삶'을 뜻하니, 소설가를 위한 오디오 소품 조언가는 저 브랜드를 선택해주는 것으로 작품에 아이러니를 더할 수 있지 않겠습니까. 자살을 시도했던 주인공이 혼수상태에서 깨어나 레벤 앰프로 슈베르트의 〈소녀와 죽음〉을 듣는다? 주인공의 내면 또는 작가가 노리는 바가 얼마나 심오하고 복잡한지요! 단순히 상표명만 이용하는 게 아니라 회사의 내력과 모델의 탄생 비화가 작품에 은연히 주입됨으로써 소설의 내적 구조는 더욱 강화될 겁니다. 오디오 소품 조언가는 작가를 위해서뿐만 아니라 독자나 평론가들이 결코 풀지 못할 궁금증도 속 시원히 밝혀주죠. 예컨대 구혜영의 《진아의 연인》(창원사, 1974)에는 그 당시 액수로 "오십만 원이 넘는 것"이라고 해서 박외과네 집안을 온통 떠들썩하게 만들었던 "문제의 스트레오 전축"(85쪽)이 나오고, 박노해의 시 〈가리봉 시장〉에는 "하루 14시간/ 손발이 퉁퉁 붓도록/ 유명 브랜드 비싼 옷을 만들어도/ 고급오디오 조립을 해도/ 우리 몫은 없어,/ 우리 손으로 만들고도 엄두도 못내"라는 대목이 있는데, 거기 나오는 스트레오 전축이나 고급오디오가 어떤 것일지 궁금한 독자가 분명 있지 않겠습니까.

마이삭이 밤사이에 지나간 아침에 일어나 보니 대문의 슬레이트 지붕이 통째 떨어져 부서져 있었어요. 태풍 소리와 음악 소리가 그만큼 컸기 때문에 지붕이 떨어지는 소리도 못 들은 거죠. 그리고 마당에 심어 놓은 고추가 다 쓰러졌네요. 여름내 따 먹던 고추였는데……. 대문 앞에 부서져 있는 지붕의 잔해를 모아서 치우는데, 옆집 아저씨도 자신의 집을 정비하고 있더군요. 이분은 서울에서 제주도로 이사 온 지 9년이 되었다는데, 이 태풍이 제주에서 맞은 가장 큰 태풍이었다고 했어요. 멜은 어디 숨어 있었는지 하루 종일 나타나지 않다가 그다음 날에 나타났습니다.

9월 7일에는 중국어로 해신海神을 뜻하는 10호 태풍 하이선Haishen이 제주도에 왔습니다. 그날은 태풍이 당도하기 전인 오후에, 해변을 따라 곽지마트에 가서 막걸리 두 병을 사 왔습니다. 대기는 바람으로 가득하고 파도는 날뛰는데, 저는 태풍과 바람이 난 것 같이 가슴이 뛰었습니다. (농부님과 어부님들께는 다시 미안하군요.) 그날도 저녁 9시께부터 태풍이 제주도를 집어삼켰는데, 마이삭 때 그랬던 것처럼 서너 시간 정도가 고비였던 것 같아요. 현관의 미닫이문과 집 안의 창문들이 판지처럼 떨렸습니다. 저는 클래식으로만 골라놓은 CD를 차례대로 들으며 막걸리를 홀짝였죠. 두 시간에 한 번씩 마당에 물이 차오르지 않게 배수구를 보살피면서 말이죠.

저는 한 20년 전부터 제 소설을 쓰레기라고 말해왔어요. 이런저런 자리에서 그래왔는데, 글로 남기는 건 힘드네요. 좋게 봤든 나쁘게 봤든, 형을 비롯한 평론가와 독자는 시간을 바치고 공력을 들여 제 작품을 읽어주었는데, 이 작가 놈은 무슨 개폼을 잡는 건지, 자기 입으로 제 작품을 쓰레기라고 한다? 그래서 어떤 사람은 이렇게 말하기도 했어요. "장정일은 자기 작품이 쓰레기라고 말하면서 자신을 신비화하고, 자기가 자신을 비판할 수 있는 진정한 예술가인 양한다. 지독하게 반문학주의자인 양하면서 거기서 자기 지분을 챙긴다."

저는 위악을 통해 저 자신을 진정한 예술가인 양 포장하려는 의도가 없고, 다른 작가를 마음껏 비판하기 위해 제 자신부터 먼저 '디스' 한 것도 아니에요. 그런 술수가 있어서가 아니라, 실제로 저는 제 소설을 그렇게 판단하고 있어요. 제 작품이 쓰레기, 삼류 소설이라고요.

2000년대 초, 제가 동덕여대 문창과에 희곡 담당으로 초빙 교수를 한 적이 있었어요. 문창과 학생들은 자기 과에 새 선생이 들어오면, 그 선생 작품을 자기들끼리 읽고 품평을 하는 모양이에요. 어느 날 학생들과 개별 면담을 하는데, 한 학생이 뜬금없이 이렇게 말하는 거예요. "선생님 소설은 소설 아니에요." 아마도 제 소설을 읽고 나서 그 학생은 "이런 게 무슨 소설이야!"라고 분개했던 것 같아요. 스승과 제자는 싸울 수 있어야 합니다. 하지만 저는 싸우기는커녕 "그걸 왜 읽어?"라고 대꾸하고 다른 화제로 넘어갔죠. 속으로 이렇게 생각하면서 말입니다. "아아, 누가 뭐랬나. 나는 내 소설에 대해 '소'자도 꺼낸 적이 없고, 학생들이 읽을까 봐 늘 전전긍긍해왔는데⋯⋯." 내 소설이 소설 같지 않다는 너무나 당연한 이야기를 하는지라, 그 특별한 학생의 이름도 새겨두지 못했어요.

저는 중학교 때부터 세계문학전집을 독파했습니다. 그런 제가 《아담이 눈뜰 때》, 《너에게 나를 보낸다》, 《너희가 재즈를 믿느냐》 등속을 어떻게 소설이라고 생각할 수가 있겠어요?

뛰어난 소설을 쓰는 작가는 당연히 그렇겠지만, 자기 소설이 쓰레기인 줄 아는 사람도 작품에 대한 비판/비난과는 결이 다른 인신공격만은 귀신처럼 가려내죠. 그런데 비판/비난과 인신공격을 객관적으로 가려내기는 어려워요. 인신공격을 평론이라고 생각할 평론가도 없는 데다가, 하더라도 바보가 아닌 이상 그걸 대놓고 할 리 만무하니까요. 그런데 어떻게 아느냐고요? 저는 작가 본인만은 알 수 있다고 생각해요.

형은 평론가이니 이런 상황이 참 답답할 거예요. 주관적이라는 말은 객관적이지 않다는 말일 뿐, 실체가 없다는 건 아니니까요. 작가 본인이 그렇게 느꼈다니 말입니다. 평론가 입장에서는 모골이 송연해질 수 있겠군요. 여기에 덧붙여야 할 이야기가 있어요. 작가가 평론가의 텍스트(평론)를 주관화 시켜 파악하게 되는 구조는, 텍스트 바깥에서 생긴 문제, 말하자면 이리저리 얽힌 지연·학연·에콜·세계관 등에서 생긴 불화를 텍스트로 가져오기 때문이죠. 작가들이 그만큼 예민하다고 할 수도 있지만, 실은 평론가들도 자신의 글을 쓰면서 텍스트 바깥의 불화를 자신의 글에 적어 넣죠. 평론가라고 모두 성인聖人은 아니니까요. 그러니 평론가가 지연·학연·에콜·세계관 등에서 벗어난 곳에 위치하지 않고서는 오해를 피할 수 없는 거죠. 그러면 고독만이 평론가를 구해주려나요?

　　《죄의식과 부끄러움》에서 서영채가 보여준 발상은 그 자신도 암시한 바 있듯이 기독교인의 기독교인 됨을 떠올려주는군요. 기독교인은 매주 일요일 교회에 간다고 되는 것이 아니고, 꼬박꼬박 십일조를 낸다고 될 수 있는 것도 아닙니다. 예수님의 가르침대로 산다고 기독교인이 되는 것도 아니고요. 그런 덕행은 "나는 죄인입니다, 나는 죄인입니다"라고 말하는 것보다 하수입니다. 특히 가톨릭에서는 이것이 절대 조건이어서 고해성사를 위해 자신의 죄를 짜내야 합니다. 그러니까 한국인이 '죄의식과 부끄러움'을 통해 주체가 되었다는 《죄의식과 부끄러움》의 논지는 기독교인이 되는 방법과 그 구조가 같네요.

그보다 재미있는 것은 반쪽이기는 하지만 국가가 만들어지고 눈부신 경제 발전과 개인주의가 완성된 현재도 죄의식과 부끄러움은 여전히 한국인의 중요한 주체 정립의 형식이라고 주장한다는 점입니다. 그러니까 우리 혹은 나의 성공이 바로 원죄가 될 수 있어야 한다는 논리. 이 논리는 일찍이 어느 시인이 "혐의점"이라고 했던 그것이지요. 그런데 이런 주장은 새로운 난관과 부딪쳤습니다. 성공 서사는 성공에 대한 일종의 사회적 합의가 있는 곳에서 생겨나죠. 예컨대, 몇 평짜리 아파트에 살면서 연봉은 얼마고……라는 식의 사회적 기준이 있는 곳에서 성공 서사가 생겨나니까요. 그런데 지금은 그 기준이 무한대죠. 자본주의는 원래 다다익선이지만, 신자유주의 이전에는 아무도 자본주의가 무한해야 한다거나 무한을 욕망해도 된다고 믿지 않았죠. 사회도 윤리도 그것을 허용하지 않았어요. 자본주의에도 암묵적으로 고수했던 규제 적 이념 같은 것이 있었던 거예요. 그런데 지금은 그런 게 없 어요.

아무리 성공했어도 어디 가서 성공했다고 자랑하기에는 멋쩍은 시대 ("나는 아직도 배고프다") 이런 상황에서 죄의식과 부끄러움은 여전히 한국인의 중요한 주체 정립의 형식이 될 수 있을 것이라는 기대는 나이브하지 않나요? 오히려 지금은 '나는 더 성공해야 한다'는, 그리고 '더 성공할 수 있다'는 강 박이야말로 현대 한국인의 주체 정립 형식이죠. 서영채의 주 장처럼 자신의 성공 서사를 죄의식과 부끄러움으로 괴로워하 는 소설이 한때는 가능했지만, 지금의 한국이나 한국문학과 는 상당히 거리가 있다고 여겨지는군요. 형도 《달까지 가자》 를 언급하며, 이 소설이 원래 일확천금을 얻은 주인공들이 죄 의식에 시달리거나 권선징악의 플롯을 따라 사회에 의해 벌 을 받아야 하는 공식을 비틀었다고 했잖아요.

《죄의식과 부끄러움》을 재미있게 읽다가도, 중간중간에 회의를 느꼈어요. 문학을 직업으로 삼지 않았더라면, 한국문 학을 대상으로 하는 이런 책은 읽지 않았을 거예요. 저는 제

소원과는 너무 다른 길로 들어섰군요.

제주의 10월은 서늘하죠?

7

—

장정일 선생님께

오늘은 10월 13일이고 제주의 하늘엔 구름이 가득합니다. 더위를 많이 타는 저는 여전히 반팔을 입고 있지만 그래도 계절이 조금은 가을다워졌네요. 지난주까지만 해도 바다에 뛰어들어도 전혀 한기가 느껴지지 않을 만큼 뜨거운 날들이었습니다. 제주에서 맞는 여섯 번째 가을이지만 이런 적은 처음이라 고개를 갸웃거리면서 해변에 갔습니다. 피서객들이 떠나자 마음 놓고 자란 모양인지 두 손으로 모래를 긁을 때마다 씨알 굵은 조개들이 잡히더군요. 잡은 조개로 무엇을 하면 좋을까요. 라면을 끓이거나 미소된장국을 끓일 때 몇 개 넣어도 좋고 소주나 화이트와인을 넣어 술찜을 만들어도 기가 막히겠죠. 직접 반죽한 밀가루 반죽을 칼로 썰어 면을 만든 다음 조개와 함께 끓여내 칼국수로 먹는 방법도 있지만 아무래도 파스타가 훨씬 간편하지요. 대신 육수를 넉넉하게 잡아 볶는다는 느낌보다는 푹 삶는다는 느낌으로 만들어야 합니다.

지금은 오후 4시 30분이고, 저는 백신 2차 접종을 완료한 후에 돌아와 책상 앞에 앉았습니다. 읍내에 나가는 길에 엄마와 함께 감귤농협에 들러 풍수해 보험도 갱신했습니다. 주로 어업이나 농업에 종사하는 사람들이 태풍 피해를 염려해 드는 보험인데 엄마는 큰 태풍에 집 지붕이 날아갈까 걱정돼 3년에 한 번씩 꼬박꼬박 보험을 갱신하시네요. 그렇지만 엄마의 걱정이 마냥 기우인 건 아닙니다. 몇 년 전 태풍이 왔을 때 제 다락방 지붕이 벗겨져 천장과 책들이 흠뻑 젖은 일이 있었습니다. 정확히 언제인지, 그리고 그때 제 다락방 지붕을 날려버린 태풍의 이름이 무엇인지, 일기를 쓰지 않는 저로서는 기억이 나지 않네요. 태풍이 지나간 다음 날 고요한 마음으로 다락방에 올라갔다가 처참한 풍경에 놀라서 소리친 기억만 또렷하게 남아 있습니다.

기록하지 않은 삶은 기억되기 어렵고 기억되지 못한 시간은 허무하게 사라져버리지요. 선생님에게 우엘벡의 《세로토닌》을 빌려드린 일도 저는 까맣게 잊고 있었으니까요. [물론 기록한다고 해서 모두 기억할 수 있는 것은 아니죠. 선생님이 2014년에 제임스 C. 스콧의 《우리는 모두 아나키스트다》(김훈 옮김, 여름언덕, 2014)에 대한 서평을 발표해놓고 작년 다른 지면에 마치 처음 읽는 책인 양 그 책에 대한 새로운 서평을 써서 보낸 것처럼 말입니다.] 저는 원래 지나간 과거의 일을, 체험의 종류를 막론하고 잘 기억하지 못하는 편인데 요즘은 그 증상이 점점 더 심해지는 것 같습니다. 그럴 때마다 일기를 써야겠다고 마음먹지만…… 곧 일기를 쓰겠다고 마음먹었다는 사실마저 잊어버리고 맙니다. 선생님의 '조증'처럼 여기에도 무언가 정신적인 요인이 작용하는 것 같은데 그 이유를 밝혀낼 재간은 없네요. 그냥 '살아낸 과거의 어떤 시간을 부끄럽게 여겨 회피하고자 하는 마음' 같은 것이 제 안에 있다고 해둘까요. 저는 제가 썼던 글을 웬만해서는 다시 읽지 못합니다. 초등학교 때 썼던 일기나 고등학교 때 문집에 썼던 글은 물론이고, 최근 들어 지면에 발표한 글들도 마찬가지입니다.

그게 제 안에 내재된 어떤 죄의식과 부끄러움 때문은 아닐까 하는 뜬금없는 의심을, 서영채의 책을 읽고 해본 적이 있습니다. 선생님은 《죄의식과 부끄러움》에 나타난 발상이 '기독교인의 기독교인 됨'을 떠올리게 하는 면이 있다고 말씀하셨는데 그러고 보니 오늘날 우리가 가지는 죄의식과 부끄러움의 기원이 (니체가 고발했듯) 기독교에 있는 것 같다는 생각도 듭니다. 휴버트 드레이퍼스와 숀 켈리가 함께 쓴 《모든 것은 빛난다》(김동규 옮김, 사월의책, 2013)에 등장하는 마르틴 루터에 대한 흥미로운 일화 하나가 떠오르네요. 지나치게 경건하고 독실했던 루터는 개인적인 죄를 확인하고 고백하는 일에 강박적으로 매달렸다고 합니다. 한번 고해를 했다 하면 여섯 시간이나 이어졌다고 하는데 그렇게 긴 고해를 끝마치자마자 곧바로 다시 돌아와 죄를 고백하려 했던 적도 있었다네요. 그러자 그의 고해신부가 넌더리를 내며 루터에게 이렇게 말했답니다. "더 이상 이런 시건방진 고백들을 가지고 오지 말게, 루터. 자네 아버지건 누구건 죽이고 오게. 그만한 죄쯤 되어야 우리가 함께 이야기할 수 있을 걸세."(84쪽)

선생님이 첫 번째 답신에서 언급하신 적이 있는 프롬의 《자유로부터의 도피》(김석희 옮김, 휴머니스트, 2020)에는 루터에 대해 이렇게 평가한 부분이 나오더군요. "그는 극단적인 고독감과 무력감과 죄의식으로 가득 차 있었지만, 그는 동시에 남을 지배하고 싶은 열정에도 사로잡혀 있었다. 그는 강박적인 성격을 가진 사람만이 품을 수 있는 의심에 시달렸고, 항상 자신을 안심시키고 불안의 고통에서 자신을 구해줄 무언가를 찾고 있었다."(81쪽) 프롬은 《모든 것은 빛난다》의 저자들과 달리 루터의 태도가 경건하거나 독실하다고 보지 않습니다. 신에 대한 루터의 태도가 겉으로는 자발적이고 애정 어린 것처럼 보이지만 실은 "그의 마음은 무력감과 죄의식으로 가득"(83쪽) 차 있을 뿐이라는 거지요. 그럴 경우 신에 대한 사랑은 진정한 사랑이 아니라 변형된 사도마조히즘에 불과합니다. 프롬에게 사랑은 무엇보다 자기 자신에 대한 애정과 승인에 기초하는데 가학–피학적 집착에는 자기애에 대한 근본적인 결핍이 존재하니까요.

어제 읽었던 소설가 서이제의 〈미신迷信〉(《0%를 향하여》, 문학과지성사, 2021)이라는 작품에 이런 문장이 나오더군요. "고백은 언제나 행위 다음에 온다."(16쪽) 그런데 루터의 경우를 보면 꼭 그런 것만은 아닌 듯합니다. 고백은 그 자체로 하나의 독창적인 행위이며 고백이라는 행위를 통해 주체는 행위에 미달하는 파편적인 경험을 비로소 행위로 재탄생시키는 게 아닐까요? 사랑이 좋은 예일 겁니다. 사랑하는 행위가 먼저 있어서 사랑을 고백하게 되는 것은 아니지요. 사랑을 동사로 본다면 그것은 매일매일 고백을 하는 행위와 일치할 것입니다.

《죄의식과 부끄러움》에 대한 선생님의 독후감이 궁금했는데 의외로 박하시네요. 선생님이 말씀하신, 오늘날 죄의식과 부끄러움은 더는 한국인의 주체 정립의 형식이 되기 어려우며 성공에 대한 강박이 그 죄의식과 부끄러움을 대체한 것 아니냐는 반문은 일리 있습니다. 실제로 우리가 더욱 자주 목도하는 것은 성찰 어린 부끄러움보다 당당하게 내지르는 뻔뻔함이니까요. 하지만 세상이 그렇게 뻔뻔해진 것과 별개로 그 뻔뻔함이 미처 장악하지 못한 어떤 이면의 세계가 아직 남아 있어서 언제나 우리를 비스듬히 쳐다보고 있다면 어떨까요? 선생님이 쓴 〈참愧〉이라는 시를 이토록 뻔뻔한 세계에서조차 끝내 휘발되지 않는 수치심과 죄의식에 관한 내용으로 읽었습니다.

시베리아에서 길을 잃고 사경을 헤매다가 구조된 조난자들은 거개가 참의 희생으로 목숨을 부지했다는데, 참이 이렇듯 잘 알려지지 않고 이 변변치 않은 사람의 글에 의해서 널리 알려지는 까닭은, 인간에게 수치심이 있기 때문이다. 목숨을 부지한 조난자는 차마 동료를 죽이고 그 덕분에 살게 되었다는 것을 밝히기를 꺼린다. 칼로 배가 쭉 갈라진 동료가 오랫동안 죽지 않고 눈을 끔벅이며 "살려줘, 살려줘, 나는 너의 친구잖니?"라고 호소했다는 것, 그런데도 혼자 살기 위해 동료의 피와 살을 먹고 마신 것을 수치로 여겨 말할 수 없었기 때문이다.

〈참〉 부분

동료를 잡아먹고 살아남은 자의 심중에 고이는 수치심과 죄의식은 자신의 성공만 바라보고 경주마처럼 달리는 사람들로 가득 찬 이 세상에서도 겨우 억압될 수 있을 뿐 완전히 사라지지는 않습니다. 어쩌면 생존의 성공, 혹은 성공적 생존을 향해 우리를 닦달해온 세계가 뻔뻔하게 억압했던 죄의식과 부끄러움이 비로소 귀환하는 곳이 바로 문학 아닐까요. 그러다 보니 문학 하는 사람들이 죄의식과 부끄러움을 기꺼이 자신의 몫으로 배당받아 살다가 끝내 "변변치 않은 사람"으로 남을 수밖에 없는 건지도 모르겠습니다. 문학이라는 고해소에는 타인의 죄를 자신의 것으로 삼아 대속하려는 기이한 열정을 지닌 사람만이 힘겹게 찾아들어 루터처럼 고백하고 또 고백하는 모습이 자주 보입니다. 그것이 서영채가 말한 '죄

없는 자의 죄책감'이자, 문학의 윤리로 여겨져온 기이한 강박의 정체일 것입니다. 물론 그 죄책감과 부끄러움은 양가적인 면모를 지니기에 그것을 서둘러 '문학 윤리'의 전부인 양 승인해서는 안 되죠. 저는 2018년에 쓴 〈신은 주사위 놀이를 하지 않지만〉에서 소설가 임현의 작품을 분석하며 그와 같은 죄책감과 부끄러움을 곧 윤리로 등치하는 일에 내재한 난점에 대해 생각해본 적이 있습니다.

화제를 잠시 돌려 우리가 처음 만났던 날 이야기를 해볼까요. 우리는 해물짬뽕이 맛있다는 중국집 '애월성'에서 정작 해물짬뽕은 먹지 않고 탕수육에 맥주를 마신 다음 한담 해변에 있는 선술집으로 자리를 옮겨 소주를 마시고 있었습니다. 그때 선생님이 불쑥 모 작가를 거론하며 한국 작가들에게는 생활이 없기 때문에 엽기로 빠져버리고 말았다는 말씀을 하신 적이 있습니다. 그때는 그 말씀이 무슨 뜻인지 의도를 종잡을 수 없었는데 이제 와 보니 〈양계장 힙합〉이라는 시에서 이미 요연하게 쓰신 적이 있네요. 그 시의 일부를 옮겨보겠습니다.

한국 작가들은 물신과 만나 본 경험이 없기 때문에 그것에 대한 복수로 끔찍하고 엽기적인 이야기만 잔뜩 써 대는 거라고. 그런 상상력을 High Modern인 양 착각하지만 사실은 Gothic Fantasy처럼 구리고 구려. 생계가 없고 생활이 없으니 모던이 생겨날 리 없다.

〈양계장 힙합〉 부분

영화에 소품 담당이 따로 있듯이, 소설가에게도 주인공의 재력과 취향, 그리고 소설의 내적 구조를 강화해줄 수 있는 소품을 추천할 조언자가 반드시 있어야 한다는 구절을 읽고 저는 그날의 이야기와 이 시구를 떠올렸습니다. "소설가를 위한 소품 조언자"는 말하자면 한국 작가들이 만나보지 못한 물신의 세계를 '외부 입력' 시켜주는 단자 같은 것이겠네요.

그런 직업이 생긴다면 확실히 한국소설의 세계는 보다 넓고 정확해지겠지만 그로 인해 한국소설이 마침내 'High Modern'에 육박할 수 있을지는 잘 모르겠습니다. 그보다 저는 선생님이 쓰신 High Modern이라는 표현이 흥미롭습니다. 제가 이해하기로 여기에는 한국적 근대성에 대한 서사가 개입되어 있는 듯합니다. 스스로 근대화를 이룩하지 못하고 일본의 식민지가 됨으로써 타율적으로 근대화되었다가 외세에 의해 분단되었고 이후 미국이 부과한 근대화론을 부박하게 쫓아다니기에 급급했던 수동적인 역사……. 최인훈이 《회색인》(문학과지성사, 1991)에서 다루고자 했던 것이 그와 같은 실패한 근대화와 그것이 지식인들에게 남긴 원한 감정이었지요. 《회색인》에서 주인공 독고준은 국내의 모더니즘 문학을 언급하며 "무책임한 에피고넨들"이라고 깎아내립니다. High Modern은커녕 그냥 '모던'조차 실현할 수 없는 앙상한 '짝퉁'들일 뿐이라는 거죠. 왜 아니었겠습니까마는.

반세기 사이에 세상이 변했습니다. 변해도 참 놀랍게 변했네요. 한국이 다른 서구 국가들에 비해 '덜 모던'하다고 이야기할 수 있을까요? 오늘날 한국 사람들이 유럽을 여행하는 이유는 중세의 '향수'를 느끼기 위함처럼 보입니다. 일본 여행 또한 마찬가지입니다. 15년 전만해도 일본을 여행하면 미래의 시간을 미리 맛보는 것처럼 흥분했지만 이제는 아니죠. 신용카드를 받지 않는 상점에서 서투르게 동전을 꺼내면서,

그리고 카페와 술집에서 마음 놓고 담배를 피우면서, 우리는 미래를 엿보기보다 옛 추억에 젖습니다. 선생님은 〈봄날은 간다〉에서 유지태가 스위스제 나그라를 드는 걸 보고 드디어 한국이 촌놈 티를 벗었다고 말씀하셨는데 〈오징어 게임〉은 한국(인)의 '촌놈 티'도 이제는 그리 만만하게 볼 게 아니라는 걸 말해주는 듯합니다. 등장인물들이 입은 너저분한 츄리닝과 말 그대로 옛날에 연탄불 위에서나 해 먹던 달고나가 2021년 가장 '힙'한 것으로 추앙받고 있으니까요.

그러고 보면 이제 관건은 모던함이 아니라 힙함인 것 같습니다. '힙'은 '모던'과 다르게 미래의 시간은 물론이고 수직적 위계도 간단히 무시해버립니다. 기름때가 덕지덕지 붙은, 다 쓰러져가는 단층 마치코바가 웃돈을 주고도 구할 수 없는 최고의 상업 공간으로 변모하는 것처럼 가장 선진적이고 하이High한 것이 각광받는 것이 아니라 비루하고 너절해 보여도 고유한 내력이 깃든 것이 찬양받는 시대가 된 거죠. '힙스터'는 이런 시대를 대표하는 인간 유형일 텐데 요즘은 '힙스터처럼 보이지 않는 것'이 가장 중요한 '힙함'의 덕목이 될 정도로 '힙'은 끊임없는 차이의 계열을 만들어가며 자가증식 하고 있습니다.

　와인을 예로 들면, High Modern이 관건인 세계에서라면 어떤 작가가 자신의 소설 속에 와인을 등장시킬 때 얼마나 고급스럽고 비싼 와인을 정확하게 기입하는지가 중요해질 겁니다. 만약 그 작가가 와인에 조예가 그리 깊지 않다면 선생님이 말씀하신 것과 같은 사람의 도움을 빌려 조언을 받아 High Modern함을 성취할 수도 있겠지요. 하지만 '힙'의 세계에서라면 조금 이야기가 다를 겁니다. 거기에서 작가는 값비싸고 좋은 와인 리스트에는 눈길도 주지 않은 채 내추럴와인을 등장시킬 테니까요. 수백만 원을 호가하는 와인의 세계와 당최 무슨 맛인지 알 수 없는 내추럴와인의 세계는, 같은 와인이라고는 하지만 완전히 다른 문화적 기호에 속해 있습니다. 아마 내추럴와인을 즐기는 사람에게는 그런 수백만 원짜리 와인의 내력과 풍미는 관심 밖의 일일 겁니다. 클래식한 와인 애호가라면 내추럴와인에 치를 떨며 증오할 테고요. 모던함이 문제가 되는 세계에서라면 '하이'와 '로우'를 논할 수 있지만 힙에는 고저도 장단도 없지요. 부박하다면 부박한 세상이 된 것입니다.

선생님이 지나가듯 말씀하신 "국가가 실업자 수를 줄이는 게 여간 힘들지 않은 지금, 직업의 가짓수는 많으면 많을수록 좋습니다"라는 문장을 보고 멈칫했습니다. 최근 제 업에 대해 본질적이고 존재론적인(?) 고민에 빠지게 만든 데이비드 그레이버의 《불쉿 잡》(김병화 옮김, 민음사, 2021)이 떠올랐기 때문입니다. '왜 무의미한 일자리가 계속 유지되는가?'라는 부제를 달고 있는 이 책에서 저자는 공산주의 사회에서는 국가가 완전고용을 위해 쓸모없는 일자리를 계속해서 만들어내지만 효율성을 최우선시하는 자본주의 사회에서는 그런 일이 일어나지 않는다는 통념을 공박합니다. 실제 현실에서는 국가의 개입과 상관없이 그 일을 수행하는 사람으로 하여금 아무런 보람과 가치를 느끼지 못하게 하는 수많은 일이 존재한다는 거죠. 그런데 알렉세이 유르착이 쓴 《모든 것은 영원했다, 사라지기 전까지는》(문학과지성사, 2019)을 읽으면 공산주의 국가에서 아무런 보람과 가치를 느낄 수 없는 쓸모없는 일자리들이 만들어졌다는 통념도 사태에 대한 일면적인 시각일 수 있겠다 싶습니다.

이 책에는 보일러실 기술자에 대한 흥미로운 서술이 등

장합니다. 소련에서 보일러실 기술자는 "파이프 압력을 확인하고 온수와 냉수를 켜고 끄며, 어쩌다 문제가 생기면 수리공을 부르는 일 따위"의 일을 하지만 "근무시간 내내 보일러실에 있어야"(289~291쪽) 하는, 그레이버라면 '불쉿 잡'이라고 불렀을 종류의 일을 하는 직종이었습니다. 공공기관 임금 중 가장 낮은 임금을 받는 이런 일은 겉보기에는 의무 고용을 위해 만들어낸 쓸모없는 직종처럼 보이지만 말 그대로 그곳에서는 달리 할 일이 없기 때문에 "고대 언어학자부터 록 음악가에 이르는 수많은 사람들이 다양한 관심사와 아마추어 활동에 전념"(291쪽)할 수 있는 기회가 제공되었다고 합니다. 특히 많은 아마추어 록 음악가들이 일을 하는 경우가 있어 그들을 "보일러실 로커kochegrat-rokery"(291쪽)라고 부를 정도였다네요. 록 음악가만이 아닙니다. "불교, 서구 재즈, 실존주의 철학 등 소비에트 기관들에서 다룰 수 없었던 문화적, 철학적, 종교적 주제"(293쪽)들이 그 어두컴컴한 지하 보일러실에서 탐구되었으니 그 무료한 지하공간이야 말로 "국가가 결코 기대하지 않았던 많은 지식의 형태들을 낳"(294쪽)은 본산이었던 셈이죠. 물론 유르착은 이것이 가능한 이유를 "소비에트연방에서 기본적인 욕구들을 해결하는 데에는 별로 돈이 들지 않았기 때문"(294쪽)이라고 말합니다. 국가가 삶에 필수적인 재화를 매우 저렴하게 공급해주는 시스템이 있었기에 '불쉿 잡'은 다양한 창조의 기회로 탈바꿈할 수 있었다는 거죠. 물론 저는 선생님이 말씀하신 '소설가를 위한 소품 조언자'가 '불쉿 잡'에 해당한다고 생각하진 않습니다. 그건 문화의 전문성을 심화하는 데 있어 필수적인 일일 수 있죠. 그런데 평론가는 어떤가요?

영화 〈버드맨〉(2014)에는 한때 할리우드 슈퍼 히어로물의 주인공으로 잘나갔지만 이제는 한물간 인물 리건 톰슨이 등장합니다. 그는 브로드웨이에서 레이먼드 카버의 소설을 각색한 연극을 올려 재기를 꿈꾸는 중입니다. 하지만 그의 간절함에도 연극 준비는 자꾸 꼬여만 가고 엎친 데 덮친 격으로 평단의 거물 비평가인 '미스 디킨스' 여사는 그의 작품을 보기도 전에 이미 악평을 쓸 준비를 끝마쳤군요. 우연히 술집에서 디킨스를 만난 리건은 술을 대접하며 그녀의 환심을 사려 하지만 그녀는 노골적으로 불쾌한 기색을 드러내며 리건을 경멸합니다. 그러자 화를 참지 못한 리건이 이렇게 소리치네요.

리건 톰슨 살면서 어떤 일을 겪어야 평론가가 되죠? (디킨스가 무언가를 적고 있는 노트를 빼앗으며) 지금 쓰는 거 비평이에요? 좋은 평? 나쁜 평? 공연을 보기나 했어요?

디킨스 경찰을 부르겠어요.

리건 톰슨 웃기시네. 한번 읽어보자고. '미숙하다.' 낙인을 찍었네. '흐리멍덩하다.' 이것도 낙인이고. '여백에 긁적임?' 이건 무슨 헛소리인지 모르겠네. 다 똑같잖아. 멋대로 낙인을 찍어 놨어. 스스로가 너무 게으르다고 생각하지 않아? (유리병에 담긴 꽃을 빼들어 디킨스의 눈앞에 들이대며) 이게 뭔지 알아? 이게 뭔지 알기나 해? 아마 당신은 모를 거야. 왠지 알아? 낙인을 찍지 않고는 이게 뭔지 보지 못하니까. 머릿속의 잡음을 지식이라고 착각하면서.

디킨스 할 말 다 했어요?

리건 톰슨 아니. 여기에 테크닉이나 구성 얘긴 없잖아. 작품의 의도나……. 그런 한심한 비교를 통해 멍청한 의견을 나열해놓은 거지. 이런 글 몇 줄 써봐야 당신한텐 아무런 해가 안 되겠지. 잃을 게 아무것도, 아무것도 없다고! 근데 난 염병할 배우고 이 작품에 모든 걸 걸었어. 내가 제안 하나 할까? 이 종이로…… 사악하고 비겁하게 쓰레기 비평이나 끄적여 놓은 이 종이로 당신의 쭈글쭈글한 밑이나 닦아!

디킨스 (여유롭게 웃으며) 당신은 배우가 아니야. 연예인에 불과하지. (꽃을 다시 병에 꽂으며) 난 당신 연극을 죽일 거예요. 내일, 그리고 내일, 그리고 또 내일.

사람이 얼마나 불우한 삶에 뒤틀려야 평론가 같은 게 되고 마는 걸까요? 물론 상대가 맘에 들지 않는다는 이유로 작품을 보기 전부터 박살내버리겠다고 벼르고 있는 평론가와 그런 평론가에게 당신이 쓰는 글은 게으른 낙인찍기와 아무짝에도 쓸모없는 멍청한 의견의 나열에 불과하다고 화를 내는 창작자 사이의 으르렁거림은 지루할 만큼 그 역사가 깁니다. 비평의 본령과 창작의 진정성이 어떠하든, 거기에는 언제나 음침한 사심私心이 뒤섞여 있었으니까요. 문제는 그렇고 그런 너저분한 다툼이 아니라 좀더 근본적인 데에 그러니까 비평적 작업이 무

217

언가를 판단하는 일이라는 것과 관련이 있습니다. 선생님이 제게 보내주신 《비평 철학》(이해완 옮김, 북코리아, 2015)에서 노엘 캐럴이 거듭 강조하고 있는 것도 비평가는 단순히 작품을 해석하는 존재가 아니라 평가하는 존재라는 것이죠.

그런데 평가라는 건 하는 사람에게나 받는 사람에게나 참 힘든 일입니다. 일상적인 인간관계에서 꼬박꼬박 자신에 대해 평가하는 사람을 주위에 친구로 두려는 사람이 있을까요? 매사에 그런 식으로 구는 사람이 있다면 단박에 거친 말과 함께 절교당하고 말 것입니다. 현자들이 인간관계를 두고 가장 많이 하는 조언도 그런 거죠. "타인을 자신의 잣대로 판단하려 들지 마라." 그런데 캐럴은 비평가는 바로 그런 일을 하는 사람이어야 한다고 하네요. 그러니 "살면서 어떤 일을 겪어야 평론가가 되죠?" 같은 조롱을 듣는 일은 평론가가 내야 할 세금 같은 걸지도 모르겠습니다.

캐럴은 비평가의 평가 행위가 예술가들의 불만을 살 거라는 걸, 그래서 "예술가들이 보기에 비평가는 불운한 예술작품에 대해 지능적으로 가시 돋친 말들을 해댐으로써 예술가들을 희생양 삼아 거들먹거리는 사람들"(42쪽)로 여겨질 위험이 있다는 걸 잘 알고 있습니다. 평론가는 그런 '거들먹거림'을 업으로 삼아 더욱 돋보일 뿐이지 사실 그런 날 선 평가는 작가들 사이에서도 무람없이 벌어지지요. 마침 최근 읽은 한 소설에는 이런 대목이 등장하는군요.

> 서로 평가하고 평가받는 게 공부이자 일상인 시기였다. 우리는 작품에 관한 평가를 자신에 대한 평가와 혼동하며 부지기수로 상처받았다. 정직하기에 서로 좋은 사람이 아니었고, 그런 우리가 함께하기 위해서 진심은 곤란했다. 다행히 살아가는 데 진심은 의무가 아닌 선택 사항이었고, 우리는 빠르게 그 사실을 깨달았다. 그렇게 진심을 가장하며 혼자가 되어갔다."
> (이민진, 〈프루스트가 쓰지 않은 것〉, 《장식과 무게》, 문학과지성사, 2021, 117쪽)

작품에 대한 평가를 개인에 대한 평가로 혼동하는 일은 필연적일지도 모르겠습니다. 물론 캐럴은 그런 혼동조차 "예술가들이 가진 옹졸한 태도"(43쪽) 때문일 수 있다고 지적하지만요. 그렇다고 창작자들에게 옹졸함을 버리고 대범해지라고, 그러니까 작품에 대한 비판이 너의 인격에 대한 비판은 아니라는 걸 기억해야 한다고 주문한다고 해서 사태가 크게 달라질 것 같지는 않습니다. 그건 춤추는 무용수의 몸에서 따로 춤을 떼어낼 수 없는 것과 마찬가지 이치 아닐까요.

그런데 이 스트레스는 평가받는 사람의 것만은 아닙니다. 창작자의 스트레스는 비평가에게도 전염되기 마련입니다. 비평가가 그 극심한 스트레스를 온몸으로 감당하면서 끝내 비평적 판단을 포기할 수 없는 이유는 무엇일까요? 영화 속 디킨스 여사처럼 자신이 옳지 않다고 생각하는 대상을 죽이고 또 죽이기 위해서일까요? 그런 비평가가 없지는 않겠지만 다수의 비평가는 어떤 작품을 죽이는 데 자신의 소중한 삶을 소용하지는 않을 겁니다. (디킨스 여사 역시 로건의 연극을 직접 관람한 후에는 '예상치 못한 무지의 미덕The unexpected virtue of ignorance'이라는 제목의 호의적인 비평문을 발표합니다.)

캐럴은 "부정적인 평가적 비평조차 생산적일 수 있는데, 왜냐하면 그러한 비평이 작품의 개선을 유도할 수 있기 때문이다"(42쪽)라고 말합니다. 하지만 저는 이런 말은 번지수를 잘못 짚은 거라고 봐요. 자칫 비평이 어떤 작가로 하여금 더

일곱 번째 편지

나은 작품을 쓰게 만들기 위한 의도에서 창작되는 것처럼 읽힐 염려가 있거든요. 그런데 그와 같은 편견은 매우 뿌리 깊죠. 그래서 아즈마 히로키 같은 사람은 《느슨하게 철학하기》(안천 옮김, 북노마드, 2021)에서 "평론은 작가나 독자에게 힘을 불어넣는 담론이 아닙니다"(97쪽)라고 힘주어 말합니다. 그렇다면 비평의 본질은 무엇일까요? 아즈마는 "대상의 개별성으로부터 보편적인 문제를 도출하고, 여기에서 사회성이나 시대성을 읽어냄으로써 작품이나 사건과는 언뜻 무관해 보이는 독자와도 공감의 회로"(같은 쪽)를 만들어내는 일이라고 규정합니다. 그와 같은 비평관을 지닌 사람이 쓰는 비평에서는 개별 작품이 그 자체로 고유하게 의미가 밝혀져야 할 대상이 아니라 당대의 시대정신을 보여주는 '대표'에 가깝습니다. 저 역시 비슷한 생각을 품고 있기에 선생님이 비판과 인신공격을 구분한 것에는 그다지 동의하지 않아요. 이런 생각을 품고 있는 비평가에게 개별 작가의 '인신'은 물론이고 개별 작품의 고유성조차 핵심적 관심사가 되지는 못하거든요.

이 말은 작가의 '인신'을 작품 해석과 평가의 핵심적인 근거로 삼는 걸 경계한다는 말일 뿐, 작가의 인신 따위는 비평가인 나와 전적으로 무관하다고 생각하며 살아간단 뜻은 아닙니다. 때로는 작가의 인신을 둘러싼 문제에 적극적으로 개입하지 않을 수 없는 상황도 발생합니다. 지난 10월 5일 중요한 법원 판결이 하나 있었습니다. 김봉곤 작가가 소설에 자신과의 사적 대화를 동의 없이 인용해 명예를 훼손했으므로 이에 대한 위자료 3,500만 원을 지급하라는 손해배상 청구소송에 대해 원고 패소 판결이 나온 것이지요. 법원은 소송을 제기한 원고가 "자신이 등장인물로 등장하고, 자신과 피고 사이의 카카오톡 대화 내용을 인용하여 소설을 집필하고 출판하는 것에 대하여 동의해주었다"고 판단했으며, 원고가 대화 내용을 삭제해달라고 김 작가에게 요청했으나 받아들여지지 않았다는 주장에 대해서도 "(○씨의 요청이) 소설의 내용 중 일부가 미흡하다고 표현한 것에 불과해 보일 뿐, 소설에 인용한 카카오톡 대화 내용을 삭제하거나 수정을 요구하는 의미로 보기 어렵다"고 판단했습니다.

　작년 여름 김봉곤 사태가 처음 터졌을 당시 제가 판단 기준으로 삼은 것도 이 두 가지였습니다. 당시 폭로자는 ① 김봉곤 작가가 자신과의 사적인 대화를 허락 없이 소설에 가져다 썼으며 ② 추후에 이 사실을 알고 삭제를 요청했으나 받아들이지 않았다고 주장했습니다. 이에 대해 김봉곤은 대화 인용에 관해 사전에 허락을 구했으며 이후 그 대화에 대한 명시적인 삭제 요청을 받지 못했다고 해명했습니다. 이렇듯 두 사람의 입장이 첨예하게 갈릴 때에는 시간을 갖고 누구의 말이 진실인지 따져봐야 합니다. 하지만 사태가 터지자마자 사람들은 일제히 폭로자의 편에 서서 김봉곤이 파렴치한 거짓 변명을 늘어놓고 있다는 식으로 매도했습니다. 사실 이 문제는 매우 간단하게 해결될 수 있었습니다. 폭로자가 김봉곤에게 소설의 내용을 삭제해달라고 요청했던 대화 내용을 공개하면 끝나는 거지요. 그런데 폭로자는 자신의 주장을 펼치면서 그 주장을 입증할 대화 내용은 공개하지 않았습니다. 이번 법원 판결은 그 이유를 짐작하게 해줍니다. 다른 사람이 객관적으로 보았을 때 명백히 삭제를 요구하는 의미로 보기는 어렵겠다는 걸 당시의 폭로자 역시 생각하지 않았을까요.

하지만 이미 김봉곤은 회복하기 어려운 타격을 입은 이후였습니다. 촉망받던 한 작가는 관련 사안에 대한 사려 깊은 진실 규명의 과정을 거쳐보지도 못한 채 대중의 지탄에 의해 꺾이게 되었습니다. 이에 대한 환멸과 분노는 당시의 사정을 무기력하게 지켜볼 수밖에 없었던 사람들의 가슴에 큰 상처로 아직까지 남아 있습니다. 당시 가해졌던 모욕과 모멸은 김봉곤만을 향한 것이 아니라 문학 하는 모든 사람이 감내해야 했던 몫이었으니까요. 그런데 놀라운 것은 이 법원 판결을 보도한 곳이 《한국일보》 단 한 곳밖에 없었다는 사실입니다. 사태가 터졌을 때는 무슨 잔치를 벌이듯 선정적인 보도를 퍼 나르며 페이지뷰를 올리느라 혈안이 되었던 언론이 정작 그 이후의 과정에 대해서는 아무런 책임을 지지 않는 것이죠. 언론은 예의 하이에나처럼 또 다른 스캔들이 터지기만을 기다리며 어슬렁거리고 있는 듯 보입니다.

　다섯 번째 편지에서 선생님은 "오보를 어떻게 시정하고, 오보를 낸 자사의 데스크가 어떤 책임을 져야 하는지 등에 대해 언론은 아무 대책이 없죠. 이러는 한에서, 손해를 보는 것은 언제나 약자지요"라고 말씀하셨는데 문제는 '오보'가 아닌 경우더라도 막대한 피해가 생길 수 있습니다. 아마 기자들은 폭로자의 주장과 트위터의 반응을 그대로 전달했으니 오보가 아니라고 주장할 겁니다. 실제로 그 기사들은 폭로자의 주장을 왜곡하지도 않았고 트위터의 반응을 조작하지도 않았죠. 그저 불난 집에 부채질하듯 아무 생각 없이 기계적으로 반응을 기사화했을 뿐입니다. 저는 언론중재법이 논란이 되었던 당시부터 큰 기대를 하지 않았습니다. 그 이유는 눈에 보이는 오보로 인한 피해보다 '아무 생각 없음'에 의해 발생하는 피해가 더 막대한데 언론중재법으로는 그와 같은 피해를 막을 수 없기 때문입니다. 레거시 미디어의 권위가 추락하고 모두가 언론 기관화된 현실에서 우리가 정말 경계해야 하는 것은 스스로의 '아무 생각 없음'이 아닐까요.

김봉곤 사태의 필드는 레거시 미디어가 아니라 트위터였습니다. 폭로자의 폭로글도 트위터를 통해 나왔고 김봉곤의 해명 역시 트위터에 게재되었지요. 트위터를 하지 않는 저는 그때를 계기로 트위터 세계를 처음 접했는데 논의가 이루어지는 방식을 보며 깊은 의구심을 갖게 되었습니다. 트위터리언은 언제나 방관적인 논평자적 스탠스를 취하며 하나의 시청자이자 관객인 양 트윗을 날립니다. 하지만 레거시 미디어가 자신들이 쓴 기사에 대해 아무런 책임감을 가지지 않듯 트위터리언들도 자신이 과거에 했던 트윗에 대해 아무런 책임을 지지 않습니다. 서이제의 작품 〈셀룰로이드 필름을 위한 선〉(《0%를 향하여》)에는 "어떤 방식으로든 자기혐오를 세상에 대한 혐오로 치환하며 세상이 잘못되었다는 말만 내뱉을 뿐, 자기 자신이 잘못되었다는 말은 해본 적 없는 인간들"(44~45쪽)이라는 표현이 등장합니다. 평범한 단어들로 구성된 문장이지만 이런 부류들에 대한 아주 정확하고 인상적인 소묘라고 생각합니다.

판결이 나온 직후 트위터에 들어가보았습니다. 그렇게 목소리를 높이던 사람들은 다 어디갔는지 관련 트윗을 찾기 어렵더군요. 레거시 미디어에서 다루지 않았기 때문이기도 하겠지만 대서특필했다고 해서 크게 다른 태도를 보일 것 같지도 않았습니다. 한 트위터리언은 이런 말을 했더군요. 김봉곤과 피해자의 대화는 앞뒤 상황이 있는 고맥락적 대화인데 법원에서는 대화의 표현만 따졌다고요. 엄밀히 말하면 대화의 표면만 알고 있는 사람은 트위터를 통해 폭로자의 주장과 김봉곤의 해명만을 본 우리 같은 사람들이고, 법원의 판사는 그 앞뒤 맥락을 더 자세히 알고 있을 수밖에 없다고 판단하는 게 옳을 것입니다. 양측의 변호사가 갖은 증거를 제출하며 자신의 주장을 뒷받침하려 했을 테니까요. 하지만 "자기 자신이 잘못되었다는 말은 해본 적 없는 인간들"은 자신의 옳음을 고수하기 위해 이처럼 터무니없는 궤변을 부끄러운 줄도 모르고 내뱉습니다.

—

7

장정일입니다.

모두 잘 있죠?

토론의 사회와 강의를 하러 일주일에 두 번씩이나 부산으로 가야 한다니, 힘들겠군요.

그런데 부산은 어떤지 궁금합니다. 제가 대구 살 때는 아무런 준비 없이 바람 쐬러 가는 곳이 합천 해인사와 부산 달맞이 고개였는데, 그러고 보니 그곳에 안 가본 지가 20년이 다 되어갑니다. 나이 드는 일은 장소를 잃는 거군요.

제주 날씨는 좋은지요? 제주는 사계절이 다 좋다고 하지만 제게 제일은 여름입니다.

형이 보낸 일곱 번째 편지에서, 《모든 것은 빛난다》와 《모든 것은 영원했다, 사라지기 전까지는》 같은 책 제목을 보고 부아가 날 지경이었습니다. '환멸' 외에 다른 단어로는 도저히 제 심정을 표현할 수 없습니다. 저 두 권의 책은 일찌감치 사놓았으나, 어디에 있는지 찾을 수도 없습니다.

제가 근 10년 넘게 집에서 가장 자주 쓴 말은 "너는 찾으

면 죽는다", "너는 즉결처분이다"라는 말입니다. 똑같은 빈
도로 "바로 찢어버린다"라는 말도 씁니다. 테러리스트나 연
쇄살인범을 향한 말이 아닙니다. 마감을 눈앞에 두고 꼭 참
조하거나 확인해야 하는 대목이 있는데 그놈의 책이 안 찾아
질 때 주로 튀어나오는 거죠. 형이 와봤지만, 제 집이 책 무덤
이잖아요. 분야별로 정리를 해놓기는 했지만, 이놈의 책이 사
막의 모래 언덕처럼 쉬지 않고 움직입니다. 며칠 지나면 이정
표가 쓸모없습니다. 표면은 매일같이 알아볼 수 없게 변하고,
그보다 밑에는 찾아지지도 않고 있는 줄도 모르는 책이 있습
니다. 몇 시간씩 찾다가 집 근처의 도서관이나 대형서점으로
달려간 일이 한두 번이 아닙니다. 아니면 인용이나 확인을 포
기하거나.

　저는 꽤 오래전부터 좋은 책을 읽을 수 없는 환경에 놓여
있습니다. 10년 넘게 이사를 하지 않은 채 2층 집에서 살고
있는데, 책 무게 때문에 집이 무너질지도 모른다는 강박 속에
생활한 지가 오래입니다. 그 탓에 저는 책을 사자마자 겉표지
를 바로 벗겨 내버리죠. 조금이라도 무게를 덜겠다고요. 이런
사정으로 저는 좋은 책보다, 버릴 수 있는 책만 찾아 읽게 되

었습니다. 저자들에게는 미안하지만, 열거하면 이런 책들입니다. 장 프랑수아 르벨이 쓴 《미국은 영원한 강자인가》(조승연 옮김, 일송북, 2003), 김태균이 쓴 《빨리 빨리와 전통사상》(양림, 2007), 웨이드 데이비스가 쓴 《나는 좀비를 만났다》(김학영 옮김, 메디치미디어, 2013)······. 그러니까 진짜 좋아하고 필요한 책은 못 읽는 거죠. 예컨대 바타이유나 블랑쇼의 책은 다 읽고서도 분명 버리지 못할/않을 책이거든요. 그러니까 읽지 않죠. 고3 수험생이 입시에 불필요한 책을 손에 들 시간이 없듯이, 저는 무게를 더는 급선무에 도움이 되지 않는 책은 멀리합니다. 아마 제가 좋아하는 저자들의 책은, 서울 생활을 하는 동안에는 영영 읽지 못할 것 같습니다.

일본의 어느 독서가는 책에 밑줄을 치거나 메모를 하고 포스트잇을 붙이는 것으로 독서를 마쳐야지, 절대 책의 내용을 노트에 옮겨 적지 말라고 합니다. 그건 시간 낭비라는 거죠. 이 말이 저를 슬프게 했습니다. 저는 읽은 책을 버리기 전에, 보통 4~8시간씩 걸려 중요 대목을 발췌하거든요. 어떤 책은 너무 알뜰히 발췌하느라 매일 시간을 정해 일주일이나 열흘간 계속하기도 합니다. 그러니 누군가에게 내 책이 읽히

기를 바라는 저자 입장에서는 영영 읽힐 기회가 없는 블랑쇼
보다 일단 읽히는 기회를 갖는 김태균이 더 행복할지도 모르
겠습니다. 절대 필사하지 말라는 저 일본 독서가는 충분한 서
가와 서재가 있는 모양입니다. 그러니 저처럼 책을 버리기 전
에 필사하는 노고를 들일 필요가 없을 테죠. 저도 그러고 싶
습니다. 2B(바타이유와 블랑쇼을 말합니다. 여기에 바르트를 넣으면
3B)의 책을 읽고 밑줄을 치거나, 여백에 메모를 하고, 포스트
잇을 붙인다. 그리고 다 읽은 책을 서가에 꽂고, 끝. 당연히
"너는 찾으면 죽는다" 같은 말은 할 필요도 없네요.

　제주도는 저를 책무덤에서 잠시 구해주었습니다. 게다
가 저 섬은 제게 꼭 읽고 싶은 책만 읽게 해주었죠. 그 가운
데 가장 잊지 못할 것은, 제가 30년 넘게 혹은 가까이 마음에
담고 있던 소설 가운데 세 권을 다시 읽게 된 거였습니다. 프
랑수아즈 사강의 《드러눕는 개》(김현태 옮김, 은애, 1980), 최윤
이 번역한 1984년 민음사판으로 처음 읽었던 마그리트 뒤라
스의 《부영사》(장소미 옮김, 그책, 2013), 버나드 맬러머드의 《점
원》(김원우 옮김, 홍성사, 1979). 이 세 권은 늘 읽고 싶었으나

'버려야 하는 책'들에 밀려 손에 쥘 시간이 없었습니다. 사무엘 베케트의 《몰로이》(김현 옮김, 문학동네, 1995) 같은 경우는 베케트의 희곡에 대해 쓰거나 강연을 해야 할 일이 있어서 판본을 바꾸어가며 다시 읽을 수 있었으나, 저 세 권은 그런 행운도 없었네요.

사강과 뒤라스의 소설에 대해 길게 썼으나 삭제했어요. 형이 지난번에 보낸 편지와 연관하여 맬러머드의 작품을 이야기해야 하거든요. 저는 이 소설을 영문학자 김종운이 번역한 《점원》(을유문화사, 1991)으로 처음 읽었습니다. 제가 간직하고 있는 이 책의 판권란에는 '1991. 5. 1.'이라고 적혀 있습니다. 이 소설은 제가 어떤 이유로 하루에 두 권씩 소설을 마구 읽어대던 1990년대 초에 읽었습니다. 그 후로 《점원》은 제 마음에서 늘 떠나지 않는 소설이 되었습니다. 그러다가 오래전 헌책방에서 소설가 김원우 선생이 번역한 판본을 보게되었습니다. 제가 기억하는 제목은 '생의 길모퉁이 가게'이고, 출판사는 생각날 듯 말 듯합니다. 그런데 그때 그 책을 냉큼 집어 들지 못했고, 그 후로는 다시 찾아도 보이지 않더군요. 제주에 머물 때 볼일을 보러 서울에 갔다가 신촌에 있는

단골 헌책방 '숨어있는책'에 들렀는데, 김원우 선생이 번역한
《점원》(홍성사, 1979)이 있었습니다. (짐작컨대, 예전에 제가 보았
다는《생의 길모퉁이 가게》는 절판된 홍성사판을 다른 출판사가 재출간
했을 가능성이 크군요.)

　　러시아에서 태어난 유대인 모리스 보우버(60세)는 제2차
세계대전 때, 러시아군에 징집되었다가 간신히 도망쳐 뉴욕
에 자리를 잡았습니다. 이후 몇 가지 직업을 거친 그는 뉴욕
의 빈민가에서 20년 넘게 작은 식품 가게를 하고 있습니다.
그에게는 아내 아이다(57세)와 딸 헬렌(23세)이 있고요. 그런
데 보우버의 가게 주변에 대형 연쇄점이 생겨나면서 그의 가
게는 예전 같지 않습니다. 그러던 어느 날 밤, 2인조 복면강
도가 침입하여 그를 부상 입히고 얼마 되지 않은 하루 매상
을 빼앗아 달아납니다. 그는 부상에서 회복하는 데 일주일이
걸립니다.

　　강도를 당하고 나서 일주일 만에 가게 문을 여는 새벽,
그가 문 앞에 우유 배달원이 부려둔 우유 상자를 힘겹게 가
게 안으로 들여놓으려 할 때, 낯선 청년이 그를 도와줍니다.

이후로 그 청년은 연이어 새벽에 나타나 우유 상자를 옮기는 모리스를 거듭니다. 청년은 일거리를 찾고 있다면서, 모리스의 가게에서 일할 수 있기를 바란다는 마음을 드러내지요. 하지만 모리스의 가게는 아내가 가끔 거들고 있고, 그 혼자만으로도 족한 상황입니다. 그럼에도 청년은 월급은 필요 없다며 막무가내로 점원이 되기를 원합니다.

이 낯선 청년은 누굴까요? 샌프란시스코에서 태어난 이탈리아계 미국인 프랭크 앨파인(25세)입니다. 그의 어머니는 그를 낳자마자 죽었고, 그의 아버지는 프랭크가 다섯 살 때 담배를 사러 나간 후 다시 집으로 돌아오지 않았습니다. 그때부터 그는 고아원과 입양기관이 주선한 여러 집을 전전했고, 10대 중반에는 그를 혹사시키던 집에서 뛰쳐나와 줄곧 방랑생활을 했습니다. 그러다가 그해에 뉴욕으로 왔죠. 실업자인 그는 뉴욕에 온 지 이틀 뒤에 당구장에서 또래인 워드 미노우그를 만납니다. 워드는 프랭크가 떠돌아 다니는 실업자라는 것을 알고 강도짓을 하자고 유혹했죠. 두 사람은 원래 모리스네 가게 맞은편에 있는 돈 잘 버는 주류상회를 타깃으로 삼았으나, 그것이 여의치 않자 예정에도 없던 모리스의 가게를 털고 맙니다. 프랭크는 바로 일주일 전 모리스의 가게에 침입했던 2인조 복면강도 가운데 한 사람입니다.

간신히 모리스의 가게에 취직한 프랭크는 노약한 모리스 대신 가게를 도맡아 혼신의 노력을 기울입니다. 그러면서 자신의 적은 월급을 저축해 헬렌을 대학에 입학시켜주고자 합니다. 프랭크는 그것으로 속죄를 하려고 했던 거죠. 실제로 마음속에서는 죄를 고백하려는 충동까지 들끓습니다. 가게를 살리기 위해 온갖 구상을 했지만 신통치 않자 프랭크는 영업을 끝낸 후, 근처에 있는 야간 식당에서 시급제로 일을 합니다. 그는 그 급료를 몰래 모리스의 금전 출납기에 넣습니다. 마치 매상이 유지되고 있는 것처럼 보이려고요. 그러던 중 프랭크와 헬렌이 가까워지죠. 모리스와 아이다는 딸이 비유대인과 결혼하게 되는 비극을 막고자 프랭크에게 가게를 떠나달라고 통보합니다.

프랭크가 모리스의 가게에서 쫓겨난 직후 모리스가 노령으로 죽게 되면서, 프랭크는 유대인의 장례식에 참석하게 됩니다. 하관을 하고 헬렌이 관 위로 꽃송이를 던질 때, 프랭크는 그 꽃이 어디에 떨어졌나 보려고 몸을 앞으로 기울이다가 모리스의 관이 안치된 무덤 속으로 떨어지고 맙니다. 모리스의 관 위에서 프랭크가 허우적거리는 광경은 마치 춤을 추는 듯했죠. 주위 사람들이 손을 뻗어 그를 무덤에서 꺼냅니다. 이를 계기로 그는 그 동네의 유대인들로부터 "관 위에서 춤추던 사람"(286쪽)이라는 조소 어린 별명을 부여받죠. 여기서 프랭크가 무덤에 떨어졌다가 다시 나온 것은 그의 정신적 부활 혹은 재생을 상징합니다.

이후 프랭크는 모리스의 부인과 헬렌을 위해 가게 일을 계속합니다. 그리고 이 소설은 프랭크가 병원에서 할례 수술을 받는 것으로 끝이 납니다. 프랭크는 유대인이 아니지만 유대인이 되는 거죠. 이 소설의 결말은, 세계 문학사에서 우리가 모을 수 있는 '놀래기 끝surprise ending' 가운데 최고가 아닐까 생각합니다. 이 음흉하기 짝이 없는 유대계 작가는 이런 결말로 무슨 이야기를 전하려는 걸까요? 모리스의 장례식을 마친 다음, 프랭크 혼자 가게를 지키고 있을 때의 일입니다.

프랭크는 오전 내내 6명의 손님밖에는 접하지 못했다. 가만있으면 자꾸 초조해질 것 같아서 그는 자기가 읽던 책을 꺼냈다.

그것은 성경책이었다. 성경을 읽다 보면 그 속의 어느 구절들은 자기가 쓸 수도 있을 것 같은 생각이 들었다."(303쪽)

이러한 문장은 유대인과 비유대인의 경계를 허무는 의미를 담고 있습니다. 인간에게는 자유의지가 부여되어 있기에 원한다면 누구나 모두, 선과 악으로 "분열되지 않은 인간"(155쪽)이 될 수 있다는 것이지요.

《점원》에는 프랭크가 도스토옙스키의 《죄와 벌》을 언급하는 장면이 있는데, 그래서인지 대개의 평론은 이 소설의 모티프가 도스토옙스키의 《죄와 벌》에서 온 것이라고 합니다. 《죄와 벌》에서 라스콜니코프는 전당포의 노파를 죽이고 회개를 하지만 《점원》에서는 다행히 가게 사장이 죽지 않았기에 프랭크는 점원으로 취직해 속죄할 기회를 얻을 수 있었다는 차이가 있지만요.

블라디미르 프로프가 정리해놓은 이야기 원소나 플롯을 조합해 소설이나 드라마를 쓸 수도 있고, 프로프의 공식을 이용해 작품을 분석하는 일도 쉽습니다. 《죄와 벌》과 《점원》도 그것에 따라 분석될 수 있고, 나아가 그 공식에 따라 유사 작품이 창작될 수도 있습니다. 하지만 《죄와 벌》과 《점원》 같은 작품은 프로프가 정식화해놓은 이야기 원소나 플롯으로 환원되지 않는 잉여가 있습니다. 거기에 잉여가 없었다면 곧바로 공식으로 전락했겠죠. 그렇다면 《점원》에는 어떤 잉여가 있을까요? 어떻게 해서 이 소설은 내 마음속에 그토록 오래 남아 있는 소설이 된 걸까요?

2008~2009년 즈음, 어느 신문사 기자들과 광화문에서 술을 마신 일이 있습니다. 그때 국정홍보처에 재직 중이던 낯선 남자가 가로늦게 합류를 했는데, 제게 반갑게 인사를 하더군요. 저는 전혀 기억이 없는데, 그의 말로는 한 5~6년 전에 함께 술자리를 가진 적이 있답니다. (그리고 그사이에 그는, 저도 작품을 매우 좋아하는 어느 소설가의 남편이 되었다고 합니다.) 이분이 그날 이렇게 묻더군요. "그 소설이 영화화될 줄 그때 알았느냐?" 다름 아닌 이창동 감독의 〈밀양〉(2007) 이야기였습니다. 그때 술자리에서 제가 〈밀양〉의 원작인 이청준의 〈벌레 이야기〉를 재미있어 하더라는 겁니다.

저는 죄/구원을 다루는 이야기를 좋아합니다. 《점원》, 〈벌레 이야기〉, 영국 소설가 이언 매큐언의 소설도 그래서 좋아하죠. 여기에는 심리적인 이유도 있지만 가장 큰 것은, 사춘기 시절에 믿었던 여호와의증인 신앙이 자리하는 것 같습니다. 저는 여호와의증인은 신앙을 버리더라도 여호와의증인이라는 얘기를 자주 합니다. 여호와의증인의 교리가 그야말로 기막히거든요. 기독교와 동일한 성서를 바탕에 두고 있는데도, 일단 여호와의증인은 영혼이 있다는 것을 믿지 않아요. 천당도 지옥도 없고요. 죽으면 흙이 될 뿐이죠. 기독교에서는 '하나님을 믿지 않으면 벌을 받는다'라고 하는데, 여호와의증인에는 그런 것도 없어요. 믿지 않으면 그저 내가 왔던 곳(흙)으로 되돌아갈 뿐이라는데, 그게 무슨 벌까지 되겠어요? 일반 기독교에서는 하나님을 믿지 않으면 죽어서 지옥불에 영원히 불탄다고 하는데, 하나님은 거기서 어떤 이익을 얻게 되죠? 기독교인들은 이렇게 대답하죠. '하나님 뜻은 인간이 알 수 없습니다.' 글쎄요, 한쪽에는 천국에서 영원한 복락을 누리는 인간이 있고, 다른 한쪽에서는 지옥에서 영원히 연소되지 않는 고통을 받는 인간이 있는 그런 평형우주가 하나님에게 왜 필요하죠?

사춘기 시절 5~6년 동안 다녔던 여호와의증인에 대한 경험은, 무엇보다도 저에게 죄/구원 같은 주제를 트라우마로 남겼습니다. 그리고 다른 심리적 이유는 아버지에서 비롯되는 것 같아요. 저는 아버지 때문에 하루하루가 암울했어요. 저희 집 대문 앞에는 시골에서 흔히 볼 수 있듯이 탱자나무 울타리가 있었는데, 저는 집으로 들어가기 전에 늘 탱자나무 잎으로 행불행을 점쳤어요. 줄기를 잡아당겨서 줄기만 떨어져 나오면 집에 들어갔을 때 좋지 않은 일이 생길 징조고, 줄기와 함께 좌우 양편에 붙은 잎이 같이 떨어져 나오면 좋은 징조로 여겼죠. 저는 그때 강박증 환자였어요. 학교에서 집으로 돌아오는 길에, 길바닥에 있는 나뭇가지나 돌 하나가 불현듯 '잘못 놓였다'고 생각하기도 했거든요. 미친 거죠. 저도 알아요. 어떨 때는 꾹 참기도 하지만, 결국 몇 미터 혹은 몇십 미터를 갔다가 되돌아갑니다. 그리고 길에 쪼그리고 앉아서, "잘못 놓였다"고 생각한 그 돌이나 나뭇가지를 이렇게 놓았다, 저렇게 놓았다 하는 겁니다. 초등학교 4학년밖에 안 된 어린이가 말이죠.

힘이 없으면 기도를 하게 돼요. 저는 아버지가 어서 죽으라고 매일 기도했어요. 그때 저희 집은 무신앙이었으니까 모든 신을 향해 기도했어요. 단독보다는 종합. 신은 여러 신을 함께 모시는 게 좋습니다. 아버지는 제가 초등학교 5학년 때 교통사고로 돌아가셨습니다(아버지의 죽음에 대한 더 극적인 이야기도 있지만 생략). 줄곧 저의 기도로 아버지가 돌아가셨다고 생각해왔으니, 아버지의 죽음이 제게 죄에 대한 실감을 심어준 것 같아요. 그러니까 제게 죄에 대한 실감을 심어준 것은 여호와의증인이 되기 이전(더 정확하게는 어머니가 여호와의증인이 되기 이전)인 셈이죠. 아버지가 돌아가시자 저의 강박증은 기적처럼 사라졌어요. 그리고 30대가 되어서야 이 끔찍한 구조를 알게 되었어요. 아버지가 계속 살아 계셨으면, 나는 환자가 되었거나 죽었겠구나. 두 사람 가운데 한 사람만 살게 되는 구조였다는 것을요.

저는 삐삐 시절에도 삐삐가 없었을 뿐 아니라, 핸드폰이 등장한 이후에도 핸드폰을 갖겠다는 생각을 한 번도 한 적이 없습니다. 집 안에 있는 구식 전화기도 제가 전화를 할 때만 코드를 꽂고 통화를 마치면 바로 뽑아버리죠. 통신수단은 기본적으로, 누군가가 나를 부를 때나 내게 말을 걸어올 때 쓰이는 거잖아요? 그런데 저는 그게 너무 불길하고 견디기 힘들어요. 인터넷을 켜서 제 계정에 들어갈 때도, 메일이 와 있으면 기분이 메슥합니다. 저는 그 누군가가 그일 것이라고 항상 생각해요.

형이 일곱 번째 편지에서 저에게 "《죄의식과 부끄러움》에 대한 선생님의 독후감이 궁금했는데 의외로 박하시네요"라고 했잖아요? 형으로부터 저 말을 직접 듣기 전에, 제게도 그런 의아함이 있었어요. 제목만으로도 《죄의식과 부끄러움》은 내가 좋아할 만한 책인데 왜 싫었을까? 형의 말을 듣고서야 본격적으로 그 이유를 생각하게 되었습니다. 그럴 수밖에요. 서영채가 말하는 죄는, 제가 생각하는 죄가 아니니까요.

어느 평론가가 꾸준히 강조해왔듯이, 한국문학사의 주류인 현실주의 문학(창비와 문지 전체를 아우르죠)에서는 형이상학적 고뇌, 신과의 대화/대결, 원죄와의 사투, 영원한 것에의 탐구, 구원 등의 주제가 희박해요. 그러니까 서영채는 한국문학의 로도스를 정해준 거죠. '여기 나오는 것이 한국문학사다. 여기 나오는 것이 한국 근대 문학의 주류고 보편이다.

더 이상 뭐가 필요하랴, 이것을 더욱 심화해야 할 뿐.' 제목
만 보면 주제 비평 같지만 실제로 이 책은 주제 비평으로 위
장한 문학사죠. 그러니까 저자는 형이상학적 고뇌, 신과의 대
화/대결, 원죄와의 사투, 영원한 것에의 탐구 등은 한국문학
이 추구해야 할 필요가 없다고 말한 것이 아닌가요? 지은이
는 저 책을 쓰면서, 언어도단과도 같은 이 함정을 얼마나 의
식했을까요? 2000년대 들어 민족문학은 죽었다고 말해지며,
그동안 민족문학이 지닌 국수적 성격이 비판받고 있지만, 웬
걸, 《죄의식과 부끄러움》은 죄의식과 부끄러움이라는 신학적
렌즈를 통해 민족문학을 재설정하고 있군요. 서영채도 민족
문학이 대세이던 1980년대에 문학을 배운 사람이라서 결국
자기 시대를 벗어나지 못하는 걸까요? 아니면 그것이 한국을
대표하는 국립대학교 국문학과의 존재 이유인 걸까요?

김봉곤 작가 이야기는 제가 제주도에 있을 때도 형이 걱
정하는 것을 보아서 마음이 쓰였는데, 작가에 대한 오해를 벗
겨줄 법정의 판결을 얻고서도 작가 앞에 놓인 길은 가시밭길
인 모양이군요.

서울에 온다고 했으니, 곧 보겠네요.

모두 같이 보면 좋은데 아쉽군요.

8

—

장정일 선생님께

방금 골치 썩던 일 하나를 끝내고 후련한 마음으로 책상에 앉았습니다. 그사이 부산 일정도 잘 마무리 지었습니다. 부산지역도서관 사서분들과 서평 쓰기 수업을 진행했는데 안타깝게도 당일치기 일정이라 부산의 이곳저곳을 여행하듯 돌아보진 못했습니다. '창비부산'은 부산역 바로 맞은편, 그러니까 유명한 만둣집들이 몰려 있는 차이나타운 옆에 위치해 있습니다. 10시쯤 비행기를 타면 점심 먹을 시간이 넉넉해서 매번 다른 집에 들러 좋아하는 짬뽕을 실컷 먹었습니다. 확실히 싸고 맛있더군요. 제주에서 그 정도로 푸짐한 짬뽕을 먹으려면 적어도 30퍼센트 정도는 값을 더 치러야 합니다.

서울은 그새 추워졌더군요. 제주의 겨울을 나면서 생긴 습관 중 하나는 매일매일 서울의 날씨와 제주의 날씨를 비교해보는 것입니다. 지금 서울의 기온은 6.5도(망원동 기준입니다. 선생님이 계시는 회기는 조금 더 추울지도 모르겠습니다), 제가 살고 있는 한림읍의 기온은 16.7도로 나오네요. 따뜻한 날씨를 찾아 내려온 것이 아님에도 그 '격차'를 확인할 때마다 은근히

횡재한 기분이 듭니다. 하지만 제주의 겨울엔 기온의 수치로만 설명할 수 없는 혹독함이 있죠. 추위를 이기지 못해 새로 구입한 따수미 텐트를 펼치고 그 안에 쏙 들어가 배를 깔고 엎드려 책을 읽으시던 선생님 모습이 떠오릅니다.

　겨울을 앞두고 마당에 찾아오는 고양이들이 부쩍 살이 올랐습니다. 동면은 곰이나 여우만 하는 줄 알았는데 고양이도 본능적으로 지방을 비축하는 모양입니다. 그런데 고양이는 겨울을 앞두고 살이 오른 자신을 신기하게 바라보는 인간을 보며 무슨 생각을 할까요? 동물이야 겨울을 앞두고 한철 바짝 에너지를 끌어모은다지만 인간은 겨울잠도 안 자면서 평생 돈을 모아두기 위해 애쓰니까요. 불쌍하기도 해라 인간들은, 평생을 겨울을 눈앞에 둔 것처럼 사는구나. 그렇게 생각하지 않을까요? 하지만 봄이 오고 날이 풀린다 해도 화사한 꽃바람이 각종 공과금과 넷플릭스 구독료를 대신 내주지 않는다는 사실을 고양이는 알 리 없죠. 제가 정신없이 바빴던 이유는 제게 들어오는 일을 앞뒤 재지 않고 모조리 다 받았기 때문입니다.

'전업 평론가'로 산다고 하면 주변에서 수입이 얼마나 되는지 궁금해합니다. 제주로 내려온 2016년부터 본격적으로 이 일을 시작했으니 벌써 6년째군요. 따져보니 이것저것 합쳐 1년에 평균 잡아 700만 원쯤 벌었습니다. 원고료뿐만 아니라 심사비, 강의료, 녹취 풀기, 침대와 안마의자 배송, 곱창집 점원 같은 잡다한 일을 해 번 돈을 모두 합친 것입니다. 원고료로 좁히면 그 금액이 터무니없어 집계 자체가 별 의미 없습니다. 아무튼 한 달 평균을 내면 그간 제 월급이 60만 원쯤 됐던 셈인데 거기서 저축 20만 원과 휴대전화 요금, 그리고 학자금 대출금을 갚고 나면 별로 남는 게 없습니다. 올해부터는 출판사에서 매달 돈을 받는 일을 하나 맡게 되어 형편이 조금 나아졌습니다. 하지만 이것 역시 임시직이라 여전히 제 생활 감각은 월 60만 원 벌이에 맞춰져 있습니다. 그 가용범위 안에서 생활하는 방법을 터득해놓아야 어떻게든 이 일을 계속할 수 있으니까요. 저는 평론가의 삶이 보다 오래 지속되길 바라고 그러기 위해서는 월 60만 원으로 살 수 있는 몸과 마음을 부단하게 만들어놓아야 합니다. 2021년《창작과비평》 겨울호에 김유담 소설가가 최진영 소설가를 인터

뷰하면서 '전업 작가'라는 불가능한 삶에 대해 이렇게 쓰기도
했네요.

> 등단 이듬해 동료작가들과 술자리에서 먹고사는 문제에 대한
> 고민을 나눈 적이 있다. 소설로는 수입이 거의 없던 나는 당
> 시 다른 일을 병행하며 소설을 쓰고 있었고, 그 자리에 있던 다
> 른 동료들 또한 마찬가지였다. 책이 얼마나 팔려야 소설만 쓰
> 고 살 수 있을지 가늠해보다가 소수의 베스트셀러 작가 외에는
> 전업 작가로 살기 어려운 문학시장의 상황을 성토하는 목소리
> 가 높아지던 가운데, 한 동료가 아예 불가능한 건 아니라고, 최
> 진영 선배처럼 살면 전업 작가로 살 수 있다고 말했다. 최소한
> 으로 먹고, 최소한의 소비만 하면서 소설만 쓰는 삶. 여름에는
> 에어컨을 틀지 않고 겨울에는 난방을 하지 않고 사람도 만나지
> 않으며 최진영은 오로지 소설만을 생각하며 살아간다고. "진짜
> 그게 가능해? 한두 해도 아니고 그렇게 오랜 시간을?" 나는 믿
> 을 수 없다는 표정으로 동료에게 되물었다. 그때만 해도 나는
> 그가 당사자가 없는 자리에서 작가의 삶을 어느 정도 부풀려서
> 말한다고 생각했다. (256쪽)

제주의 겨울이 기온으로 환원될 수 없는 혹독함을 품고 있듯 제 삶에도 연 700만 원이라는 금액으로 모두 설명할 수 없는 기쁨과 행복이 있습니다. 사정을 살펴보면 아마 월 700만 원을 버는 사람보다 제가 행복한 편에 속할 겁니다. 어쨌거나 내킬 때 자고 아무 때나 일어나 커피 한 잔 내려 마시며 이런저런 책들을 읽다가 저녁이 되면 바다로 산책을 나갔다 돌아오는 휴일 같은 일상을 즐기고 있으니까요. 매일 같은 시간에 억지로 눈을 떠 꼴 보기 싫은 사람들로 가득 찬 갑갑한 사무실로 출근하는 일 따위는 없습니다.

하지만 그 기쁨을 맛볼 때조차 저는 제가 누리는 이 현재의 행복이 훗날 어떤 복수의 얼굴을 하고 찾아올지 모른다는 두려움을 느낍니다. "너는 한창 생산하고 축적해야 할 젊은 시기를 제멋대로 읽고 쓰고 노느라 탕진하였으니 노년의 비참은 네 방만함이 내린 벌이다! 너는 다른 사람들처럼 대학에 취업하기 위해 노력하지 않았고 다른 직장인들처럼 더러운 꼴 보며 고생하지도 않았지. 이제야말로 그 대가를 치를 때다!" 어렸을 때 '개미와 베짱이' 이야기를 너무 몰입해서 읽은 탓일까요 아니면 노후는 모든 인간이 두려워하며 맞이할 수밖에 없는 생의 겨울이어서 그런 걸까요. 이런 얘기를 지민에게 하면 그녀는 어차피 지금 기후위기가 너무 심각하기 때문에 그렇게 늙기 전에 다 같이 죽게 될 거라며 대수롭지 않다는 표정을 짓습니다.

　문학평론가는 글값만으로 생계를 이어갈 수가 없습니다. 소설가나 시인도 사정은 매한가지 아니냐고 반문하는 사람도 있겠지만 꼭 그렇진 않습니다. 소설가나 시인의 경우 비록 그럴 확률은 매우 낮지만 작품이 잘 팔리면 경제적인 성공을 거둘 수 있습니다. 하지만 문학평론집이 베스트셀러가 되어 몇십만 부씩 팔리는 일은 상상할 수 없죠. 문학평론가가 벌 수 있는 글값은 각종 지면에 비평문을 싣는 급부로 주어지는 원고료가 전부라고 봐야 합니다. 얼마 전에는 한 평론가가 원고료로 11년간 월 평균 46만 원밖에 벌지 못했다는 내역을 공개해 화제가 되기도 했죠. 그 기사를 보고 평론가의 '처우개선'이 필요한 거 아니냐고 짐짓 걱정스러운 표정을 짓는 사람들도 있었습니다. 저 역시 원고료가 지금보다 더 오르면 좋겠습니다. 그렇지만 지금보다 원고료를 더 올린다 해도 문학평론가가 원고료로 먹고 살 수 있는 세상은 오지 않습니다.

세상에는 돈으로 해결할 수 있는 문제가 있고 돈으로 해결할 수 없는 문제가 있습니다. 임금협상은 돈으로 해결할 수 있는 대표적인 사안이죠. 여기 임금협상을 하고 있는 한 사업장이 있다고 칩시다. 노조에서는 10퍼센트 인상을 주장하고 사측에서는 3퍼센트 이상은 어렵다고 팽팽히 맞서고 있군요. 그런데 갑자기 사측이 3퍼센트 인상안을 거둬들이고 300퍼센트를 인상해준다는 통 큰 결단을 내리면 어떤 일이 벌어질까요? 협상은 단박에 타결될 것입니다. 돈 문제라는 게 그래요. 흥정 과정에서 세 배쯤 확 올리거나 내리면 거의 모든 문제가 해결됩니다. 거꾸로 말해 세 배쯤 올리거나 내렸는데 문제가 해결되지 않는다면 그건 애초에 돈 문제가 아닐 가능성이 큽니다. 원고료는 어떨까요?

2018년 기준 비평의 평균 원고료는 6,885원이라고 합니다(지금도 크게 다르지 않을 겁니다). 넉넉잡아 매당 7천 원으로 잡고 세 배를 올려볼까요. 그러면 매당 2만 천 원이 됩니다. 현재 월 최저임금은 191만 4,440원입니다. 전업 평론가가 최저임금을 받기 위해서는 매달 90매 이상의 원고를 써야 한다는 계산이 나옵니다. 매우 어려운 일이지만 아예 불가능한 일은 아닙니다. 문제는 매달 90매가 넘는 원고를 쓴다고 해도 그 원고를 사들일 곳이 없다는 것입니다. 비평을 싣는 잡지야 그 수가 뻔하고 대부분은 1년에 네 번밖에 발행하지 않습니다. 원고료가 지금보다 열 배 올라도 글을 사줄 곳이 없다면 무용지물입니다.

저는 7년째 문학평론을 하고 있는데 보통 한 해에 여서일곱 번 정도 청탁을 받습니다. 그중 70매 이상 되는 원고는 한두 편 정도이고 대부분 30매 정도입니다. 그렇다고 주어진 30매만 쓰는 건 아닙니다. 50매를 쓰든 70매를 쓰든 상관없지만 원고료는 30매만큼만 지급하지요. 너무한 거 아니냐고 하는 사람도 있겠지만 학술지보다는 낫죠. 학술지는 정해진 분량을 초과하면 오히려 글을 쓴 사람이 추가로 돈을 내야 하니까요. 대부분의 비평가가 1년에 300~400매 남짓한 지면을 허락받는 셈입니다.

사정이 이런데도 어떻게 평론가들은 멸종하지 않고 아직까지 재생산되고 있을까요? 비결은 그들이 전업 평론가가 아닌 겸업 평론가였다는 데 있습니다. 출판사 편집자나 신문

기자를 겸임하거나 대학교수나 강사를 겸임했죠. 그런데 한 동안 유지되어오던 이 겸업의 균형이 급격히 흔들리고 있습니다. 출판사가 고유한 상업적인 영역을 확보한 동시에 학문도 나름의 정량화된 평가 시스템을 갖추게 된 탓일까요. 언젠가부터 대학에 임용된 이후 더는 평론을 쓰지 않는 사람들이 많아졌습니다. 그래서 저는 진짜 문제는 전업 평론가의 불가능성이 아니라 겸업 평론가의 불가능성에 있다고 생각합니다.

출판과 대학의 분극 현상이 심화되면서 둘을 동시에 겸업했던 연구자–평론가들은 이제 양자택일의 상황에 놓이게 된 셈입니다. 업적 평가에 셈해지지 않는 비평을 쓰기 위해 수없이 쏟아져 나오는 작품을 읽는 수고를 들이는 대신 '등재학술지'에 실을 수 있는 논문을 쓰는 것이 연구자–평론가에게는 훨씬 이득입니다. 비평 지면의 원고료를 아무리 많이 올려도 그 사정은 변하지 않습니다. '어떻게 전업 평론가의 삶을 가능하게 할 것인가?'가 아니라 '어떻게 겸업 평론가의 삶을 가능하게 할 것인가?'로 질문을 바꿔야 한다고 주장하는 이유입니다. 이 문제를 논하기 위해서는 오늘날 대학 현실에 대한 비판적 분석에서 출발해야겠지만 이 주제는 제 능력과 지면의 수용력을 초과하네요. 다만 현장 문학과 제도권 학술 연구 사이의 거리가 점차 멀어지면서 학문장 안팎을 역동적으로 가로지르며 생성되었던 공통 주제들이 소멸했다는 점은 지적해두고 싶습니다. 비평은 그때그때 나오는 작품들에 대한 리뷰로 상당 부분 대체되었고 핵심 현장에 착목하는 생동감 있는 문제의식으로부터 멀어진 연구는 고루한 형식을 반복적으로 답습하면서 제 영역을 스스로 좁혀가고 있는 듯 보입니다.

사정이 이렇다 보니 제가 돈 되는 일이라면 모두 덥석 받아 물고 살아간다는 얘길 길게 한 셈입니다. 그런데 선생님은 어찌된 이유로 들어오는 물을 보고도 썩 물러가라며 손사래 치실까요? 얼마 전 제게 메일을 보내 KBS뉴스에서 하는 〈우리 시대의 소설〉이라는 코너를 아느냐고 물어보셨죠. 알다마다요. 그런데 선생님은 그 코너에 《아담이 눈 뜰 때》가 선정되었으니 촬영에 임해달라는 요청을 거절하셨더군요. 저라면 다른 일정 제쳐두고 나갔을 겁니다. 돈도 돈이지만 영광스러운 자리니까요. 물론 선생님이 거절하시는 일이 방송출연만은 아니지요. 형편이 좋아 그러실 리 없다는 건 제가 더 잘 압니다. 그럼에도 선생님은 팔랑거리며 돈을 좇지 않고 줄곧 "습내 나는 춥고, 누긋한 방에서"(백석의 시 〈남신의주 유동 박시 봉방〉에 나오는 표현이죠) 좀처럼 찾아지지 않는 책에 공연히 화를 내며 살고 계시는군요.

프랑수아즈 사강과, 마르그리트 뒤라스, 버나드 맬러머드는 제가 읽어본 적 없는 작가들이었습니다. 그나마 이 셋 중에 이름을 들어본 사람은 사강이 유일하다고 생각하려는 찰나, 우연히 책장을 둘러보다 이미 제 책장에 뒤라스의 《여름비》(미디어창비, 2020)가 꽂혀 있는 걸 발견했습니다. 소설가 백수린이 번역한 작품이네요. 그런데 그 직후 《글 쓰는 딸들》(임미경 옮김, 창비, 2021)이라는 책을 훑어보다 뒤라스의 이름을 다시 만났습니다.

소피 카르캥의 《글 쓰는 딸들》은 뒤라스, 보부아르, 콜레트라는 세 여성 작가의 작품이 어머니의 영향 아래 있다는 전제에 생애사적이고 심리학적으로 접근한 책입니다. 그런데 이러한 접근이 저에겐 조금 낯설었습니다. 흥미롭긴 하지만 전적으로 신뢰하긴 어렵다는 인상을 자꾸 받곤 했어요.

선생님은 지난 편지에서 아버지가 어서 죽기 바라는 마음을 품었던 유년시절에 대해 쓰셨는데 카르캥에 의하면 뒤라스에게 있어 어머니가 그와 비슷한 존재였던 듯합니다. 뒤라스는 평생을 어머니에게 사랑받지 못한다는 고통에 시달렸고 어머니의 지배로부터 벗어나기 위해 몸부림쳤다고 하네요. 뒤라스의 어머니는 큰아들에게 절대적인 편애를 보였고 그로 인해 뒤라스의 작품에 '사랑받지 못한 딸'이라는 주제가 자리 잡게 되었다는 거죠. 카르캥은 이렇게 씁니다. "어린 마르그리트는 어머니로 인해, 어머니의 부재와 결핍으로 인해, 어머니의 그 불균형과 과도함으로 인해 고통받았지만, 성인 뒤라스는 그런 어머니 덕분에 우리가 아는 작가 마르그리트 뒤라스가 될 수 있었다."(133쪽)

그렇다면 언젠가 우리의 편지가 출간된 후, 어느 연구자가 "아버지의 죽음이 제게 죄에 대한 실감을 심어준 것 같아요"라는 선생님의 문장을 읽고 "어린 장정일은 아버지로 인해 고통받았지만 그런 아버지 덕분에 우리가 아는 작가 장정일이 될 수 있었다"고 말할 수도 있는 것이지요. 완전히 틀린 말은 아니라 하더라도 정말 그것이 다일까, 하는 생각이 듭니다.

선생님은 이름을 밝히지 않은 어떤 평론가를 빌려 한국문학에는 "형이상학적 고뇌, 신과의 대화/대결, 원죄와의 사투, 영원한 것에의 탐구, 구원 등의 주제"가 부족한 측면이 있다고 말씀하셨는데 제가 알기로 이와 비슷한 의견이 강하게 드러난 것은 김현과 김주연 등에 의한 1960년대의 비평들이었습니다. 특히 한국적 정신문화를 '샤머니즘'이라고 비판한 김현의 논의가 대표적이지요. 김현은 1967년 《창작과비평》 여름호에 〈한국문학의 양식화에 대한 고찰〉이라는 긴 평문을 싣습니다(《문학과지성》이 창간되기 전이죠). 서구적 의미의 근대가 이식되기 이전에 한국에 고유했던 정신문화의 유형을 밝히기 위해 작성된 이 글에서 김현은 이렇게 말합니다. "한국인의 본래적 사고양식은 영원한 것에의 동경이 아니고, 현세적인 것을 영원히 지속시키려는, 말하자면 이 세상에서 다시 복을 누리겠다는 그런 것임을 알게 된다."(252~253쪽)

초월성과 영원성에 대한 감각이 없기에 한국인은 곧잘 얄팍해진다는 의미로 읽힙니다. 김현은 한국에는 세속의 세계와 영원의 세계를 구별하는 의식이 거의 없기 때문에 개인 의식이 자리 잡지 못했고 사고가 미분화되어 있으며 그로 인해 맹목적인 샤머니즘으로 빠져버린다고 비판합니다. 신라 시대의 향가에서 1950년대 문학에 이르는, 지금으로서는 상상하기 힘든 스케일을 자랑하는 이 글의 핵심 목적 중 하나는 1950년대 문학에 대한 비판과 부정에 있습니다. 글의 결론 부분에서 김현은 "기독교적 이원론이 한국에 뿌리를 잡고 무축신앙을 개인을 통해 지양시킬 것을 기대한다"(274쪽)라고 말합니다만 비평적 관점이 막 형성되던 시절의 글임을 감안해도 '서구문학도'로서의 자의식이 두드러지는 견해가 아닐 수 없습니다. 앞서 언급한 김현과 김주연은 각각 프랑스와 독일문학 전공자죠. 1960년대에 서구문학을 전공한 사람이 이광수로부터 시작하는 한국 현대문학을 어떻게 보았을지 짐작하기란 어려운 일이 아닙니다. 최인훈의 《회색인》의 초반부에 1950년대 후반 서울대학교 학생들(그러니까 당대 최고의 엘리트)이 '한국문학'을 얼마나 얕잡아보는지를 보여주는 대목이 등장하기도 하니까요.

물론 기독교 문명에 젖줄을 댄 서구문학에서 나오는 것

여덟 번째 편지

과 같은 원죄와의 사투 및 영원한 것에의 탐구가 한국문학에 같은 수준으로 등장하리라고 기대하기는 어렵습니다. (이승우와 같은 기억할 만한 예외도 있지만요.) 하지만 1970년대 '민족문학'이 새로운 기풍과 에너지를 지닐 수 있었던 것은 서구를 기준으로 삼아 '열등함'을 생산하는 위계를 뒤집어 오히려 '근대화의 열등생'인 제3세계에서 새로운 창조성의 토대를 발견한 데 있는 것 아닐까요. 그 과정에서 민족문학은 김현이 요청했던 '개인'이 아니라 '민중'이라는 또 다른 주체를 생성해냈죠. 물론 이제는 또다시 개인, 개인, 개인의 시대가 되어버렸지만 지금 생각해도 그 당시 민중 개념이 지녔던 창조력은 발군이었다고 생각합니다. 신학, 역사학, 문학, 경제학, 정치학, 미학 등 거의 모든 인문사회학적 담론에 깊이 개입했으니까요. 물론 거기엔 빛과 어둠이 공존하고 있지만 개인과 민중을 이분법적으로 대립시키고 무조건 개인의 승리를 이야기할 일도 아니라고 생각합니다.

　　김현의 논의를 비롯해 원죄의식, 영원성, 이원론적 형이상학을 우월하게 여기는 태도에는 기독교에 근거한 유럽 문명이 피식민지 국가들의 그것보다 훨씬 우수하다는 식민주의적인 발상을 은연중에 전제하고 있습니다. 하지만 오늘날 그런 생각이 과연 얼마나 통용될 수 있을까요. 우엘벡의 작품은 어떤가요. 《복종》(장소미 옮김, 문학동네, 2015)을 비롯한 그의 소설은 기독교적 전통에 기초한 서구 유럽의 정신사적 패권이 어떻게 무너져가고 있는지를 부러 외설스러운 방식으로 드러내는 텍스트 아닌가요.

그래서 《죄의식과 부끄러움》에 대한 판단도 저는 달리합니다. "《죄의식과 부끄러움》은 죄의식과 부끄러움이라는 신학적 렌즈를 통해 민족문학을 재설정하고 있"다는 말씀은 무척 날카로운 지적이라고 생각합니다. 그건 말씀대로 이 책이 주제비평인 동시에 문학사적 기획을 취하고 있기 때문이기도 하지만 무엇보다 시야의 초점이 '한국인의 마음'에 맞춰져 있기 때문일 겁니다. 물론 서영채가 창비식의 민족문학에 동의할 리 없겠습니다만 한국문학을 통한 한국인의 마음읽기 작업은 어떤 식으로든 민족문학의 너른 그물에 걸려들 수밖에 없습니다. 저는 이런 식으로 진행되는 민족문학 담론의 갱신(?)을 그다지 문제라고 생각하지 않습니다. 그런 점에서 "저자는 형이상학적 고뇌, 신과의 대화/대결, 원죄와의 사투, 영원한 것에의 탐구 등은 한국문학이 추구해야 할 필요가 없다고 말한 것이 아닌가요?"라는 반문은 기우일 수 있겠다 싶습니다. 오히려 저는 종교적(사실은 기독교적) 죄의식을 '원본'으로 삼아 그에 한국문학이 얼마나 미달하는지를 재는 일은 세계문학과 민족문학 사이의 균형 있는 관계를 설정하는 작업과 거리가 멀다고 생각합니다.

　서영채는 원한을 예로 들며 그것이 문명과 관련된 것처럼 보일 때조차 "스스로를 드러내는 과정에서는 자기 시대의 육체를 빌리지 않을 수 없다"(457쪽)라고 썼습니다. 제가 한국소설을 읽고 비평하는 작업에서 흥미를 느끼는 이유는 그 안에 "자기 시대의 육체"가 들어 있다고 생각하기 때문입니다. 그래서 저는 그 '죄'가 선생님이 생각하는 '죄'와는 다를지 몰라도 납작하다기보다 오히려 생생한 육감으로 다가왔습니다. 따지고 보면 프랭크의 '죄'도 그다지 대단할 건 없지 않을까요? 불우한 환경을 이기지 못해 비렁뱅이로 떠돌다 우연히 강도짓에 동참했던 것, 그리고 죄책감을 이기지 못해 보우버를 돕기 위해 점원으로 일했지만 그러면서 또 금고에 손을 대서 돈을 삥땅친 것, 그리고 격정을 이기지 못해 헬렌을 강제로 범한 것……

　《죄의식과 부끄러움》은 '근대성'이라는 세속의 시간을 통과하며 우리의 몸과 마음에 새겨진 죄책감을 생생한 육체적 질감으로 거느리는 반면《점원》은 선생님이 말씀하신 '잉여'에도 불구하고 어쨌거나 죄와 속죄에 관한 형이상학적 토픽을 중심에 두죠. 사실 프랭크는 금고에서 돈을 빼내면서 딱히 양심의 가책을 느끼지 않습니다. 자기 때문에 돈을 더 벌었으니 이 정도 삥땅은 정당하며 나중에 돈을 많이 벌어 갚으면 된다고 생각하는 인물이죠.

　그런 그가 죄책감을 느끼는 이유는 헬렌을 사랑하게 되면서부터입니다. 제가 흥미롭게 보았던 부분은 그 죄책감이 고백을 추동한다는 사실입니다. "언젠가는 모두 고백해야겠다─그는 이렇게 다짐하는 것이었다."(117쪽) 프랭크는 도스토옙스키의 《죄와 벌》에 대해서도 이렇게 논평하네요. "그 속에 나오는 인물들은 모두가 입을 떼었다 하면 뭣인가 서로 고백하지 않고는 못 배기는 인물들로서, 어떤 사람은 마음의 약함을 고백하며, 또 어떤 사람은 질병을, 또 어떤 사람은 범

죄를 고백하는 것이다."(137쪽)

　　하지만 제가 지난번에 드린 편지에도 썼듯 죄책감이 고백으로 이어지는 장면 자체가 특별한 건 아닙니다. 기독교적 전통과 무관하게 인간은 자꾸 무언가를 고백하고 싶어하는 존재이고, 고백이라는 '죄'는 고백이라는 형식에 가장 잘 어울리는 내용일 테니까요. 《점원》에서 제가 흥미롭게 느꼈던 것은 그 '고백'이 실패로 돌아가는 장면입니다. 프랭크는 나중에 보우버에게 자신이 그때 강도짓을 벌였던 사람 중 하나였다고 '고백'합니다. 하지만 보우버는 프랭크가 고백하기 전에 이미 그 사실을 알고 있었죠. 이렇게 되면 일이 꼬여버립니다. 고백의 힘은 듣는 이가 그 고백을 듣고 얼마나 충격을 받느냐에 달려 있는데 듣는 자가 이미 그 내용을 알고 있으면 김이 확 빠져버리고 마는 것이죠. 이 작품의 결말이 그토록 충격적으로 맺어진 이유가 여기 있지 않을까요. 고백은 듣는 사람으로 하여금 그 고백을 듣고 이해해야 한다는, 더 나아가 고백한 자를 용서해야 한다는 의무를 배당합니다. 하지만 보우버는 이미 고백의 내용을 알고 있었기에 그와 같은 '고백의 메커니즘'에 포획되지 않죠. 저는 이와 같은 '고백의 메커니즘'을 송태욱의 박사논문을 통해 접했습니다. 송태욱은 가라타니 고진을 인용하며 이렇게 씁니다. "고백은 결코 참회가 아니다." 프랭크는 고백에도 실패했지만 실은 그 고백은 성공했다 하더라도 곧바로 참회로 이어지는 건 아니었네요. "당신은 죄를 지었다고 생각하는가? 그리고 참회를 해야 한다고 생각하는가? 그렇다면 그건 고백 따위로는 당치 않는다." 맬러머드가 프랭크로 하여금 할례를 받고 유대인으로 거듭나게 만든 이면에는 이런 생각이 자리 잡고 있었던게 아닐까요.

고백을 통해 마음의 짐을 덜어내려는, 다소 기만적이고 편의적인 수작을 수포로 돌리는 이 작품의 결말에 비하면 그리 대단하지 않은 잘못을 마치 엄청난 잘못인 양 부풀리고 그 과정에서 발생하는 신경증을 윤리로 치환하는 것은 참회할 만큼의 잘못을 저질러보지 않거나 진정한 참회로 나아갈 생각이 없는 사람들이 꾸며내는 한 편의 연극인지도 모르겠습니다. 소설가 한유주의 첫 소설집 《달로》(문학과지성사, 2006)의 뒤표지에는 이런 문장이 박혀 있습니다. "우리의 세대는 수사학이 선인 세대야. 우리는 아무것도 가진 것이 없는

266

세대지." 여기서 이 세대가 갖지 못한 것은 단지 유의미한 역사적 경험이나 물질적 재산만이 아니지요. 고백과 참회로 나아갈 죄 역시 우리는 제대로 가져본 적 없는 세대인지도 모르겠습니다.

그렇다고 우리가 죄와 무관한 결백한 삶을 살아가는 건 아닙니다. 새로운 죄는 얼마든지 생성되고 있으니까요. 며칠 전 런던정치경제대학교의 전문가들이 영국 정부의 의뢰로 조사한 보고서에서 오징어와 낙지 같은 두족류와 게, 가재 같은 십각류를 지각이 있는 존재로 분류해야 하며 그래서 오징어와 낙지를 산채 끓는 물에 넣고 삶지 말 것을 권유했다는 소식을 들었습니다. 이는 단지 권유에 그치지 않고 동물복지법에 명기될 예정이라고 하네요. 연포탕이나 낙지 탕탕이를 먹는 것은 머잖아 인류가 범해서는 안 되는 죄의 목록에 기록되고 누군가는 어릴 때 별생각 없이 연포탕을 먹었던 일을 '고백'하고 '참회'하게 될지도 모릅니다. '개인'이 판단의 최종심급이 된 세상에서는 비록 사소해 보이는 경험이라도 모두 동등한 의미를 갖게 될 테니까요.

8

장정일입니다.

모두 잘 있죠?

12월은 바람이 심하게 부는 달은 아니죠? 제주도 바람소리가 지금도 귓전에 생생합니다. 저는 11월이면 내복을 꺼내 입는데, 올해는 12월 10일인데도 아직이네요. 나이가 들었으니 10월부터 입었어야 하는데, 역주행이군요.

어제저녁 답신을 쓰기 위해, 컴퓨터가 있는 책상 밑, 왼쪽 책무더기를 잠시 뒤졌습니다. 의자에 앉으면 왼쪽 발가락이 닿는 그곳에 스무 권 정도의 책이 있는데, 거기에 박상륭의 책들을 다 모아 놓았거든요. 아 그런데, 없는 거예요. 《아겔다마》(문학과지성사, 1997)와 《잡설품》(문학과지성사, 2008)만 있고, 제가 찾는 것은 《열명길》(문학과지성사, 1986)로, 거기에 실려 있는 〈시인 일가―家네 겨울〉을 잠시 봐야 했거든요. 그래, 갈 테면 가라지. 책 찾는 것도 지겹군. 이젠 단 5분도 책 찾는 데에 시간을 쓰고 싶진 않아……. 그래서 인터넷 검색창에 "시인 일가네 겨울 줄거리"라고 쳐보았는데, 하나도 딸

려 나오는 게 없네요(임금복이라는 평론가가 박상륭의 저 작품과 김
승옥의 소설 〈서울 1964년 겨울〉을 비교해놓은 논문이 있는데, 이건 열
람을 하려니까 수속이 복잡해서 포기하고 말았습니다). 마음도 상하
고 기분도 한껏 잡쳐버려 답신 쓰기를 포기했습니다. 대신 집
근처에 있는 도서관에 《열명길》이 있는지만 알아 놓았죠.

　　오늘 집 앞에 있는 경희대학교 도서관에 가서 〈시인 일
가네 겨울〉을 읽었습니다. 경희대학교 도서관에는 찾는 《열
명길》이 없고(수원 국제캠퍼스에 있고), 대신 네 권으로 된 《박
상륭 전집》(국수, 2021)이 있더군요. 판권란을 보니 올해(2021)
6월에 나왔는데, 저는 소식도 듣지 못했습니다. 작년에 제주
도에서 세 권짜리로 된 유순호의 《김일성 1912~1945》(서울
셀렉션, 2020)을 13만 5천 원에 사서 첫 권을 읽은 뒤, 오늘까
지 후회하고 있습니다(이 책은 '평전'이라고 해놓고, 픽션을 마구
섞어 놓았죠. 마저 읽고 형에게 드리죠). 거기에 비해 박상륭 전집
은 고작 10만 8천 원이군요. 그런데 이제는 책을 더 안 살랍
니다.

　　1980년대 초 《죽음의 한 연구研究》(한국문학사, 1975)를 읽

고 나서, 대구시청 왼편에 즐비하게 늘어선 헌책방에서, 제가 기억하기로는 월간 '선 사상禪 思想'이라는 제목의 잡지에서 〈시인 일가네 겨울〉을 처음 읽었습니다. (확인해보니 이 작품은 《사상계》 1967년 4월호에 처음 발표되었군요. 짐작대로 재수록인가 봅니다.) 이 글을 쓰면서《선 사상》이라는 잡지가 있었는지 아무리 검색해봐도 나오질 않는군요.《샘터》와 같았던 판형의 그 잡지를 저는 분명 쓰다듬으며 애지중지한 적이 있습니다. 뿐만 아니라, 〈시인 일가네 겨울〉을 처음 읽었을 때의 뭐라 표현하기 힘든 기분도 아직 기억합니다.

미리니름부터 해볼까요? 〈시인 일가네 겨울〉은 눈 내리는 어느 겨울밤에 일어난 살인 이야기입니다. 이 소설에는 홍선이라는 젊은 주인공이 나옵니다. 그는 품 바느질을 하는 노모에게 얹혀살고 있죠. 한국전쟁에서 총알이 엉덩이 한쪽을 관통하는 부상을 당하기도 한 그는 불면증으로 고통받고 있으며, 모든 실업자가 그렇듯이 자존심은 바닥인 상태입니다.

모두들 날 가두어두려 한단 말야. 아무 장난감도 없는 방 속에다 처넣고 문을 잠가버린다니까. [……] 문이 열렸을 때도 난

나갈 수가 없었다. 나가보았지만 마찬가지였다. 방에서 방으로 건너다니다 제 자리로 돌아왔을 뿐이었으니까. 하지만 언제까지나 그렇게 되지 않는다, 자살이라도 할 수 있으니깐, 나는 (397쪽)

방에서 벗어나지 못하고, 방에서 방으로 옮겨 다니는 홍선의 모습은 이상의 〈날개〉에 나오는 스물여섯 살짜리 주인공 '나'의 신세와 같습니다. '나'와 나의 아내 연심은 방문 하나를 사이에 두고 있는데, 옆방에서 아내가 뭇 사내들과 농탕질하는 소리를 그가 숨어 들어야 하는 것처럼, 홍선도 옆방에서 노모의 재봉틀 소리를 지겹도록 들어야 하죠. '나'나 홍선이나 이 상황이 괴롭기는 마찬가지입니다. 분명치는 않습니다만, '나'가 자살을 고심하고 있듯이 홍선도 그러고 싶은 마음뿐입니다. "칼로 동맥을 끊는다? 그런데 칼은 없다. 물속에다 머리를 처박고 참는다? 그건 참을 수 없게 되겠지. 동아줄에 목을 매단다? 그건 수속이 복잡해. 그렇다면 돌로 머리를 짓바수어 버린다? 돌로? 하아, 그게 제일 무난하겠어."(397쪽) 콱 죽어버리고 싶지만 그러기에는 청춘이 아깝고, 뭔가 분하기만 합니다. 그러던 끝에 그는 일종의 득도를 하죠. "문제는 역시 대상이다, 대상이야! 그렇구말구! 대상을 하나 부각하면 된단 말야. 그리고 그것을 향해 돌진한다."(398쪽)

홍선이 사는 집 앞에는 벌판이 있고, 벌판 중간에는 물레방앗간이 있습니다. 그리고 물레방앗간을 한참 지나면 산골짜기가 나오고 거기에 정엽이라는 사내가 과수원을 하며 살고 있습니다. 홍선과 정엽은 물레방앗간을 중간에 둔 채 서로 정반대편에서 살고 있죠. 정엽 또한 한국전쟁에 참전한 제대 군인인데, 아내와 그닥 사이가 좋지 않고, 올해 과수 농사도 망친 것으로 보입니다. (기억해두어야 합니다.) 물레방앗간에는 예순다섯 살 된 집 없는 성 영감이 혼자 살고 있죠. 몸도 성치 않은 이 노인을 보살펴주는 사람은 아직 젊은 봉기라는 거지입니다. 그는 부정기적으로 성 노인을 찾아와 자신이 구걸한 음식을 나누어 줍니다. 오늘은 봉기도 오지 않아 노인은 하루 종일 고구마 하나밖에 먹은 게 없네요.

미리니름한 것처럼, 살인이 일어난 날은 눈이 펑펑 왔습니다. 그날 밤 홍선은 잠을 자려고 누웠는데 말똥말똥 잠이 오지 않습니다. 그러던 그에게 헛것이 나타나죠. 햄릿에게 나타난 것과 같은 그것은 자기 분신일 테죠. 그 헛것이 이렇게 말합니다. "뭔가 창조"(401쪽)하고 싶지 않느냐고, 그러면서 그 헛것이 홍선에게 과도를 주는데, 헛것이 홍선에게 없는 과도를 주었을 리 없죠. 그 과도는 원래 홍선의 것이랍니다. 그렇지만 헛것이 자신에게 과도를 줬다고 믿어야 홍선의 마음이 편할 테죠. 과도를 받아 쥔 홍선은 이렇게 말합니다. "살인하기엔 더 바랄 수 없는 밤이다!"(403쪽) 그리고 방문을 박차고 집 밖으로 나가 눈이 쌓인 논두렁길을 달려가죠. 미친 듯이 달리다가 고꾸라지고, 다시 일어나 물레방앗간 근처까지 달립니다. 그러다가 물레방앗간 아래쪽 냇물에 박혀 있는 "주전자만한 돌"(404쪽) 하나를 건져 들고, 성 노인이 잠을 자려고 누워 있는 토담방의 문을 엽니다.

자신을 죽이려는 홍선을 향해 노인은 설움에 북받쳐 매달립니다. "배가 고프고, 춥고, 불쌍한 이 늙은이께 적선을 못할망정 뉘신지도 모를 댁과 척질 일이 뭣이 있다고, [……] 보물이 있어 보물을 탐냄네까, 돈이 있어 논을 탐냄네까, [……] 빌어먹을 죄밖에 없는 이런 병든 늙은이를."(405쪽) 홍선은 노인의 간청을 뿌리칩니다. "그러니깐 당신은 죽어야 한단 말야. 그러니깐 말야!", "당신은 불쌍하고 가난하고, 비천하고, 늙고, 병들고, 더러워졌으니 죽어야 한단 말야. 그러니깐, 규탄받고 돼져야 한단 말야!"(이상 405쪽) 그러면서 도스토옙스키가 울고 갈 장광설을 쏟아냅니다.

알겠어? 오늘 밤은 획기적인 밤이야! 역사가 바뀌는 밤이라구! 가난이, 질병이, 불쌍함이, 불행이, 비극이, 비천함이, 늙음이— 그런 모든 것이 죽어버리는 밤이다. 행복과 불행은 양립해선 안 된다. 가진 자와 못 가진 자가 같이 있어 되겠나? 고귀함과 비천함이 대립해선 되겠느냔 말이다? 그 한쪽이 죽어버리면, 알겠어? 세상이 바뀐단 말야. [……] 내가 이 돌로 너의 머리를 바수고 나면, 후후훗, 내가 땅에다 천국을 세우는 목수가 되는 것이다. 구원자가 되는 거야. 거기엔 은혜와 감사만이 있을 뿐이다.(406쪽)

그리고 홍선은 성 노인을 주전자만 한 돌덩어리로 쳐 죽입니다. 그러고 나서 이렇게 뇌까리죠. "나는 지금 바뀌어져

있을 것이다.” “정말 너무 오래고 무서운 싸움이었다. 이젠
이겼다.” (406쪽)

홍선의 ‘뻘짓’은 ‘행위로의 이행passage à l'acte’이라는 지젝
의 용어로 잘 설명할 수 있습니다. 형도 알다시피 행위로의
이행은, 아무것도 하지 못하는 자신의 무능을 은폐하기 위한
알리바이, 혹은 주체의 무기력을 감추기 위한 과잉 행동을 가
리키죠. 홍선의 살인은 행위자가 자신을 억압하는 대상을 제
대로 파악하지 못했거나 억압의 구조와 정면 대결하기를 회
피한 결과로 생겨나는 자기기만이 벌인 오인 공격이었습니
다. 그의 왜곡된 시선에 따르면, 세상은 눈 내린 날처럼 순수
하고 완벽한데, 그런 세상을 완벽하고 순수하게 하지 못하게
하는 얼룩이 있다는 거죠. 홍선의 눈에는 그 얼룩이 성 노인
이었으니, 그만 제거하면 세상은 순수하고 완벽해질 수 있었
던 것입니다.

제가 이 소설을 요약해 들려주면서 자신 있게 미리니름
을 했던 이유는, 이 소설에 더 놀라운 또 다른 복선이 있기
때문입니다. 이 소설은 홍선이 주인공인 것 같지만 실은 앞서
잠시 언급했던 정엽이 주인공입니다. 소설은 정엽의 다음과

같은 독백으로 시작했습니다. "이건 정말, 견딜 수 없이 쓸쓸한 저녁이다. 상처를 입고 참호 속에 처박혀 있는 기분이야. 전우를 찾아보아야 시체밖에 없고, 억양이 다른 말씨를 쓰는 병사들의 발자국 소린 머리 위에서 끊이질 않고, 초연만 자욱하고."(393쪽) 홍선이 살인을 저질렀던 눈 내린 밤, 홍선과 똑같은 자기기만과 투사投射로 무장하고 행위로의 이행에 나선 이가 있었습니다. (도무지 살아나기 힘들었던, 불쌍한 성 영감!) 바로 정엽이었습니다. 전쟁으로 인한 외상후스트레스 장애PTSD였을까요. 그 또한 적을 찾고 있었습니다. 그러나 홍선보다 한발 늦게 물레방앗간에 도착한 그는, 그보다 먼저 성 영감을 죽이고 달아나는 "알 수 없는 어느 친구"(412쪽)의 그림자만을 봅니다. 그리고 성 영감이 있는 토담방의 문을 열고 안을 들여다보곤 기절하죠. 그가 눈을 떴을 때는, 마침 읍에서 찐빵을 얻어 성 영감에게 먹이려고 눈발을 헤치고 온 봉기에게 포박되어 있는 상태였죠. 순경에게 잡혀가는 그는 순순히 자신의 죄를 인정합니다. 성 영감을 누가 먼저 죽였건 말이죠.

〈시인 일가네 겨울〉은 두 명의 덤 앤 더머가 보여주는 세

상에서 가장 찌질한 이야기입니다. 그런데 전후 한국소설의
기본 바탕이 모두 이랬습니다. 1963년 《사상계》로 등단한 박
상륭보다 앞선 작가들은, 아프레게르니 실존주의니 하는 그
럴듯한 수식어를 달고 있지만, 거의 모든 작가가 행위로의 이
행을 일삼습니다.

　　대표적인 작가가 손창섭이죠. 못나기 짝이 없는 가족과
친구들끼리 서로를 조롱·학대하고 시기·질투합니다. 적을 똑
바로 보지 못했기 때문입니다. 김수영은 1945년에 발표한 그
의 등단작 〈공자의 생활난〉에서 "동무여 이제 나는 바로 보
마"라고 말했지만, 그것은 호기에 지나지 않았고, 그가 적의
정체를 바로 보기 시작한 것은 1960년 4·19 때부터입니다.
하지만 한국문학에서 행위로의 이행은 4·19를 기점으로 깨끗
이 청산되지 않고 좀더 오래 지속됩니다. "왜 나는 조그마한
일에만 분개하는가"라는 구절로 유명한 김수영의 시 〈어느
날 고궁을 나오면서〉에 나오는 "정당하게/ 붙잡혀 간 소설가"
는 〈분지〉(1965)의 남정현이에요. 그의 소설에 나오는 주인공
홍만수는 미군에게 강간당한 어머니와 미군 상사의 첩이 된
여동생 분이에 대한 복수를 하고자 미군 상사의 부인을 납치

하여 겁탈 직전까지 가요. 참 찌질한 이야기입니다. (그러나 이 비판과 달리 저는 남정현의 소설을 좋아합니다.)

그동안 서영채의 평론집 이야기를 자주 했지만, 한국 현대문학이 죄의식과 부끄러움을 명료하게 인식해나가는 과정은 또 한편으로 적을 명료하게 인식하는 과정과 같습니다. 그 분수령이 민중·민족문학이 만개한 1980년대였다는 것은 이제 한국문학사의 상식이죠. 1980년대의 민중·민족문학은 1960년대식 행위로의 이행은 탈피했지만, 역설적이게도 적을 토템으로 숭앙하게 되었어요. 그러나 국내에 1987체제가 자리 잡고, 소비에트 해체(1991. 12.)가 시작되면서 한국문학은 1980년대에 주조가 일단락된 명료한 적의 형상을 잃어버렸습니다. 그에 따라 적의 형상을 토템화한 일부 작가들은 주변으로 밀려났고요.

임현의 《그 개와 같은 말》(현대문학, 2017)과 형이 쓴 〈신은 주사위 놀이를 하지 않지만—임현론〉을 읽었습니다. 형은 임현 소설의 주인공들이 "불안과 죄의식에 짓눌려 신음하는 주체"이며, 그의 소설은 "초자아와 자아 사이의 간극 때문에

불안과 죄책감에 시달리던 주체가 가혹한 초자아에게 처벌/
체벌받는 이야기"라고 요약하고 있습니다. 그러면서 작가가
윤리 과잉(초자아)에 빠진 채 "멜랑콜리적 죄의식"을 즐기고
있는 것은 아닌지 반문하더군요. 형의 말처럼, 단지 불안과
죄책감에 많이 사로 잡혔다고 해서 윤리적이라면 불안신경증
환자보다 더 윤리적일 경우는 없을 거예요. 무엇보다 형이 우
려하는 점은 임현 소설이 "초자아와 자아의 분리 및 적대 구
조가 자연화되는 지점"에서 멈추고 만다는 건데요. 이광수
가 그의 주인공들에게 있을 리 없는 죄의식을 짜내 공동체에
대한 부채의식과 시민으로서의 책임감이라는 대의를 창발했
고, 그리하여 당대의 한국인에게 '신생新生'의 가능성을 열어
보여주었다면, 임현에게는 그것이 물음표로만 있다는 의미겠
지요.

　　그런데 임현의 "멜랑콜리적 죄의식" 역시 행위로의 이
행으로 볼 여지는 없을까요. 한국의 근대 문학은 전후는 물론
4·19 이후에도 오랫동안 자신을 억압하는 적을 제대로 파악
하지 못했거나 적과 정면 대결하기를 회피했습니다. 성 노인
이 집이 없다는 이유로 죽어야 하고, 미군 상사의 부인이 미

군의 아내라는 이유로 겁탈당해야 하는 이유도 여기서 비롯
됩니다. 그러다가 1970년대부터 움튼 민중·민족문학이 적을
발견했고, 1980년대에 이르면 적과의 정면 대결도 마다하지
않았습니다. 이후 국내에서는 형식적 민주주의가 이루어졌고
(1987), 세계사적으로는 냉전이 끝났습니다(1990). 그 후로 한
국문학은 자아를 적으로 돌리기 시작했다고 말할 수 있지 않
을까요? 적을 놓치고 적을 외면하면 할수록 증상으로서의 죄
의식은 깊어지지요.

열 편의 단편소설을 묶은《그 개와 같은 말》에는 두 번
반복되는 일화가 있습니다. 〈무언가의 끝〉과 〈외〉에 나오죠.
두 작품에는 자동차 뺑소니범을 목격한 두 명의 유일한 목격
자가 나오는데, 이들은 왜 바로 신고하지 않았느냐는 기자와
아내의 질문에 각기 이렇게 대답합니다. "돌아올 것 같았어
요. 내가 여기서 지켜보고 있고 그 사람도 나를 봤을 텐데 어
떻게 그냥 도망갈 거라고 생각했겠습니까."(146쪽) "내가 지
켜보고 있는 걸 그 사람도 봤거든요. 그런데 어떻게 그냥 도
망갈 거라고 생각했겠습니까?"(219쪽) 두 목격자는 '내가 눈
뻔히 뜨고 다 봤다!'라고 말합니다. 하므로 '사고를 낸 운전

자가 감히 뺑소니칠 생각을 하지 못했을 것이다'라고 확신했
다죠. 이렇게 말하는 이들은 '초자아'의 현신이거나 은유입
니다. 초자아는 그렇게 자신만만합니다. 그런데 골키퍼 있다
고 공이 안 들어간답디까? 뻔히 눈 뜬 목격자가 있어도 도망
갈 뺑소니범은 다 도망가죠. 초자아가 지켜보고 있다고 해서
범죄가 일어나지 않는 건 아니란 말이에요. 더 확대하면 인간
의 역사가 그랬습니다. '의문의 1패'죠. 초자아는 무력합니다.
이런 맹점이 초자아와 자아의 거리를 자연적이고 위계적으로
상정하고 있는 임현 소설의 맹점이겠죠.

　　김봉곤의 《여름, 스피드》(문학동네, 2018)와 《시절과 기분》
(창비, 2020)을 어렵게 구해 읽었습니다. 저는 집 근처에 있는
두 군데의 공공도서관(동대문구정보화도서관, 동대문도서관)을 거
점으로 이용합니다. 그런데 두 도서관은 장서가 그리 많지 않
아요. 제가 간편하게 이용할 수 있는 도서관 중에 책이 가장
많은 곳은 경희대학교 도서관으로 저희 집에서 5분 거리이니
지리도 가장 가깝죠. 경희대학교에 있는 여러 선생님께서 애
를 써주어 저는 특별대우를 받으며 이 도서관을 이용하고 있

기도 합니다. 그런데 저는 무슨 '특별'이든 특별을 끔찍하게 싫어해서 편히 즐기지도 마냥 받아들이지도 못해요. 그래서 가장 마지막에 찾는 곳이 경희대학교 도서관입니다.

　두 권의 책을 빌리기 위해 검색을 했는데, 동대문구정보화도서관과 동대문도서관 모두 책이 없었습니다. 김봉곤의 첫 번째 소설집이 나왔을 때 동대문구정보화도서관에서 본 것 같은데 말이죠. 경희대학교 도서관마저 없었더라면 읽기 힘들 뻔했군요. (한때 저의 활동 반경이 넓을 때 이용했던 정독도서관에도 없고, 확인차 검색해본 국립중앙도서관에도 두 권 모두 없더군요.) 이러한 상황이 '사적 대화 무단인용'으로 문제된 〈그런 생활〉과 〈여름, 스피드〉 때문에 생긴 조처일까요? 저도 소문으로만 사건을 듣다가 이번에 소설집을 읽으며 〈그런 생활〉에서 문제되는 부분과 〈여름, 스피드〉를 통해 '아우팅'을 당했다는 분의 주장을 살펴봤는데, 일방적이라고 여겨지더군요.

　《여름, 스피드》와 《시절과 기분》을 다 읽고 나서, 혹시 게이들의 성과 사랑이 묘사된 탓에 민원에 취약한 공공도서관에서 김봉곤의 책이 퇴출된 것은 아닌지 생각하기도 했습니다. 그래서 제주도에 있을 때 지은이로부터 직접 받았던 유

성원의 《토요일 외로움 없는 삼십대 모임》(난다, 2020)을 앞
서 다섯 군데 도서관에 검색해보았는데, 세 군데에 비치되어
있더군요. 형도 읽었겠지만, 유성원의 책은 게이들의 크루징
cruising(공공장소에서 데이트 상대를 찾는 일) 이야기죠. 이 책에 나
오는 '리얼'함은 김봉곤이 말하는 '오토 픽션'과 비교할 수 있
는 정도가 아닙니다. 그렇다면 책의 비치 여부는 저 난리에서
찾을 수밖에 없군요.

　　김봉곤은 2016년 〈동아일보〉 신춘문예 당선작이자 첫 작
품집에 실려 있는 〈Auto〉에서 자신의 소설을 "전적으로 나에
기대어, 나를 재료 삼아 쓰는 글쓰기", 즉 오토픽션이라면서
"소설에서 Auto와 Fiction은 정도의 차이일 뿐, 때로는 모든
글이 나에겐 오토픽션으로 느껴질 때도 있다. '나'가 쓰기에
Auto, 내가 '쓰기'에 Fiction"(이상 226쪽)이라고 말하더군요.
그리고 두 번째 작품집에 실려 있는 〈그런 생활〉에서도 자신
의 글은 "실화이기도 하고 소설이기도 하지"(277쪽)라고 말
하죠. 작가는 이와 같은 소설론을 작품집 여러 곳에서 수시로
밝히고 있습니다.

　　헨리 밀러·아니 에르노·카트린 밀레를 읽은 독자들이 적

지 않을 겁니다. 세 작가가 자신의 책을 무엇이라고 부르든, 모두 자신의 성생활을 집중적으로 기술했다는 공통점이 있어요. 마치 '오토픽션＝성 경험담'이라는 듯이 말이죠. 물론 밀레는 자신의 글을 소설이라고 부르지 않았습니다만. 이런 현상은 재미있어요. 만약 어느 정치인이 자신의 정치 인생을 적나라하게 회고한다면 그건 '정치인의 회고록'이죠. 또 어느 예술가가 예술가로서의 자신의 성장을 세세히 고백한다면 그 또한 '예술가의 자서전'일 뿐이죠. 군인이나 우주 비행사의 경우도 마찬가지입니다. 이들은 자신의 회고록이나 자서전을 오토픽션이라고 불러달라고 말하지 않을 것이고, 읽는 사람도 그럴 것입니다. 그런데 유독 성 경험담에만 '픽션'이라는 의장意匠이 요구됩니다. 왜 사람들은 자신의 성 경험담을 '픽션'으로 감싸고 싶어 할까요? ① 성은 즉물적으로 얘기되어서는 안 되기 때문에, 혹은 검열 문제로, 혹은 누군가를 보호하기 위해. ② 성을 생리 현상 이상의 작품으로 만들어야 하기에. ③ 성 경험담은 썰로 간주하는 게 '자연스럽기에'……. 이런 방해를 내어치고 '성 경험담'으로만 존재하려는《토요일 외로움 없는 삼십대 모임》의 노력은 이례적이라고 할 만

합니다.

　맬러머드의 《점원》에 나오는 프랭크는 구원을 향해 갈지
자로 걸어간 사람이죠. 형이 앞선 편지에서 그 소설의 내용
을 보충해준 것처럼, 구원을 향한 그의 행로는 일직선이 아니
었습니다. 강도짓을 속죄하기 위해 점원으로 사투하는 도중
에 또다시 헬렌을 강간했으니까요. 그런데도 그는 죄의 구렁
에서 일어나 또다시 속죄의 길을 찾죠. 프랭크가 깨달은 것
은 별게 아닙니다. 앞선 답신에 인용했듯이, 성경 속 어느 구
절들을 자기도 쓸 수 있겠다는 깨달음은 모든 인간에게 신의
말씀을 들을 수 있고 행할 수 있다는 가능성을 열어주죠. 다
시, 제가 보아버린 영화 이야기를 하자면, 〈시〉의 미자는 그
런 경로를 밟지 않습니다. 미자의 윤리는 사회 속에 용해되
어버립니다. 신까지 가지 않는 거죠. 이건 한국인들이 그만큼
현실주의적이라는 뜻이기도 하고, 형이상학적인 고민의 바탕
이 부재한다는 뜻이기도 합니다.

　한국인의 현실지향주의와 연관하여 제가 일곱 번째 답
신에 거명했던 《빨리 빨리와 전통사상》을 다시 소환해야겠군

요. 저 책은 형과의 서신에 써먹겠다고 계획한 것이 아니라 그야말로 즉흥적으로 거명했던 책인데, 이제와 본격적으로 소개하지 않을 수 없네요. 정치학자 김태균은 이 책에서 우리 민족에게는 창조신화가 없다면서, 우리 민족의 신화는 신과 인간이 창조와 피조물의 관계로 맺어진 것이 아닐뿐더러, 신이 인간세계를 탐내서 땅으로 내려오면서 시작한 것이라고 씁니다. 바로 이 때문에 생겨난 한국인의 특성이 평등주의와 현실구복사상이라고 하고요.

아마도 내세의 개념은 불교가 유입된 후에 생긴 것 같다. 내세가 없으니 인간은 이승에서 가족과 이웃과 함께 살다가 죽게 되면 육체는 없어지고 영혼은 자손들과 함께할 뿐이다. 내세가 없으니 죽어서 신 앞에 불려가 심판받을 일도 없고 벌을 받을 일도 없다. 그저 살아 있는 동안이 내 존재가치의 전부다.(26쪽)

이 때문에 한국인에게는 '현세에서 복을 받고 잘 살자'는 현세구복적인 성향이 어느 민족보다 강하답니다. '쇠똥 말똥에 굴러도 이승이 좋다', '잘 먹고 죽은 귀신은 화색도 좋다', '죽은 정승이 산 개만 못하다' 등의 속담과 '언제? 나 죽고 나서?'라는 한국인의 냉소는 모두 한국인에게 '죽음 이후'가 없기 때문에 생겨난 거라고 하지요. 지은이는 한국인에게 저항정신이 강한 것이나 해방 후 한국에서 아무 이의 없이 민주주의 정체가 받아들여진 것도 '내 행복'을 가로막는 것은 뒤집어버리고 마는 한국인의 현실구복적 경향과 관련이 있다고 봅니다.

> 우리민족의 저항정신은 민주주의 도입과 더불어 합법적인 절차를 거친 것까지도 자신의 뜻에 맞지 않으면 수용을 거부하는 태도로 나타나게 된다. [……] 생활 전반에 걸친 민주적 태도를 제도로 배우지 못한 상태에서 제도적 민주주의만 수용하였고 거기에 전승된 저항정신 특히 현실주의에 바탕을 둔 저항정신이 결합되어 그러한 특성을 보이게 된 것이다. (202쪽)

그러니까 지은이는 한국에서 일어난 혁명과 민주화 운동은 서구와 같은 시민의식이 발달해서거나 민주주의에 대한 열망이 드높아서 비롯된 것이 아니라고 합니다. 원래 강했던 한국인의 현실구복적인 성향에 기름을 부은 것이 서구에서 도입된 민주주의였고, '잘살아보세'로 집약되는 박정희 군사 정권의 근대화 정책이었다는 것이죠.

이 책을 세 번째 읽고 나서 우연히 장일순의 이야기 모음 집 《나락 한 알 속의 우주》(녹색평론사, 1997)를 읽었는데, 아래에 인용하는 두 대목은 《빨리 빨리와 전통사상》을 읽지 않았다면 절대 새로 생각해보지 못했을 대목입니다(제가 밑줄 친 대목을 유의해서 보세요).

특히 내가 좋아하는 것은 '향아설위向我設位'라는 거 있잖소. 그것은 종래의 모든 종교에 대한 대혁명이죠. 늘 저쪽에다 목적을 설정해 놓고 대개 이렇게 해주시오 하고 바라면서 벽에다 신위神位를 모셔놓고 제사를 지내는데, 그게 아니라 일체의 근원이 내 안에 있다 즉, 조상도 내 안에 있고 모든 시작이 내 안에 있으니까 제사는 내 안에 있는 영원한 한울님을 향해 올려야 한다는 말씀이죠. 그러니까 '밥이 하늘이라'는 말씀을 수운도 하셨지만 해월이 일체 생활 속에서 몸소 실천하신 점이라든지……. 예수님이나 석가모니나 다 거룩한 모범이지만, 해월 선생은 바로 우리 지척에서 삶의 가장 거룩한 모범을 보여주시고 가셨죠.(178쪽)

아까 얘기했지만, 나락 한 알에 우주가 함께하신다고. [……] 그러니 지금 우리가 다 한울이 한울을 먹고 있는 거란 말이지. 엄청난 영광의 행사를 하고 있는 거 아닐까? 그런데 우리는 음식을 앞에 놓고 입맛이 있네 없네, 맞네 안 맞네 이런 걸 계산하고 있단 말이야. 마음 자세가 제대로 되어 있다면 우리가 식사할 때마다 거룩하고 영광된 제사를 지내는 거거든. 그렇다면 우리가 지금 이 자리에 앉아서 기쁨을 나누고 있는 이게 천국이 아니고 뭔가. 천국이 어디 다른 데 있는 게 아니지. 그러면서도 자꾸 그걸 버리고 딴 생각을 한단 말이야.(182쪽)

1990년대 말, 텔레비전 강의에 나온 김용옥이 대중에게 널리 퍼트리고, 그보다 조금 앞서 김지하가 떠벌이고 다닌 향아설위의 의미를 그에게 일깨워준 사람이 바로 장일순입니다. 동학의 제2대 교주 해월 최시형이 설하신 향아설위는 대단한 거죠. 하늘을 향해 제사를 지내는 게 아니라 '나我'를 위해 제사를 지내라는 말이니까요. 이때 '나'는 문자 그대로 나가 아니라 '우리'를 뜻합니다. 한국인이 내 아내를 소개할 때 '우리 아내'라고 말하고, 내 아들을 소개할 때 '우리 아들'이라고 말하는 용법 그대로 말이죠.

　하늘에 복을 빌거나 하늘에 엎드리지 말고, 우리를 위해 복을 빌고 우리에게 엎드리라는 말은 진짜 대단합니다. 프랑스대혁명이 만든 공화국도 대단하지만, 향아설위가 설파하는 공동체도 위대합니다. 그런데 《빨리 빨리와 전통사상》을 읽고 나서 장일순의 저 말들을 대하고 나니, 어쩐지 향아설위는 해월이 창안한 것이 아니라 한국문화 속에 면면히 내려온 무의식이라는 생각이 드는 거예요. 실제로 한국인의 제사 행위가 하늘이나 귀신을 위하는 것처럼 보이지만, 살아 있는 가족과 자손을 위해 했던 것이니, 말하나마나 향아설위였던 거예요. 그런데다가 인용된 두 구절에서는 '밥이 하늘'이고 '먹는 때가 곧 천국'이라는 가르침이 강조되어 있습니다. "사람이 떡으로만 살 것이 아니라, 하나님의 말씀으로 살 것"(〈마태복음〉 4장 4절)이라던 예수를 뻥 찌게 만드는 부분이죠.

　　한국인의 무의식이었던 향아설위를 놓고 새삼 "종래의
모든 종교에 대한 대혁명"이니 뭐니 할 필요가 있을까요? 한
국인은 본래 향아설위밖에 할 줄 아는 게 없었는데. 그러니
한국인에게는 초월성이니 영원성 따위가 어느 구석에도 있을
리가 없죠. 대체 한국인에게 '신성한 것'이 있기나 한 것일까
요? 뭔가 크게 깨어지는 느낌이었어요. 그러나, 그렇다고 해
서, 초월성·영원성 같은 것이 기독교 전통에만 있다고 생각
하는 이들도 우습기는 마찬가지죠. 〈시인 일가네 겨울〉에 나
오는 홍선의 노모는 교회 집사고, 정엽은 기독교 신자인 아내
를 따라 잠시 교회를 다녔다고 나옵니다. 하지만 이들에게는
초월성·영원성이 없어요. 한국 기독교는 샤먼화(토착화)되어
버려 본래의 기독교가 아니라고들 하지만, 많은 기독교 학자
들이 이제 와 시인하고 있듯이 토착화되지 않은 기독교란 없
습니다. 유럽화된 기독교, 미국화된 기독교, 라틴아메리카화
된 기독교, 아프리카화된 기독교 등이 있을 뿐, 현재의 기독
교는 어느 장소에 따로 보존되어 있지 않습니다.

　　초월성도 영원성도 없는 지금, 우리에게 신성한 것이 뭐
냐고 저에게 묻는다면, 인간이 손댈 수 없고 넘볼 수 없는 영

역이 있음을 아는 것이라고 대답하겠습니다. 소설로 예시를 들자면 남상순의 《동백나무에 대해 우리가 말할 수 있는 것들》(하늘재, 2007)에 나오는 동백나무 같은 것이요.

겨울에는 형의 산책 코스도 조금 바뀌겠죠.

모두 즐거운 연말을 맞으시길.

9

—

장정일 선생님께

오늘은 성탄 전야입니다. 별다른 감흥은 없습니다. 처음에는 나이를 먹어서 그런 거라 생각했습니다. 들뜬 마음으로 머리맡에 양말을 두고 산타 할아버지를 기다리는 시절은 아주 오래전에 지나가버렸으니까요. 게다가 한겨울에도 파릇파릇한 제주의 시골 풍경은 크리스마스 카드에 그려진 하얀 눈 가득한 풍경과 한참 거리가 멀죠. 그런 탓에 어쩔 수 없다고 생각했는데, 제가 깜빡한 것이 있습니다. 제 나이쯤 되면 이제 선물을 받는 사람이 아니라 주는 사람이 된다는 걸요. 잔뜩 기대에 찬 아이들을 생각하며 흐뭇한 마음으로 선물을 고르는 사람들에겐 성탄 전야가 또 다른 설렘으로 다가올 텐데 저는 너무 쉽게 나이를 먹어서 별 감흥이 없다고 말해버렸네요. 그러고 보면 아이를 낳아봐야 어른이 된다는 말에도 새길 뜻이 있지 않나 싶습니다. '받는 사람'에서 '주는 사람'으로의 변화 같은 것 말이지요. 누군가의 터무니없는 요구에 자신의 것을 기꺼이 내어주어야 할 때가 있다는 걸 깨닫는 순간 어른이 되는 건 아닐까요. 저는 아직까지도 누군가로부터 받는

데만 익숙한 사람입니다.

발길을 끊은 지 오래되었지만 어렸을 땐 교회에 다녔습니다. 군부대 안에 자리한 작은 마을에 살던 시절이었는데 소령 계급을 단 군종 장교가 사목을 하던 군인 교회가 마을에서 멀리 떨어져 있었습니다. 집에서 교회까지 걸어가려면 연병장을 가로질러 한 시간쯤 걸어야 했는데 겨울 무렵 가장 큰 행사는 성탄 전야에 올릴 성극을 준비하는 일이었습니다. 저는 그 무렵만 되면 들떠 있었습니다. 배역을 정하고 대사를 외우고 연기를 하는 일도 즐거웠지만 늦은 밤까지 부모님의 눈총을 받지 않고 또래끼리 마음껏 어울릴 수 있다는 데서 오는 해방감도 컸던 것 같아요. 성극 연습은 주로 저녁 이후에 이루어졌는데 해가 떨어지고 난 캄캄한 길을 걸어 교회로 가던 길이 생생합니다. 어릴 때 살던 가평은 나무가 많고 눈이 많이 오는 고장이었고 군부대 안은 해가 지면 가로등 같은 것은 절대 켜지 않습니다. 유사시 적에게 부대의 위치가 노출되는 걸 피하기 위해 그런다는 걸 나중에 알았습니다. 우리는 오직 달빛에 의지해서 아무도 없는 캄캄한 눈길을 걸어야 했는데 쌓인 눈 위에 닿던 달빛이 매우 환해서 아무런 무서움 없이 조용한 눈길을 밟으며 교회로 걸어갔던 기억이 납니다.

김봉곤의 소설을 공공도서관에서 찾을 수 없었다는 말씀을 듣고 놀랐습니다. 지난여름에 불어 닥쳤던 난데없는 광풍의 후과일 텐데 그렇다고 이게 공공도서관에서 김봉곤의 책을 모두 빼버릴 일인가 싶어서요. 출판사에서도 출고 정지를 한 후 아직까지 풀지 않고 있으니 그 책을 미리 구입해서 갖고 있지 않은 사람이라면, 그리고 선생님처럼 대학 도서관을 이용할 수 있는 사람이 아니라면 뒤늦게 그 책을 구해 직접 읽고 나름의 시시비비를 가려볼 기회조차 가지기 어려워진 셈입니다. 자신이 생각하기에 올바르지 않다고 판단되는 누군가의 발언이나 창작물을 공공 영역에서 삭제하기 위해 벌이는 일련의 과격한 활동을 '캔슬 컬처cancel culture'라고 부른다고 합니다. 저는 그 용어에 대해 어렴풋하게만 알고 있었는데 얼마 전 민음사에서 발간하는 《릿터》라는 문예지에서 기리노 나쓰오의 《일몰의 저편》(이규원 옮김, 북스피어, 2021)을 캔슬 컬처의 맥락에서 독해해달라는 청탁을 받고 본격적으로 그 문제에 대해 생각해본 일이 있습니다.

《일몰의 저편》은 캔슬 컬처를 다루기에 적확한 텍스트는 아닙니다. 이 작품은 국가 기구의 검열과 교화 과정이 서사의 주축을 이루고 있지만 캔슬 컬처는 국가 권력이 명시적으로 개입하지 않는 자율적인 시민사회를 전제하기 때문이죠. 캔슬 컬처는 정치적·윤리적·문화적·역사적·풍속적으로 올바르지 못한 창작물이나 창작자 개인을 겨냥합니다. 이때 올바름은 주로 정치적 올바름과 관계하지만 그보다 훨씬 넓은 폭을 지닙니다. 최근 역사 왜곡 논란으로 방영이 중단된 드라마의 경우에는 '민족적 올바름'에 입각해 있었으며, 불륜이나 도박에 대한 분노처럼 '도덕적 올바름'에 긴박된 경우도 드물지 않죠. 여기서 중요한 것은 '올바름'을 수식하는 다양한 형용사가 아니라 올바름을 향한 충동 그 자체입니다. 그 충동은 법이 현실에 존재하는 모든 폭력을 포괄하지 못한다는 불신에 의해 강화되고 증폭되죠. 법의 사각지대에서 발생하는 폭력을 자구적 조치를 통해 응징해야 한다는 생각이 캔슬 컬처의 윤리학을 구성합니다.

앞서 말씀드렸듯 여기서 '캔슬'은 미리 잡아둔 식당 예

아홉 번째 편지

약 같은 걸 '취소'한다는 소극적인 의미가 아니라 어떤 창작물이나 창작자의 흔적을 깨끗이 제거하고 말소하는 것을 목표로 한다는 적극적인 의미를 띱니다. 이것이 컬처, 즉 문화라는 개념과 짝짓는 이유는 그 제거와 말소를 실행하는 힘이 국가 권력이 아니라 시민들의 수평적인 의지이기 때문이겠고요. 캔슬 컬처는 흔히 소비자 정체성에 기반한 불매운동과 겹치기도 하지만 여기서 핵심은 소비자 정체성이 아니라 윤리적 시민성입니다. 소비자 정체성은 윤리적 시민성이 그 현실적 발현을 위해 잠시 빌려 입은 옷에 가까워 보입니다. '정치적 올바름'과 캔슬 컬처를 비판하는 사람들 중에서는 '올바름을 향한 윤리적 열정' 그 자체를 냉소하는 사람도 있는데 저는 그런 냉소로는 이 문제를 풀기 어렵지 않을까 생각합니다. 오히려 그와 같은 올바름을 향한 윤리적 열정은 인간만이 지닌 고유한 유적 특성이라는 걸 인정하는 태도가 필요하지 않을까요? 가령 제가 키우는 고양이 '치즈'와 '호두'는 어떻게 사는 삶이 올바른지에 대해 전혀 고민하지 않죠. 보다 윤리적인 고양이가 되기 위해 자신의 품행을 어떻게 인도해야 할지에 대해서도 별 관심이 없습니다.

그렇다면 관건은 윤리적 열정 자체를 냉소하거나 부정하는 것이 아니라 그 열정을 보다 섬세한 판단 및 실천으로 이끄는 일일 텐데 캔슬 컬처는 논란이 된 사안을 선정적인 스캔들로 소비하게 만듭니다. 물론 세간의 관심과 논란이 환금성을 지니는 주목 경제의 시대에 스캔들 자체를 없앨 수는 없습니다. 스캔들과 별개로 혹은 그와 병행하여 관련된 논의를 차분하고 섬세하게 진행할 담론의 영역을 만들어나가는 일이 중요하겠지요. 그 공간이 중요한 이유는 '올바르지 못한 것'을 다루는 시민사회의 내적 역량이 오직 그 공간 안에서만 증진될 수 있기 때문입니다. 캔슬 컬처는 부정적인 것과 함께 머무는 대신 그것들을 삭제한 이데올로기적 진공상태를 마치 현실 그 자체처럼 착각하게 만들 뿐이죠. 여기에 맛을 잘못 들였다가는 앞으로 더 많은 삭제를 무한히 반복하게 될 뿐입니다.

《일몰의 저편》이 화제가 된 것은 '정치적 올바름'이 창작과 수용의 민감한 쟁점으로 떠오른 오늘날 현실을 그리고 있기 때문입니다. 하지만 이 소설은 창작의 자유를 둘러싼 민감한 쟁점을 억압하는 국가와 창작하는 개인의 대립으로 환원시킴으로써 오히려 긴장감이 맥없이 풀려버리는 면도 없지 않습니다. 물론 국가에 의해 창작의 자유가 억압받을 수 있다는 문제의식 자체가 무의미할 만큼 세상이 좋아진 것은 아닙니다. 《내게 거짓말을 해봐》를 발표한 후 사법 권력에 의해 유죄 평결을 받고 인신을 구속당한 적 있으신 선생님은 그 누구보다 국가에 의한 자유의 탄압을 '살아 있는 악몽'으로 경험하신 분이겠지요. 선생님이 박유하의 《제국의 위안부》(뿌리와 이파리, 2013)를 옹호하신 배경에도(이 사안을 두고 우리는 오래 논쟁을 한 적이 있습니다만) 어떤 저작을 사법부의 평결로 출판 금지하는 조치에 대한 반발이 깔려 있다고 저는 이해했습니다. 《제국의 위안부》는 명예훼손으로 형사고발당함과 동시에 민사배상 소송도 당했고 거기에 더해 출판 및 판매금지를 요청하는 가처분 소송도 당했습니다. 그런데 민사소송과 형사소송의 결과가 엇갈렸더군요. 2심 재판부는 민사배상의 필요성은 인정하면서도 형사처벌을 가하는 것은 과하다고 판단했지요. 박유하가 "피해자들을 비방하거나 고통을 줄 목적은 없었"으며 "학문과 표현의 자유는 보호받아야 하고 박 교수의 잘못된 생각은 토론 등으로 걸러져야 하지 법관의 형사처벌로 가려지는 건 바람직하지 않다"는 것이 재판부가 밝힌 이유였습니다.

이렇듯 사법적 판단을 받을 수 있는 경우는 차라리 다행 아닐까요? 물론 뜻하지 않은 송사에 휘말리는 일이 한 개인의 심신을 얼마나 피폐하게 만드는지 모르고 하는 이야기는 아닙니다. 다만 최근에는 법적 판단을 검증의 계기로 삼아볼 기회도 없이 '캔슬'되는 경우가 많으니까요. 그러고 보면 오늘날 진정 다루기 어려운 것은 억압하는 국가와 억압받는 개인 사이의 수직적인 대립이 아니라 시민사회 내에서 발생하는 개인과 개인 사이의 수평적인 충돌인지도 모릅니다. 《일몰의 저편》의 디스토피아도 어떤 문학이 "사회적으로 허용될 수 없는 것"(59쪽)인지를 시민사회 내부의 토론과 논쟁을 통해 도출하는 지루함을 견디지 않고 그 판단과 집행을 법률을 통해 국가 기구에 위임하고자 하는 태만함에서 비롯된 것이었죠. 박유하 재판을 담당한 2심 재판부의 말을 빌리자면 "토론으로 걸러져야" 하는 사안을 "법관의 형사처벌"로 실현하고자 했던 것이지요.

그런데 캔슬 컬처는 이것과 또 다릅니다. 거기서는 "법관의 형사처벌"조차 그 속도가 너무 느리고 형식주의의 굴레에 갇혀 있기 때문에 법정이라는 객관성의 형식을 빌리지 않고 주관적인 의지를 끌어모아 삭제의 조치를 단행하려 드니까요. 캔슬 컬처가 횡행하는 세태는 너무나 많은 피로와 환멸을 안겨줍니다. 그런데 선생님 편지를 받고 보니 이런 오인된 공격은 오늘날 사람들이 "적을 똑바로 보지 못했기 때문"에 발생하는 것일 수도 있겠다는 생각이 듭니다. 말하자면 '적의 실재'가 아니라 '적의 재현 양상'에만 몰두하고 있는 것이지요. 재현은 오래된 예술의 방법론이자 이념이지만 오늘날엔 그야말로 첨예한 윤리의 전장戰場이 되고 있습니다.

김봉곤의 소설을 처음 읽었을 때 맞닥뜨렸던 당혹감을 기억합니다. 그때 제 기분은 잘못 클릭해서 들어간 인터넷 사이트에서 마구 떠오르는 팝업창을 마주한 것 같았어요. 서사의 진행이 다소 즉흥적이고 혼란스럽게 느껴지기도 했는데 서사의 표면에서 너무나 노골적으로 돌출되는 고백들도 예상치 못한 혼란을 가중시키곤 했습니다. '아니 이렇게까지?' 같은 의문이 들었다고나 할까요. 선생님은 김봉곤이 자신의 소설을 통해 밝히고 있는 소설론이 너무 원론적이고 계몽적이기까지 하다고 말씀하셨는데 확실히 그런 측면이 있습니다. 더군다나 글쓰기에 대한 자의식이 그대로 노출되는 부분은 다분히 '문청'스럽게 느껴질 여지가 있죠.

하지만 자신이 경험한 세계의 특별한 감각과 고유의 분위기를 객관적인 사물이나 풍경과 연결해 구축하는 재능은 그만이 지닌 고유한 능력임에 분명합니다. 가령 〈라스트 러브 송〉은 지하철을 타기 위해 마을길을 내려가던 화자가 트럭에 실린 포도들에서 "믿을 수 없을 만큼 달콤한 냄새"(125쪽)를 맡는 장면으로 시작합니다. 그러고는 "우산에 내려앉는 빗소리, 고인 열기, 물웅덩이, 반사되다 일그러지는 낮 하늘"(125쪽) 같은 풍경의 조각이 나열되고 곧바로 "심장이 뛰었고, 같은 박자로 얼굴까지 화끈거"(125~126쪽)리는 화자의 들뜬 마음이 이어집니다. 이 짧은 문장에 후각, 청각, 시각, 촉각을 비롯한 다양한 감각이 폭죽처럼 터져 오르고 있죠. 그 다양한 감각의 향연은 읽는 사람으로 하여금 강력한 정서적 이끌림을 추동해냅니다. 저는 이와 같은 '감각적 쾌락주의의 향연'을 김봉곤보다 잘 주재하는 소설가를 아직 만나

보지 못했습니다.

　김태균의 《빨리 빨리와 전통사상》과 무위당의 '향아설위' 이야기를 해주셨는데 마침 제 책꽂이엔 나카무라 하지메의 《중국인의 사유방법》(김지견 옮김, 까치, 1990)이 꽂혀 있습니다. 이 책은 선생님이 제주를 떠나며 제게 주신 한 꾸러미의 책 안에 들어 있던 것이죠. 선생님의 편지를 받고 생각난 김에 꺼내 읽어보니 한국의 전통사상과 중국인의 사유방법 사이에 많은 공통점이 있다는 걸 새삼 깨달았습니다. 오랫동안 하나 의 문명권 아래에서 살아왔으니 그럴 법한 일이겠죠.

　이 책에서 나카무라는 중국인은 온갖 것을 인간 중심으로 생각하는 경향이 있다고 말합니다. 그는 중국어 문법을 통해 이를 논증하려 하는데 중국어 문장은 추상적인 관념을 주어 로 삼고 여기에 술어를 붙이는 인도의 문법과 달리 언제나 인 간을 주어로 한다고 하네요. 그런데 이와 같은 언어 체계에서 는 인간을 객체나 대상으로 파악하기가 어려워 난관에 부딪 혔다고 주장합니다. 이렇게 인간을 중심에 놓고 사유하면 오 직 그 인간이 살아 있을 때의 세계만이 중요한 것으로 떠오르고 결국 종교 역시 현세 중심적 경향을 띠게 된다는 거죠.

공자는 누군가 죽음에 대해 묻자 이렇게 답했다고 합니다. "아직 태어남도 모르는데 어찌 죽음을 알겠는가." 이처럼 죽음 이후의 세계에 대한 명확한 의식이 없기에 중국인에게는 종교적 성찰도 존재하기 어렵다고 저자는 말합니다. 선생님도 향아설위가 해월만의 것이 아니라 우리 문화 속에 면면히 이어진 무의식이 아닐까 하셨지만 어쩌면 그 무의식은 중국과 한국이 (어쩌면 일본까지) 공유하는 하나의 문명적 현상인지도 모르겠습니다. 이 책을 읽으며 제가 밑줄을 쳤던 문장은 "중국인들에게는 […] 심각한 죄의식이 없다"(135쪽)였습니다. 죄의식은 현세를 내려다보고 심판하는, 그러니까 죽음 이후까지 아우르는 절대적인 존재에 의해 강화되고 증폭됩니다. (선생님이 매번 '의문의 1패'를 당한다고 말씀하신 초자아는 그와 같은 절대성의 경지에서 보면 그 체질이 매우 허약한 편이겠습니다.) 하지만 맬러머드의 《점원》에 등장하는 프랭크가 펼쳐볼 수 있었던 성경과 달리 중국의 '오경'에는 "모두가 현실의 인간세계의 일들이며 감각을 뛰어넘은 세계에 대한 기술은 아주 적다"(137쪽)고 하네요.

그렇기 때문에 우리는 근대 초기부터 주기적으로 '공자를 죽여야 나라가 산다!'고 외쳐왔던 게 아닐까요. 오늘날 대중적 버전에서는 유교적 형식주의에 대한 반감이 가장 큰 지분을 차지하고 있지만 사실은 지극히 현세주의적인 삶의 태도에 대한 즉물적인 반감이 그 저류에 흐르는지도 모르겠습니다. "'죽은 정승이 산 개만 못하다' 등의 속담과 '언제? 나 죽고 나서?'라는 한국인의 냉소" 같은 것들에 넌덜머리가 나니까요. 그런데 이처럼 중화문명권의 현실주의적 경향은 한국이 근대화 과정에서 유럽의 '정상적인' 정신사적 경로인 세속화의 과정을 온전히 뒤따르기에는 어려운 환경이라는 뜻이기도 합니다. 세속화를 하기 위해서는 전근대사회에서 절대적인 종교성에 대한 전일적인 지배가 존재해야 하는데 당시 조선에서는 그와 같은 '세속화의 적'이 존재하지 않았으니까요. 그래서 이광수를 비롯해 근대 초기의 '기독청년'들은 사유의 곡예를 펼칠 수밖에 없었던 듯싶습니다. 그들은 유럽의 기독교 대신 유교와 공자를 세속화의 적으로 지목한 뒤 기독교를 세속화의 무기로 삼았던 것이죠. 하지만 그 기독교는 말씀하신 것처럼 금세 샤먼화되었기에 그들은 동시에 기독교를 향해서도 날 선 공격을 감행하게 됩니다. 새로운 문명과 형이상학적 관념 체계로서의 기독교는 받아들이되 현세지향적이고 구복적인 경향을 띠는 신앙 '태도'에 대해서는 공격하는 것.

이는 새로운 죄의식을 생성하는 문제와도 밀접합니다. 중화문명권에 심각한 죄의식이 없다면 새로운 문명＝기독교를 수용하는 입장에서 가장 시급한 것은 이전까지 가져본 적 없는 새로운 죄의식을 창안해내는 것일 테니까요. 서영채가 《죄의식과 부끄러움》에서 이광수의 소설을 분석하며 그 인물들이 "우스꽝스러운 연극"(60쪽)을 벌이고 있다고 말한 이유는 그들이 인위적으로 새로운 죄를 만들어 그 죄의 자리에 강박적으로 서고자 했기 때문일 것입니다.

적어도 외형적으로는 그 기묘한 곡예가 성공한 셈입니다. 중국이나 일본과는 비교할 수 없을 정도로 한국에 즐비하게 늘어선 첨탑의 십자가만 보면 말입니다. 하지만 기독교는 도입 당시부터 기독교인에게도 비판받는 적이었다는 사실을 잊어서는 곤란합니다. 그리고 그 비판이 서구적 근대를 수용하는 과정에서 일군의 '기독청년'이 맞닥뜨린 곤경과 모순에 대처하는 하나의 방책이었다는 것도요. 그 분열이 기독교에 대한 한국인

아홉 번째 편지

의 마음과 태도 곳곳에 깊이 각인되어 있다고 생각합니다.

성탄 전야에 쓰기 시작한 편지가 성탄절을 훌쩍 넘긴 지금에서야 마무리되었습니다. 그사이 서울엔 혹한이 찾아들었다더군요. 때를 놓친 성탄 인사는 생략하고, 며칠 남지 않은 한 해 따뜻하게 마무리하시길 빌겠습니다.

9

어제가 새해 시작 같은데, 벌써 열흘이 지났군요.

제주에 있었다면 집 앞에 나가 먼바다를 바라보며 한 해의 소망을 떠올려보았을 텐데……. 너무나 그립군요.

지난해를 떠올려보니 형과 편지를 주고받은 게 제게 가장 중요한 일이었습니다. 형과 서신을 나누기로 하면서도 사실 마음속으로 굉장히 조마조마했었습니다. 그런데 벌써 아홉 번째 답신을 쓰고 있군요.

친구 따라 강남 간다는 말이 있지만, 형과 편지를 주고받으면서 '친구 따라 책을 읽게 된 것'이 무척 즐겁습니다. 지금까지 나왔던 책 가운데 많은 작품은 형과 서신을 나누지 않았다면 읽지 않았을 것입니다. 예컨대 지난번 편지에서 형이 언급한 나쓰오의 《일몰의 저편》 같은 소설 말이지요. 형이 편지와 함께 《릿터》 33호에 실었던 〈자유주의, '캔슬 컬처', 윤리〉를 보내주어서, 그 소설을 읽어봐야겠다는 생각을 했습니다. 캔슬 컬처에 대한 형의 논의 가운데 눈에 띈 것은, 자율적인 시민사회를 전제한다는 점에서 캔슬 컬처가 자유주의적 현상이라는 점이었습니다. 그것이 국가(=법)를 배제한 채 이루어지는 자율적인 시민사회의 결정인 양하기에 더 근본적인 해결책이자 정의로운 판결로 보인다는 것. 이렇게 해서, '민병대'적 해결에 맞선 작가가 오히려 법의 보호를 구하는 역전이 생겨나는군요. 비유가 그럴듯한지 우려스럽기는 하지만, 정의로운 시민의 습격을 받고 경찰에 보호를 요청해야만 했던 조두순이 갑자기 생각납니다. 그리고 인터넷에서 늘 볼 수 있는 독자들의 만행도.

먼저 인터넷에 올라와 있는 시 한 편을 보겠습니다.

청담동 표범약국에는 표범약사가 있지.

멸종된 줄로만 알았던 표범약사가

하얀 가운을 입고 인터넷을 하다가

귀찮은 듯 인공눈물을 던져주지.

호랑이연고도 팔고

낙타거미의 독이 든 마취제도 팔지만

새끼표범 칩으로 만든 구강 청결제라든가

호피로 만든 무좀 양말 따위는 팔지 않아.

[……]

청담동에는 루이비통이 있고

구찌, 프라다, 진도모피가 있고

표범약국이 있지.

이 겨울 다국적 패션거리에는

베링해 섬 출신의 북극여우 털로 만든 자켓이 있고

덫에 걸리면 다리를 자르고 도망간다는

밍크쥐의 가죽을 수백 개 이어 만든 코트가 있지.

내가 만약 난파선의 선원으로

북극여우의 섬에서 겨울을 보내게 된다면

내 가죽은 도대체 어디에 쓰일 것인가?

물어버리기 위해

이빨을 아끼는 것이 아니라

이빨이 없어서

물지 못하는 것이라고,

청담동 표범약사는

밤이면 긴 혀로 유리창을 핥으며

우아하게 내리는 눈을 바라본다.

위 시는 문혜진 시인의 〈표범약국〉이라고 알려져 있습
니다. 그런데 밑줄 친 대목은 이 시를 최초로 올린 사람이 잘
못 옮겼거나 가필한 대목입니다. "새끼표범 칩"은 "새끼표범
침"을 잘못 옮겨 쓴 것이 분명하고 "자켓"같은 경우는 "재
킷"이었을 테니 크게 문제가 되지는 않습니다. 하지만 나머
지는 모두 변주를 하거나 시를 올린 사람이 가필을 한 것입
니다. 특히 3연의 첫 세 행 "청담동에는 루이비통이 있고/ 구
찌, 프라다, 진도모피가 있고/ 표범약국이 있지"는 원본에 없
는 날조죠. 인터넷에서 "문혜진 표범약국"을 검색하면 압도
적으로 위의 판본을 더 자주 보게 됩니다. 그러면 제가 《검
은 표범 여인》(민음사, 2007)에서 직접 찾아 옮긴 원시를 볼까
요.(위의 날조본에서 밑줄 친 대목을 고딕체로 표시해놓았으니 쉽게 비
교해볼 수 있습니다).

청담동 표범약국에는 표범약사가 있지

멸종된 줄로만 알았던 표범약사가

하얀 가운을 입고 인터넷을 하다가

귀찮은 듯 안약을 카운터에 슬쩍 밀어 주지

호랑이 연고도 팔고

무당거미의 독이 든 마취제도 팔지만

새끼 표범 침으로 만든 구강 청결제라든가

호피로 만든 무좀 양말 따위는 팔지 않아

[……]

이 겨울 다국적 패션거리에는

베링해 섬 출신의 북극여우 털로 만든 재킷이 있고

덫에 걸리면 다리를 자르고 도망간다는

밍크쥐의 가죽을 수백 개 이어 만든 코트가 있지

내가 만약 난파선의 선원으로

북극여우의 섬에서 겨울을 보내게 된다면

내 격랑을 팽팽하게 껴안은

이 무용한 거죽으로 깃발이라도 만들어 흔들어야 하나

물어버리기 위해
이빨을 아끼는 것이 아니라
이빨이 없어서
물지 못하는 것이라고
청담동 표범약사는
밤이면 긴 혀로 유리창을 핥으며
우아하게 내리는 눈을 바라본다.

저는 급히 필요할 때 많은 시를 인터넷에서 찾아봅니다. 찾는다고 다 있지는 않지만, 고맙게도 독자들이 올려놓은 작업으로부터 많은 도움을 받습니다. 하지만 누군가가 인터넷에 올려놓은 시를 고스란히 믿으면 안 됩니다. 우선 마침점과 쉼표 같은 부호가 원시와 같이 옮겨진 경우는 거의 없습니다. 옮기면서 멋대로 넣거나 빼죠. 〈표범약국〉만 봐도 알 수 있습니다. 그리고 많은 경우 행과 연이 원시 그대로 올려진 경우도 보기 드뭅니다. 행간걸침enjambement이나 도치법을 이해하지 못하거나 마뜩하지 않으면 마음대로 바꾸는 거죠.《일몰의 저편》에 나오는 독자들의 '윤리적 원성'과 방금 사례를 든 독자들의 시에 대한 몰이해와 고의적인 변조가 딱 맞아떨어지지는 않지만, 텍스트를 존중하지 않는다는 점에서 유사 현상이라고 볼 수 있을 것 같습니다.

《일몰의 저편》은 이 소설에 잠재되어 있는 캔슬 컬처라는 민감함 때문에 형을 비롯한 몇몇 평론가에게 끌려나온 작품이지 이 소설이 속한 장르적 완성도는 조금 떨어집니다. 분명 걸작이 아니에요. 그러나 이 작품에는 걸작이라면 갖추어야 하는 '아이디얼ideal한 것'이 있어요. 저는 이런 작품을 좋아합니다.

소설은 허구를 바탕에 둔 이야기죠. 그런데 어떤 소설들은 '허구'나 '이야기'보다 '아이디얼한 것', 즉 관념에 더 열중하거나, 독자에게 관념을 전달하기 위해 노력합니다.《캉디드》를 비롯한 볼테르의 여러 소설, 조너선 스위프트의《걸리버 여행기》는 이 계통의 기원과 같은 작품이죠. 현대로 오면 후지타 쇼조가 전체주의라는 용어를 처음 사용한 사람으로 지목한 에른스트 윙거, 《고릴라 이스마엘》(배미자 옮김, 평사리, 2004)과 《나의 이스마엘》(박희원 옮김, 평사리, 2011)을 쓴 다니엘 퀸, 그리고 제가 좋아하는 로버트 메이너드 피어시그가 있습니다. 당연히 박상륭도 넣어야겠죠.

사람들은 허구나 이야기도 좋아하지만 그것만큼 관념도 좋아합니다. 어느 시대나 항상 그 시대가 필요로 하는 관념에 목마릅니다. 상상력을 발휘할 수 있는 소설은 법이나 과학이 함부로 제시할 수 없는 관념을 자유롭게, 그리고 사회질서를 크게 파괴하지 않고 시험해볼 수 있게 합니다. 사회는 그런 시도로부터 돈으로 환산할 수 없는 막대한 이득을 보죠. 저는 최인훈의 《광장》이 그랬던 경우라고 생각합니다. 사실 그 소설이 뭐 그렇게 재미있나요? 《광장》이 당시 충격을 준 이유는 그리고 아직까지도 다시 읽을 수 있는 책 즉, 고전이 된 이유는, 주인공 이명준이 남도 북도 다 거절하고 중립국을 찾아간다는 발상 때문이었죠. 저 선택이야말로 좌우 이념에 시달리고 한국전쟁으로 고통받던 당대 한국인들이 가장 필요로 했던 관념이었습니다. 《일몰의 저편》은 소비자 주권과 '정치적 올바름'이 묘하게 합체되어 검열 기제가 되어버린 이 시대에 꼭 필요한 생각거리(관념)을 제공합니다. 그런데 이런 방식으로 소설을 읽으며 관념을 쫓아다니는 독자는 좋은 독자가 아닐 것입니다. 이런 독자는 소설의 적으로 존재하며, 언젠가는 시시하다며 소설 읽기를 중단할 테니까요. 제가 여기에 가까운 독자입니다. 저는 소설에서 관념과 싸우거나 관념을 캐내고 세우려는 노력이 보이지 않으면 더 읽기가 싫어져요. 그래서 저 같은 독자는 소설 아닌 것에서 소설을 보죠. 예컨대 미셸 푸코를 흥미진진한 소설로 읽는 식이에요. 그러므로 저는 소설의 적이 아니라 범汎소설주의자인 셈이죠. 소설을 쓰려는 사람들은 관념을 창조할 줄 알아야 합니다.

〈자유주의, '캔슬 컬처', 윤리〉에서 형은 《일몰의 저편》과 조지 오웰의 《1984》(이기한 옮김, 펭귄클래식코리아, 2009)를 함께 비교했더군요. 그래서 《일몰의 저편》을 읽고 나서, 이때다 싶어서 《1984》를 다시 읽었습니다. 《1984》를 '동화문고'로 처음 읽은 때가 중학교 3학년이었으니 무려 45년 만의 재독입니다. 그런데 지금 읽어보니 그때 이 소설을 제대로 이해했을 것 같지 않아요. 미래의 전체주의를 고발하는 이 소설의 양대 축 가운데 하나가 기술 전체주의이고, 다른 하나는 성 정치인데 저는 어느 것 하나도 이해하지 못했을 겁니다. 《1984》에 등장하는 전체주의 국가 오세아니아는 역사 이전의 그 어느 전체주의와 비교할 수 없죠. 작중 설명에 따르면 현대의 전체주의는 중세 가톨릭교회도 갖고 있지 못했던 과학기술이라는 수단을 통해 중세의 가톨릭교회가 절대 도달할 수 없었던 새로운 전체주의를 실현했다고 말합니다. 그런데 제가 중학교 3학년생이었던 1970년대 중반에 한국에는 두려워해야 하거나 의심해야 하는 과학기술이라는 것이 존재하지 않았어요. 저는 중학교 3학년 때 서울에 있는 '작은' 외할아버지 댁에 간 적이 있었는데, 거기서 처음으로 냉장고를 봤어요. 무슨 과일이 열리는 것처럼 냉장고 안에 얼음이 '열려' 있더군요. 그랬던 시대, 그런 나라에서 과학기술은 유토피아를 실현할 가치고 도구였지 악이 될 리 없었겠죠. 이렇게 해서 《1984》의 한 축이 증발했습니다.

이 소설의 또 다른 축인 성 정치는 중학생 혼자서 이해할 수 있는 게 아니더군요. 가상 국가 오세아니아에서는 당원들 간의 성행위는 물론 사랑마저 금지했죠. 당원들 사이의 모든 결혼은 해당 위원회의 인가를 받아야 했는데, 아이러니하게도 "둘 사이에 애정이 존재한다"(105쪽)라고 판단되면 결혼 승낙이 거부됩니다. 오세아니아의 유일당인 영사英社/Ingsoc의 고급 당 간부는 이렇게 말하죠. "우리는 오르가슴마저도 없앨 거야. 이를 위해 우리의 신경과 전문의들이 지금도 열심히 연구에 매진하고 있다네. 당을 향한 충절 외에는 다른 어떤 유형의 충절도 허용되지 않아. 빅 브라더에 대한 사랑 외에는 다른 어떤 유형의 사랑도 허용되지 않을 것이야."(359쪽)

성 본능의 충족은 빅 브라더에 대한 충성을 약화시키고 적에 대한 분노를 순화하기 때문에 근절되어야 한다죠. 아마도 오웰은 빌헬름 라이히의 1933년 저서 《파시즘의 대중심리》(오세철 옮김, 현상과인식, 1987)를 읽었거나 그의 주장을 소문으로 들었을 것입니다. 라이히는 파시즘을 가능하게 하는 관료주의의 기층과 거기에 순응하는 대중의 심리를 분석하기 위해 성 정치를 탐구했죠. 그는 "성의 금지는 개인적 자의식의 토대"(88쪽)이기 때문에 자본주의 국가든 공산주의 국가든 어린이 때부터 성에 대한 자연스러운 관심을 도덕적으로 억압한다면서 "이 금지는 인간의 반역적 힘을 무력하게 만든다"(63쪽)라고 주장해요. 하지만 소설의 주인공인 윈스턴과

줄리아가 보여주었듯, 성이 철저히 억압된 곳에서는 사소한 것에 그치고 말 일상적 성마저 체제 저항의 동력이 되어버리는 역설이 발생하죠. 즉, 성 정치를 강제하는 국가는 되로 주고 말로 받아요. 그런 나라에서는 길거리에서 남녀가 나누는 키스처럼 사소한 행위마저 국가를 위태롭게 하니까요. 하여튼 미래의 전체주의를 고발하는 이 소설의 양대 축인 기술 전체주의와 성 정치에 대해 캄캄한 상태에서 《1984》는 그냥 반공소설이었을 뿐이에요.

잃어버린 양대 모티프를 이제 와 되찾았다고 해서 그 지식이 《1984》에 대한 이해를 더 깊게 해준 것은 아닙니다. 이 소설을 새로운 차원에서 이해하기 위해서는 이 소설에 덧씌워져 있는 명성을 벗겨내야 했어요. 흔히 이 작품은 '전체주의에 대한 풍자'나 '전체주의에 대한 우화'로 고평받는데, 이 소설에는 전체주의가 없더군요. 전체주의는 '단 한 명의 열외'도 허용하지 않는 통제 사회로 정의되며, 통제를 받지 않으려는 사람에게는 강제수용소행 열차가 준비되어 있죠. 이런 정의를 《1984》에 적용하려는 사람은 결코 성공하지 못할 것입니다.

오세아니아의 인구는 3억 명입니다. 위대한 동지 빅 브라더 밑에는 내부 당원(고급 당원)이 있고, 그 숫자는 600만 명으로 제한되어 있어요. 이들은 오세아니아 총 인구의 2퍼센트에 해당합니다. 내부 당원 밑에는 외부 당원(일반 당원)이 있는데 내부 당원이 국가의 두뇌 역할을 담당하고 있다면 외부 당원은 그들의 수족이죠. 외부 당원 밑에 우매한 대중이 있는데 통상 '프롤'이라고 불리는 그들의 숫자는 총 인구의 85퍼센트에 이릅니다. 오세아니아는 2퍼센트의 상층과 13퍼센트의 중상층, 그리고 85퍼센트의 하층계급으로 이루어져 있죠.

《1984》에 대해 널리 알려진 명성은 오세아니아의 전체 국민이 빅 브라더의 통제와 감시를 받으며 연일 세뇌당하고 있다고 오해하게 만들지만, 오웰은 그런 소설을 쓰지 않았어요. 이 소설의 발표와 함께 전 세계의 독자를 깜짝 놀라게 했던 텔레스크린(비유하자면 요즘의 CCTV)은 15퍼센트의 영사 당원의 집에만 설치되어 있을 뿐 프롤의 가정과 거주 구역, 그리고 그들이 모이는 술집에는 설치되어 있지 않죠. 집 안과 사무실은 물론 광장과 거리에서 24시간 가동하는 텔레스크린은 주로 당원을 감시하는데, 당의 선전이 나오는 시간에 낙천적인 표정을 짓지 않는 당원은 '표정죄'로 처벌됩니다. 15퍼센트의 당원은 이혼이나 혼외정사를 할 수 없습니다. 여성 당원에게는 향수와 화장품은 물론 하이힐과 스타킹도 금지됩니다. 당원은 모든 것을 공동으로 해야 하고 혼자 노래를 부르거나 산보하는 것조차 중대한 위법이군요. 자유시장(암거래 시장) 출입도 금기 사항이며 필기구나 공책을 갖는 것 역시 위험한 행동입니다. 오세아니아에서 기록한다는 것, 혹은 과거를 기억할 권한은 오직 영사만 갖고 있죠. 개인 필기구는 당의 권한을 침범하는 것이 됩니다. 더욱 흥미로운 점은 이 소설에 열 번 가까이 나오는 노래에 관한 일화입니다. 영사가 노래를 싫어하는 것은 노래가 '기억 중의 기억'이기 때문이죠. 예를 들어 영사가 동학농민혁명에 대한 전적典籍을 모두 찾아 불사르고 그것에 대한 역사를 새로 개칠했는데, 전봉준 장군을 기리는 노래 가사인 "새야 새야 파랑 새야 녹두밭에 앉지 마라"가 그대로 남아 있다면 진리부의 노고가 아무 소용없어지거든요. 윈스턴 스미스는 어릴 때 불렀으나 지금은 가사의 마지막 줄을 잊어버린 옛 동요를 찾으려고 애를 쓰는데, 윈스턴의 빅 브라더에 대한 탈선은 이 과정 속에 이미 예비되었을 테죠. 제가 보기에 음악과 전체주의 사이의 알력은 《1984》의 또 다른 주제입니다.

당원들은 욕이나 낙서와 같은 감정 배출도 할 수 없습니다. 오세아니아에서 당원이 할 수 있는 것은 아무것도 없습니다. 프롤들은 맥주만 마셔야 하고 외부 당원(평당원)은 진을, 내부 당원(간부 당원)은 와인을 마실 수 있는데, 당원들이 누리는 특혜는 이것뿐이군요(내부 당원의 진짜 특혜는 하루에 30분간 자기 마음대로 텔레스크린을 끌 수 있다는 것). 당원들이 유일당의 감시를 받으며 철저한 규율 속에서 살아야 하는 것과 반대로, 프롤에게는 앞서 당원들에게 금지했던 모든 것이 허용됩니다.

도덕적인 사항에 대해서 그들은 조상들의 도덕률을 따르도록 허용되었다. 성적 문제에 있어서의 당의 엄정주의는 그들에게 강요되지 않았다. 간통도 처벌되지 않았으며 이혼도 허락되었다. 프롤들이 필요성을 느끼거나 원하기만 한다면 종교 활동도 가능했다.(113쪽)

　　빅 브라더가 지배하는 나라에서는 하층계급이 노동에 충실하기만 바랄 뿐, 그들에게는 국가 이데올로기를 주입하려고 하지도 않으며 입당마저 원천 불허됩니다. 영사는 프롤을 교육시키지 않고 산아제한을 지도하지도 않아요. 국가는 그들이 무지하면 할수록, 또 많은 자녀로 인해 가난이라는 조건 속에 허덕일수록 오히려 지배하기 좋다고 생각하니까요. 일례로 오세아니아의 문화체육관광부(진리부)에는 포르노 소설을 창작하는 전담 부서가 있는데 여기서는 '여학교에서의 하룻밤' 같은 제목의 포르노물을 대량으로 만들어 프롤들에게 공급합니다. 이 제작물 역시 당원들에게는 금지되어 있는데, 국가에서 포르노물을 제작하는 이유가 하층계급의 우민화에 있기 때문입니다. 프롤을 동물로 취급하는 영사는 멋진 슬로건을 만들었죠. "프롤들과 동물들은 자유롭다."(113쪽)

　　프롤들이 관리받을 필요조차 없는 비국민이라는 사실은 이 책에 나오는 영화관 일화에 잘 나타나 있죠. 오세아니아의 헬리콥터가 아이들을 가득 태운 적국의 구명보트에 포탄을 투하하는 장면이 나오자 당원 전용석에서는 박수 소리가 요란했는데, 프롤석에 앉아 있던 어느 중년 부인이 갑자기 자리에서 일어나 아이들에게 이런 것을 보여주는 것은 옳지 않다고 소란을 피우기 시작합니다. 경찰이 소란을 피우는 그녀를 밖으로 끌고 나갔는데, 당원석에서는 그 소동을 흥겹게 생각합니다. "그러나 그녀가 무슨 일을 당했을 것으로 생각되지는 않았다. 누구도 프롤들이 하는 말에 귀를 기울이지 않았기 때문이다. 그런 것은 프롤들의 전형적인 반응으로서 특별히 신경 쓸 일은 아니었다."(36쪽)

분명 오웰은 물샐 틈 없는 전체주의 디스토피아를 그리려고 했는데, 어쩌다가 85퍼센트에게 자유를 선사해버린 불완전한 전체주의 국가를 창조하고 말았군요. 제 생각에 빅 브라더가 15퍼센트의 당원만 관리하고 85퍼센트의 하층계급을 방치하는 이유는 선거가 없기 때문입니다. 민주주의 국가에서 대중이 관리받는 이유는 그들이 유권자이기 때문이죠. 선거가 아니라면 지배층은 형식적으로조차 대중에게 아부하지 않아요. 비록 작중에는 아무런 설명이 없지만, 그런 점에서 오웰은 전체주의 국가가 85퍼센트를 방치하는 이유를 나름 정확하게 파악한 것 같습니다. 그런데 85퍼센트를 버린다는 점에서 오늘의 민주주의는 전체주의와 얼마나 흡사한지요. 2022년 대통령 선거에 나온 당선 유력 후보들은 대개 한국의 15퍼센트이거나 그에 근접한 상층계급이죠. 85퍼센트를 위한 의제가 사라진 전 세계 각국의 민주주의나 85퍼센트를 공식적으로 동물 취급하는 오세아니아가 같아 보이는 이유입니다.

제가 다섯 번째 답신에서 지옥론/고문론을 소개한 적이 있죠. 그것은 저의 《독서일기》에도 나옵니다(몇 권에 나오는지, 확인은 못 했습니다). 그런데 제가 했던 것과 똑같은 취지의 말이 《1984》에 있더군요. 윈스턴을 취조하기 전에 오브라이언은 "사람마다 세상에서 가장 끔찍해하는 게 다르지"라면서 이렇게 말합니다. "어떤 사람에게 그것은 생매장당하는 것이고, 어떤 사람에게는 불에 타 죽는 것이고, 어떤 사람에게는 익사하는 것이고, 어떤 사람에게는 말뚝에 찔리는 형을 당하는 것이고, 그 외에도 죽임을 당할 수 있는 방법이 쉰 가지나 더 있지. 어떤 경우에는 극히 사소한 것이 결부되기도 하는데 그 경우 치명적이지는 않다네."(이상 381쪽)

제가 중학교 때 읽은 책을 기억하고 있을 리는 없겠죠.

제주도로 가기 직전에 민음사판 《1984》를 5분의 1쯤 다시 읽은 적은 있지만, 제 글은 그보다 더 오래전에 썼어요. 무의식에 남아 있으려고 해도, 무엇인가 입력이 되고 나서야 무의식이 될 수 있죠. 그런데 저의 글에 쥐가 나오고, 윈스턴도 오브라이언의 말이 끝나고 나서 그가 가장 끔찍해하는 동물인 쥐로부터 공격을 받게 됩니다. 이러면 표절 확률이 조금 높아지는데, 제가 저 글을 쓰면서 떠올렸던 "굶주린 쥐 떼가 득시글거리는 구덩이"는 커트 보네커트의 《제5도살장》(김종운 옮김, 을유문화사, 1980)에 나오죠. 맬러머드의 《점원》과 똑같은 '해외걸작선'에 들어 있습니다.

저는 저의 '지옥론/고문론'이 《1984》를 보고 쓴 것이 아니라는 것을 압니다. 왜냐하면 저는 표절을 무의식에 맡겨두지 않고 의식적으로 하거든요. 자·콤파스·분도계를 들고 본격적으로 창작=표절 작업에 들어갑니다. 말짱히 깨어 있는 상태로, 매번, 늘, 표절하고 있는데, 뭐하러 무의식이 그 일을 하도록 놔두겠습니까? 저는 이 때문에 무의식적인 표절을 성실하지 못하다고 비난하는 반면, '의식적인 표절'은 표절이라고도 하지 않고 비난하지도 않아요. 단지 더 잘하라고, 원본보다 더 잘해보라고 격려하죠.

제가 본 뛰어난 작가. 창조적인 작가 가운데는 표절꾼이 많습니다. 예컨대 제가 좋아하는 사뮈엘 베케트의 《몰로이》(김경의 옮김, 문학과지성사, 2008)가 그렇습니다. 이 소설의 주인공인 몰로이는 자신의 옷 주머니에 빨아먹기 좋은 조약돌을 넣고 다니죠. "나는 주머니에서 조약돌 하나를 꺼내 빨았다. 동그랗고 매끄러운 작은 조약돌 하나를 입에 넣으면, 평온해지고 기분전환이 되며, 배고픔도 달래고 갈증도 잊을 수 있다."(38쪽) 제 인용은 짧지만, 베케트는 조약돌 이야기를 꽤 길게 늘어놓습니다. 뭔가 작정이나 한 듯이요.

베케트가 세공한 세계 속에서 이 조약돌은 《고도를 기다리며》의 두 주인공이 '공갈 젖꼭지'처럼 애지중지했던 무·당근·바나나·닭 뼈의 대체물이죠. 하지만 시야를 베케트가 활동했던 프랑스 문학계나 그 시대의 철학계로 넓히면, 몰로이의 조약돌은 필연적으로 로캉탱의 조약돌에 가닿습니다. 로캉탱이 '조약돌을 만지게 된 순간 구토를 느꼈다'는 일화는 너무 유명해서 장 폴 사르트르의 《구토》(방곤 옮김, 문예출판사, 1983)를 읽지 않은 사람들조차 아는 체하는 부분이에요.

무릇 물체들, 그것들이 사람을 '만져서'는 안 될 것이다. 왜냐하면 그것은 살아 있지 않기 때문이다. 우리는 그것을 사용하고 그것을 정리하고 그 틈에서 살고 있다. 그것들은 유용有用하다 뿐, 그것 이상 아무것도 아니다. 그런데 그것들은 나를 만지는 것이다. 나는 그것을 참을 수가 없다. 마치 그것들이 살아 있는 짐승들인 것처럼 그 물체들과 접촉을 갖는 게 나에게는 두렵다. 이제 생각이 난다. 지난날 내가 바닷가에서 그 조약돌을 손에 들고 있었을 때 내가 느꼈던 것이 이제 잘 생각이 난다. 그것은 시름한 일종의 구토증이었다. 그 얼마나 불쾌한 것이었던가! 그런데 그것은 그 조약돌 탓이었다. 확실하다, 그것은 조약돌에서 손아귀로 옮겨졌었다. 그렇다. 그것이다. 바로 그것이다. 손아귀에 담긴 그 일종의 구토증.(21쪽)

사르트르의 주인공은 조약돌이 갖고 있는 사물성 때문에 메슥메슥해졌죠. 조약돌은 조약돌일 뿐, 그 어떤 선택을 통해 자유로 나갈 수 있는 가능성이 전무합니다. 조약돌의 자유 찾기 또는 조약돌의 존재 이전은 어떤 힘에 의해 깨뜨려지는 수밖에 없는데, 그것은 자유도 존재 이전도 아닌 죽음을 뜻하죠. 로캉탱은 조약돌처럼 자유가 차단된 상태를 죽음과 마찬가지라 보고, 그것이 역겨워 구토를 합니다. 반면 베케트의 주인공은 사르트르의 주인공과 달리 조약돌의 사물성에서 무한한 잠재력 혹은 자족성을 발견합니다. 베케트는 선택 또 선택으로 끊임없이 이어지는 사르트르의 선택(자유의 행사)을 도리어 부자유(억압)로 보는 거죠.

표절 논쟁에 관여하는 사람들은 넓은 의미의 ①영향·수수 관계와 모방, 법적·도덕적 알리바이를 마련한 ②인용·인유, 다양한 방법의 ③다시 쓰기(패러디·재창작) 등과 아무런 명시성이 드러나지 않는 ④표절을 엄밀하게 구분하는데, 저는 ①②③④에 본질적인 차이가 있다고 생각하지 않습니다. 모든 글쓰기는 명시성이 드러나지(내지) 않는 표절이라고 여기니까요. 우리가 대화하면서 허두마다 "이건 제 개인적인 생각인데"라고 말하면 우스꽝스러운 동어반복이 되는 것처럼, 허두마다 "이건 누구가 한 말인데"라고 해야 한다면 그 또한 얼마나 거추장스러운 동어반복이겠는지요? 하므로 우리는 대화할 때, "이건 제 개인적인 생각인데"도 물리치고, "이건 누구가 한 말인데"도 물리쳐야 합니다. 그래야만 좋은 대화죠.

"모든 글쓰기는 명시성이 드러나지(내지) 않는 표절"이라는 말은 그런 뜻입니다. 예로 든 베케트의 경우 ③에 속한다고 말하는 것이 상식이겠지만, 몰로이의 조약돌은 로캉탱의 조약돌 없이는 애초에 생겨날 수 없었던 일화라는 점에서, 거기에 명시성이 있느냐 없느냐는 중요하지 않습니다. 중요한 것은 창작이 먼저 있고 표절이 있는 게 아니라, 표절이 먼저 있고 창작이 그 뒤를 따른다는 거죠. 이것이 베케트가 뛰어난 작가이자 창조적인 작가인 이유입니다. 사르트르도 그랬을 테고, 사르트르에게 표절당한 그 누구도 그랬을 테고, 그 누구 또한 그랬을 테고……

형이 저희 집에 오분을 하러 온 첫날, 형과 지민 씨가 재료를 가지고 와서 진을 만들어 마셨죠. 이후로 형 집에서 한 번 더 마시게 되었고요. 저는 맥주 빼고 온갖 술을 다 마셔왔지만, 진은 한 번도 좋아해본 적이 없었습니다. 두 분이 만든 진을 마시고 그 술을 좋아하게 되었습니다. 언제 평당원들이 진을 놓고 다시 만나게 되는지요.

모두 희망찬 새해를 맞으시길 기원합니다.

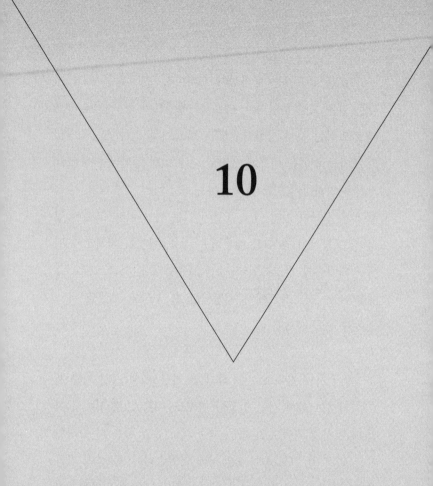

10

장정일 선생님께

　며칠 전 지민과 귀덕 해안도로를 달렸습니다. 지민은 이직한 이후 맡은 일이 많아진 데다 겨울 추위를 심하게 타는 터라 한동안 혼자 달렸는데 그날은 모처럼 바람이 잔잔하고 봄처럼 볕이 좋아 함께 나갔습니다. 집을 나서서 해안도로 쪽으로 걷다 보면 늘 이상한 건물 하나와 마주칩니다. 노출 콘크리트 공법으로 지은 커다란 건물인데 신기하게도 거기엔 창문이 하나도 없어요. 그 건물을 지나칠 때마다 궁금했습니다. 저건 뭘까? 북한의 핵공격에 대비한 벙커? 아니면 사생활 노출을 극도로 꺼리는 유명인이 남몰래 마련한 별장? 혹시 빛을 몹시 싫어하는 드라큘라 같은 사람이 사나?

　의문은 작년 여름 넷플릭스로 홍상수 감독의 〈잘 알지도 못하면서〉(2008)를 다시 보고서야 풀렸습니다. 거기에 고현정이 나이 많은 화가 남편과 함께 사는 집이 나오는데 주변 풍경이 낯이 익어 자세히 보니까 바로 그 건물이 선 곳에 있던 집이었어요. (영화에서는 살림집만 나오고 그 건물은 안 나옵니다. 아마 살림집 옆에 나중에 지은 모양이에요.) 홍상수 감독의 인터뷰

를 찾아보니 강요배 화백의 집을 빌려서 찍은 거라 하더라고
요. 제가 늘 마주치는 창문 없는 건물은 강요배 화백이 작품
을 보관하는 창고 겸 갤러리 같은 곳이 아닐까 싶습니다. 빛
이 들어오면 그림이 상하게 될 테니 창을 부러 내지 않은 거
겠죠.

　그 건물을 지나 귀덕초등학교 앞길로 빠져나오면 짤렘므
가 잠깐 일했던 GS편의점이 나옵니다. 독특한 구조로 따지면
그 편의점도 창문 없는 건물 못지않죠. 일반적인 편의점과 달
리 거긴 취식공간이 마치 아늑한 사랑방처럼 다른 건물로 분
리되어 있잖아요. 그래서 거기서 컵라면을 먹으려면 편의점
에 들어가 컵라면을 계산한 뒤 나와 옆 건물의 공간으로 들
어가야 합니다. 조금 번거롭지만 알바생의 눈을 피해 오붓한
시간을 보낼 수 있다는 게 무엇과도 바꿀 수 없는 장점이었
죠. 그래서인지 편의점에서 아무 물건도 사지 않고 거기 들어
가 쉬고 있는 사람들을 종종 보곤 했습니다.

　해안도로로 가기 위해서는 그 편의점을 등지고 2백 미터
쯤 걸어야 합니다. 지금은 커다란 집을 개조한 숙소와 카페만
덩그러니 있을 뿐이지만 한때 그 앞마당엔 갓 잡은 해산물에

술을 파는 간이식당이 있던 모양이에요. 〈잘 알지도 못하면서〉에 고현정과 김태우가 거기서 술을 마시는 장면이 나오거든요. 나무 평상에 마주앉아 바닷바람을 맞으면서 한잔하면 기분이 그만일 텐데 아쉽게도 그 가게는 오래전 없어져버렸습니다. 그게 정말 아쉽다는 생각을 하면서 달리기 시작합니다. 4킬로미터를 달리고 돌아올 땐 걷습니다. 저는 딱 그 정도가 좋더라고요.

달리기를 마치고 설렁설렁 걸어서 집으로 돌아오고 있는데 갑자기 밭에서 일하시던 할머니 한 분이 저희를 불러 세우셨습니다. 멀어서 잘 들리지 않았지만 무언가를 주고 싶으니 가져가라는 뜻 같았어요. 주위를 살펴보니 밭은 온통 브로콜리와 방울양배추로 꽉 차 있었습니다. 할머니의 부름을 받고 돌담을 넘으면서 저는 지민에게 "누가 우리 얘기 몰래 듣고 있는 거 아닐까?" 하고 속삭였습니다. 집에 가는 길에 수확이 끝난 밭이 있으면 브로콜리 몇 개 슬쩍 해오자고 말해두었거든요. 브로콜리와 방울양배추를 한 아름 안겨주신 할머니의 깜짝 선물 덕분에 그럴 필요가 없어졌습니다. 집에 돌아오자마자 브로콜리를 살짝 데치고 방울양배추는 반으로 잘라 올리브유에 간 마늘과 함께 튀겨내듯 구웠어요. 먹다 남은 와인을 곁들이니 꽤 그럴듯했습니다. 저녁식사를 하다 문득 생각났는데 공교롭게도 제가 1년 전 선생님에게 보낼 첫 편지를 쓰기 시작할 즈음이더라고요.

제가 그날 받은 브로콜리와 방울양배추처럼 선생님과 지난 1년 간 편지를 주고받은 일 역시 제게는 예상 밖의 즐거운 선물이었습니다.

이제 막 《창작과비평》 2022년 봄호에 실을 원고를 마감했습니다. 제가 이번에 쓴 글은 넷플릭스 드라마 〈오징어 게임〉(2021)과 〈지옥〉(2021)을 분석한 것이었습니다. 전에 말씀드린 것처럼 저는 영화관을 아주 싫어하고 방구석에 틀어박혀 '미드 몰아보기' 같은 것도 해본 일이 없습니다. 스무 살 이후로는 텔레비전 드라마 방영 시간에 밖에 나가 술을 마셨던지라 어느 것 하나 챙겨 본 게 없네요. 생각해보니까 제가 챙겨 본 마지막 드라마는 기숙사에 살던 고등학생 때 사감 선생님의 암묵적 묵인(이라고 쓰고 적극적 합세라고 읽어야 되겠네요)하에 두근거리며 보았던 〈맛있는 청혼〉(2001)이라는 드라마였습니다.

〈오징어 게임〉과 〈지옥〉처럼 대중적인 인기를 얻은 작품을 '비전문가' 처지에서 비평하는 일은 곤혹스러운 면이 있습니다. 이미 수많은 해석과 평가가 쏟아져 나온 상태라 자칫하면 기왕에 제시된 분석을 답습하는 데 그칠 우려가 있고, 그걸 의식해서 '새로운' 해석을 내놓아야겠다는 강박에 휩쓸릴 경우 작품의 '실감'을 거스르는 엉뚱한 해석의 곡예를 벌이게 될 위험이 있기 때문입니다. 무엇이 되었든 단박에 티가 날 수밖에요. 일단 저는 두 작품을 하나로 꿰어서 보는 틀을 마련해보고자 했습니다. 각각의 작품에 대한 분석들은 많아도 둘을 함께 묶어 하나의 관점에서 살핀 작업은 없었거든요. 두 작품을 가로지르는 공통점이 없다면 그 역시 억지로 끝나기 쉬운데 마침 니체의 《선악의 저편·도덕의 계보학》(김정현 옮김, 책세상, 2002)이 두 작품을 함께 살펴보기에 맞춤한 통찰을 제공해주었습니다. 니체는 그 책에서 오늘날 사람들이 지니는 '죄의식'의 기원에 '부채'가 자리 잡고 있다고 주장했습니다. 인간이 역사적으로 형성한 최초의 사회적 관계는 자본-노동관계도 아니고 영주-농노관계도 아닌 채권-채무

관계라는 것이지요. 이건 어디까지나 니체의 '사고실험'(흔히 말하는 '뇌피셜')일 뿐이지만 영 틀린 말 같지는 않습니다. 독일어 'Schuld'에는 부채와 죄라는 뜻이 동시에 들어 있다죠. 우리도 일상생활에서 죄책감과 부채감을 혼용해서 쓰잖아요.

먼저 〈오징어 게임〉을 살펴볼까요. 많은 사람이 오해하는 것과 달리 오징어 게임에 끌려온 사람들은 돈이 없는 가난한 사람들이 아닙니다. 그들은 돈이 '없는' 사람이 아니라 빚이 '많은' 사람들이죠. 주인공 기훈부터 자동차 회사에서 구조조정당한 뒤 분식집과 치킨집을 열었지만 모두 실패하고 현재 수억 원에 달하는 빚을 지고 있는 '부채인간'입니다. 어디 기훈뿐일까요. 오징어 게임의 참가자들이 의식을 잃은 채 끌려온 것에 항의하자 진행요원은 모니터에 영상을 띄워 사람들이 지고 있는 채무의 액수를 공개함으로써 소요를 잠재웁니다. 그렇다면 오징어 게임은 채권자가 빚을 갚을 의지를 상실한 채무자를 응징하기 위해 설계한 것일까요? 그렇게 생각할 수밖에 없는 참가자들은 첫 번째 게임이 끝난 뒤 어떻게 해서든 빚을 꼭 갚겠다고 사정하거나 "우리가 빚을 졌지 죽을죄를 진 건 아니잖아요!"라며 울부짖습니다. 이때 진행요원은 당황한 목소리로 자신들은 돈을 받아내려는 게 아니라 단지 기회를 제공하려는 것이라고 해명하죠. 진행요원이 내비치는 당혹감은 무엇보다 이 게임을 설계한 오일남이 참가자들의 직접적인 채권자가 아니라는 사실에서 비롯하지만, 참가자들이 갚을 수 없는 막대한 부채에 짓눌리지 않았더라면 그런 게임에 참여할 이유가 없다는 점에서 그 당혹감은 기만에 불과합니다. 진실은 차라리 "우리가 빚을 졌지 죽을죄를 진 건 아니잖아요!"라는 항변에 담겨 있는데 여기에서 오늘날 자본주의는 모든 인간을 "자본 앞에서는 죄인이자 책임이 있는 자, 즉 '채무자'"로 만든다는 사실이 적나라하게 드러나기 때문입니다.

오징어 게임의 참가자들은 왜 그토록 잔혹한 무대에 끌려오게 된 걸까요? 니체는 "채권자의 공동체"는 "전체에 맞서 계약을 어기고 약속을 지키지 않은" 채무자를 "법의 보호 밖에 놓인 야만적인 상태"로 몰아낼 수 있다고 말합니다. 〈오징어 게임〉의 세트장은 정확히 니체가 말했던 '야만적 치외법권'의 지대가 아닐까요? 그런데 니체는 여기에 채권자가 채무자를 고통스럽게 만드는 잔인한 형벌의 광경을 보면서 함

께 즐기는 축제의 요소를 포함하고 있다고 덧붙이네요. 채무
자를 잔혹하게 죽이는 오징어 게임이 유희적 스펙터클로 상
연되는 이유를 여기서 찾을 수 있겠습니다. 오징어 게임은 부
채 상환의 의무를 다하지 못한 '부도덕한' 채무자들에게 자
본이라는 채권자가 가하는 형벌의 축제인 거죠. '부채＝죄'는
'빚진 자'를 '죄인'으로 만들고 끝없는 속죄와 참회를 요구합
니다. '빚진 자＝죄인'은 그 속죄를 터무니없는 이자를 성실
하게 갚는 것으로 수행하죠. 그 속죄의식을 멈추고 빚의 상환
에 실패하는 순간 '빚진 자＝죄인'은 거대한 지옥불로 떨어지
고 맙니다. 〈오징어 게임〉은 채권-채무관계를 근본적인 권력
관계로 삼는 오늘날 '부채 자본주의'의 동역학을 놀라울 정도
로 핍진하게 그려놓고 있더군요.

　'부채인간'이라는 개념은 라자라토의 책을 통해 알게 됐
는데 거기서 그는 부채 자본주의에 맞서기 위해서는 "모든
죄책감과 의무, 양심의 가책으로부터 벗어나" "단 한 푼도 상
환해서는 안 된다"고 주장합니다. 일종의 '부채 상환 총파업'
을 주장하는 셈인데 〈오징어 게임〉의 주인공 기훈이 바로 그
런 '상환 중지'를 실천하는 인간입니다. "머리도 안 좋고 능

력도 없고 늙은 엄마 등골이나 파먹고 살면서 오지랖만 넓은 병신 같은 새끼"인 기훈이 그 악다구니 속에서 끝내 살아남아 최후의 승리자가 될 수 있었던 이유는 무엇일까요? 저는 그게 기훈이 선량하고 따뜻한 마음을 지닌 인간적인 존재라서가 아니라 애초부터 빚을 갚을 생각이 전혀 없는 인물이기 때문이라고 생각합니다.

이 작품이 시작하는 장면으로 돌아가볼까요. 거기서 기훈은 자기가 대리운전해서 벌어다 준 돈이 있지 않느냐며 용돈을 더 달라고 엄마에게 떼를 씁니다. 그러자 그의 엄마는 "그깟 놈의 돈, 너 대출받은 돈의 한 달 이자도 안 된다"고 쏘아붙이죠. 그런데 기훈은 전혀 아랑곳하지 않고 "그거 이렇게 갚아도 다 못 갚아! 그러니까 좀 쓰고 살자!"라고 뻔뻔하게 역정을 냅니다. 기훈은 자신이 빚을 졌다는 사실은 물론이고 빚을 갚지 못한다는 사실에 아무런 죄책감과 괴로움도 느끼지 않습니다. 여기까지는 그럴 수 있습니다. 실제로 그가 성실하게 일한다 해도 불어나는 이자를 감당할 수 없을 테니까요. 하지만 그는 456억 원의 상금을 받게 된 이후에도 은행과 사채업자에 진 빚을 하나도 갚지 않습니다. 사채업자에게 붙잡혀 신체포기각서까지 쓴 상태인데 말이죠. 현실에서 로 또에 당첨된 사람들한테 그 돈으로 뭐 할 거냐고 물으면 십 중팔구 학자금대출을 갚거나 주택담보대출을 갚겠다는 말부 터 합니다. 오늘날 사람들은 빚을 청산하지 않고는 새로운 시 작을 전혀 상상할 수 없습니다. 하지만 기훈은 동료들을 죽이 고 자기 혼자 살아남았다는 사실에 무한한 죄책감과 부채의 식을 느끼지만 자신이 진 빚에 대해서는 일말의 죄책감도 지 니지 않습니다. 저는 그것이 기훈이 끝내 살아남은 진짜 이유 라고 생각합니다. 그는 자본에 대한 죄책감을 인간에 대한 죄 책감으로 전환시킨 인물인 거죠.

〈지옥〉은 선생님이 걸작의 요건으로 꼽은 '아이디얼한 것'을 보다 많이 품고 있습니다. 원작 웹툰을 거의 그대로 영 상화한 이 작품은 '신화적 폭력'이 도래한 상황을 설정함으로 써 법과 폭력, 속죄와 정의의 관계 같은 일견 신학적이고 한 편으론 법철학적인 쟁점을 제기하고 있으니까요. 이 작품은 평온한 일상이 이어지던 가운데 느닷없이 신의 사자들이 나 타나 신으로부터 사전에 죽음을 고지받은 사람을 불태워 살해하는 장면으로 시작합니다. (작품에서는 이를 '시연'이라고 부릅니다.) 납득할 수 없는 초자연적 현상 앞에서 세속적 법률과 지식체계는 급격히 흔들리고, 지옥의 시연은 정의롭지 않은 인간을 심판하려는 신의 의도라고 주장하는 정진수 의장의 '새진리회'가 급격히 세력을 확장해갑니다. 새진리회는 외견상 기독교 신흥종교와 유사해 보임에도 거기서 '신'은 '하나님'이 아니라 그저 '신'으로만 명명됩니다. 확실히 그 신은 성경 속 야훼보다는 각종 신화에 등장하는 신에 더 가까워 보입니다. 벤야민은 어떤 목적을 성취하기 위한 수단으로서의 폭력이 아니라 일상적 삶에서 그저 순수하게 발현하는 폭력을 설명하면서 '신화적 폭력'을 이렇게 정의한 적이 있습니다. "신화적 폭력은 그것이 갖는 원초적 이미지의 형태를 두고 볼 때 신들의 단순한 발현이다. 그것은 신들의 목적을 위한 수단도 아니고 신들의 의지의 발현도 아니며 무엇보다도 우선 신들의 존재의 발현이다."

〈지옥〉에 등장하는 시연은 벤야민이 언급했던 '신화적 폭력'의 전범처럼 보입니다. 거기서 신은 어떠한 목적도 제시하지 않고 어떤 의도도 표출하지 않으며 그저 누군가를 지목

해 태워 죽임으로써 순수한 힘의 발현만을 내보이니까요. 그
런데 이와 같은 '신화적 폭력'은 그 목적과 의지를 불안한 공
백으로 남겨둠으로써 그 공백을 주관적 해석으로 메우고자
하는 인간적 충동을 자극합니다. 지옥의 시연이 "수치심, 죄
의식, 참회, 속죄를 잃어버린" 인간을 심판하기 위해 신이 내
린 형벌이라고 주장하는 새진리회 정진수 의장처럼 말이죠.
물론 초자연적인 폭력을 맞닥뜨린 인간에게 이는 인간이 지
은 죄에 대한 신의 징벌입니다. 따라서 더 정의로워져야 한다
고 주문하는 것 자체는, 지진이나 해일이 타락한 인간에 대한
신의 응징이라고 설교하는 목사들을 심심찮게 마주하는 우리
현실에서 그다지 새롭지 않습니다. 이 작품의 새로움은 그런
헛소리를 진지하게 여길 수밖에 없는 상황을 도입하고 실제
로 일어날 법한 사회적 혼란을 현재적인 상상력으로 포착하
려는 데 있습니다.

　〈오징어 게임〉과 마찬가지로 〈지옥〉에서도 니체가 포착
한 '부채=죄'라는 개념이 서사의 핵심에 놓여 있습니다. 〈오
징어 게임〉에서 '부채'가 주체의 삶은 물론이고 죽음마저 관
장하는 부채 자본주의의 '죽음 정치'를 가동하는 연료라면,

〈지옥〉에서 '죄'는 끊임없이 죄책감을 발명하여 자신의 내면을 감시하고 고발하게 함으로써 주체를 길들이는 통치의 기제로 나타납니다. 하지만 〈오징어 게임〉에 등장하는 공정이 기만적인 것처럼 정진수가 설파하는 정의 역시 공허하기 이를 데 없어요. 니체가 간파했듯 "형벌이란 대체로 공포를 증가시키고 현명함을 높이며 욕망을 제어하게" 해주지만 "인간을 '더 나은' 존재로 만들지는" 못하기 때문입니다. 정진수는 시연당한 사람들이 폭행, 사기, 강간, 살인 같은 죄를 저질렀기 때문에 처벌받았다고 주장하지만 태어난 지 며칠 되지 않는 신생아가 지옥의 고지를 받는 장면에서 드러나듯 여기서 죄는 신의 징벌을 야기하는 직접적인 원인이 아닙니다. 정진수는 이 사실을 처음부터 알고 있었지만 응징에 대한 공포만이 세상에 정의를 가져올 수 있기에 자신은 '선한 거짓말'을 했을 뿐이라고 강변합니다.

공포에 짓눌려 자신의 죄를 끊임없이 고백하는 행위가 정의로운 세계를 가져오지 않는다는 사실은 정진수를 이어 새진리회 2대 교주가 된 김정칠에서 더 명확히 드러납니다. 김정칠은 새진리회 홍보영상에서 자신의 죄가 알려질 거라는 두려움과 수치심을 떨치고 공개적으로 죄를 고백할 것을 강권한 후에 어린 소녀가 눈물을 흘리며 아버지의 죄를 고백하는 장면을 보여줍니다. 하지만 아버지의 죄를 고발하는 소녀의 행동에서 '더 나은 인간'의 모습을 발견하는 사람이 과연 있을까요? 그건 소녀의 아버지가 티끌만 한 죄도 없는 무결한 존재여서가 아니라 대타자를 향해 자신의 죄를 낱낱이 고백하는 행위는 새로운 윤리를 창안하는 일과 무관하기 때문입니다. 공포는 인간의 품행을 통제하는 강력한 힘으로 작용하지만 공포에 짓눌린 주체에게 윤리적 행위를 기대할 수는 없으니까요.

이 작품에는 선생님이 지난 편지에서 말씀하신, "정의로운 시민의 습격을 받고 경찰에 보호를 요청해야만 했던 조두순이 갑자기 생각"나게 하는 장면이 여럿 등장합니다. 심신미약 판정을 받고 출소한 엄마의 살인범을 직접 불태워 죽이는 희정의 복수가 대표적이죠. 니체는 문명이 발전하면서 사회 전체가 "직접 피해를 입은 사람의 분노로부터 범죄자를 용의주도하게 지켜주"며 "범죄자와 그가 저지른 행위를 따로 떼어서 보려는 의지가 점점 더 확연하게" 드러난다고 말한 바 있습니다. 그런데 문제는 그처럼 다수의 성난 대중으로부터 범죄자를 보호하는 '문명의 발전'이 사람들에게 세상은 더 이상 정의롭지 않다는 좌절감과 원한 감정을 불러일으킨다는 데 있습니다. 〈지옥〉에서 벌어지는 혼란은 결코 올바르지 않은 것을 단죄하고자 하는 정의감이 부족해서 발생하지 않죠. 부족한 것은 올바르지 않은 것과 함께 살아가면서도 절망과 냉소로 빠지지 않을 수 있는 견결성입니다.

이 작품을 본 사람들은 대부분 지옥의 시연이 너무 잔인하다고 입을 모아 말합니다. 저 역시 같은 생각이었어요. 전지전능한 신의 사자라면 그냥 인간이 파리채를 휘둘러 파리를 잡듯 단숨에 인간의 목숨을 앗아갈 수 있을 텐데 왜 저렇게 잔혹하게 인간을 구타한 뒤에야 살해할까 싶었거든요. 공동체가 더 큰 힘과 자신감을 얻을 때는 형법이 부드러워지지만 힘과 자신감이 약해질 때는 형법이 가혹한 형식을 드러내게 된다는 니체의 설명을 읽고서야 어쩌면 그 잔혹함이 현대 사회가 정의를 수립하고 집행하는 과정에서 대중이 집합적으로 맞닥뜨린 내적 무력감을 반영하는 것일지도 모르겠다는 생각이 들었습니다.

오늘날 많은 사람이 이 땅엔 공정과 정의의 가치가 땅에 떨어졌다고 주장합니다. 하지만 그 무너진 공정과 정의의 가치를 어떻게 다시 세울 수 있을지에 대해서는 냉소적인 태도를 취하는 경우가 많죠. 진경훈의 동료 경찰 홍은표는 범죄자를 기껏 잡아봤자 증거 불충분, 심신미약 등으로 다 빠져나가지 않느냐면서 차라리 새진리회의 주장이 사실이었으면 좋겠다고 한탄하듯 말하는데요. 이 장면은 그가 왜 '화살촉'에 빠지게 되는지를 보여줍니다. 정의의 수립이 거듭 좌절된 현실에 대한 냉소가 극단적인 행동주의에 대한 매혹으로 귀착된거죠.

그런데 이 작품에는 '새진리회'와 '화살촉'을 제외한 사회적 결사체는 물론이거니와 어떤 정치인도 등장하지 않으며, 혼돈의 상황을 수습해야 할 정부와 내각 역시 그 존재감이 전무합니다. '신화적 폭력'에 내몰려 사회도 정치도 사라져버린 자연 상태. 그것이 〈지옥〉의 알레고리가 재현하는 현실의 모습입니다. 그런데 이 작품이 정치와 사회의 공간을 삭제해버림으로써 지불해야 하는 대가가 너무 크군요. 결과적으로 앞서 제기한 묵직한 쟁점들을 풀어낼 실천적인 공간을 마련하지 못함으로써 나이브한 휴머니즘을 정답처럼 제시하는 데 그치고 말았으니까요. 이 작품은 새진리회에 대항해온 민혜진이라는 변호사에게 택시기사가 자신은 신에게 전혀 관심이 없으며 여긴 인간의 세상이고 인간 세상은 인간이 알아서 해야 한다는 말을 건네는 장면으로 끝을 맺습니다. 인간의 자율성과 실천성에 대한 신뢰를 보여주려는 의도는 알겠는데 작품의 결론이라기엔 지나치게 범속하죠.

작품 속에서 나타난 시연이 부인할 수 없는 신의 현현이라면 그 앞에서 인본주의 및 세속화의 이념은 당연히 흔들릴 수밖에 없고 그것이 신의 현현이 아니라 단지 설명할 수 없는 초자연적 현상에 불과하다면 거기에 신의 의도를 덧씌움으로써 세계를 '지옥'으로 만든 것은 다름 아닌 인간이니까요. 지옥 같은 세상을 만든 '그런 인간'과 우리는 과연 얼마나 '다른 인간'이며 지옥 같은 세상을 끝내기 위해 우리는 '어떤 인간'이 되어야 하는지에 대한 물음 없이 그냥 '인간만이 희망이다'라는 말로 끝내는 건 너무 안이한 결론이 아닐까요?

선생님의 '표절론'은 여전히 많은 사람으로부터 이해받

지 못하고 있습니다. 시간이 지난다고 사정이 별반 달라질 것 같지 않으니 선생님은 앞으로도 좀처럼 오해에서 벗어나기 어렵겠다는 생각이 듭니다. 선생님이 제기한 표절론의 기원을 따지자면 1992년 《문학정신》 7·8월 합본호에 발표한 〈'베끼기'의 세 가지 층위〉로 거슬러 올라가야겠죠. 저는 그 글의 존재를 《말과활》 2015년 8·9월호에 실린 〈'같이' 쓰기: 낭만주의 신화를 넘어〉를 통해 알게 되었습니다. 이 글에서 선생님은 "하지만 글쓰기 혹은 창작에는 법조항이나 논문쓰기 요령이 주의시키는 원칙만으로는 온전히 포획되지 않는 무엇인가가 있다"(70쪽)라고 쓰셨는데 저 역시 그 회색지대에 더 오래 머물 필요가 있다고 줄곧 생각해왔습니다. 과장을 보태자면 그 "무엇인가"가 대체 무엇인지를 탐구하고 해명하는 일이 비평의 책무라고까지 말할 수 있겠습니다.

표절이 단지 타인의 경제적이고 법적인 권리(뿐 아니라 고유한 정신적 삶)에 대한 침해일 뿐이라면 그 경제적 피해액을 셈하고 법적인 처벌의 형량을 가늠하며 조아림의 각도를 재면 될 일입니다. 물론 그런 '계산'은 필요하지요. 대기업에 자신의 아이디어를 도용당한 중소기업이나 자신의 논문 구상을

지도교수에게 빼앗긴 대학원생이라면 그런 경제적이고 법적인 보호, 나아가 진심 어린 사죄를 받는 것이 마땅하다고 생각합니다. 하지만 그건 지적 재산권이라는 관념에 기초한 사후 처리 방안이지 창작과 표절을 둘러싼 근본적인 연루를 탐구하고 해명하는 일과는 거의 관계가 없지 않나요. 제가 선생님의 표절론에 주목하는 이유는 창작과 표절 사이에는 '표절=범죄'라는 사법적 관점으로 해명할 수 없는 뒤얽힘이 분명 존재하며 그것은 판사와 검사가 싸우는 법정이 아니라 창작의 과정에서만 사유될 수 있다고 생각하기 때문입니다.

만약 누군가가 선생님의 시 〈석유를 사러〉를 고발하면서 비장한 목소리로 "이건 셰익스피어가 쓴 《맥베스》의 표절이다!"라고 외친다면 선생님은 "응, 맞아. 내가 베낀거야"라고 말씀하시겠죠. 저는 신경숙 사태 때도 작가가 그렇게 대응했으면 잠잠해졌을 거라 생각합니다. "맞아요. 미시마 유키오의 〈우국〉을 보고 깊은 인상을 받아 다시 쓴 작품이에요." 하지만 그럴 수 없었던 것은 신경숙이 이 소설을 정말 자기의 순수한 '창작'이라고 생각했기 때문인 것 같아요. 선생님이 "자·콤파스·분도계를 들고 본격적으로 창작=표절 작업에 들어"

간 것과 달리 신경숙은 그런 명료한 의식성이 없었던 거죠. 선생님이 "신경숙은 남의 글을 표절하면서도 '공작工作'을 한다는 의도성을 갖고 있지 못했다"(73쪽)고 지적한 것처럼 말입니다. 물론 제가 알기로 표절을 근본적인 창작 방법으로 채택했다고 공개한 사람은 선생님 외에는 없습니다. 말씀대로 그건 자기가 자기 입으로 말하기에 앞서 (비평가를 비롯한) 타인들이 '발견'해주어야 하는 것이기 때문에 그렇겠죠. 하지만 지금은 그런 '발견'을 기대하는 것보다 세세한 각주를 달아 혹시 일어날지 모를 불상사를 미연에 방지하는 것으로 합의가 모아지고 있는 듯합니다. 내가 이렇게 했으니 해석공동체에서 그걸 발견해주겠지 하는 암묵적 믿음 같은 것은 더 이상 존재하지 않습니다. 이제 모든 위험은 창작자 개인이 져야 합니다. 저는 이런 변화가 위험을 공동의 것으로 나누지 않고 개인화하여 부과하려는 사회적 경향과 결코 무관하지 않다고 봅니다.

　　선생님의 표절론은 문학 권력 비판론과 연관이 있기도 한데 편지가 벌써 너무 길어져버려 관련된 주제는 다음으로 넘길 수밖에 없겠습니다. 늘 건강하시길 빕니다. 제가 올해 빌었던 새해 소망 중 하나입니다.

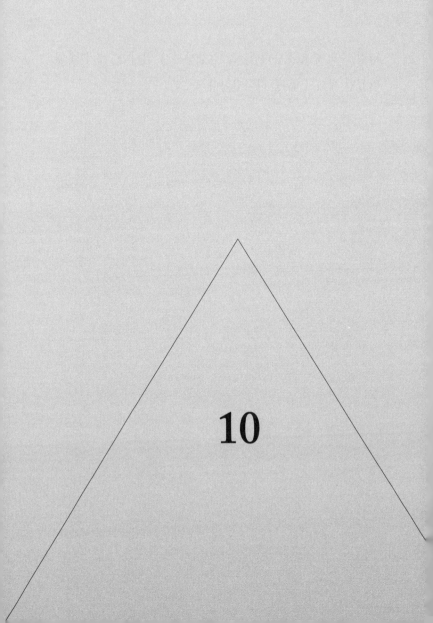

10

모두 잘 있죠?

1년 전 이때, 형과 서신을 막 나누기 시작하면서 잠시 선거 얘기를 나눈 적이 있었는데, 하필이면 오늘이 투표일이군요. 저는 이 답신에서 오늘 치러진 선거에 대해 아무 말도 하지 않을 건데, 그런 의도가 마치 정치 무관심이나 현실 회피처럼 보이겠군요.

저는 어제(화요일)가 오늘(수요일)인 줄 알았어요. 형도 대략 눈치채고 있겠지만, 제가 작년부터 낮과 밤이 바뀌었어요. 도중에 몇 번 정상화된 적도 있었는데 지난 12월부터는 바뀐 밤낮을 정상인 양 살고 있습니다. 24시간 동안 잠이 안 오면 불면증인데, 저는 하루에 일곱 시간씩 잡니다. 단지 낮과 밤이 바뀌었을 뿐이죠. 때문에 바로 잡는 법도 압니다. 낮에 안 자면 되죠. 하루만 이 악물고 견디면 됩니다. 아니면 일주일쯤 시간을 두고 서서히 시간을 조정하면 됩니다. 그런 방법으로 애써 자는 시간을 밤으로 맞추어놓고 나서, 며칠 있으면 또 점점 자는 시간이 늦어져서 결국은 오후 2~3시에 자고 저녁 9시에 일어나는 관성이 반복됩니다.

이렇게 된 원인은 제가 저녁에 자고 아침에 일어나는 정상 생활의 필요성을 느끼지 못하기 때문입니다. 출근도 하지 않고 친구를 만나야 하거나 누군가를 만나 함께 처리해야 할 업무도 없습니다. 문화 활동(전시회, 연주회, 관극 등)이나 여행, 맛집을 찾아다니는 취미도 없군요. 상품 구매는 물론이고, 세금부터 은행 볼일까지 한밤에도 인터넷으로 처리가 가능합니다. 오로지 신경 쓰이는 것은 집 앞에 맛있는 바게트를 파는 집이 있는데, 오전 11시 반쯤에 나온 빵이 오후 1∼2시면 다 팔리고 없다는 점입니다. 그러나 이것도 아침 10시에 잘 때는 문제였는데, 오후 2∼3시가 취침 시간이 된 후에는 아무런 문제가 되지 않습니다.

젊을 때도 보통 자정을 넘은 새벽 1∼2시에 잠들곤 했지만, 나이 들어 밤낮이 완전히 바뀐 것은 무슨 정신적인 문제가 있어서는 아닙니다. 늙은이는 아무도 찾지 않거든요. 그래서 저녁에 자고 아침에 일어나야 했던 젊은 때의 관성이 필요 없어진 거라고 생각합니다. 아니면 일상 속에서의 은둔 혹은 귀거래라고 해야 할까요? 옛날 같으면 귀거래할 고향이나 산천이 있었겠지만, 지금은 그런 게 있지도 않고 가능하지도 않습니다. 현재의 제 상황을 이렇게 위안해봅니다. 서울에 묶여 살면서 불가능한 귀거래를 하는 방법이 밤낮을 바꾸는 것이라고요. 제주도에 있었던 1년 동안은 이렇지 않았습니다. 밤에 음악을 듣는 게 너무 좋아서 일부러 안 잔 날도 있지만, 그보다도 아침 햇살과 대낮의 공기를 놓치기 싫었으니까요. 어서 제주도민이 되어야 할 이유입니다.

저는 목욕탕을 좋아합니다. 오늘은 오후 4시 30분부터 저녁 10시까지 있었습니다. 저는 목욕탕에서 시집을 읽습니다. 원래는 책이 아니라 잡지를 찢어서 철한 걸 읽었죠. 이런 저런 문학잡지가 집으로 오면 시와 평론만 찢어내 스태플러로 묶어서 신발장 옆에 쌓아놓았다가(나머지는 버리죠), 목욕탕에 갈 때마다 서너 편씩 갖고 갑니다. 그러다가 시집으로 바뀐 게 5년 전부터입니다. 목욕탕에 시집을 갖고 간다는 것은 읽고 버린다는 의미죠. 읽고 난 소설책을 버린 지는 오래됐지만 여태껏 시집은 그러지 않았어요.

저희 집에서 10분 거리에 있는 대형 목욕탕의 평일 요금은 7천 원인데, 수요일만은 5천 원입니다. 그래서 수요일마다 천가방에 시집 세 권을 챙겨 들고 목욕탕에 갑니다. 열탕과 한증막을 오가며 읽은 시집은 버릴 수밖에 없죠. 집에 돌아와 독서일기에 촌평을 쓰고, 재활용 쓰레기통에 버리죠. 그래서 목욕탕에 가기 전날, 가져가도 될 시집인지 아닌지를 훑어봅니다. 목욕탕에서 읽는 도중에 "아, 이 시집은 버리면 안 되는데"라고 고쳐 판단한 사례는 잘 없습니다. 안목이 있어서라기보다, 자신의 판단 실수를 인정하기 싫은 고집일 테죠. 증정본은 여기서 제외되는데, 실은 증정본도 읽고 나서 버리는 것이 많습니다. 최소한 수장水葬만은 면하는 거죠. 그렇다면 증정본도 아닌 그 많은 시집은 다 어디서 오나? 제가 단골로 다니는 몇 군데 헌책방에서 삽니다. 메이저 출판사의 시집 거의 모두를 2천~4천 원대에 살 수 있습니다(갓 나온 신간은 5천 원). 헌책방에 들를 때마다 제가 다 쓸어오죠. 그러니 제 손에서 수장되는 시집은 애초에 제가 버린 게 아닙니다.

캔슬 컬처와 문학에서의 '정치적 올바름'에 대한 저의 지난번 답신은 여러 가지로 미흡했습니다. 게다가 그사이에 한 가수의 노래를 놓고 《일몰의 저편》에 나오는 독자 고발과 같은 유사한 일이 벌어졌습니다. 똑같지는 않지만 말입니다. 바로 안치환 씨의 〈마이클 잭슨을 닮은 여인〉 이야기입니다. 논의를 하기 전에 먼저 성상 밟기부터 해야 제가 조금이라도 안전하겠죠? 저는 운동권 문화 근처에도 얼쩡거린 적이 없으니 민중가요나 안치환에 대해 아무런 추억도 호감도 없습니다. 1980년대의 민중문화란 80년대 대학문화를 가리키죠. 어떤 점에서 80년대의 전통문화 붐도 그 시대의 대학문화라고 말할 수 있습니다. 대학 근처도 못 가본 저는 민중문화의 세례를 받을 기회가 없었죠. 게다가 저는 시 속에 외국의 로큰롤 가수의 이름을 죽 나열해놓고 나서 "나의 대통령, 나의 조국이여"라고 말하는 록 마니아였으니 민중가요 따위에 혹할 리가 없었어요.

저 노래가 나오고 나서 대중문화 칼럼니스트, 독립영화 감독, 에세이스트가 SNS를 통해 맹공을 퍼붓더군요.

저 노래는 일차적으로 여성혐오지만 동시에 마이클 잭슨에 대한 모욕이기도 하고, 오늘도 한 끗 차의 칼날을 벼리기 위해 고

심하며 밤 지새우고 있는 래퍼들에 대한 모욕이기도 하다. 저 딴 것도 라임이라고······.(에세이스트)

여성 유권자들에게 불필요한 모욕감을 주고, 정치적 공정성에 민감한 사람들에게 혐오감을 주고, 아직 지지 후보를 못 고른 무당파에게는 쟤네 왜 저래 상스러워하는 거리감을 준다. 자해 전략도 이런 자해전략이 없다.(대중문화 칼럼니스트)

마이클 잭슨이 왜 성형해야 했는지에 대한 기본 지식조차 없는 그 숭고한 무지에, 인종차별과 여성혐오의 지독한 협연. 선거에서 이기기 위해서, 진영논리를 위해서 타인들을 기꺼이 혐오의 불쏘시개로 가용하는 그 폭력성. 저승에서 김대중 대통령이 알면 뭐라 하겠나. '내 친구'라고 불렀던 마이클 잭슨을 민주당 선거 승리를 위해 땔감으로 사용하는 이 역사의 몰염치에 대해서 말이다.(독립영화 감독)

글쎄요, 저 세 사람은 방금 제가 인용한 워딩보다 더 광범위한 맥락을 갖고서 설득력 있는 논증을 펼쳤는데, 제가 맥락을 절취하고 가장 공격하기 쉬운 워딩만 갖고 문제 삼고 있는지도 모르겠군요. 독립영화 감독의 주장에 따른다면, 마이클 잭슨을 비난하거나 비판하면 자동적으로 김대중을 비난하는 게 된다네요. 그렇다면 그 역도 맞겠죠. 김대중을 비판하면 자동적으로 마이클 잭슨을 욕하는 것과 마찬가지라는 것. 마이클 잭슨과 김대중에게는 각자 셀 수 없을 만큼 많은 친구가 있을 텐데, 저 논리대로라면 그 어느 친구를 욕해도 마이클 잭슨과 김대중을 욕하는 것이 되고, 그 역도 마찬가지죠.

선거 국면에 나왔기 때문에 안치환의 저 노래는 곧바로 민주당 후보를 지원하는 모양새가 되었습니다. 하지만 대중문화 칼럼니스트의 논리에 따르면, 민중 가수의 풍자는 곧바로 어느 당의 이해와 맞아떨어져야만 성공했다고 할 수 있다는 건데, 이거야 말로 민중 가수를 어느 정파의 선전꾼으로밖에 보지 않는 몰이해가 아닌지요? 안치환은 그 자신의 정치 의사를 밝히고, 그 자신의 풍자 정신을 발동한 건데 그게 왜 어느 특정 정당의 표를 획득하거나 깎아먹지 않아야만 의미를 갖게 된다는 건지요. 저 노래는 선거와 무관하게, 유명 인

사나 부유층의 성형 풍조를 풍자하는 노래로 남을 수 있습니다. 이분은 성형을 근거로 여성의 외모를 풍자하는 것이 여성혐오와 같다고 말하는데, 글쎄요. 성형 대국의 성형 열풍은 비판받을 수 없는 것일까요? 안치환의 저 노래가 고등학교를 졸업하는 딸이나 대학을 졸업하고 취업을 준비하는 딸에게 성형수술을 '선물'하는 기이한 구조를 풍자하고 있지는 못하지만, 그렇더라도 유명인의 성형수술을 꼬집었다고 여성혐오라고 말하다니요.

에세이스트의 글도 두 사람의 것처럼 과장되었습니다. 안치환의 저 노래가 "오늘도 한 끗 차의 칼날을 벼리기 위해 고심하며 밤 지새우고 있는 래퍼들에 대한 모욕"이라니요? 그러니까 어느 특정 가수가 가사를 좀 후지게 쓰면 래퍼에 대한 모욕이 된다고요? C씨가 가문을 대신하여 누나의 SNS 의견 표명에 대한 사과글을 쓸 수 있다는 논리와 다를 게 없군요. 그런데 왜 래퍼죠? 모든 가수나 작사가는 아니고요? 한국 래퍼들의 가사는 여성혐오로 악명 높은 것을 차지하더라도, 후진 가사로 넘쳐나는 데 말이죠.

지난 2월 11일, 대법원이 고영주 변호사에 대한 무죄 판결을 확정했습니다. 이 자는 지난 2013년 1월 한 보수단체 신년하례회에서 부산 지역의 가장 유명한 공안사건이었던 부림사건에 대해 "공산주의 운동"이라고 지칭하며, "당시 사건을 변호한 문 대통령도 공산주의자"라고 발언해 문 대통령에 대한 허위사실 유포와 명예훼손 혐의로 재판에 넘겨졌죠. 그런데 대법원은 "표현의 자유 한계를 위법하게 일탈했다고 보기 어렵다"는 말로 저 자에게 무죄를 안겨주었군요. 저 판결은 표현의 자유를 폭넓게 보장하는 판례를 낳았다는 점에서 그렇게 나쁘지는 않습니다. 그러나 안치환의 신곡을 비판한 대중문화 칼럼니스트, 독립영화 감독, 에세이스트는 저 판결과 자신들이 비판을 쏟아낸 풍자가요를 함께 놓고 생각해볼 필요가 있습니다.

먼저 문제가 된 고영주의 연설은 논증의 형식이죠. 그는 나름의 사실(진실이라고 할 테죠)을 이야기한 거였어요. 그러니 자신의 논증이 허위로 판명났다면 거기에 대한 막중한 책임을 져야 합니다. 그가 신년하례회에서 '스탠딩 코미디'를 했다면 사정은 또 달라야 하겠지만, 자신의 공표가 논증의 형식을 빌린 진실의 공표였다면, 그것이 거짓으로 판명되었을 때 거기에 대한 책임을 져야 합니다. 반면 안치환의 저 노래는 그야말로 풍자입니다. 풍자는 논증의 형식이 아니라서, 좀 더 폭넓은 해석과 수용이 가능합니다. 그 풍자가 어수룩할 수도 있고, 맞지 않을 수도 있습니다. 그런데 대중문화 칼럼니스트, 독립영화 감독, 에세이스트는 각기 한때 예술을 전공으로 했거나 문화계에 몸담고 있으면서도 예술/문화가 가진 형식은 고려하지 않는군요.

고영주의 사례는, 한국의 지배계층(국회의원, 정치가, 언론인, 변호사 등)은 점점 폭넓은 표현의 자유를 누리는데, 그와 달리 예술가들은 '사이버 레커'나 마찬가지인 정치적 올바름의 화신들에 의해 점점 표현의 자유가 구속되고 있는 상황을 보여줍니다.

김내훈은 최근에 발표한 〈주목경제 시대의 주인공, 관종—프로보커터는 어떻게 담론을 오염시키는가?〉[《우리 안의 파시즘 2.0》(휴머니스트, 2022)]에서 "트위터에서 정치적 올바름과 정체성 정치를 무기로 삼아 연예인이나 정치인, 유명인에게 인종주의, 여성혐오, 성소수자 혐오의 혐의를 씌우고 고발하는 것이 즉각적이고 확실하게 명성을 쌓는 방법이다. 이런 방법으로 인플루언서가 되는 사람이 많아지면서 이들 사이에서의 주목 경쟁도 과열 양상을 띤다. 이들은 정치적 올바름이라는 상징자본을 다시 희소하게 만들기 위해 일종의 지대추구행위를 벌인다. 말인즉 정치적 올바름의 징표를 매우 엄격하고 좁게 정의해 경쟁자에게서 징표를 빼앗아온다는 것이다"(137쪽)라고 말하면서, 다음과 같은 예를 들고 있습니다.

이를테면 어딘가에서 무슬림의 총기 난사 사건이 일어났다고 할 때, 어떤 이는 범인이 무슬림이라서 총기를 난사한 것이 아니라 정신질환을 앓았기 때문이라는 사실을 애써 강조하며 무슬림에 대한 편견을 경계해야 한다고 주장한다. 이에 대해 다른 이는 정신질환자를 혐오하지 말라며 사과를 요구한다. 이러한 진흙탕 싸움에서 그 어떤 생산성을 기대하기는 힘들다. 싸움을 지켜보는 사람들은 자신의 무슬림 혐오나 정신병 혐오를 반성하는 게 아니라 '누가 이기나' 관전할 뿐이다.(137쪽)

김내훈의 지적처럼, 이런 상황은 어떤 생산성도 낳지 못합니다. 정치적 올바름에 대해 직접 언급한 것은 아니지만, 한병철은 《리추얼의 종말》(전대호 옮김, 김영사, 2021)에서 방금 김내훈이 말한 현상과 연결 지을 수도 있는 이런 말을 하더 군요.

> 신자유주의는 다양한 방식으로 도덕을 착취한다. 도덕적 가치 들이 특색으로 소비된다. 그것들은 자아 계좌Ego-Konto에 기입 되고, 그러면 자기가치가 높아진다. 그것들은 나르시시즘적 자 존감을 높인다. 사람들은 가치들을 통하여 공동체와 관련 맺는 것이 아니라 자신의 자아와 관련 맺는다.(14쪽)

한병철의 책을 읽고 나서 급하게 주문해서 읽은 암브 로스 베르홀의 《전례신학》(김복희 옮김, 분도출판사, 1994)과 클 레멘스 리히터의 《전례와 삶》(정의철 옮김, 가톨릭대학교출판부, 2006)을 보면, 전례는 소홀히 하더라도 신앙과 무관한 겉껍데 기가 아닙니다. 그야말로 전례 속에 하나님이 들어 있죠. 예 를 들어, 전능하시다는 하나님이 인간의 죄를 대속하기 위해 자신의 아들 예수를 땅으로 내려보내 죽게 해야 할 필요가 어디 있겠어요? 하나님의 아들이 인간의 죄를 대속하기 위해 인간의 자궁(마리아)을 필요로 했다는 저 모든 유치한 과정이야말로 전례가 아니고 무엇입니까. 하지만 그 거추장스러운 과정 속에 하나님의 메시지가 들어 있죠. 그러니 전례를 겉껍데기라고 어떻게 말할 수 있겠어요? 어떻게 그것을 마법이고 마술이라고 할 수 있겠어요? 예수의 육화는 그야말로 '형식-내용'이죠.

가톨릭에는 미사, 마리아 숭배, 묵주기도, 고해성사 등 굉장히 많은 전례가 있습니다. 종교개혁은 가톨릭의 전례를 마법이라고 몰아붙이고, 신과 나의 '1 대 1 대면'을 내세웠죠. 가톨릭에서 프로테스탄트로의 이행은 전례에서 내면으로의 변화를 뜻합니다. 이 책들을 읽으면서 오늘의 예술 상황도 그와 똑같은 변화를 겪고 있는 중이라는 생각을 얼핏 했습니다.

한병철은 《리추얼의 종말》에서 예술이라는 형식의 언어, 기표의 언어는 농축, 복잡성, 다의성, 과장, 고도의 불명확성, 심지어 모순성을 특징으로 갖는다고 합니다. 그런데 프로테스탄트가 카톨릭의 전례를 탈마법화했듯이 예술의 프로테스탄트화는 예술 고유의 농축, 복잡성, 다의성, 과장, 고도의 불명확성, 심지어 모순성을 지운다고 합니다.

> 마술은 투명성에 밀려난다. 투명하라는 명령은 형식에 대한 적
> 개심을 일으킨다. 예술은 의미의 측면에서 투명해진다. 이제
> 예술은 유혹하지 않는다. 마술적인 베일은 벗겨진다. 형식은
> 직접 나서서 말하지 않는다. [……] 형식은 의미심장함을 암시
> 하지만 의미에 흡수되지 않는다. 그런데 오늘날 형식은 단순화
> 된 의미와 메시지를 위해 사라지고, 예술 작품에 단순화된 의
> 미와 메시지가 덮어씌워진다. 예술의 탈마법화는 예술을 프로
> 테스탄트적으로 만든다. 예술은 말하자면 탈리추얼화되고 화
> 려한 형식을 잃는다.(37쪽)

정치적 올바름을 예술에 적용하려는 사람들은 예술이 갖
고 있는 '형식-내용'을 보려고 하지 않고, 거기서 '형식'을 벗
겨냅니다. 그리고 메시지만 보는 거죠. 이런 청교도스러운 태
도를 '진성성 심문'이라고 해야겠죠. 진정성 신화에 물든 이
들은 전례나 형식을 위선적인 것, 거추장스러운 것이라고 폐
기합니다. 다시 한병철의 말입니다.

예술은 담론이 아니다. 예술은 기의를 통해서가 아니라 기표를 통해서, 형식을 통해서 작용한다. 예술을 담론과 유사하게 만들고 세속적인 내면을 위해 신비로운 외면을 포기하는 내면화 과정은 예술을 파괴한다. 예술의 탈마법화는 나르시시즘의 한 현상, 나르시시즘적 내면화의 한 현상이다.(38쪽)

예술과 문화계에 몸담고 있다는 전문가들의 자기 분야에 대한 몰이해가 두렵습니다. 더욱이 한국에서는 풍자 장르에 대한 전문가들의 짜증과 몰이해가 심한 것 같습니다. 조선이 워낙 도학적인 사회여서 한국에서는 이렇다 할 풍자 장르가 발달하지 못했어요. 라블레(프랑스), 보카치오(이탈리아), 스위프트(영국), 세르반테스(스페인)와 같은 모범이 없는 거죠. 그래서인지 한국인들은 풍자를 정정당당하지 못하고 야비한 암수暗首나 사술邪術로 여기는 듯해요. 문학작품에서뿐 아니라 일반적인 글쓰기에서도 반어나 역설은 자제합니다. 워낙 그런 글이 없어서 서울대 정치외교학과 교수가 그런 간지러운 글을 쓰면 난리가 나는 게 한국이죠.

선거 결과가 제주도에는 좋지 않은 쪽으로 나버렸군요. 국민의힘의 공약이 도민의 뜻에 따라 중지된 제2공항 건설을 다시 재개하는 것이었다니…….

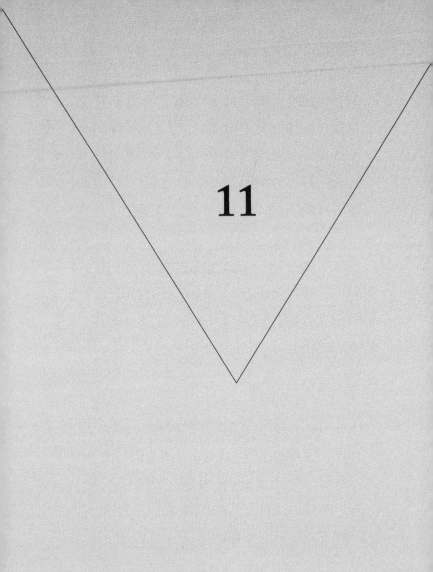

11

—

장정일 선생님께

저는 그간 잘 지내지 못했습니다.

처남 결혼식 참석차 서울에 갔다가 코로나에 걸리고 말았
거든요. 오미크론은 감기와 다를 바 없다는 이야기를 하도 많
이 들어서 자가진단 키트에 양성이 뜬 걸 보고도 큰 걱정은 하
지 않았습니다. 아직 젊으니 예의 무증상이나 가벼운 경증을
앓고 지나가겠거니 싶었던 거죠. 양성이 뜬 다음 날, 고열과
함께 목구멍을 날카로운 면도칼로 삭삭 긋는 듯한 극심한 통
증이 찾아왔고 며칠 동안 제대로 잠을 자지 못했습니다.

그때 바로 PCR 검사를 받았다면 2주씩이나 자가격리를
할 필요는 없었을 텐데 두 번이나 보건소에 찾아갔다가 줄이
너무 길어 검사를 받지 못했어요. 서너 시간씩 밖에 서서 검
사를 기다릴 몸 상태가 아니었거든요. 어쩔 수 없이 집에 있
는 감기약을 복용하며 차도가 있기만을 바라고 있었는데 저
같은 사람이 한둘이 아니었는지 동네 병원에서 받은 신속항
원검사도 공식 확진으로 인정한다고 정부 정책이 바뀌더군
요. 그래서 그다음 주 월요일에 동네 병원에서 공식 확진 판

정을 받고 일주일 더 자가격리를 하게 되었습니다.

격리는 내일 풀립니다. 격리가 풀리고 나면 제일 먼저 바닷가로 산책을 하러 나갈 생각입니다. 제주에 살면서 이렇게 오랫동안 산책을 거른 적이 없었거든요. 그래도 다행히 저는 마당이 있는 주택에 살아서 방 안에만 갇혀 있진 않았습니다. 틈틈이 마당에 내려가 서성이며 볕도 쬐고 했지요. 그런데 코로나 후유증 때문인지 조금만 움직여도 쉽게 지치더라고요. 제가 애정하며 걷는 산책길은 총 9킬로미터쯤 되는데 거뜬히 소화할 수 있을지 모르겠습니다. 긴 산책을 마치면 그대로 쓰러지듯 잠들어버리진 않을까요. 코로나에 걸린 이후 몸이 축났다는 얘길 페이스북에 썼더니, 황용운 형이 그걸 봤는지 현미채식과 자연식물식을 권하는 카톡을 보내주었습니다. 얼마전 황용운, 현성미 씨와 함께 집에서 술을 마셨습니다. 산책길에서 우연히 두 분을 만났는데 그 자리에서 곧바로 술 약속을 잡고 속전속결로 해치웠어요.

두 분은 이미 우리 편지에 등장한 적이 있네요. 황용운 형은 선생님과 함께 지난여름 수박 파티를 즐겼던 분이고, 현성미 씨는 선생님이 처음 제주에 내려와 계실 때 오래 묵었던 민박집의 사장이죠. 선생님이 쓰신 네 번째 답신에 보면 28년 만에 시집 《눈 속의 구조대》를 내고 증정본을 받은 날 곽지 해수욕장에서 밤 수영을 한 이야기가 나옵니다. 그날 선생님이 하도 나오지 않길래 함께 갔던 민박집 여사장은 선생님이 자살한 줄 알았다고 했다죠. 그 민박집 여사장이 바로 현성미 씨죠. 황용운 형은 그의 연인인데 지금 선생님이 머물던 집에 들어가 살고 있습니다. 선생님과 함께 그 집에서 보냈던 시간이 그리울 때면 불쑥 찾아갈까 하는 생각이 들기도 합니다.

저는 두 분 다 채식을 하는 줄 알고 그날 채식 안주 코스를 준비했는데 알고 보니 현성미 씨는 채식이 아니라 소식을, 황용운 형은 그냥 채식이 아닌 현미채식과 자연식물식을 한다더군요. 자연식물식은 말 그대로 자연 상태 그대로의 식물을 조리 과정 없이 먹는 것이라고 합니다. 저는 그날 들기름 막국수와, 바질페스토 숏파스타, 비건 술안주용으로 풀무원에서 만든 두부텐더 등을 준비했는데 황용운 형은 자주 '치팅 cheating'을 해서 괜찮다며 호쾌하게 웃으며 즐겁게 잘 먹었습니다. 저는 좀 놀랐어요. 보통 이제 막 채식을 시작한 사람들은 '치팅'으로 우유가 들어간 빵이나 고기육수를 우린 냉면 같은 걸 먹잖아요? 그런데 자연식물식을 하는 황용운 형에게는 일반인들이 굳은 마음을 먹어야 가능한 채식 음식이 특별한 '치팅' 메뉴라고 하네요. 속임수치고는 너무 점잖지 않나요? 아무튼 그래서 섭생을 중요하게 여기는 형이 제게도 현미채식과 자연식물식을 권했는데 과연 제가 그걸 실천할 수 있을지 모르겠습니다. 아마 중병에 걸리기 전엔 불가능하지 않을까요? 코로나 덕분에 2주 동안 금주, 금연, 금카페인 생활을 본의 아니게 하고 있습니다. 그 독극물(?)들을 소화시킬 수 없을 만큼 몸이 안 좋다는 뜻이다 보니 술담배를 끊었다고 몸이 나아지는 기미는 전혀 찾을 수 없네요. 얼른 몸이 회복되어 예전처럼 즐겁게 술담배를 즐길 날이 오길 바랄 뿐입니다.

아침에 일어나 내려 마시는 커피, 거기에 곁들이는 담배, 그리고 오후의 산책, 이어지는 밤의 음주. 이런 것들이 제주에서 제 삶의 리듬을 만들어온 '리추얼'이었던 것 같아요. 선생님이 수요일마다 시집을 챙겨 목욕탕으로 향하시는 것처럼 말이죠. 안 그래도 궁금했는데 지난 편지 덕분에 궁금증이 풀렸습니다. 그 전에 선생님이 목욕탕에 가서 서너 권씩 시집을 읽고 온다는 얘길 들을 때마다 저는 선생님이 찜질방을 목욕탕이라고 잘못 말씀하신 줄 알았어요. 왜 찜질방에선 식혜를 마시면서 만화책도 보고 그러잖아요. 그런 식으로 찜질방에 가서 시집을 읽고 오시나 보다 했죠. 그런데 그게 아니라 정말 욕탕 안에서 시집들을 수장시켜가며 읽는 거였다니. 자칫 동작이 크면 시집에 물을 튀길 수 있으니 그 탕에 앉은 다른 사람들의 몸과 마음 역시 덩달아 차분해질 것 같습니다. 저는 하라고 해도 할 수가 없어요. 안경을 벗고 목욕탕에 들어가면 잘 보이지 않거든요. 물론 잘 보인다고 해도 탕에 앉아서까지 시집을 읽을 생각은 전혀 없지만.

　방금 커피와 담배, 산책과 음주, 목욕탕에서의 시집 독서 등을 리추얼이라고 했지만 한병철이라면 그런 것은 진정한 리추얼이 아니라고 말하겠죠. 한병철은 "반복은 리추얼의 특징이다. 그러나 집약성을 산출할 능력이 있다는 점에서, 리추얼은 '루틴routine'과 다르다"(18쪽)고 주장하는데 저 위에 나열된 행위들은 그런 의미에서 루틴에 가깝겠습니다. 한병철이 말하는 리추얼은 우리 문화에서 허례허식으로 규정되어 비판받고 추방된 것들과 더 가까운 것 같아요. 전통적인 공동체가 단결과 연대를 위해 계발해온 다양한 형식적 의례들을 허례허식으로 규정하고 타파해야 한다는 근대주의의 급진적 실천은 박정희 정권의 '새마을운동'을 겪은 우리에게 낯설지 않죠. 효율성을 지고의 가치로 여기는 근대의 속도주의는 당연히 그런 허례허식을 용납하지 않습니다. 하지만 한병철에 따르면 그 결과 "공통의 상징을 통한 결합이 소멸"됨으로써 오늘날 개인은 "나르시시즘적 내면성"의 감옥에 갇히고 말았군요.

저는 리추얼에 대한 한병철의 논의가 탈내면화와 탈심리화의 필요성을 긍정한다는 점에서 기발하다고 느꼈습니다. 보통의 가르침은 정반대죠. 우리는 하나의 고유한 인간이고, 우리가 느끼는 것, 우리 안에 자리 잡은 생각, 관념, 상념 등을 소중히 여기도록 교육받으니까요. 자신만의 고유한 내면과 생각이 없으면 사회나 제도에 의해 조종당하기 쉬운 꼭두각시가 된다는 경고를 받기도 합니다. '내면'과 '진정성'을 한 축으로 삼아 성장해온 근대 문학에 친숙한 사람에게는 더욱 익숙한 태도죠. 한병철이 말했듯 "리추얼적 사회에서는 외면화된 상호작용 형식들이 행위를 규정"하지만 문학은 그렇게 외면적으로 규정된 상호작용 이면에 자리 잡은 개인의 내밀하고 은밀한 '진실'을 겨냥하는 데 있다고 여기니까요. 물론 이제는 그런 내면과 진정성 역시 하나의 가상적인 구성물에 지나지 않는다는 비판이 꽤 일반화된 시절이긴 합니다.

흥미롭게도 최근 한 소설을 읽으면서 한병철이 말하는 리추얼의 본질을 떠올리게 하는 대목을 만났습니다. 이번에 첫 소설집을 낸 김지연 소설가가 쓴, 〈내가 울기 시작할 때〉(《마음에 없는 소리》, 문학동네, 2022) 라는 단편의 한 대목입니다.

나도 학원을 그만두게 되었다는 이야기를 했더니 삼이 잠깐 망설이다 아빠의 안부를 묻기에 돌아가셨다고 말했다. 삼은 어쩌면 기계적이라고 할 만한 몇 가지 조문의 말들을 읊었다. 그것은 완전히 몸에 체화되어야 가능한 것처럼 느껴졌고 그렇게 체화된 것이야말로 마음과 맞붙어 있는 것 같았다. 때문에 그 기계적이고 형식적인 조문의 말이 내게는 적잖은 위로가 되었다.(218쪽)

여기 등장하는 삼은 '나'의 옛 연인입니다. 그러니까 나는 옛 연인에게 안부를 묻는 전화를 받고 근황을 이야기하다가 아버지의 죽음을 알리게 된 셈이죠. 여기서 옛 연인은 나의 고통에 진정성 있는 고유의 응답을 건네는 것이 아니라 "어쩌면 기계적이라고 할 만한 몇 가지 조문의 말"을 읊는 데 그칩니다. 대부분의 사람은 이런 태도에서 서운함을 느끼기 쉽습니다. 왜냐하면 오늘날 사람들은 누구나 공감을 원하고 그 공감은 형식화된 언설이 아니라 자신의 고통에 고유하고 개별적으로 반응해주는 노고에서 비롯된다고 믿기 때문이죠. 마침 공감에 관해 한병철은 이렇게 말하기도 했네요.

신자유주의 체제는 사람들을 개별화한다. 그와 동시에 사람들은 공감을 운운한다. 리추얼 사회는 공감을 필요로 하지 않는다. 왜냐하면 그 사회는 공명체共鳴體/Resonanzkörper이기 때문이다. 공감을 요구하는 목소리는 다름 아니라 원자화된 사회에서 요란해진다. [……] 공감은 개인을 감정적으로 물들이고 조종하는 데 기여한다.(22~23쪽)

여기서 나는 옛 연인에게 그런 착취적인 공감을 요구하지 않습니다. 대신 보편적인 상실의 고통을 집단적으로 체화하고 있는 리추얼적 상호작용을 통해 옛 연인이 건네는 위로의 마음을 고스란히 헤아리죠. 그건 한병철의 말처럼 "장례에서 슬픔은 객관적 느낌, 공동 느낌"이며 "공동 느낌은 개인의 심리와 아무런 상관이 없"(22쪽)기 때문일 수도 있겠지만 그런 공동 느낌을 접수할 리추얼의 토대가 무너져 내린 현실에서 기계적이고 외면적인 리추얼에 깃든 집단적인 서사성을 감각하는 것은 개인의 자질처럼 보입니다. 비대해진 1인칭 자아의 나르시시즘적 리비도가 끼어들 틈이 없다는 점에서 그 감각에는 확실히 특별한 데가 있습니다.

정치적 올바름을 예술에 적용하려는 사람들은 예술이 갖고 있는 '형식-내용'을 보려고 하지 않고, 형식을 벗겨낸 후 메시지만 보려 한다는 선생님의 비판에 저는 동의합니다. 저 역시 '정치적 올바름'이 무한한 세계의 결핍을 알리바이로 삼는 환원적인 담론 구조라고 생각하거든요. 정치적 올바름이 지배하는 세계에서 '올바름'은 결코 만족도 충족도 알지 못합니다. 인용하신 김내훈의 글도 그와 같은 결핍의 구조를 잘 보여주는군요. 그럴 경우 올바름은 대다수의 사람들에게 '덫'이나 '함정'처럼 느껴지고 맙니다. 이게 큰 문제인 이유는 그 경우 사람들은 저마다 덫과 함정에 빠지지 않고 안전하게 빠져나가는 걸 최우선의 목표로 삼기 때문입니다.

　정치적 올바름이 어디서든 올바름의 결핍을 찾아내는 자동기계로 변모할 때, 정작 우리가 물어야 할 세계와 삶의 본질에 대한 탐구는 망각됩니다. 단지 세계의 부조리와 올바르지 않은 상태를 신경질적으로 지적하는 것으로 모든 실천을 대체하게 되죠. 그런 경향이 예술이나 대중문화 콘텐츠에 대한 비판과 연결될 경우 허탈한 장면을 여럿 연출합니다. 정치적 올바름을 어떤 사람들은 '정치적 정답주의'라고 번역하기도 하는데 저 역시 이 번역이 보다 정곡을 찌르는 바가 있다고 생각됩니다. 그러니까 일종의 '답정너'의 폐쇄구조라는 것이지요. 그 폐쇄구조 속에 작품을 넣고 돌리면 언제나 비슷한 결과값을 도출합니다. 작품은 언제나 패배하고 '정답'은 언제나 승리하는 거죠. 그렇기 때문에 정치적 정답주의가 득세할수록 비평가의 존재가 무가치해집니다. 굳이 비평가가 섬세하게 이것저것 논의할 이유가 뭐 있나요. 정답주의의 폐쇄회로에 넣고 돌리면 결과는 자명하게 도출되는걸요.

　그런데 안치환의 노래와 그에 대한 반응에 대해서라면,

저는 이런 말들이 조금 사치로 느껴집니다. 언급하신 세 비판자에 대한 선생님의 비판이 틀려서가 아니라, 안치환의 그 풍자곡이 그런 섬세한 비판을 통한 재평가가 필요할 만큼 예술적인 가치를 지녔을지 의심하기 때문입니다. 선생님은 '정치적 올바름/정답주의'의 폐해를 지적하기 위해 저 세 명의 비판자를 소환하신 셈인데 저는 그 폐해에는 동의하지만 그 폐해를 드러내는 근거가 되기에는 안치환의 그 노래가 너무 후졌다고 생각해요. 자칫하면 정치적 올바름/정답주의에 대한 타당한 비판이 퇴행적이고 후진 작품을 옹호하는 것으로 곡해될 우려가 있는 거죠.

저는 처음 그 노래의 뮤비를 보았을 때 바로 '망작'이라고 생각했어요. 솔직히 민망해서 끝까지 보고 있기 어렵더라고요. 이번 대선에서 제가 굉장히 흥미롭게 느낀 두 가지가 있는데요. 바로 윤석열 후보의 병역문제가 대중의 공분을 불러일으키지 못한 것과 김건희에 대한 저격이 통하지 않는 거였어요. 이회창이 아들 병역 때문에 낙선했던 걸 생각하면, 그리고 각종 임명직 공직자들이 인사청문회에서 병역 문제로 낙마했던 걸 떠올려보면 납득하기 힘든 지점이죠. 그만큼 놀라웠던 것이 김건희에 대한 꾸준하고 집요한 공격이 선거 국면에서 거의 먹혀 들지 않았다는 점이었습니다. 저는 안치환의 풍자도 크게 봐서는 소위 '민주 진영'이 김건희에게 가한 집요한 공격의 연장선에 있다고 봐요. 그런데 그사이 한국사회에 '페미니즘 리부트'가 있었다는 사실을 그들은 간과한 게 아닐까요.

그래서 저는 안치환에 대한 사람들의 비판과 캔슬 컬처를 연결시킬 수는 없다고 봐요. 과녁을 엇나간 비판과 무언가를 캔슬 시키려는 시도는 구분해야 하지 않을까요? 물론 창작자 입장에서는 과녁을 빗나간 비판에 여러 번 시달리다 보면 창작의 자유가 위축될 수 있습니다. 하지만 세상을 향해 자신의 목소리를 내는 창작자에게 그것은 그 스스로가 돌파해야 할 것이겠죠. 반면 캔슬은 다릅니다. 이건 창작자가 어떻게 손써볼 도리가 없어요. "나는 여기에 맞서서 꿋꿋하게 싸워보겠어!"라고 마음먹어도 캔슬당한 이후 그 창작자는 더 이상 무얼 어떻게 해볼 수가 없습니다. 이미 팔다리가 다 잘려 나간 상태니까요. 그런데 안치환은요? 그런 비판을 셋이 아니라 3천 명이 해도 끄떡없습니다. 왜냐하면 안치환은 더 이상 뭇 대중을 향해 노래하는 사람이 아니거든요. 부르디외의 구별을 빌리자면 안치환은 '대량생산의 하위장'에서 성공적으로 탈출한 사람입니다. 부르디외의 정의에 따르면 '대량생산의 하위장'은 창작자들이 시장에서의 상업적인 성공과 자본의 획득을 추구하는 공간입니다. 그에 반해 '제한생산의 하위장'에 있는 창작자들은 경제적 성공보다 상징자본을 추구하죠. 안치환은 그 자신이 히트시킨 여러 노래로 인해 '대량생산의 하위장'에서 엄청난 돈을 벌어들였고 그 결과 유유히 그곳을 떠나 이제 본인만의 노래를 '자유롭게' 불러도 무방한 사람이 되었습니다. 그래서 저는 안치환의 그 노래를 들으면서 '자기 하고 싶은 거 다 하고 살아도 상관없는 사람이 자기 하고 싶은 거 다 하고 살다 보면 이렇게 되는구나' 하는 씁쓸한 깨달음만 얻고 말았습니다.

어쩌면 이건 일종의 '셀프 캔슬' 아닐까요? 사실 지난번에 캔슬 컬처에 대한 글을 쓰면서는 셀프 캔슬의 가능성에 대해 전혀 생각하지 못했습니다. 그런데 대중들의 수평적 압력에 의한 '캔슬' 말고 창작자가 스스로 과거의 자신을 상대로 벌이는 '캔슬'도 존재하더라고요. 얼마 전 영화 〈번지점프를 하다〉(2001)를 리메이크하려던 시도가 무산되었다는 기사를 봤습니다. 어찌 된 영문인지 살펴보니 원작 영화에 환생, 자살, 동성애 관련 스토리가 나오는데 원작 시나리오 작가가 자신이 과거에 썼던 그 작품이 리메이크되는 걸 결사반대했다더군요. 그 작품을 쓴 이후 독실한 기독교인이 되었기 때문이라고 합니다. 저작권은 작가가 아닌 제작사에 있기에 법적인 문제는 없는데 작가가 너무 극렬하게 반대해 결국 그걸 존중해주는 방향으로 결정했다고 하네요. 황당한 일이지만 드문 일은 아니죠. 유명 작가 중 자신의 선집을 내면서 몇몇 작품을 빼버리는 경우도 흔하니까요. 안치환의 경우는 물론 다릅니다. 그가 스스로 자신의 노래를 캔슬한 건 아니니까요. 대신 그는 이제까지 자신이 쌓아올린 '진보'와 '저항'의 아우라를 스스로 캔슬시켜버리고 말았다고 생각합니다.

《리추얼의 종말》을 읽다가 다음 대목에 밑줄을 그었습니다. "개인적 의식을 축복으로 받은 인간은 자신이 아는 것보다 더 많이 말하도록 강제당하는 반면, 근대 이전의 분위기에서는 누구나 모두가 아는 것보다 훨씬 적게 말한다."(42쪽) 한병철의 말은 아니고 헝가리 작가 페터 나다스의 에세이에서 빌려온 말이라고 합니다. 어쩌면 평론가는 언제나 자신이 아는 것보다 더 많이 말하도록, 혹은 언제나 작품이 드러내고 있는 것보다 더 많이 말하도록 강제당하는 사람인지도 모르겠습니다. 그렇다고 모두가 아는 것보다 훨씬 적게 말해도 안전하게 존재할 수 있는 근대 이전으로 안온하게 퇴행할 수도 없으니 이 중구속의 덫에 걸린 셈이네요. 그럴 때면 선생님 같은 시인이 부럽기도 합니다. 시인은 적게 말하는 사람, 혹은 한병철에 따르면 아무것도 전달하지 않으며 그저 향유하는 사람이니까요.

방금 초인종 소리가 울려 나가보니 선생님이 보내주신 소포가 도착해 있네요. 제가 여전히 기침으로 고생하고 있다고 하니 멀리서 챙겨 보내주신 것들이군요. 저는 선생님이 제게 모과를 보냈다고 하시길래 그렇구나 했는데 막상 받아보니 모과에 대추에 생강편에 도라지에 배에 벌꿀까지……. 보기만 해도 목이 시원해지는 것 같습니다. 일단 모과와 대추를 함께 넣고 차를 끓여두었어요. 도라지와 배와 꿀은 함께 쪄서 먹도록 하겠습니다. 멀리서 마음 써주셔서 정말 감사합니다. 염려해주신 덕분인지 몸은 조금씩 회복되고 있습니다. 곧 건강한 모습으로 찾아뵙겠습니다.

11

코로나에서는 회복이 되었는지요?

두 번의 백신을 맞고도 코로나에 걸리고 말다니, 인간이 과학과 기술로 만들어놓은 현대 문명의 허방을 보는 듯합니다.

저는 아직 코로나에 걸리지는 않았지만, 지난해에 백신을 두 번 맞은 이후, 언덕길이나 계단을 오를 때마다 숨이 가쁜 것을 확연하게 느낍니다. 제가 번번이 오르는 언덕은 동대문정보화도서관에 가는 길이고, 자주 오르는 계단은 경희대학교 도서관의 계단입니다. 백신을 맞기 전에는 용맹하게 걸었는데, 백신을 두 차례 맞고 난 이후에는 쉬엄쉬엄 올라요. 숨이 쉽게 가빠오는데, 그럴 때 멈추어서 숨을 고르지 않으면 심장에 통증이 오죠.

백신을 딱 한 번 맞은 짤렘므에 비하면 제가 감지한 백신 후유증은 후유증도 아닙니다. 짤렘므는 말 그대로 '죽지만 않았을 뿐', 죽을 만큼 고생했어요. 초기에는 피로와 기력 상실, 복통과 설사 증세만 있었는데 갈수록 불면증, 흉통, 부정맥(빈맥), 두통이 반복해서 일어났습니다. 저보다 한참 젊은 사람이 말이죠. 시장 가는 길도 힘들어하고요. 짤렘므는 그 때문에 다니던 직장에 사표를 냈습니다. 아파서이기도 하고, 회사가 백신 맞기를 채근해서였어요. 백신 후유증으로 두 번째 백신을 맞을 수 없다는 증명을 받으려고 해보았는데, 질병관리청·보건소·개인 병원이 서로 인증 책임을 다른 기관으로 미루었어요. 문자 그대로 카프케스크Kafkaesk했는데, 우스개지만, 이런 것을 보면 한국은 아직 생명정치의 국면에 들지 않은 듯합니다. 내 생명을 전적으로 책임지고 관리하겠다는 기관이 있어야 생명정치도 가능할 텐데, 아무도 책임지지 않겠다는 이 상황은 대체 뭔지요?

SBS에서 보도한 뉴스 〈백신 맞고 숨졌는데도⋯⋯ 인과성 인정 단 2건만〉(2022. 3. 19.)을 보면, 코로나 백신을 맞은 뒤에 숨졌다고 신고한 사례가 무려 1,400건이 넘어요. 그 가운데 백신 때문에 숨졌다고 정부가 인과성을 인정한 건 두 건에 불과합니다. 저나 짤렘므는 안티백서Anti-vaxxer가 결코 아니지만, 위의 뉴스는 정부의 무책임이 만들어내는 안티백서의 수도 만만치 않을 것이라는 짐작을 하게 만듭니다. 피해자에게 백신과 백신 부작용(후유증)을 과학적 문서로 입증하라는

것은 불가능한 요구인 데다가 상식적이지 않아요. 모든 약에
는 다 부작용이 있죠. 누구나 마시는 피로회복제 박카스에도
부작용은 있어요. 저는 심장이 뛰고 잠을 자지 못해 절대 마
시지 않죠. 이런 의약외품만이 아니라 그 좋다는 영양식품에
도 부작용이 있어요. 꿀과 인삼이 아무리 좋아도 누구에게는
좋고, 누구에게는 좋지 않죠. 하물며 백신은 어떻겠습니까?

　형이 한병철의 《리추얼의 종말》을 읽고 제가 못다한 말
을 보태주어 고맙습니다. 그리고 김지연 소설가가 쓴 사례도
흥미롭게 읽었습니다. 〈내가 울기 시작할 때〉에 나오는 삼이
몸에 익힌 태도는 매우 귀중한 것인데도 젊은 사람들은 그런
"리추얼적 몸짓을 외적인 것이라며 떨쳐"(33쪽)버리려고 애
쓰죠. 쿨Cool, 그리고 쿨의 동의어인 힙Hip한 태도는 리추얼
대신 진정성(내면성)을 내세우며 외관을 겉치레라고 비웃어
요. 하지만 리추얼의 핵심은 '안 보이는 것을 보이게' 하는 거
죠. 예컨대 타자에 대한 나의 예절은 허리를 굽히고 머리를
숙이는 행동(절)으로 나타납니다. 그것은 겉으로 드러나는 것
보다 마음(진정성)이 더 중요하다는 태도와 정반대죠.

리추얼의 두 번째 비밀은 순응이나 조화와 상관있습니다. 《리추얼의 종말》은 이 점을 강조하지 않지만, 철학자 한병철의 저서목록에서 가장 낯설게 보이는 《땅의 예찬》(안인희 옮김, 김영사, 2018)에서 그 가능성을 볼 수 있습니다. 한병철은 피아노 연주와 함께 정원 가꾸기가 취미라는군요. 반려동물을 키우는 사람이 자신이 돌보는 개나 고양이를 하루라도 보지 못하면 안절부절하는 것처럼, 한병철은 자기 정원에 그렇다고 합니다. 그에 따르면, 정원에 흐르는 시간은 자신이 멋대로 할 수 없는 시간이었다고 해요. 다시 말해 인간이 조작할 수 없는 것이 있다는 거죠. 정원 가꾸는 일은 그에게 자연에 순응하기만을 가르쳐준 게 아니었습니다. "내 정원은 어떻게 해선지 내가 신을 믿게 만들었다. 내게서 신의 존재는 이제 믿음의 문제가 아니라 확실성이고 증거이다. **신이 계시고, 그래서 내가 있다.**"(128쪽)

인간은 땅과 멀어지고 공작工作을 하면서부터 자연에 대해 응당 갖추어야 할 리추얼도 잊게 되었습니다. 대표적인 것이 지구공학(또는 기후공학)이지요. 형도 갖고 있는 생태주의 잡지 《바람과 물》 2021년 여름호에 그 실상이 자세히 나와 있는 지구공학의 기후위기에 대한 해결책을 보십시오. 지구공학자들은 성층권에 탄산칼슘 입자를 살포하여 대기중 이산화탄소 농도를 낮추고 기후변화 속도를 늦출 수 있다고 하는데, 자연에 대한 이런 외과 수술적인 개입은 인간이 자연에 대해 갖추어야 할 리추얼인 순응을 내팽개칩니다.

저는 10년 넘게 《MM JAZZ》라는 재즈 전문 잡지에 매달 음악과 관련된 서평과 에세이를 쓰고 있습니다. 이 답신을 쓰기 전에 배달 온 4월호를 보니, 제가 무척 좋아하는 제시카 윌리엄스Jessica Williams가 지난 3월 12일, 73세의 나이로 세상을 떠났다는 소식이 실려 있군요. 형에게는 이분의 이름이 낯설겠지만, 어느 날 제가 제시카 윌리엄스 트리오가 연주한 〈Green Chimneys〉를 형에게 들려준 적이 있답니다. (이 곡이 실려 있는 《Jazz In The Afternoon》(1998)이 저와 함께한 지는 20년이 넘는군요.) 제가 제주에 있을 때 형과 둘이서 중국집과 치킨집에서 술을 실컷 마시고서, 짤렘므가 고향에 가고 없는 저희 집에서 계속 술을 마신 날 있잖아요. 그날 제가 처음으로 들려준 곡 말입니다. 제주의 제 집에 온 분들에게 늘 첫 곡으로 들려주는데, 뒤에 이메일로 그 곡을 물어보는 분도 있었습니다.

그러니까 형이 앞으로 윌리엄스의 음악을 좋아하게 될지 않을지 모르지만, 만약 좋아하게 된다면 형은 윌리엄스와 같은 공기를 마셨던, 윌리엄스와 동시대의 사람이었다는 것을 기쁘게 여길지도 모르겠습니다. 비슷한 바람으로 학생들을 가르치던 시절, 나이 든 대가가 살아 있을 때 그의 작품을 읽어보라고 권하고는 했습니다. 그때 예로 든 사람이 소설가 주제 사라마구였어요. 당시 그분의 연세가 이미 여든이 넘었는데, 언제 돌아가실지 모르는 상황이잖아요. 그래서 학생들에게 이렇게 말했죠. "사라마구가 살아 있을 때 그의 작품을 읽는 것과, 그가 죽고 나서 읽는 것은 느낌이 다르다. 위대한 작가와 잠시라도 동시대를 누렸다는 것은 즐겁고 뿌듯한 추억이지 않나? 작고 작가의 작품을 읽으면서는 그런 자긍심을 누리지 못한다." 그러면서 당시에 인기 있던 젊은 소설가들의 이름을 나열하며, "이들의 소설은 이들이 대가가 되기까지 더 기다려도 좋고, 그들과 동시대를 누릴 수 있는 시간이 아직 많다."

　윌리엄스의 부고를 접하고 나서, 문득 재즈계에는 왜 이름난 여성 연주자가 드문지 생각하게 되었어요. 클래식의 경우 안네 소피 무터·마르타 아르게리히·요한나 마르치·클라라 하스킬 등 이름난 여성 연주자들과 그들이 남긴 명연(명반)이 수두룩합니다. 반면 여성 재즈 뮤지션이라면 마리안 맥파틀랜드(피아노)·에밀리 렘러(기타)·칼라 블레이(피아노, 작곡) 말고는 떠오르는 사람이 없네요. 재즈계에 여성 가수는 많지만, 여성 가수는 재즈계보다 클래식계에 더 흔하고 넘쳐나니 비교가 무의미하죠.

　내용을 들여다보면, 재즈계에는 여성 연주자가 희소한 것도 문제지만 악기가 성별화되어 있다는 것도 문제군요. 남성 재즈 뮤지션은 여러 종류의 관악기는 물론이고 피아노·베이스·기타·드럼 등의 악기에 고루 포진해 있는 반면, 여성 재즈 뮤지션은 거의 피아노에 집중되어 있습니다. 저명한 재즈 관련 서적들이 한입으로 말하고 있듯이, 재즈의 본령은 관악기인데, 이 분야에서 인정받은 여성 섹소포니스트나 트럼페터는 한 명도 없습니다. 클래식계에서도 지휘는 아직도 여성이 함락하기 불가능한 영역으로 남아 있지만, 악기가 성별화되어 있지는 않습니다. 뿐만 아니라 클래식도 그렇지만 재즈는 누구와 함께 팀을 짜느냐가 중요한데, 여성 재즈 뮤지션은 일급 연주자와 함께 팀을 이루거나 협연한 경우를 보기 힘들어요. 윌리엄스의 디스코그래피만 봐도 일급 뮤지션(남성이겠죠)과 함께한 경우가 없어요. 《Jazz In The Afternoon》에서 리더인 제시카 윌리엄스를 뒷받쳐준 베이시스트와 드러머는 낯선 인물들이죠.

《MM JAZZ》편집장인 김희준 씨에게 "여성은 클래식보다 왜 재즈씬에 진출하는 게 더 어렵나?"라고 이메일로 물어보았습니다. 이런 답신이 왔군요.

여성 뮤지션이 자기 목소리를 내고 남자들한테 휘둘리지 않고서 활동하기 시작한 게 사실 40년도 안 됐습니다. 실력, 음악성이 있어도 리더로서 활동하기가 아주 어려웠죠. 칼라 블레이의 경우 20대 젊은 시절부터 굵직한 레전드 뮤지션을 남편으로 두고 있어서(결혼을 세 번 했는데 모두 이 바닥의 거물입니다. 폴 블레이, 마이클 맨틀러, 스티브 스왈로우) 자기 빅밴드를 꾸리는 데

별 어려움이 없었던 것도 있었지만, 여간한 여자들은 그렇게 할 수 없었습니다. 결국은 역량의 문제라기보단 성적인 차별과 휘둘림이 크게 작용한 거라고 봐야. 이게 남자 뮤지션들은 공연 후 같이 약도 하고 여자도 만나고 노는 게 일상다반사인데 거기에 여자가 끼면 불편한 게 좀 있는 거죠. 그래서 밴드 멤버로 여자를 배제시켰다고 하더군요. 콜트레인 정도를 제외하면 여자 뮤지션을 밴드 라인업에 포함시켜 활동한 경우는 아예 없다고 봐도 무방합니다. 그런 점에서 볼 때 지금은 여성 리더가 꽤 생겨나 있으니 많이 달라지긴 했습니다.

그렇다면, 한국문학계는 어떨까. 그 사정을 근래에 《남성성의 각본들》(오월의봄, 2021)을 펴낸 허윤에게 들어볼 수 있겠지요. 그 전에 제가 재즈를 듣게 된 사연을 얘기해볼게요. 재즈 하면 자동적으로 따라 나오는 상투구가 있죠. "재즈는 자유다, 저항이다, 포용이다……." 더 길게 나열하려고 했는데, 이제는 다 잊어버렸군요. '자유', '저항'밖에 생각나지 않아서 두 개만 썼다가, 한참 뒤에 '포용'을 억지로 생각해냈습니다. 제가 재즈를 처음 들을 때는 저런 공언을 몇 번 한 적도 있지만 약간 시간이 흐른 후에, 제가 록에서 재즈로 개종을 하게 된 사연을 솔직히 밝힌 적이 있습니다. 어디에 썼는지 찾지를 못해서, 원 글과 이 글 사이에 기억하는 숫자가 약간 다를 수도 있지만 크게 틀리지는 않을 것입니다.

저는 10대 후반부터 첫 시집을 낸 스물다섯 살까지 록 음악을 줄곧 들었죠. 당시 제게는 록 말고는 음악이 없었어요. 특히 레드 제플린요. 그런데 첫 시집을 낸 1987년부터 록을 듣지 못하겠는 겁니다. 가사도 모르는데 영어 노래를 듣는 내가 너무 바보 같았어요. 그 생각을 늘 품고 있었지만 이전에는 그렇게 심한 자의식으로 괴롭지는 않았어요. 원인은 시인이 되고 시집을 낸 때문이었죠. 시인이 뭔가요? 그때는 다들 이렇게 생각했어요. 모국어를 아름답게 하고, 모국어를 지키는 사람. 누가 강요하지는 않았지만 다들 이런 생각을 기본으로 하고 있었죠.

요즘처럼 외국어를 남발하고 시집 제목마저 영어로 짓는 일 따위는 상상도 하지 못하던 시절이었어요. 그러니 가사도 모르는 영어 노래를 즐기는 것이 시인이 된 나 자신에게 맞지 않는 것 같았어요. 이 고민을 심하게 하다가, 록과 절연하게 된 거죠. 딱 끊어버리고 한 5년 동안 아무 음악도 듣지 않았어요. 가요 같은 건 듣기 싫었고, (그때도 있었는지는 잘 모르지만) 제3세계 음악은 질색이었고, 국악은 좋은 음악인지는 알겠는데 저하고 정서가 맞지 않는 것 같고, 클래식은 언젠가는 듣게 될 테지만 아직은 때가 아닌 것 같았고. 그러다가 재즈를 발견하게 되었죠.

재즈의 본령은 관악기입니다. 재즈사에서 피아노 트리오가 중요한 형식으로 정립된 것은 뒤늦게고요. 재즈에서 가장 특이한 것은 보컬을 부록 정도로 하찮게 취급한다는 거죠. 재즈에서는 보컬을 관악기의 음향을 흉내 내는 것으로 봐요. 재즈 싱어의 실력을 가늠하는 것 가운데 하나가 스캣scat인데, 스캣이야말로 사람이 관악기를 흉내 내는 거라고 볼 수 있죠. 해석은 많고 많을 테지만. 한마디로 재즈는 연주 음악이에요. 하므로 재즈야말로 가사 때문에 생긴 저의 트라우마를 씻어 줄 천상의 음악이었던 겁니다. 이게 제가 재즈를 듣게 된 사연입니다. 저에게 재즈 음악을 수식하는 상투구들은 모두 헛소리에 지나지 않았어요.

　제가 오래전에 썼듯이, 어느 날 알게 되었어요. 가사를
알아들을 수 없다고 록을 포기하다니? 그 논리대로라면 세계
각국의 대중가요를 들으려면 세상의 모든 언어를 다 알아야
한다는 것인데 우습죠. 음악은 가사로만 듣는 게 아닌데…….
슬픈 노래는 슬프게 듣고, 즐거운 노래는 즐겁게 들으면 되는
것을.

　마침 허윤의 《남성성의 각본들》을 읽고 어디에 짧은 소
개를 한 적이 있습니다. 그것을 옮겨 적기 전에, 제가 '페미니
즘 문학'과 만나게 된 최초의 순간을 먼저 적어 놓고 싶군요.
이 이야기는 저의 '흑역사'입니다. 이 흑역사의 전모를 파악
하기 위해서는 이 답신보다 더 긴 장문의 자기분석이 필요하
지만, 될수록 간략하게 써보죠.

　저는 스물일곱 살이던 1987년에 신춘문예 희곡 부문에
당선했고, 첫 시집을 냈으며, 그 시집으로 문학상을 수상했어
요. 이후로 저는 지금도 신인들의 당선소감이나 문학상 수상
소감을 유심히 봅니다. 늘 눈부시게 바라보죠. 제가 쓴 당선
소감과 수상소감은 대한민국에서 가장 유치하고 못 쓴 산문

이었으니까요.

아마도 저는 그해에, 한국에서 가장 유명한 문인이었을 겁니다. 그해는 그냥저냥 지나갔고, 그 이듬해부터 산문을 써 달라는 청탁이 여기저기서 날아들었어요. 그런데 저는 어떤 청탁도 수락할 수 없었어요. 저에게 온 최초의 청탁은《샘터》라는 월간 교양지에서 왔습니다. 이 잡지는 매달 공통 주제를 선정한 다음, 여러 유명 인사들에게 글을 받아 권두에 싣습니다. 이 잡지가 청탁하는 주제는 그렇게 까다로운 게 아닙니다. 우정, 바다, 선생님…… 뭐 이런 거죠. 저에게 온 청탁 주제가 뭐였는지는 지금 다 까먹었지만, 그리 길지도 않은 원고지 8~10매가량의 글을 간신히 써보냈습니다. 그런데 글을 싣지 못하게 되었다는 답신과 함께 우편환으로 원고료가 왔어요. 이유는 다른 게 아닙니다. 글을 너무 못 써서였죠. 부끄러웠습니다.

그때 저는, 시나 희곡과 같은 허구의 형식이 아닌 글쓰기에 대해 굉장한 두려움을 갖고 있었어요. 그리고 그 두려움이 아니더라도, 도통 글을 쓸 줄 몰랐어요. 애초에 평생 시와 희곡만 쓰리라고 생각했기에 산문을 쓸 필요성을 느끼

지 못했고, 자연히 글쓰기 연습을 해본 적도 없었어요. 그러
나 그건 외형적인 이유고, 내면적인 이유가 따로 있어요. 나
를 드러내는 일이 어색하고 불길했어요. 그 일이 왜 그토록
어색하고 불길했는지를 밝히기 위해 장문의 자기분석이 필
요하다고 했죠. 제가 '아동 학대의 생존자'라고 회상하는 유
년시절 아버지와의 관계에서부터, 어머니가 인도한 신앙을
버리고 소년원에 가게 된 과정에 이르는 그 긴 시간은 허구
라는 차폐막이 있어야만 말할 수 있어요. 허구의 형식이 아
닌 형식으로 자신을 말하기까지 저에겐 오랜 시간이 필요했
어요.

　　파동과 같았던 《샘터》 사건이 있고 나서, 동아일보에서
연락이 왔어요. 칼럼을 써보라고요. 그건 '스타'가 되는 일이
었으나, 저는 너무 겁이 나서 좌고우면할 것도 없이 단칼에
거절했어요. 지금은 중앙 일간지에 20대가 칼럼을 연재하는
일이 너무 흔해서 아무런 화젯거리도 되지 않지만, 1980년대
에 20대가 중앙 일간지에 칼럼 연재를 제의받는 일은 없었거
든요. 20대에 중앙 일간지에 칼럼을 연재했던 선구자로는 오
로지, 올해 작고한 이어령뿐이었죠.

　　시만 써서는 생활이 안 되니까 산문을 써야 했는데, 쓸 줄을 모르는 데다가, 허구의 보호를 받지 못하는 형식의 글은 내가 입고 있는 옷을 다 벗는 일처럼 느껴졌어요. 그러던 어느 날, 시를 쓰는 선배 한 분이 시인들의 산문집을 기획하면서 저에게도 원고지 10매 분량의 에세이를 청탁했어요. 그 것을 수락해놓고, 이 시련을 어떻게 넘길 수 있을까 고민하다가, 그때 막 읽고 있던 책의 내용을 제 생각인 것처럼 썼어요. 그래서 제 이름으로 발표되었지만, '나'라고는 눈꼽 만치도 들어 있지 않은 글이 완성되었어요. 그 책은 송명희의 《여성해방과 문학》(도서출판 지평, 1988)이었습니다. 저자와 제목을 밝히지도 않은 채, 내 생각인 것처럼 요약해놓은 그 글을 저자가 볼까 봐 오랫동안 조바심이 일었습니다. 저는 제가 쓴 글은 하나도 버리지 않고 '독서일기'에 알뜰하게 모아놓는데, 저 글은 제 글이라고 생각하지 않아 간수하지 않았습니다.

　　그 글이 실렸던 책도 갖고 있지 않아서(책 제목도 모릅니다), 제가 《여성해방과 문학》을 어떤 식으로 요약했는지 확인할 수 없습니다. 단지 "페미니즘은 휴머니즘이다"라고 끝맺

은 것만 기억합니다. 그렇게 글을 맺으면서, 잘 알지도 못하
는 것에 대해 아는 체했다는 머쓱함과 함께, 대단한 공부를
했다는 뿌듯함을 동시에 느꼈습니다. 그런데 2022년 대통령
선거 때에 윤석열 국민의힘 후보가 저 말을 쓰더군요. 이 답
신을 쓰면서 생겨난 저의 궁금증은, 에세이를 쓰면서 사용했
던 저 말이 《여성해방과 문학》에 나오는가 하는 것이었습니
다. 그래서 《여성해방과 문학》을 이번에 다시 읽었는데, 찾을
수 없더군요. 그러나 아래에 인용한 대목들이 충분히 저 말의
근거가 되어 주고 있습니다.

> 페미니스트 문학은 남녀 차별의 현실개혁을 넘어서서 남성적
> 사회의 모순과 남성적 문화의 왜곡을 바로잡아 온 인류의 상
> 처를 치유할 수 있는 숭고한 인간정신의 승리를 보여 줄 수 있
> 어야 한다. 왜냐하면 여성해방은 여성만을 위한 해방이 아니라
> 전 인류의 행복과 인간다운 삶을 위한 해방이며, 새로운 사회
> 와 역사에 대한 비전이기 때문이다. (34쪽)

> 부권제 문화 안에서 남성에 의해 구축된 여성의 운명은 소극

적, 수동적, 의존적, 예속적, 희생적 모습으로 나타나기 쉽다. [……] 이러한 태도는 어제 오늘에 형성된 것이 아니라 오랜 역사 안에서 형성되어 온 것이다. 여성이 불행에 처하여 그 불행과 맞서 싸우지 못하고 인내자요, 희생자로 머물러 있는 운명은 여성에게뿐만 아니라 남성에게도 바람직한 것은 아니다.(52쪽)

현대를 살아가는 우리는 민주주의의 이상을 자유와 평등한 인간관계 위에서 이루려고 한다. 남성의 여성에 대한 불평등한 억압은 민주주의의 이상과 인간 존중의 차원에서 불식되어야 할 점이다. 그리고 남성의 여성에 대한 지배적 관계는 사회 병리와 연관되어 사회를 전체적으로 병들게 하는 면이 있다. 한 사회가 진정으로 건전한 사회를 소망한다면 무엇보다도 여성에 대한 전면적 차별과 편견은 우선 지양되어야 할 것이다.(53쪽)

지은이는 '페미니즘은 여성만 해방시키는 게 아니라 남성도 해방시킨다'라고 말하고 있죠. 저는 위에 인용한 대목들을 읽고서, 분명 어디서 주워들은 "페미니즘은 휴머니즘이다"라는 말을 떠올렸을 테죠. 저런 구호가 나오게 된 맥락에는, 여성 차별은 남성은 물론 사회 전체를 불행하게 하기 때문에 철폐해야 한다는 여성의 주체적 각오가 표명되어 있어요. 저렇듯 분명한 각오가 여성의 불평등한 처지를 은폐하거나, '올바른 페미니즘이라면 남성의 고통도 함께 헤아려 줘야지 맞지!'라는 말로 도용될 수는 없겠죠.

　　허윤은 《남성성의 각본들》에서 한국문학을 이끌어온 남성 헤게모니를 들추어냅니다. 1963년 국가재건최고회의 의장 박정희는 대통령 선거를 앞두고 시 한 편을 썼다죠. "이 등객차에/ 프랑스 시집을 읽는/ 소녀야,/ 나는, 고운/ 네/ 손이 밉더라."(부분) 박정희뿐만 아니라, 남성들은 글을 읽거나 짓는 여성을 좋아하지 않았어요. 여자들은 출산을 할 수 있다는 것 자체가 이미 창조이므로, 그런 일은 아이를 낳는 특권, 즉 어머니되기를 포기하는 반여성적인 것이라고 의심받기까지 합니다. 흥미로운 점은, 박정희 체제의 대항담론이었던 1970~80년대의 민중문학 또한 여성을 소비와 퇴폐 문화의 주역으로 간주하고 민족(곧 남성 마초)에 의해 계도되어야 할 존재로 여겼다는 거예요. 그런데 민족문학 속 헤게모니적 남성성이나 남성상은 쉽게 판별되지만 자유주의 문학 속의 헤게모니적 남성성이나 남성상은 여성의 성적 주체성을 활용하기에 그 양상이 좀더 복잡할 것 같습니다.

최근, 옛날에 읽고 기억하고 있던 어떤 문구("어린아이의 웃음은 낙원을 웃는 것이고, 성인의 웃음은 낙원을 그리워하는 웃음")를 찾기 위해 사르트르의 보들레르론論인《시인詩人의 운명과 선택》(문학과지성사, 1985)을 다시 읽었습니다. 거기서 우연히 이런 대목을 보았습니다.

혁명론자는 세계를 변화시키고자 하며, 그것을 초월하여 미래를 향해, 그가 창조해낸 가치 질서를 향해 나아간다. 그런데 반항인은 자신이 감수하고 있는 악습들을 다치지 않은 채로 유지하는 데 주의를 기울인다. 그 악습들에 대해 반항할 수 있기 위해서이다. [……] 그는 질서를 파괴하거나 초월하기를 바라지는 않으며, 단지 그것에 항거하기를 바란다. 그가 질서를 공격하면 할수록, 그는 암암리에 그것을 존중하게 된다. 자신이 백

일하에 부인하는 권리들을 그는 자신의 심정 저 깊은 곳에서는 고수하고 있는 것이다. 그것들이 모습을 감추어버리게 되면 그의 존재 이유와 정당화도 더불어 사라져버리게 된다.(56쪽)

혁명을 믿지 않았던 카뮈는 한 번의 혁명이 아니라 계속되는 반항 또 반항이 있을 뿐이라고 했죠. 이런 사정을 알고 나서, 위의 글을 읽으면 저 글이 보들레르론에 들어가 있기는 하지만 사르트르가 카뮈를 비판하는 글이라는 것이 명백해져요. 사르트르는 알제리 촌놈이자 시시포스의신화에 겁박되어 옴쭉달싹하지 못하는 카뮈에게 이렇게 말하는 듯합니다. "이봐, 시시포스. 반항 또 반항해봤자 해방은 오지 않아. 그 보다, 바위를 산정으로 올리는 힘으로 바위를 깨어버리게. 아니면 그 힘으로 언덕을 깎아 평평하게 만들든지."

양당제의 시계추들은 소비자로 존재하면서, 고작 악성 민원 제기자Black Consumer가 될 뿐이죠. 이들은 사르트르가 비판했던 반항인처럼 점점 체제의 일부가 되어갑니다.

코로나 후유증이 석 달이나 간다니, 건강에 유의해야겠

네요.

　　모두 좋은 계절 보내세요.

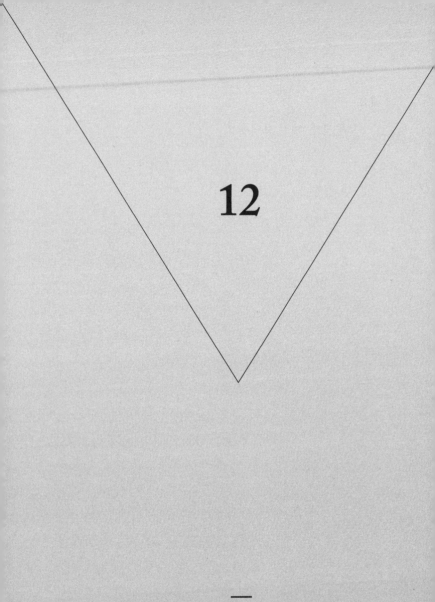

12

—

장정일 선생님께

　제주는 물, 바람, 여자가 많다고 해서 삼다三多도라 부릅니다. 삼다만큼 유명하진 않지만 제주는 삼무三無의 섬이기도 해요. 이곳엔 예로부터 거지, 도둑, 대문이 없었다고 합니다. 남의 집에 불쑥 찾아들 거지나 도둑이 없으니 굳이 높고 삼엄한 대문을 세울 이유도 없었겠지요. 대신 제주 전통 가옥에는 '정낭'이라는 것이 있습니다. 대문을 대신하는 기다란 세 개의 나무 막대기를 일컫는데 그 막대기를 걸치는 나무를 '정주목'이라고 부릅니다. (나무가 아니라 돌에 구멍을 뚫어 걸치는 경우에는 '정주석'이라고 한다네요.) 제주에는 그 수가 1만 8천에 이르는 많은 신이 있어 인간의 길흉화복을 관장한다고 하죠. 제주 사람들은 정주목도 작은 신처럼 모셨다고 합니다.

　지난달 제주공항에 맞닿아 있는 제성마을에 있는 벚나무 여섯 그루가 도로확장을 이유로 잘려 나갔습니다. 큰 나무가 베어지는 일이 유쾌할 리 없지만 마을 주민들의 반발이 유독 거셌다고 합니다. 소식을 전하는 기사에 따르면 마을에서 오랫동안 살아온 한 할머니는 '차라리 내 목을 베라'며 통곡했다는데 알고 보니 그 벚나무가 제성마을의 정주목이었다고 합니다. 제성마을은 제주공항을 확장하는 과정에서 삶의 터전을 강제 수용당했던 사람들이 맨손으로 새롭게 일궈낸 마을이라고 해요. 이번에 잘려나간 벚나무는 고향을 잃은 사람들이 새로운 삶을 가꿔가기 시작했던 1980년대 초에 마을의 정주목 삼아 심은 것이라고 하니 그야말로 한 마을의 신산한 내력을 곁에서 지켜본 셈입니다. 그래서일까요. 올해로 88세가 된 어느 할머니는 "벚나무를 자르고 나서 하루도 울지 않는 날이 없다"라고 하셨습니다.

선생님은 여덟 번째 답신의 말미에 "지금, 우리에게 신성한 것이 저에게 뭐냐고 묻는다면, 인간이 손댈 수 없고 넘볼 수 없는 영역이 있음을 아는 것이라고 대답하겠습니다. 소설로 예시를 들자면 남상순의 《동백나무에 대해 우리가 말할 수 있는 것들》에 나오는 동백나무 같은 것이요"라고 쓰셨죠. 제성마을의 잘려나간 벚꽃에 대한 기사를 본 건 그 책의 마지막 장을 덮고 나서였어요.

박정희 대통령의 마을 시찰을 맞아 베어질 운명에 처한 소설 속 동백나무와 도로 확장을 이유로 베어진 제주의 벚나무는 개발과 효율을 지상 과제로 삼는 근대성이 인간과 자연 사이에 오래 맺어왔던 리추얼을 어떻게 파괴해왔는지를 보여주는 증거이기도 합니다. 남상순의 소설에서는 "죽은 사람을 장사지낼 때 사용하는 장례 도구들을 그 안에 보관하다가 필요한 집이 생기면 언제든 가져다" 쓰는 "마을의 공동재산"인 상여집이 동백나무와 비슷한 운명에 처해 있네요. 마을의 젊은이들은 흉물스러운 상여집을 허물고 싶어 하지만 "무엇이든 지키려고만 하는 버릇"이 있는 노인들의 반대로 뜻을 이루지 못하고 있습니다. 그런데 미신과 구습의 상징인 상여집은 그렇다 쳐도 동백나무는 왜 안 된다는 걸까요? 어떤 사람은 이미자의 〈동백 아가씨〉가 금지곡이 된 게 동백나무가 새마을과 맞지 않는다는 증거라고 우기지만 그 우스꽝스러운 이유가 전부는 아니겠지요. 군에서는 동백나무를 싹 베어버리고 새 가로수로 플라타너스를 심겠다고 벼릅니다. 선혈 같은 꽃잎을 뚝뚝 떨어뜨리는 동백과 대비되는 굵게 솟아오르는 플라타너스는 근대성의 남성적 측면을 상징하는 것 아닐까요.

이 소설은 동백나무를 지키려고 했던 두섭의 죽음으로 끝나고 맙니다. 두섭은 어느 떠돌이 여자가 상여집에 낳고 사라진 걸 하느물 마을에서 무당 노릇을 하는 여인이 거두어 키운 남자아이죠. 조금 모자라지만 어미를 닮아 신통력이 있다는 소리를 듣기도 하는 두섭은 소멸해가는 전근대사회의 운명을 의인화한 존재입니다. 동시에 두섭은 붉은 꽃잎을 모두 떨구어버린 한 그루 동백나무이기도 하죠. ("피를 얼마나 흘렸는지 두섭이의 얼굴은 온통 핏기가 사라진 창백한 모습이었다.") 두섭은 죽은 동백나무를 살리기 위해 자신의 손가락을 잘라 그 피를 동백나무에 적셔주다 죽음을 맞습니다. 소박하지만 숭고한 이 물활론적 세계관은 그러나 근대성의 폭주를 막아서기엔 역부족이네요.

제2공항 건설을 염두에 둔 비자림로 확장 과정에서 베어진 삼나무들과 제성마을의 잘려나간 벚나무는 남상순의 소설 속 동백나무의 후예입니다. 누구의 이익으로 돌아올지 모를 (혹은 너무나 분명한) 개발을 앞세워 앞으로 얼마나 많은 나무가 베어져 나갈까요. 베어진 나무를 보고 하루도 울지 않은 날이 없었다는 할머니의 말씀이 오랫동안 가슴을 아프게 했습니다.

제주로 내려오고 난 뒤 다락방에 처박혀 한동안 소설만 썼던 적이 있습니다. 그런데 열 편쯤 완성하고는 그만두었어요. 선생님은 "허구의 보호를 받지 못하는 형식의 글은 내가 입고 있는 옷을 다 벗는 일처럼 느껴졌"다고 말씀하셨지만 어쩐지 저는 온통 허구인 소설을 쓰는 일이야말로 제가 입고 있는 옷을 다 벗어버리는 일처럼 느껴졌거든요. 그건 제가 설계한 허구의 차폐막이 충분히 튼튼하지 않은 탓이었을까요?

최근에 읽은 소설가 김병운의 단편 〈그리고 여기서부터가 사소한 일이다〉(《문학동네》 2022년 봄호)를 보면 그게 꼭 저만의 문제는 아닌 것 같습니다. 이 소설의 주인공은 게이 소설가입니다. 그런데 그의 작품을 조명하는 기사가 큼지막한 얼굴 사진과 함께 신문에 실리면서 문제가 발생합니다. 처음에는 출세했다는 생각에 뿌듯함을 느끼지만 하필이면 그 기사를 엄마 친구가 보게 되었네요. 감추고 싶었던 수치스러운 비밀을 친구에게 들켰다는 사실에 화가 난 엄마는 아들에게 이렇게 따집니다.

그래, 네가 누굴 만나든 어떻게 살든 그건 네가 알아서 할 일이지. 근데 그렇다고 해서 네가 나한테 피해를 줘도 되는 건 아니 잖아? 나한테도 죽어도 말하고 싶지 않은 게 있다는 생각은 못 해봤니? 내가 지금 이걸 안고 사는 것만으로도 너무 버거울 거 라는 생각은 못 해봤어? 네가 무슨 염치로 그걸 말하는데? 어째서 함부로 내 동의도 없이 막 까발리는데?(246쪽)

당황한 화자는 엄마를 달래기 위해 변명처럼 둘러댑니다. "기사에 나온 건 어디까지나 소설이고 소설은 허구일 뿐 이라고 거듭 강조했고, 근래에는 정체성을 불문하고 이런 소 설을 쓰는 사람이 적지 않다고도 설명했으며, 혹시라도 동네 사람들이 계속 수군거리면 그때는 그게 누구든 현실과 상상 도 구분 못하는 멍청이라고 면박을 주라고도 했다."(246쪽) 선생님은 여덟 번째 답신에서 "유독 성 경험담에만 '픽션'이 라는 의장이 요구"되는 이유 중 하나로 "성은 즉물적으로 얘 기되어서는 안 되기 때문에, 혹은 검열 문제로, 혹은 누군가 를 보호하기 위해"서라고 말씀하셨는데 이 경우에는 수치와 모멸을 어쩔 수 없이 같이 나눠가져야 할 가족을 보호하기 위한 것이 되겠네요.

하지만 픽션이라는 알리바이가 충분한 보호막이 될 것 같지는 않습니다. 소설 속 내용을 모두 사실이자 현실이라고 받아들이는 누군가를 향해 현실과 상상도 구분 못 하는 멍청이라고 아무리 욕해도 상대가 꿈쩍 않고 버티면 어쩔 도리가 없기 때문이죠. 그런데 이런 생각도 들어요. 수많은 사람이 실제 현실과 창조된 현실을 구별하지 못하는 것이 단지 소설의 문법을 숙지하지 못했기 때문에 발생하는 것일까? 만약 그것이 덜떨어진 리터러시의 산물이라면 지속적인 계몽으로 어떻게든 사태를 나아지게 만들 수 있을 거란 기대도 할 텐데 어쩐지 요즘엔 조금씩 회의가 듭니다. 어쩌면 픽션이라는 알리바이에는 태생적으로 그 알리바이를 거부하고 적대하게 만드는 어떤 심리적 요소가 내재하는 건 아닐까요?

소설의 윤리가 아닌 작가의 윤리를 묻는 일이나 자율적인 허구의 공간을 인정하기보다 그 허구를 창조해낸 실정적인 근원에 더 주의를 기울이는 태도도 그와 밀접한 연관이 있어 보입니다. 가령 지나가는 여자를 보고 몹시 음란하고 가학적인 상상을 하는 남성 인물이 등장하는 소설이 있다고 가정해보죠. 픽션의 문법에 따르면 그 음란성과 가학성은 등장인물의 것일 뿐 작가가 그와 같은 입장을 취하고 있는지 혹은 작가가 실제로 지나가는 여자를 보면서 저런 추악한 생각을 했는지 여부는 미결정의 영역으로 남습니다. 따라서 누군가 그 소설을 읽고 "저 대목은 실제로 작가가 저렇게 추악한 생각을 하는 사람이란 걸 보여주는 증거죠"라고 말한다면 단박에 "현실과 상상도 구분 못 하는 멍청이"라고 면박받을 겁니다.

하지만 픽션의 논리는 독자가 작가에게 품는 은밀한 의심("작가가 평소에 여자들을 보면서 실제로 하는 생각이 아닐까?")을 완전해 없애버리지 못합니다. 다만 그 의심이 공론장의 영역으로 떠오르는 것을 억제할 뿐이죠. 하지만 프로이트의 유명한 주장대로 억압된 것은 반드시 귀환하기 마련입니다. 작가가 지닌 태도나 관점의 올바름을 매섭게 추궁하는 목소리는 어쩌면 그 억압된 것의 귀환을 알리는 신호탄 같은 게 아닐까요. 근대성에 대한 태도와도 관련이 있어 보입니다. 픽션의 문법은 다분히 근대성의 문법과 일치하는 듯 보이거든요.

마가복음에 따르면 예수는 "나는 너희에게 이르노니 음욕을 품고 여자를 보는 자마다 마음에 이미 간음하였느니라"라고 말했습니다. 발언이나 행위 이전에 그런 생각을 품었다는 사실 자체가 죄라는 것입니다. 저와 같은 죄의 구조가 지배하는 세계에서는 변명이 힘을 쓰지 못합니다. 그런 음란하고 가학적인 대목을 썼다는 사실이 바로 작가가 일시적으로나마 그런 생각을 품었다는 증거가 되기 때문이지요. '양심의 자유'를 인정하는 근대사회에서는 성립하기 어려운 논리입니다. 하지만 근대성이 흔들리고 있는 지금, 중세 기독교적 죄의식에서 벗어나는 과정에서 일종의 표현의 안정장치로 가다듬어진 픽션의 문법 역시 흔들리고 있습니다. 움베르트 에코는 1960년대 이래의 서구사회가 중세와 닮았다고 주장하며 '포스트모던인가 새로운 중세인가?'라는 질문을 던졌었죠. 다른 건 몰라도 픽션의 운명을 둘러싼 현상에 대해서는 적용해볼 만한 테제가 아닐까 싶습니다.

신문에 보면 칼럼 밑에 작은 글씨로 '외부 필진의 기고는 본지의 편집방침과 다를 수 있습니다'라는 안내가 달리잖아요? 픽션의 문법은 그런 (생략된) 안내문 같은 역할을 해왔던 게 아닐까요. 픽션의 문법은 소설 속 내용이 설사 허구가 아니더라도 '허구처럼' 받아들인다는 게임의 규칙 같은 것이니까요. 소설은 게임에 참여하는 모든 사람이 오직 거짓말을 이

야기해야 한다는 규칙을 지닌 게임이고, 그 전제 아래에서 슬
며시 진실을 드러내는 눈치게임입니다. 거짓의 수행성은 이
제 진실의 수행성에 그 자리를 내어주게 된 듯 보입니다. 하
지만 저는 이 역시 표면적으로만 그런 거라 생각해요. 거짓이
아니면 진실이라는 관념 역시 지나치게 소박하기 때문입니다.

　제가 써왔던 비평이나 에세이에 거짓이나 허구는 없었습
니다. 하지만 거짓을 말하지 않았다는 것이 곧 진실을 말했다
는 뜻은 결코 아니죠. 인간은 진실을 말하지 않을 때조차 거
짓을 말하지 않을 수 있습니다. 쓸데없이 아무 말이나 늘어놓
으면 되니까요. 그 말들은 거짓은 아니겠지만 그렇다고 어떤
진실을 드러내지도 않습니다. 그런 아무 말을 요새 자주 보게
되는 것 같아요. 거짓되진 않지만 동시에 진실도 없는 이야
기. 그에 비하면 소설은 허구로 구성되어 있음에도 거짓을 초
과하는 진실이 들끓곤 합니다. 그렇기에 소설은 마땅히 분석
과 비평을 필요로 하는 것이겠죠. 저는 자신의 증상을 털어놓
는 내담자가 아니라 내담자의 말을 인내를 갖고 듣는 상담자
의 자리를 선택한 셈인데 그런 제가 소설을 쓸 수밖에 없었
던 건 일종의 '역전이counter transference' 현상 때문일 수도 있겠

습니다. 그럼에도 끝내 지속하지 못한 것은 스스로 드러내는 진실을 감당하기엔 제가 허약한 탓이겠죠.

　이번 편지는 제가 선생님에게 드리는 마지막 편지입니다. 그래서 이 편지를 쓰기 전에 우리가 주고받은 편지를 모두 꺼내 읽어보았어요. 선생님은 첫 번째 답신에서 "앞으로 어떤 서신이 오가게 될지 기대하게 됩니다. 두 사람이 정해놓은 테두리는 있지만, 계획대로 되는 일은 잘 없으니까요"라고 말씀하셨는데 저 역시 기대되는 동시에 막막했습니다. 애월 읍내에 있는 호프집에서 술을 마시면서 우리의 편지를 기획했을 때, 원래의 큰 주제는 '좋은 삶이란 무엇인가'였죠. 스토아학파의 철학적 화두를 떠올리게 하는 거대한 질문인데 어째서 그 물음이 우리의 공통 화두로 떠올랐는지는 기억이 희미합니다.

　그동안 오간 편지들을 돌이켜보니 정작 사는 얘기보다는 읽고 쓴 것에 대한 이야기가 많았습니다. 생각해보면 당연한 것 같아요. 제주에서의 제 일상이라는 것이 워낙 단조롭기도 하고 선생님은 읽고 쓰는 일 자체가 곧 당신의 삶이니까요. 그러니 이 편지에는 어쨌든 우리 둘이 보낸 삶의 한 계절의 풍경이 사진처럼 찍혀 있는 셈입니다. 마지막 편지를 쓰고 있는 지금, 먼 훗날 이 풍경이 어떤 감정과 기억을 불러낼지 자못 궁금해집니다.

제주에 내려와 살면서 저는 사람들과 대화하고 접촉하는 일이 극히 줄어들었어요. 원래 두루 넓게 사귀는 성격은 아니지만 그래도 서울에서는 훨씬 자주 여러 사람을 만났습니다. 서울에 남았다면 호구지책으로 여러 강의를 전전했을 테니 억지로라도 말을 많이 했겠지요. 여기서는 지민이 퇴근하기 전까지 아무런 말도 하지 않고 지낼 때가 많습니다. 저는 매우 수다스런 사람이고 그래서 이따금 말을 쏟아내고 싶을 때가 있어요. 그렇지만 또 바쁜 사람 붙잡고 할 이야기는 아니어서 그럴 땐 침대 위에서 자고 있는 고양이를 깨웁니다.

고양이를 영역동물이라고 하잖아요. 그 말이 맞는 것 같아요. 그런데 그런 말을 할 때 인간이 마치 자기는 영역동물이 아닌 것 같은 표정을 짓는 건 조금 이상해 보입니다. 인간이야말로 평생 자기 영역을 확보하기 위해 애쓰며 살다가는 존재 아닌가요? 사유재산이 개인의 영역이라면 국경은 민족의 영역이죠. 마당에 사는 고양이들은 내키면 옆집 마당에서 잠을 자고 건넛집 벤치에서 볕을 쬡니다. 그렇지만 인간은 출근하면 지정된 자리에 앉아 종일 일하다가 퇴근하면 지정된 거처로 돌아옵니다. 출근해서 자기 자리가 아닌 부장님 자리에 앉거나 퇴근 후 옆집이나 윗집의 문을 열고 들어가면 미친 사람이라고 손가락질받고 경찰에 잡혀갈지도 모릅니다. 그런데도 인간은 왜 자기는 아닌 척 고양이에게만 영역동물이라고 할까요. 고양이 입장에서는 인간만큼 철저하게 계급화된 영역을 할당받은 생물도 없어 보일 텐데요.

제가 주로 서식하는 영역은 다락방입니다. 지민도 이곳엔 좀처럼 올라오지 않아요. 선생님에게 보낸 편지도 모두 이 다락방에서 썼습니다. 선생님에게 편지를 주고받기 전까지 저는 하루 대부분의 시간을 저 자신과 대화하며 보냈습니다. 하지만 선생님이란 수신인이 생긴 이후로 다락방의 내면 풍경이 조금은 달라졌습니다. 선생님에게 편지를 쓰는 일은 알아듣는지 아닌지 아리송하게 만드는 고양이에게 말을 거는 일과 달라서 조금 덜 외로울 수 있었습니다. 부디 그 친밀한 온기가 오래 이어지길 바라며 여기 작별의 말을 적습니다.

—

12

모두 잘 있죠?

이번 주에 30도가 넘어간다고 하니, 이제 본격적인 여름이군요. 더워지기 전에 마지막 답신을 씁니다.

지난번 답신에서 형은 알지도 못할 제시카 윌리엄스 얘기를 해서 형을 머쓱하게 했는데, 이번에도 윌리엄스 얘기를 조금 더 해야겠네요. 다름 아닌 《MM JAZZ》 5월호에 재즈 칼럼니스트 황덕호가 윌리엄스의 추모글을 실었기 때문입니다. 편집부에서는 총 다섯 면을 할애하여 글과 화보를 배치했습니다. 황덕호는 작곡가로서도 뛰어났던 그녀의 능력을 소개하면서 이렇게 글을 맺었습니다.

만약 그녀가 영향력 있는 밴드 리더였다면 과연 이처럼 아름다운 곡들이 지금처럼 스탠더드 넘버에서 거리가 먼 그녀만의 레퍼토리로 남아 있을까? 한발 더 나아가 그녀가 만약 남성이었다면, 그래서 그녀가 최고 재즈 밴드의 멤버로 밤의 무대를 자유로이 누비고 다니며 먼 원정 연주회를 자유롭게 오고 갔다면, 그래서 사이드맨으로서 이미 확고한 명성을 얻고서 자신의 활동을 시작했다면 과연 그녀의 타계는 지금처럼 조용했을까?
그녀의 연주를 들을 때 느끼는 아름다움이 크면 클수록 재즈에
서도 엄연히 존재하며 은밀하게 작동하는 젠더의 논리를 확인
하는 것은 마음 한구석을 괴롭힌다.(35쪽)

함께 실린 윌리엄스의 사진은 모두 할머니가 된 나이의
사진들인데 피아노 건반에 손을 얹은 모습이 특히 아름답습
니다.

《MM JAZZ》에서 재즈 뮤지션의 추모 기사를 보는 것
은 드문 일이 아닙니다. 재즈를 듣지 않는 분들은 신기해할지
모르겠지만, 이 잡지에는 막 작고한 재즈 뮤지션의 추모 기
사가 한 달 걸러 한 번씩 나와요. 어떤 달은 한 달에 두 편의
의 추모기사가 실리는 때도 있고요. 이게 상상이 되는지요?
비유하자면 《현대문학》이나 《문학사상》 같은 월간 문학지에
두 달에 한 번씩 막 작고한 작가에 대한 추모 특집이나 추모
글이 실린다는 건데 말이죠. 왜 이런 일이 벌어지느냐 하면
1950~60년대에 활약하던 고수들이 지금 와서 세상을 버리
고 있기 때문이죠. 재즈 뮤지션들이 보통 10대 후반부터 음

악 활동을 시작하니까 고령인 채로 지금도 현역인 분들이 많습니다.

그녀의 추모 기사가 나온 것 자체가 별난 것이 아닙니다. 대문까지 합쳐서 다섯 쪽이나 되는 많은 지면이 주어졌다는 것도, 보통은 편집부 기자가 도맡은 일을 외부 필자가 썼다는 사실도 그렇습니다. 이례적이라면 한국의 재즈 잡지와 재즈 칼럼니스트가 재즈의 내부를 들여다봤다는 데 있겠지요. 바로 "재즈에서도 엄연히 존재하며 은밀하게 작동하는 젠더의 논리를 확인"했다는 대목 말입니다. 왜 이런 말을 하냐면, 재즈의 본거지인 미국에서도 그녀의 타계 소식이 널리 알려지지 않았기 때문입니다. 황덕호에 따르면 재즈 음악가의 부음을 충실하게 전해온 《뉴욕 타임스》를 비롯한 주류 언론에서도 그랬고, 심지어 《다운비트Downbeat》, 《재즈 타임스Jazz Times》 같은 재즈 전문지에서도 그녀의 부음을 싣지 않았다고 합니다. 오해할까 봐 부언하자면, 윌리엄스는 남성이었다면 당연히 들었을 거장의 반열에 들지 못했을 뿐, 1.5급 연주자도 아니고 이류 연주자는 더더욱 아니었어요.

본거지에서도 지적하지 않는 사항, 곧 업계의 '은밀한 작동'을 한국에서 지적하는 것은 우리가 '우물 안의 개구리'거나, 쿨하지 못하게 촌스럽게 구는 것이거나, 뭔가 모르는 그세계의 관례가 있어서일까요? 아닙니다. 이런 내막은 공공연히 알려져 있습니다.

2018년 미국에서 출간된 《피아노 앞의 여자들》(정은지 옮김, 앨리스, 2019)을 쓴 버지니아 로이드는 시드니에서 태어났습니다. 그녀는 절대 음감의 소유자였는데, 동틀 때 일어나날이 저물 때까지 건설 현장에서 일하던 블루 칼라 아버지는딸의 재능을 일찍 알아차리지도, 딸의 재능을 키워줄 만큼 여유롭지도 않았어요. 대신 아버지는 굉장한 재즈광이어서 집에서 쉴 때마다 전축을 통해서나 라디오를 통해서 재즈를 들었다고 합니다. 어린 딸이 그 옆에서 함께했을 테고요.

그녀가 여섯 살이던 1976년, 아버지는 오스트랄라시아순회공연 중인 자크 루시에 트리오의 연주회에 딸을 데리고갔습니다. 지은이 말로는 그 남자들이 소리의 온전한 세상을창조하는 신처럼 보였다는군요. 부모님은 딸이 연주회에 갔다 온 이후로 장난감 피아노에 몰두하는 모습을 보고, 일곱 살 때 피아노를 사주었다죠.

초견 연주에 뛰어났던 그녀는 열 살 때부터 시드니의 바이올리니스트, 가수, 플루티스트 들의 단골 반주자가 되었습니다. 하지만 그녀의 행운은 거기까지였어요. 경쟁을 혐오했던 그녀의 성격도 문제였지만, 그보다 중요한 것은 부모의 태도였어요. 직업 음악가가 되는 동력은 부모의 열망과 재력입니다. 피아노 앞에서 가장 재능 있는 어린이 뒤에는 영향력 있는 어머니가 존재하기 마련이죠. 그런데 지은이의 부모는 딸의 교습비 때문에 가슴을 졸였을 뿐, 단 한 번도 연습하라고 강요하지 않았다고 해요. 그녀가 열두 살 때 처음으로 피아노 경연대회에 나갔을 때, 다른 참가자들은 모두들 연주회 예복을 차려입었는데, 혼자서 바지, 반소매 면 티셔츠, 갈색 단화를 신고 나갔다는군요. 그녀의 피아노 선생은 제자의 옷차림이 "음악 경력의 주요 장애물"(130쪽)이 될 것이라고 여겼다죠. 옷차림이 아니라 가난이 문제였습니다.

로이드는 결국 시드니대학교 영문학과를 선택하면서 일곱 살 때부터 쌓아온 피아니스트의 꿈을 포기했습니다. 지금까지의 이야기로는 그녀가 피아니스트를 그만두게 된 핵심에 도달하지 못했어요. 가난해서 피아니스트가 되지 못했다는 것 말입니다. 지은이는 시드니대학교에서 제인 오스틴·샬럿 브론테 등의 빅토리아 시대(Victorian era, 1837~1901) 작가들의 소설을 연구하면서 밀실 공포증을 느꼈다고 해요. 그 시대의 소설에는 10대 소녀가 독립적인 존재가 되기보다는 부유한 남자를 노리는 것이 용인되었고 심지어 장려되었다죠. 그런 줄거리에 절망해서 논문을 쓰지 못하고 좌절에 빠져 있을 때 그녀를 구해준 것은 재즈였습니다. 그녀는 졸업 연구로 랭스턴 휴즈·필립 라킨 등이 남긴 재즈 시에 대한 긴 에세이를 쓰고 우등으로 졸업했다고 합니다.

그 에세이를 완성하고 나서야, 로이드는 자신이 왜 클래식 전문 연주자가 되지 못했는가를 알게 되었다고 합니다. 그녀는 피아니스트로 바쁘게 활동할 무렵, 클래식보다 재즈, 기보에 따른 연주보다 즉흥연주에 더 매력과 즐거움을 느꼈다고 해요. 자기 앞에 펼쳐진 작품이 시험용만 아니면 그 악보를 규정보다는 지침으로 간주했다고 하고, 그 작품이 학습용일 때조차 기보된 음악을 벗어나 기보되지 않은 음들로부터 만들어진 불협화음과 맛깔스러운 소리를 찾아냈다고 하고요.

그런데도 왜 로이드는 클래식을 내다버리고 재즈 피아니스트가 되지 못했을까요? 누구보다도 재즈광이었던 그녀의 아버지는 그걸 더 좋아했을 텐데 말이죠.

이유는 그 당시에는 재즈 밴드 중 어디에도 여성 피아니스트가 없었고, 심지어 아버지의 레코드 수집품 가운데도 여성 재즈 피아니스트는 한 명도 없었다는 데서 찾을 수 있겠네요. 그녀는 의아해했다죠. 다른 장르의 음악에는 어디든 여성이 있었으니 말입니다. 록 무대만 해도 여성이 기타를 치고 보컬을 맡았는데, 그녀가 10대 후반에서 20대 초반 사이에 본 재즈 밴드 중에는 그 어디에도 여자는 없었다고 해요. 그래서 만약 그때 한 명이라도 여성 연주자가 있었다면, 휴식 시간에 무대 뒤로 가서 "어떻게 했냐"(241쪽)고 물었을 거라고 하지요. 재즈는 '백인, 중년 남성, 엘리트'를 위한 음악이죠. 이게 재즈의 가장 고약한 비밀이랍니다.

지난 4월 14일, 우리는 망원역 1번 출구에서 만났어요. 사무실을 이사한 안온북스에 함께 가려고 말이죠. 저는 그날 10분 넘게 지각했어요. 제게 핸드폰이 없기 때문에 제가 늦으면 기다리는 사람은 안절부절하죠. 이 때문에 약속 시간에 철저한 편인데 그날은 지하철 안에서 책을 읽다가 망원역에 내리지 못하고 월드컵경기장까지 가고 말았어요. 마침 읽고 있던 책은 안온북스에서 나온 《케이팝의 역사, 100번의 웨이브》였습니다. 이 책을 읽으면서 약속 장소로 가게 된 이유는 안온북스에 가는 중이라서가 아니라, 그날 형에게 주기로 했던 두 권의 책 가운데 한 권 때문이었어요. 제가 형에게 존리의 《케이팝》(김혜진 옮김, 소명출판, 2019)을 주기로 했잖아요. 그래서 전날 밤에 이 책을 한 번 더 읽었어요. 연초에 15매짜리 독후감을 《MM JAZZ》에 싣기도 했지만, 제 손을 떠나게 되었으니 빠뜨린 화제가 있나 싶어 한 번 더 읽었던 거죠. 그러다 보니 새로 입수된 《케이팝의 역사, 100번의 웨이브》에서 존 리의 논리를 확인해보고 싶었던 거예요.

그날 형은 제주도로 돌아가자마자 바로 라식수술을 한다고 했으니, 어쩌면 아직 그 책을 읽지 못했을 수도 있겠군요. 읽을 틈도 없었을 텐데다가, 수술 후에는 눈을 쉬어야 한다고 하니까요. 그러니 제가 존 리의 책을 대신 읽어드리죠.

한국의 지식인, 논객, 대학교수들은 "케이팝에 한국적인 것이 있는가?"라는 질문을 되게 좋아해요. 그러면서 어떤 식으로든 "있다"라는 답을 짜내죠. 이런 것을 '국뽕'이라고 할 텐데 이런 현상은 케이팝에서 처음 나온 게 아닙니다. 어떤 문화현상이든 한사코 전통과 연관 지으려는 환원주의를 국뽕이라고 한다면, 한국의 지식인, 논객, 대학교수들이 대거 국뽕으로 커밍아웃한 최초의 계기는 2002년 한일월드컵이 아닐까요. 2022년 작고한 이어령·김지하를 위시한 많은 지식인이 붉은악마를 한국의 전통과 연관 지었죠. 어떤 새로운 현상이든 한국 지식인들은 그것을 조선조 5백 년이나 한민족의 5천 년 역사와 연관 짓지 않으면 불안한가 봐요. 이 불안의 정체는 "내가 알지 못하는 게 있어서" 생기는 것이겠죠? 그래서 설명하기 쉽고 인기 있는 전통으로 돌아갑니다. 이런 것을 한국적 특색 반지성주의라고 해도 되겠죠.

존 리는 "케이팝에 한국적인 것이 있는가?"라는 질문 자체가 착각을 유도한다고 말합니다. 저 질문은 한국의 가요계를 신구로 나누고 케이팝을 가능하게 한 서태지와 아이들이 등장하기 이전, 즉 1992년 이전의 한국 가요는 한국적이었을

거라는 착각을 불러일으킨다고 해요. 하지만 1885년 미국 개
신교 선교단이 들어오고, 1920년대 중반부터 일본을 통해 유
입된 유행가가 인기를 얻으면서 한반도에서 천 년 동안 구축
된 고유한 소리풍경soundscape은 사라졌다고 합니다. 찬송가
와 창가가 보급되면서 한국인은 고유의 5음계를 버리고 서양
의 7음계를 받아들였죠. 이처럼 음악이 뿌리부터 바뀌었는데
도 한국인들은 저런 억지스러운 질문을 계속한다는 거죠.

　　한국인들은 유교적 세계관을 한국의 전통(한국적인 것)이
라고 굳게 믿고 있는데, 그렇다면 더더욱 케이팝은 한국 전통
과 아무런 연관이 없어져요. 오히려 유교가 대한민국에서 살
아남아 번성했다면 케이팝은 불가능했을 거라면서 존 리는
"케이팝은 유교 계율을 거의 전부 깨뜨린다"(112쪽)라고 말
합니다. 유교가 엄존했다면 케이팝 가수들은 매춘부나 불가
촉천민 취급을 받았을 것이므로 선뜻 노래를 하겠다고 나서
는 사람이 없었을 것이며, 옷은 단정하게 입었을 테고 맨살
을 드러내거나 성적 암시가 있는 동작도 하지 못했을 것이며,
부모님이 주신 얼굴과 몸에 손을 대서는 안 되니 성형수술도

할 수 없었겠죠. 케이팝의 주요 주제에 속하는 연애도 유교 도덕에 반하는 개념입니다. 이 책은 한국인들이 케이팝만이 아니라 사회·경제·정치·교육·문화 등 모든 분야에서 한국적인 것과 연관 있다는 착각 속에 살고 있다고 꼬집죠. 한국의 경제 발전을 '유교 자본주의'로 설명한다거나, 오늘의 학력주의·능력주의·시험만능주의Testocracy를 조선시대의 과거시험에서 찾는 행태가 모두 그렇다고 합니다.

존 리는 케이팝을 우리 전통과 아무 관련이 없지만 수출 지향으로 성공한 산업이라고 말해요. 그러면서 이렇게 묻죠. 현대자동차와 삼성 스마트폰이 전 세계로 수출되고 있지만, 누구도 한국에 자동차나 휴대전화를 만드는 유구한 전통이 있었다고는 말하지 않지 않느냐? "케이팝에 한국적인 것이 있는가?"라는 질문 따위는 집어치우라는 거죠.

제가 《케이팝의 역사, 100번의 웨이브》를 읽다가 내려야 할 지하철역을 지나친 것은, 이 책에서 굉장히 흥미로운 점을 확인했기 때문이에요. 존 리가 케이팝에 대해 한 말은 정확하게 두 가지죠. 하나는 "케이팝은 소비자를 만족시키려는 대한민국 문화 산업이 낳은 결과물이다. 여기에 최우선인 문화나 미학, 정치 또는 철학 안건은 없으며, 관련된 어떠한 포부도 없다. 최소한 의도 면에서 케이팝은 예술이나 미, 숭고함, 초월을 추구하지 않는다. 케이팝이 하는 일은 그저 사업에 불과하다."(217쪽)는 것이고, 다른 하나는 "케이팝 양식은 대한민국 수출 강박과 떼어놓고 볼 수 없다고 해야 정확하겠다. 그리고 이 발언으로 우리는 정치경제 영역에 들어가게 된다"(171쪽)라는 거죠. 이 두 가지를 더 짧게 줄이면 이렇습니다. 케이팝에 미학 같은 것은 없다, 케이팝은 수출에 목매단 상품이다.

《케이팝의 역사, 100번의 웨이브》는 1992~2020년 사이에 발표된 케이팝을 대상으로 선정된 100곡의 명곡을 스물네 명의 대중음악 칼럼니스트와 대중음악 관계자들이 리뷰한 책이죠. 각 필자가 자기가 맡은 곡에 대해 쓴 개별적인 리뷰를 모은 것이어서, 이 책만 보고서는 케이팝의 미학을 체계적으로 살펴볼 수는 없어요. 대신 100꼭지의 글 여기저기에 언급된 케이팝의 미학과 특징을 모을 수 있었습니다. 많은 필자가 공통으로 지적하고 있는 케이팝의 미학 내지 특징은 "트랜드를 선도하는 화려한 사운드"(황선업), 여러 가지 사운드를 말도 안 되는 방식으로 붙여놓는 "어이없는 접합"(정구원), 다양한 정서와 순간을 조합해 한꺼번에 전달하는 "한 편의 뮤지컬"(미묘) 같은 것이라는데, 이 가운데서 단연 눈에 띄는 것은 "케이팝은 과잉이 미덕이 되는 장르"(김윤하)라는 점이었습니다.

전 세계 각국에서 사랑받아온 자국의 대중가요는 모두 자기 것이 아닌 것을 배척하는 강한 면역학적 기제를 갖고 있죠. 꽤 오래전인 1981년, 한국에서 독학으로 컨트리뮤직을 공부한 이정명(미국 예명 Jimmy Lee Jones)이 컨트리뮤직의 본고장인 미국 내슈빌에서 열리는 팝 페스티발Music city song festival: Nashville pop festival에 〈심슨부인의 늦바람Mrs. Simpson's Late Love〉을 출품하여 작곡상을 받았습니다. 그때 난리 났죠! 조금 과장하면, BTS가 빌보드 1위를 차지한 것만큼이나요. 이정명이 미국에서 상을 받고 음반 취입을 마치고 돌아왔을 때(유튜브에서 작곡자가 취입한 노래를 들어볼 수 있습니다), 국내의 모든 언론이 그를 인터뷰했어요. 그가 어느 텔레비전 프로그램에 출연했을 때, 사회자가 그에게 "컨트리뮤직에 우리 것도 섞으면 좋지 않느냐"라고 슬며시 물어보았죠. 그러자 "그래 봤는데, 관계자들이 컨트리뮤직 아닌 것을 정확하게 잡아내더라"는 답변이 돌아왔어요.

저는 저 장면을 매우 인상 깊게 기억하고 있습니다. 이 글을 쓰면서 인터넷 검색을 해보았는데, 누군가가 세광출판사에서 발행하는 월간 《빌보드 팝송》 1982년 어느 호에 나오는 이정명과의 대담 기사를 사진으로 찍어 올려놓은 것을 보게 되었습니다. 거기에 제가 기억하는 것과 똑같은 말이 나와요. "그들은 우리 리듬을 정확히 감지해내기 때문에 우리 리듬을 조금씩 가미시켜 전파해보자라고 생각한 나머지 그런 곡을 출품한다면 100퍼센트 탈락됩니다. 철저히 '버터 냄새'를 풍겨야 됩니다. 그들은 철저히 자신들의 음악을 고수하려 하기 때문이지요." 이런 사정은 샹송도, 파두도, 엔카도 예외가 아닙니다. 잡탕처럼 보이는 록큰롤조차 과잉을 주무기로 하지는 않아요. 여기에 비한다면 케이팝은 "과잉이 미덕이 되는 장르"라는 김윤하의 말이 틀리지 않죠. 존 리는 케이팝이 혼종과 과잉의 미학으로 발전하게 된 것을 수출 지향에서 찾고 있는데, 이는 한국이 세계에서 가장 강도 높은 성과사회라는 것도 연관이 있지 않을까요.

　스물네 명의 글에서 흥미로웠던 것은 매번 해당 노래가 성취한 세계화와 해외 진출 성적을 깨알같이 평가한다는 점이에요. 대체 어느 나라의 대중음악 소개서가 자국의 노래를 평가하면서 세계화와 해외 진출 성적을 평가의 잣대로 기술한단 말입니까. 코믹하죠. 이런 걸 보면 존 리의 주장이 전혀 과장이 아닙니다. 컨트리·블루스·로큰롤·재즈·힙합이 전 세계로 퍼진 것은 맞지만, 그 음악이 자신이 태어난 땅을 떠난 적은 없어요. 말하자면 미국 바깥의 사람들이 그 음악을 찾았죠. 케이팝은 반대인 것 같아요. 애초에 케이팝은 제이팝 따라잡기로 시작했지만, 케이팝이 세계무대로 뻗어나간 데 반해 제이팝은 왜 일본 국내용 음악이 되고 말았는지에 대해서도 존 리는 간명하게 설명합니다. 무슨 사업이든 사업의 원칙은 하나랍니다. 돈이 있는 곳에 머물러라! 제이팝은 내수 시장이 있기 때문에 굳이 외국으로 나가야겠다는 생각이 없다는 거죠.

《케이팝의 역사, 100번의 웨이브》를 보니, 가요와 케이팝은 같은 게 아니더군요. 이미자·나훈아·신중현·조용필·산울림의 노래는 가요죠. 이들이 한창 활동하던 때는 '대중음악＝가요'였어요. 하지만 서태지와 아이들이 등장하면서 대중음악은 가요와 가요로 묶이지 않는 또 다른 대중음악으로 분화했다고 합니다. 그것이 케이팝이랍니다. 그러니까 한국의 대중가요에는 가요와 케이팝이 있는 거죠. 그런데 앞에서 말한 것처럼 케이팝은 돈이 어디에 있는지 포착했어요. 그곳이 한국이 아니란 것을 안 겁니다. 그러면 가요는? 가요는 여기 머무르고 있는 것일까, 낙오한 것일까. 혹시 대학은 졸업했지만 취직하지 못해서 노량진을 떠돌고 있는 취준생인 것일까, 뉴욕까지 갈 여력이 없는 가요 말입니다. 내수 지향과 수출 지향이 가요와 케이팝을 나눈 것처럼, 어쩌면 한국문학도 조만간 소설과 '케이노벨'로 나뉘게 될까요?

1992~2020년 사이에 나온 100곡의 명곡 가운데 제가 들어봤거나 몇 소절이라도 흥얼거릴 수 있는 노래는 두 곡이었어요. 싸이의 〈강남스타일〉과 클론의 〈꿍따리 샤바라〉. 싸

이는 유튜브로 한 서른 번은 본 것 같고, 클론은 직접 찾아
들은 적도 없고 좋아하는 스타일도 아닌데 가사와 가창이 너
무 인상적이라서 기억하게 된 것 같습니다. 아마도 길거리에
서 들었겠죠. 그래서 이번 기회에 케이팝 명곡 100곡을 다 들
어보자고, 제일 앞장부터 리뷰를 읽고 해당 음악을 유튜브
로 들어보기로 했어요. 순위순으로가 아니라 발표순으로 실
려 있는 이 책의 케이팝 명곡 1번은 서태지와 아이들의 〈난
알아요〉였는데, 실제로 이 곡은 여태껏 제 뇌리에 떠도는 곡
과 전혀 딴판이더군요. 그러니까 저는 이번에 이 노래를 직접
들어보기 전까지 저 혼자서 '이러 이러한' 노래일 것이라고
상상하고 있었어요. (다음에 만나면, 제가 상상했던 〈난 알아요〉의
한 소절을 들려드리죠.) 그렇게 유명했던 노래니 길거리든 식당
이든 술집에서든, 한 번쯤 들어봤을 법한데, 전혀 그렇지 않
아요.

　'중이 제 머리 못 깎는다'란 말부터 시작해서, 엉터리 속
담이 꽤 있는데, 그 가운데 '서당개 3년이면 풍월을 읊는다'
도 있죠. 10년 아니라 100년을 있어도 익혀보겠다, 들어보겠

다는 의지가 없으면 읊지 못합니다. 저는 저 속담이 엉터리라
는 것을 체험으로 알아요. 소년원 이야기입니다. 재범자가 수두
룩했던 그곳에서 1년 6개월이나 있었는데도, 그곳의 은어隱語,
비행 청소년의 행동과 사고구조, 간부 원생들과 선생들의 공
생 관계를 전혀 몰라요. 말단적인 몇 개의 사항만 압니다. 왜
냐하면, "여기는 내가 있어야 할 곳이 아니라"라고 생각했기
때문이죠. 그 세계는 제 세계가 아니었어요. 때리면 맞아주는
것까지는 하지만, 그 세계의 일원이 되고 싶은 생각은 없었어
요. 그러면 알 수 있게 되지 않죠. 저는 '소년원'에 있었지만,
그 '세계'에 있지 않았어요.

　　이 때문에 저는 지금도 후회하고 있어요. 그 세계 속에
풍덩 빠졌어야 했는데, 그러지 못했던 결과 저는 고작 소소
한 '반사회적 성향' 밖에 지니지 못하는 반편이가 됐죠. 다섯
번째 편지에서 반사회적 성향은 이상심리학적으로 소시오패
스는 면한 단계라고 했지만, 이런 자기규정은 사람들을 속여
넘기려는 기만 술수feint motion죠. 제가 반사회적인 성향의 인
물이라는 말은 '반체제적 성향'과는 거리가 있다는 뜻입니다.
제가 반사회적 성향을 소지하면서 반체제에까지 닿지 못한

이유는 소년원의 '세계'를 한사코 거부했기 때문입니다. 그런데도 저는 바보들로부터 "한국의 장 주네다"라는 전혀 당치않은 비교를 당합니다. 믿기지 않다면 이 대목을 보세요. "장정일은 여러 면에서 장 주네와 비교된다. 수형생활과 동성애의 경험 그리고 정규적인 제도교육을 받지 못한 작가라는 점에서 그러하다. 아울러 그들은 시로부터 소설을 거쳐 희곡에 이르기까지 장르를 넘나드는 다성적인 문학을 구축했다." 앞서 바보라고 지칭했기 때문에 필자와 책 이름은 밝히지 못합니다. 저 대목에는 크게 틀린 '사실'이 하나 있지만, 그러나 그건 중요하지 않습니다.

장 주네는 제가 거부했던 세계 속으로 깊이 들어가 그 세계와 하나가 되었죠. 그는 자신의 체험소설《장미의 기적》(민희식 옮김, 고려원, 1996)에서 이렇게 말합니다. "형무소는 나를 만들어낸 우주이다. 또한 그것은 나를 위해서 만들어진 것이다. 그것은 내가 살아야 할 우주이다. 하여튼 내게는 거기서 살아가기에 필요한 기관이 갖추어져 있다. 그것은 벽에 새겨진 저 'M.A.V(Mort aux vaches, 간수들 죽어라)'라는 문제로 나를 이끌어주는 우주이다. 형무소가 내 우주라는 느낌은 뚜렷하다."(43쪽) 주네는 버림받은 자들의 세계와 하나가 되었기에 문학사상 가장 비타협적인 반체제를 완수할 수 있었고, 그 누구도 도달하기 어려운 휴머니스트가 되었죠. 인용문을 보면 주네가 간수를 죽이고 싶을 만큼 미워한 것처럼 보이지만, 그는 희곡 《하녀들》(오세곤 옮김, 예니, 2000)에서 사형선고를 받은 여주인공의 입으로 "경찰만이 날 이해해요. 경찰도 버림받은 사람과 같은 세계에 속해요"(100쪽)라고 말하죠. 간수도 경찰에 속합니다. 이 작품의 피날레를 읽을 때마다 제 심장은 바깥으로 튀어나옵니다. 범죄자와 경찰이 다 같이 버림받은 세계에 속한다는 인식은 가장 밑바닥까지 내려가본 사람이 도달할 수 있는 변증법적 귀결이니까요. 백무산의 초기 시에 전투경찰과 노동조합 시위대가 대치하는 광경이 자주 나오는데 백무산은 '나와 적'이라는 이분법에 머물렀죠. 홍콩 영화와 할리우드 영화도 주네를 자주 흉내 내지만 영화에 나오는 범죄자와 경찰의 연대는 반체제와 아무런 연관 없는 야합이죠. 주네는 공권력의 개들이라고 비난받는 경찰도 세상에서 가장 낮은 범죄자와 한편이라는 통찰을 통해 보이지 않는 적(체제)의 형체를 더욱 뚜렷하게 가시화시킵니다. 그는 사생아였고, 저는 육군 대위의 아들입니다. 이 차이가 같은 성(?)을 가진 한 사람을 반체제로 이끌고, 또 한 사람을 뺀질뺀질한 반사회적 성향의 인물로 만들었다고 한다면 너무 자연주의적인 결론인가요.

케이팝 명곡 100곡을 이 기회에 다 들어보려고 했는데, 몇 곡을 듣다가 포기했습니다.

저는 한국어로 글을 써서 밥벌이를 하는 한국문학의 내부자입니다. 저에게는 이것이 너무 아이러니합니다. 아버지가 싫고 아버지로부터 달아나고 싶어서 무턱대고 외국문학을 좋아했는데, 그런 끝에 한국어가 아니면 밥을 못 먹는 사람이 되고 말다니. 제가 글을 쓰지 않는 사람이면 얼마나 좋았을까요.

동사무소 직원은 전심전력을 다해 시민을 위해 봉사합니다. 저라면 반드시 그러겠습니다. 동사무소의 직원은 모두 귀하지만, 특히 민원 담당자는 교회나 사찰에 다닐 필요가 없습니다. 민원인들의 말을 귀담아 들어주는 것만으로도 그들은 이미 천국이나 극락행 티켓을 예매해놓은 거나 마찬가지입니다. 그토록 한국을 위해 헌신했으니 독서에서만큼은 한국을 떠날 권리가 있습니다. 무슨 김수영이고, 김승옥이겠습니까? 제가 한국문학을 읽는 것은 업계에 있어서라는 말이죠. 바로 이렇기 때문에 업계에 포획된 사람, 형 같은 평론가에게 절실한 것이 내부를 대타화할 수 있는 능력이고 거리 두기죠. 형 말처럼, 요즘 세상에 "거짓되진 않지만 동시에 진실도 없는 이야기"가 늘어나고 있다면 그 원인을 이 지점에서부터 점검해볼 수 있습니다.

형이 소개해준 한승태의 체험수기 《인간의 조건》(시대의창, 2013)을 재미있게 읽고 있습니다. 한국에는 '장르 피라미드'라는 게 있어서 피라미드의 꼭대기에 시와 소설이 있고, 그 밑에 평론·에세이·동화·희곡·시조 등속이 자리합니다. 체험수기 혹은 르포 같은 건 글로 쳐주지도 않아서 장르 피라미드 안에 들어오지도 못하고 피라미드 바깥에 있죠.《엄마를 부탁해》와 《아버지》 같은 소설이 각기 100만 부씩이나 팔려나가고 또 텔레비전의 9시 뉴스에 나와서 좋은 사회가 될 확률보다,《인간의 조건》 같은 르포가 매해 열 종씩 각기 10만 부씩 팔려나갈 때 좋은 사회가 될 확률이 훨씬 높습니다.

마지막 편지이지만, 작별 인사는 하지 않으렵니다.

다가오는 여름 제주에서 봅시다.

함께 읽은 책

기리노 나쓰오, 《일몰의 저편》, 이규원 옮김, 북스피어, 2021

김대성, 《대피소의 문학》, 갈무리, 2019

김봉곤, 《여름, 스피드》, 문학동네, 2018

　　　《시절과 기분》, 창비, 2020

김지연, 《마음에 없는 소리》, 문학동네, 2022

김태균, 《빨리 빨리와 전통사상》, 양림, 2007

김혜진, 《딸에 대하여》, 민음사, 2017

　　　《9번의 일》, 한겨레출판, 2019

남상순, 《동백나무에 대해 우리가 말할 수 있는 것들》, 하늘재, 2007

로버트 O. 팩스턴, 《파시즘》, 손명희·최희영 옮김, 교양인, 2005

맬러머드, 《점원》, 김종운 옮김, 을유문화사, 1991

미셸 우엘벡, 《세로토닌》, 장소미 옮김, 문학동네, 2020

박상륭, 《열명길》, 문학과지성사, 1986,

빌헬름 라이히, 《파시즘의 대중심리》, 오세철 옮김, 현상과인식, 1987

서영채, 《죄의식과 부끄러움》, 나무나무, 2017

서이제, 《0%를 향하여》, 문학과지성사, 2021

소피 카르캥, 《글 쓰는 딸들》, 임미경 옮김, 창비, 2021

알렉세이 유르착, 《모든 것은 영원했다, 사라지기 전까지는》, 문학과지성사, 2019

에드거 앨런 포, 《아서 고든 핌의 이야기》, 전승희 옮김, 창비, 2017

유성원, 《토요일 외로움 없는 삼십대 모임》, 난다, 2020

이석기, 《새로운 백년의 문턱에 서서》, 민중의소리, 2020

이정수 외, 《케이팝의 역사, 100번의 웨이브》, 안온북스, 2022

임솔아, 《아무것도 아니라고 잘라 말하기》, 문학과지성사, 2021

임현, 《그 개와 같은 말》, 현대문학, 2017

장 주네, 《장미의 기적》, 민희식 옮김, 고려원, 1996

　　　《하녀들》, 오세곤 옮김, 예니, 2000

장류진, 《일의 기쁨과 슬픔》, 창비, 2019

　　　《달까지 가자》, 창비, 2021

장일순, 《나락 한 알 속의 우주》 녹색평론사, 1997

조지 오웰, 《1984》, 이기한 옮김, 펭귄클래식코리아(웅진), 2009

존 리, 《케이팝》, 김혜진 옮김, 소명출판, 2019

천승세, 《감루연습》, 문조사, 1971

최인훈 《회색인》, 문학과지성사, 1991

한병철, 《피로사회》, 김태환 옮김, 문학과지성사. 2012

　　　《리추얼의 종말》, 전대호 옮김, 김영사, 2021

허윤, 《남성성의 각본들》, 오월의봄, 2021

이 편지는 제주도로 가는데,
저는 못 가는군요

ⓒ장정일·한영인, 2022

초판 1쇄 발행 2022년 9월 1일
초판 2쇄 발행 2022년 9월 23일

지은이 장정일·한영인

펴낸곳 (주)안온북스 펴낸이 서효인·이정미 출판등록 2021년 1월 5일
제2021-000003호 주소 서울시 마포구 월드컵로14길 28 301호
전화 02-6941-1856(7) 홈페이지 www.anonbooks.net
인스타그램 @anonbooks_publishing
디자인 thiscover.kr 제작 제이오

ISBN 979-11-978730-8-9 03810